庫

宝島(上)

真藤順丈

講談社

宝島

【上巻目次】

宝島

【下巻目次】

第三部

センカアギヤーの帰還

1965-1972

宝島

上

われらがオンちゃんは、あのアメリカに連戦連勝しつづけた英雄だった。

地元のコザでも、島の全土を見渡しても、ふたりといない豪傑だった。

焼けつくような暑さのなかで、オンちゃんはいつだって皆の先頭を走っていた。

あの夜もそうだったよな。

地元のさとうきび畑《ウージ》を突っきって、夜の天幕がひろがるヤラジ浜まで。

奪ってきた〝戦果〟をどっさり抱えて、四人そろって海辺へと出てきた。

濡《ぬ》れた砂は太陽の余熱を残していて、島の子たちの蜂蜜色の皮膚を汗ばませる。海岸線を下ったところにとっておきの場所があって、砂浜が高い岩場に囲まれたそこでなら、すぐそばの米軍基地からも見つからなかった。

抱えてきた〝戦果〟には照明弾や信号拳銃が交ざっていて、オンちゃんがまっさきに撃ち上げた。シュボッと着火した青色の照明弾が、魚《イユ》のように尾を振りながら頭上の星座めがけて駆け上がっていった。

雄々しい眉毛、角張ったあご、その美《ちゅ》らになびく黒い髪。

夜空の高みで弾《はじ》けた閃光《せんこう》が、オンちゃんの相貌をまばゆく照らしだす。

この島の最良の遺伝子で創られたウチナー面《ヂラ》が、燃えあがるような喜色を浮かべていた。

オンちゃんだって浮かれもするるさ。自分たちだけが世界一の軍隊をおもしろいようにきりきり舞いさせていて、周囲を見渡せば、親友《イイドウシ》のグスクも、弟《ウットゥ》のレイも、それからヤマコもそろっている。あざやかな青や赤や黄色に彩《いろど》られた海景には遮るものがなくて、たえまない波の音が心地よく血中にこだましている。

毎日の食いぶちも、故郷《シマ》のゆくすえも、確実なものはひとつもない。約束されたものなんてなにもなかったけど、それでも照明弾がその一瞬一瞬で照らす海と陸のすべてに祝福されているような、最高に誇らしい夜だった。

「おれはこれで、十分だけどさぁ」

オンちゃんは照明弾を撃ちながら、はしゃいでいるヤマコの肩を抱き寄せた。

グスクもレイも、かたときも砂浜に座らずに、競うように照明弾を放っていた。

銀の砂粒をまぶしたそれぞれの肌にも、オンちゃんとおなじ光の模様が浮かんでは消えた。長い口笛《フィーフィー》のような音をまとって上がっていく火の箭《や》が、熱いグリセリンの飛沫《しぶき》をばらまいて、幾筋もの光の残片となって夜空で燃え散った。

「こうして毎晩、アメリカーに吠《ほ》え面《づら》をかかせて、命びろいの宴会《ヌチ・ヌ・スージ》でくたくたになるまで踊ってさ、こいつの汗のにおいを嗅ぎながら寝床にもぐりこむ、それで言うことなしだけどねえ」

たっぴらかすよ、羞《は》じらったヤマコがオンちゃんを肘で小突いた。

あーあー惚気《のろけ》ならよそでやらんね、グスクは片頬をもちあげて苦笑をにじませる。

われがちに照明弾を上げるレイは、興奮しすぎて話を聞いてなかった。星のどれかひとつを撃ち落とせると本気で信じていたのさ。

「だけど、こんなの長つづきするわけないさ」

オンちゃんの豊かな黒髪が、潮まじりの風に梳《くしけず》られる。

「ずっと〝戦果アギヤー〟ではいられん、お頭《チブル》を弾丸《たま》に貫《ぬ》かれたらそれまでさ。地元の連中にもてはやされても、とどのつまりは泥棒《ヌスル》でしかあらんがあ」

おれたちはただのコソ泥《グマヌスル》やあらんと、グスクは言い返した。だってこの島でアメリカーから戦勝をもぎとれるのはおれたちだけやあらんね。

あたしらみんなの暮らしが上向いたさとヤマコがつづけた。オンちゃんの〝戦果〟がどれだけ地元を助けてきたか。奪ってきた医薬品で病気が治った年寄りがいる。資材庫からせしめた木材で小学校も建った。それがどんなにすごいことか！

「だけどなあ、そのときどきですきっ腹を満たして、足りないものをちまちまと集め

てるだけじゃ、肝心なところはなにも変わらん。おれたちも命《ヌチ》を張るなら、もっとこ
こいちばんってところで張らんとなあ」

ここいちばんってどんなとき？　ようやく話に入ってきたレイが訊《き》きかえす。

三者三様に見開かれた瞳が、オンちゃんへとまなざしをひとつに結んだ。

「おれたちの島じゃ戦争は終わっとらん」とオンちゃんは言った。「あの日、アメリカーがぞろぞろと乗りこんできて、あっちこっちに星条旗をおっ立てて、そのままもう何年も居座ってるやあらんね。おやじ《スー》やおふくろ《アンマー》の骨が埋まる土地を荒らして、ちゃっさん基地を建てくさって。だからわりを食った島民が報われるような、この島が負わされた重荷をチャラにできるような、そういうでっかい〝戦果〟をつかまなくちゃならん」

あごを上げたままオンちゃんは、過ぎた日々を想《おも》うように瞳を閉じた。

海鳴りの響きが高まった。照明弾の光がひらめくたびに、あの日の悲鳴が、逃げまどう家族の姿が、〝鉄の暴風〟に荒らされた土地の傷痕が、振りはらえない数多の記憶が一瞬一瞬ごとにあらわになるようで、グスクもレイもヤマコも胸を温《ぬる》い熱にあぶられる。三人とも息を凝らしてオンちゃんの言葉のつづきを待った。

静脈の透けた瞼《まぶた》の裏でオンちゃんの眼球がうごめいて、そこにないなにかを見つめているのがわかった。

「だっておれたちは命がけの綱渡《ヌチ・ヌ・カーキー》りしてるんだから、泥棒《ヌスル》の一等賞じゃつまらん。アメリカーがのたうちまわるほど悔しがって、歯ぎしりして日本人《ヤマトンチュ》が羨ましがるような、故郷《シマ》にとっての本物の英雄になれるような勝負を張らんとな」

そこまで言うとオンちゃんは、片腕に抱いたヤマコを引き寄せた。「いまのところ、おれのいちばんの戦果はおまえだけどねえ」と声を弾ませながら、恋人《ウムヤー》の汗ばんだ首筋にはぐはぐと唇を押しあてた。

たっぴらかすよ、人をものみたいに言ってえ！　ヤマコが信号拳銃の先端をオンちゃんに振りかざしてやりかえし、グスクとレイはそのさまを囃《はや》したてながら、あてられっぱなしの傍観者《グーハジラー》の連帯感を分かちあう。故郷《シマ》の将来を憂うような演説をつづけるよりも、ところかまわずいちゃつくほうが、オンちゃんは照れずに自然体でいられるんだよな。

たとえそれが過去の傷を、この島の宿命を呼びさますものであっても、その言葉はどんなときでも風通しがよかった。掛け値なしに純粋で、無謀で、生命力にあふれ、破滅的な脆《もろ》さも秘めていた。そんな男がいまさら〝英雄〟なんて言葉を口にするものだから、おかしなことを言うやつもあったもんやさ、とグスクは首を傾《かし》げさせられた。

だれもが食うや食わずの毎日を送るなかで、オンちゃんは奪ってきた〝戦果〟を身内だけじゃなく地元じゅうに配ってまわった。病んだおじいやおばあがいれば包帯や医薬品を届けたし、指一本につき五十四のハエにたかられる貧乏所帯には、食料はもちろん衣類や毛布や運動靴を運んでいった。おかげでコザの女たちは、乳歯が生えたばかりのお嬢ちゃん《ミーングヮ》から白髪だらけの後家《ハーメー》さんまでオンちゃんに恋していた。男たちにしてもごろつき《アシバー》嫌いの教員や役人、立場からしたら取り締まらなきゃならない警察官ですら、うちの娘を嫁がせるならああいう男のところがいいさあと熱っぽい視線を送っていた。だからケチな泥棒《グマヌスル》なんかであるわけないのさ。コザでいちばんの戦果アギヤー（と、島の言葉で呼んだ。戦果をあげる者って意味さ）は琉球《りゅうきゅう》政府の行政主席よりも拳闘のチャンピオンよりも尊敬と寵愛《ちょうあい》を集めてやまない、地元にとって代えのきかない存在だった（われら語り部《ユンター》のあいだでも、そこだけは異論の余地がないところなのさ。オンちゃんのような大器でもまだ〝英雄〟と呼ぶのに足りないんだとしたら、この沖縄《ウチナー》のどこにそんな名誉にあずかれる人間がいるのさ？）。

　この時代の、この島ならではの申し子ってわけさ。世の中のあらゆるものは深いところでつながっていて、歳月や距離を越えてたがいに共鳴しあう。魂のきれはしが風に乗り、照明弾の明かりに浮かされて海の祖霊も踊りだす。たぐいまれな荒々しさと、息を呑《の》むような神秘をそなえた島の中心には、オンちゃんがいたんだよ。

グスク、レイ、ヤマコ――

三人にとってもオンちゃんは唯一無二の存在だった。

それぞれが自分のなかに、自分だけのオンちゃんの居場所を持っていた。

砂浜に立ちつくすオンちゃんの面差しは、海と陸を照らす光に映えて、見るものの胸が痛くなるような輝きに包まれていてさ。

「そろそろこの島は変わるぞ、おれたちも寝ぼけちゃいられん」

頭上をふり仰ぎながらオンちゃんはその瞳を見開いた。まばゆさの強弱が一瞬一瞬で変わる黄金の面差《クガニ・ヌ・カーギー》しから、グスクもレイもヤマコも目を離せなかった（ああそうさ、それはこの島で生きるすべての沖縄人《ウチナンチュ》にとっても同様だった。われら語り部《ユンター》としても、念を押しても押しすぎるということはない。コザでいちばんの男から、オンちゃんからその目を離すべきじゃない）。

それはアメリカと日本《ヤマトウ》が、あの条約をかわす前の年のこと。三人の記憶にあざやかに焼きついた一夜の情景だった。だれよりも烈《はげ》しく世界に挑みかかり、戦果アギヤーの先頭を走っていたオンちゃんは、たしかにそのときそこで、またたく夜の天幕を見上げていた。

親友《イイドウシ》の、実弟《ウットウ》の、恋人《ウムヤー》のまなざしをその身に浴びながら。

雄々しく呼吸を深めて、オンちゃんはこう言ったのさ。

「さあ、起《う》きらんね。そろそろほんとうに生きるときがきた——」

第一部　リュウキュウの青

1952-1954

一　嘉手納《かでな》の戦果アギヤーたち、鉄の暴風ふたたび、聖域

すばらしく元気の出る音がとどろくたび、眉間や首筋で痛いほどに鼓動が脈打った。

視界に映るなにもかもが帯電している。発火している。

ビート。ドラム。地震でもないのに足元が強く揺れている。

細やかな闇の模様がひらめき、移ろい、砕けた断片となって飛び去っていく。

その年の精霊送り《ウークイ》(旧盆の最終日におこなわれる慰霊の儀式)の夜のこと。彼らはそろって米軍基地のなかにいて、響きわたる発砲音に追われていた。遠くからはエイサーの音も聞こえていたけど、合いの手をかえす余裕はだれにもなかった。

ぱかぁんと音がした。グスクの隣を走っていた仲間の頭《ドウシ》が、デイゴの花のように咲いた。撃たれたヨギが前のめりに転倒して、担《かつ》いでいた木箱をぶちまける。あがひゃあ！　とばっちりの血を浴びたグスクはなりふりかまわず叫んで、走りながら瞼を閉じていた。

追いかけてくるのは、無数の足音、警笛、異国の言語、あとからあとから米兵たちが湧いてきて、威嚇射撃をすっとばして実弾を見舞ってくる。窮地のなかでオンちゃんだけが、走りながら仲間《ドウシ》への鼓舞をたやさず、魚《イユ》の歯の首飾り《フーフラ》（硬い歯に穴を開けて紐《ひも》を通したそれは、ヤマを踏むときのオンちゃんのお守りだった）を右に左に揺らしていた。

「起《う》きらんね！　目を開けとけ、転んだらそのままあの世行きやがぁ」

オンちゃんに発破をかけられて、グスクは両目をひんむいて叫んだ。

「オンちゃん、ヨギが撃たれたぁ！」

「あがひゃ、兄貴《ヤッチー》、くるさりとんど、くるさりとんど」

すぐそばではレイがひっきりなしにわめいていた。

「あいつら、この場で全員、たっくるすつもりやがぁ」

「オンちゃん、どうするよ、どうするよ」

「怖《お》じけちゃならん。拳銃の弾なんて二発も三発も当たらん」

「だけど兄貴《ヤッチー》、アメリカー、ちゃっさん湧いてくるよう」

「このぐらい、心配《シワ》さんけえ！」

オンちゃん二十歳、グスク十九歳、レイは十七歳になったばかりの夏の夜だ。遠くではエイサーの音色が、すこしずつテンポを速める締め太鼓《シメデーク》と片張り太鼓《パーランクー》のつるべ打ちが、たえまない大地の鼓動のように響いている。寿命を一年ずつ削っていくような銃声のこだまは、戦果アギヤーたちに過ぎた日々の記憶をよみがえらせた。

　これじゃあまるで〝鉄の暴風〟さぁね――

　身をもってあの地上戦を体験した十三歳が成人を迎えたこの年、満を持してオンちゃんが標的に選んだのがここ嘉手納空軍基地。キャンプ・カデナ。かつてないほどの大きなヤマだったので、コザだけじゃなく那覇《なは》、金武《きん》、浦添《うらそえ》、名護《なご》、普天間《ふてんま》からも腕自慢の戦果アギヤーたちが参集していた。たくましい肝っ玉《チューサン・ソー》のつわものを集めて計画を練り、怠りなく準備をして、持ちきれないほどの物資を盗みだしたところまでは首尾も上々だったのに、いざ脱出というときになって警笛を吹かれて、大勢の米兵たちと鬼ごっこ《カチミンソーリー》するはめになっていた。

「たいしたことあらん、逃《ひ》んぎれるさあ！」

　オンちゃんの叫びが、だだっぴろい空間にこだまする。

　ここはとにかく広かった。キャンプ・カデナ。なんといっても極東最大の軍事基地だから。

　五百の野球場がすっぽり収まる敷地《しきち》は、都市そのものだった。英語だけで記された標識や警告板、二千メートルを超える滑走路が一級河川のように東西を走っていて、そのまわりに大小の兵舎や格納庫や整備工場、将校クラブ、売店《PX》、緑地や教会、家族の住宅街や公園がひしめいている。なにしろまったく土地勘がないので、抜け道にも飛びこめない（おかしな話だよな、コザ組にとっては地元のどまんなかなのに！ グスクやレイにとってそこは陸続きの外国、アメリカ合衆国の何番目かの州都と変わらなかった）。

　腹のなかの食べものの残りかす、足の裏ではじける小石、枝分かれしながら顔を流れる汗、それらのひとつひとつが生々しく感じられた。グスクとレイは、戦果をつめこんだ袋や木箱を揺すりあげながら、争うように、競《せ》りあうようにアメリカの土地を走った。

　急《せ》く足をもつれさせたレイが、グスクの服をひっぱって体勢を立てなおし、後方に追いやった反動で前に出る。すかさずグスクはレイの後ろ髪をつかんで追い越す。共倒れに転びかけながらふたりで罵声を浴びせあった。

「おまえが悪い。前の日に散髪《ダンパチ》するわ、豚足なんて調達してくるわ」

「おまえだって舐《ねぶ》ってたやあらんね、グスク」

「知らんわけ？ 普段しないことをするのは縁起が悪いのさ。しかも豚足なんて、逃げ足がちょん切られるやあらんね」

「豚足は悪くないさ、豚足はごちそうやさ。こんなときにいちゃもん《ジーグイ》つけて、おまえなんてさっきの銃の音で目ぇつむってからに」

「おれがなぁ？　はっはっ、つむるわけあらんがぁ」

「つむっていたさ、この腰抜け《シカー》。むさ苦しい寝癖おったてたてぇ」

こんなときでもグスクとレイは、ひっきりなしに罵倒合戦《イーヒヤーアシヒヤー》の火花を散らす。洟《はな》たらしのころから直らない悪癖も、好きになった女の数もたがいに知っている間柄だけど、アメリカーへの恨みつらみも浜遊びの楽しさも、拾った金で買ったコーンドッグも分けあってきた幼なじみだけど、コザでいちばんの男の親友《イイドウシ》として、はたまた実弟《ウットウ》として、そのすぐ隣を走る〝最高の相棒《イッチン・ヌ・グー》〟の座は譲れなかったから。このときもオンちゃんが割って入らなかったら、後方の米兵たちめがけて相手を突き飛ばしかねない仲の良さだった。

「かしまさんど、いまは寝癖も豚足もどうでもいいさ」オンちゃんがまくしたてた。

「もたもたしてたらヨギの二の舞さぁね。このぶんじゃアメリカーは降参もさせてくれん。生きてようが死んでようがおかまいなしに一網打尽にするつもりさ」

大声でたしなめるオンちゃんも困惑を隠せていなかった。いったいどうなってるのさ！　ほかの戦果アギヤーになじられても答えられない。だってこんなふうに追われているだけでもありえない。軍作業のトラック運転手になりすましたり、不良米兵を抱きこんだり、そういう不測の事態をまねきかねない計画は立てていない。どんなときも〝金網破り〟の正攻法を崩さないのがオンちゃんで、単純なぶんだけその計画は崩れづらく、これまでに警笛や銃声に追われたことは一度もなかった。

それなのに、いったいどうして――

敷地のどこかで姿を見られたか、それとも基地への侵入経路が見つかったのか？

強奪計画を立てるとき、オンちゃんは〝生還〟を最優先にしてきた。破った金網を見破られないことにはそれこそ最大限の注意をはらってきた。

ところがこの夜にかぎってはどうだ。わけもわからないうちに追いたてられて、生死の瀬戸際《せとぎわ》を走らされている。まばたきひとつするかしないかのうちに、尻の穴《チビ・ヌ・ミー》をもうひとつ開けられても不思議じゃなくなっていた。

だだっぴろい基地のなかにいるのに、エイサーの響きがやまない。外の音がここまで聞こえてくるはずもないのに――グスクやレイの鼓膜の残響なのか。それとも精霊送り《ウークイ》の夜に、あの世《グソー》の門が開きつつあるのか？

銃声と呼び子、ブーツの音がつらなって、数方向からはジープやオート三輪の音も聞こえてきていた。十人強でつるんだ戦果アギヤーたちは、分散したり合流したりをくりかえしながら逃げつづけていたけど、標識はひとつも読めない。目安になる建物もない。広大な基地のなかはどの方位にも陸地が見えない大海原のようなもの。海図も羅針盤《カラハーイ》もなしに遭難しかけたグスクは船酔いのような眩暈《めまい》をおぼえた。ほとんど吐きそうだった。

建物の角を曲がったところで、前方にあらたな追っ手が見えた。

あわてふためいて方向転換して、建物の反対側へと回った。

ところがその先の、分画網の向こうからも数台の車両が走ってくる。これじゃ挟み撃ちだ、戦果アギヤーたちはいよいよ足をすくませた。

だけどオンちゃんはちがった。こっちやさ！　と叫びながら左手の格納庫へ走りだす。一行も息せき切らせてあとを追いかけた。閉めきられていないシャッターの隙間に滑りこみ、全員で内側から手動式のシャッターを下ろしにかかった。追いついてきた米兵たちが足や腕をねじこんでくる。服の裾をつかまれて、銃口が挿しこまれたところで、折り畳みナイフの刃を出したレイが米兵の手足をしゃこしゃことめった刺しにした。

最年少のちびすけ《インチョー》ながらそこはレイだ。子どものころからの拳闘ごっこ《グワーシー》のおかげで喧嘩《オーエー》は負けなし、手先が器用《ティグマ》なのでナイフでも持たせたら無類の凶暴性をむきだしにする男さ。米兵たちを退けたレイは「いいこと思いついた」と航空機を指差した。

「こいつをぶん奪《ど》って基地を出るのさ、兄貴《ヤッチー》！」

「このまぬけ《フラー》、こんなものだれが操縦しきるか」

「おまえ、なけなしの脳みそまでどこかに落としてきたなあ」

すかさず兄《ヤッチー》とグスクに一蹴されて、むー乗りたかったな、とレイは未練たらたらで航空機の翼の下を抜けた。反対側の通用口から飛び出しても、眼前にひろがるのはどこまでいっても異国の土地だ。故郷のまっただなかで遭難しかけたグスクとレイは、帰巣《きそう》しそびれた伝書鳩《ホートウ》のようなまなざしを漂わせるしかなかった。

「このぐらいまだまだよ、万策つきたわけやあらんが」

だけどオンちゃんはちがった。こんなのなんでもあらんと声を嗄《か》らし、それぞれの肩を叩《たた》いてまた先頭を走りだす。エイサーでいうなら旗頭を引き受けながら、地謡《ジーウテー》も太鼓打ちもいっぺんにこなしているようなものだ（ありえない離れ業《ホーカー》ってことさ！）。オンちゃんのあとをグスクもレイもがむしゃらに追いかけた。オンちゃんの足は速かった。あまりの速さで、首にさげた魚《イユ》の歯の飾りが後ろになびくほどだった（物心ついたころからそうだったよな、グスクもレイもその速さには目をくらまされっぱなしだった）。

地元でもいちばんの宴会好き《テーファー》と、はしっこい直情の荒くれもの《ナマチャー》、そんなふたりがこれまでの危難を〝なんくるないさ〟で乗りきってこられたのは、いざとなったらオンちゃんについていけるのはおれだけだという自負があったからなのさ。だからふたりとも、オンちゃんと自分のあいだに割りこんでくる悪友《ドウシ》や愚弟《ウットウ》に後れをとれなかった。もたつかずまごつかずに並走して、尻ごみなんてしないことを証明し、走りながらおしゃべり《ユンタク》だってできることを証明し、自分だけはどこまでも一緒に行けることを証明しなきゃならなかった。

「ここからはひとりも欠けずに基地の外に出るさ、いいなおまえたち！」オンちゃんが高らかに叫んで、並走する戦果アギヤーたちに強い視線をめぐらせた。

「おおっさ、このぐらいなんでもあらんがあ」グスクも叫びかえす。

「急がなきゃならん、あいつが待っているさ」

「あいつよ、待ちきれんでむくれとるねえ」

「ヤマコが待ってるさ！」レイも鼻息を荒らげた。

あとどのぐらい走ったら、基地と故郷とを隔てる金網が見えてくるのやら。

目指すはヤラジ浜の方角だ。外の世界との境目で、男たちの帰還をヤマコが待っている。

最後にその美《ちゅ》ら瞳《み》を見たのが、遠い昔のことのようだった。


さかのぼることその日の夕方、めいめいが持ち寄った食材は、どれもこれもひとりの島娘の手で調理された。豚足、中身《なかみ》汁《じる》、スクの塩漬け、炒りつけ《イリチー》、戦果でためこんだ缶詰もどんどん開けて、普段ならありつけないごちそう《クワッチー》だらけの晩餐《ばんさん》が持たれたのはもちろん大勝負に景気をつけるためだった。腹ごしらえを終えていざ、破った金網をくぐり抜けたところで、戦果アギヤーたちは背後から呼び止められた。

「あたしも行くってば、連れていってよ」

あーあー始まった、助《すけ》っ人《と》のみなさんもいるっていうのに。置いてきぼりが我慢できないヤマコをオンちゃんがなだめすかし、グスクとレイが焦《じ》れながらやりすごすその時間は、彼らの出陣前のお決まりの儀式になっていた。

「あたしが働きもの《アガチャー》なのは知ってるさ。料理の火加減を見るだけが能やあらん。一度もちゃんと試してくれんのは好かんよ」

このころの島娘ではまれな一七一センチメートルの長身（おかげでだれもマヤ子と本名で呼ばなかった）、地球よりも重力の軽い星で育ったみたいに手足が長くて、肘にからまるつややかな黒髪でなら千の夜を織りあげることもできそうだった。唇の透き間にはつぶぞろいの歯列が覗いていて、額からくるぶしまできれいに日焼けしたその肌は、オンちゃんの指先にふれられるときにだけ、夕陽《ゆうひ》を宿したような色と温度に染めあげられた。

ヤマコの言葉に嘘《うそ》はなかった。オンちゃんのいる場ではかいがいしい新妻《ミートゥジ》のように洗濯や掃除をいっぺんにこなして疲れたそぶりも見せない。左手でゴーヤと島豆腐を炒《いた》めながら右手でパンツを手洗いできるのがヤマコだった。玄関先に届けられる〝戦果〟だけでは満足できずに、待ちぼうけの日々のなかではちきれそうな願望を熟させて、オンちゃんがその命《ヌチ》を燃やす時間をともに走りたがっていた。

オンちゃんの手が、網の目を挟んで、ヤマコの手にかぶさった。なにかをささやかれるたびに、拗《す》ねるようにすり抜ける指先が、すぐにまた折りこまれる。

グスクとレイはそれぞれに素知らぬ顔をしながら、金網ごしにからみあう指と指とを見つめた。

オンちゃんとヤマコのあいだには、ずっとひそやかに進行しているものがあって、それはおなじ街でおなじ空気を吸ってきたグスクやレイにも共有することのできないものだった。交わる指と指、風景から切りとられたつがいの手。オンちゃんとヤマコがその手を軸にして、ゆっくりと回転しながら舞いあがり、滑走路から飛びたつ航空機の翼をかすめ、成層圏すら突破してふたりだけの宇宙《ティンガーラ》にまで飛んでいっても、グスクとレイはきっと驚かなかった。そんな濃密な一体感のなかでは、周囲の目を気にしろというほうが難しいらしかった。

「おまえはここで待っちょけ」オンちゃんは言った。「おまえが外にいれば、おれはかならず帰ってこられるさ」

「ならん、今日こそならん」むくれるヤマコは顔をそむけた。

わからず屋《ガージュー》と煙たがることなく、オンちゃんは嚙《か》んで含める。

「ここで待っちょけ。おれが迷わないように」

オンちゃんの言葉でヤマコは頬をふくらませ、うつむいて、それっきり駄々をこねるのをやめてしまった。ちょっとみなさん、いまの聞きました？

おれの灯台になれってことか、あひゃー気障《きざ》！　グスクが言ったら赤っ恥にしかならない科白《せりふ》も、オンちゃんが口にすれば格好がつくんだからずるいよな。オンちゃんめ、実はシークワーサーなみのでべそのくせに。腕なんて毛むくじゃらの野猿《キーマー》のくせに。基地を走りだしたその一歩目で山羊の糞《ヒージャー・ヌ・クス》を踏んじまえ！

男としての不平等をかこちながら出陣する一行につづこうとしたグスクを、ヤマコがしつこく呼び止めてきた。

「オンちゃんをよろしくね、ニイニイ」

「おまえはまた、豚っ鼻ならしてえ。どうしていつもおれに言うのさ」

「だってニイニイにしか頼めんじゃない。あたしは連れてってもらえないんだから」

オンちゃんのためなら純真にも、傲慢にもなれるのがヤマコだった。おれの心配はしないのかよとグスクは不満をおぼえたけど、さみしげにふてくされた美ら瞳《ちゅらみ》に見入られると、おまえは黙ってエイサー見物でもしとれ、とは言えなくなるのだった。

あれから数時間、脱出地点で待つヤマコのなんと遠いことか。

いまどのあたり？　グスクもレイも、基地のなかで途方に暮れていた。

助っ人をあわせて総勢二十人強で乗りこんできたのに、残っているのは半数に満たなかった。ざっと見渡すかぎりでは、那覇のサブローとフク勝《まさ》、普天間のシンザ、浦添のキンジョー、それから出身を聞いていないテルアキと謝花《じゃはな》ジョー。そのほかの戦果アギヤーは基地のなかではぐれたか。それともヨギのように銃弾に当たって、米兵のブーツの染《し》みになっちゃったか？

うなぎのぼりの戦果アギヤーの被害件数に、業を煮やした米民政府は〝見つけ次第、射殺を許可する〟とお触れを布《し》いていた。キャンプ・カデナの周辺ではよく狙われる倉庫地帯の警備が強化されていて、それならいっそ倉庫は捨てて、基地そのものを叩こうと言いだしたのがオンちゃんだった——極東最大の基地に盗みに入るものはまずいない。だからこそアメリカーは油断する。敷地が広すぎるということは死角に事欠かないということで、侵入それ自体の難易度は高くない。難しいのは敷地のどこに物資が貯蔵されているかを見極めることだ。これればかりは行き当たりばったりとはいかない。だからこそオンちゃんは事前の下見をくりかえし（本番の前につごう十回は侵入した。とてつもない強心臓だよな！）、キャンプ・カデナの建物の位置、脱出と運搬のための径路をひととおり頭に入れていた。

あがひゃあ、また来やがった！　世界の音量のつまみをすこしずつ捻《ひね》るみたいに、警笛や車の走行音が大きくなる。空気が熱せられ、足元に震動が伝わってくる。グスクやレイを一瞬で血と肉のかたまりに変えてしまう〝鉄の暴風〟が、止めることのできない濁流のようなエネルギーが基地のなかで渦を巻いている。

これじゃあ人間狩りやさ、戦果アギヤーたちは口々に言った。

撃たれっぱなしでいられるか、と手持ちの戦果をあさりだしたものもいた。

謝花ジョーもそのひとりだった。鋭利な顔つきを強《こわ》ばらせ、肩に担いでいた木箱から軍用拳銃を出すと、追っ手に発砲を返しはじめた。

「撃ち返したら、戦争やあらんね！」

オンちゃんがいなしても、謝花ジョーは拳銃を下ろさない。黒い針金のように強《こわ》い長髪を結わき、頬やあごの線は鉄床《かなとこ》で打たれたように鋭かった。グスクはその名前と、凄腕《すごうで》という噂《うわさ》しか聞かされてなかった（もっとも偽名かもしれない。密告されたらおしまいの窃盗常習犯なので本名を明かさないものも多かった）。

拳銃なんていつのまに奪《と》ってきたわけ？　グスクのあずかり知らないところで数人の戦果アギヤーが、弾薬庫を叩いて、換金目当てで銃器や弾薬を盗んできたらしかった。謝花ジョーにつられてほかの面々も拳銃をかまえたが、装弾に手こずり、安全装置をもてあまし、ほとんど満足に撃ち返せていない。ただひとり謝花ジョーだけが従軍経験でもあるのか、慣れきった手つきで弾倉を換えて、まごつかずに弾幕を張っていた。

「コザの大将、寝言《タークトゥ》はよさんね」謝花ジョーはふてぶてしく吐き捨てた。「おれたちはいまここで、アメリカーと戦争しているやあらんね」

オンちゃんは銃器に頼らず、走りながら全体を統率することに集中している。謝花ジョーの反撃でいくらか追っ手を引き離し、しばらく走ったところで建物が密集した区画に出てきた。夜間で人気《ひとけ》のない売店《PX》の倉庫群。英語の看板、梱包《こんぽう》箱の積まれた軒先、車道の向こうには米軍の家族住宅も見渡せた。明かりの消えた家並みが暗い夜と同化している。大きな十字架がそびえる三角屋根、子どもが遊ぶための遊具や砂場も望むことができた。

「こいつなら乗っとれる、おれたちにも運転できるさ」

倉庫の裏に停《と》まったジープやピックアップを物色したオンちゃんが、鍵が挿さったままの一台を見つけた。われがちに乗りこもうとしたそのとき、グスクは頭のすぐうしろで、細くとがらせたような異国の言語を聞いたのさ。

拳銃を、突きつけられていた。

全身の血のめぐりが止まるかと思った。

両足が動かなくなった。夜陰に身をひそめていた米兵に見つかった。獅子像《シーサー》のように固まったグスクは、唯一自由になる視線でオンちゃんに助けを求めた。

だけど親友《イイドゥシ》はすでにピックアップの荷台の上だ。即時射殺のお触れが脳裏で反響を大きくした。

ああ、おれはここまでか、ヨギの背中が見える——焼けつく夜気を吸いこんで、両目をつぶりかけたその瞬間、戦果アギヤーのひとりが動いた。

頭で考えるよりも先に、体が動くやつだった。拳銃をかまえる米兵の腕に飛びかかったレイが「おれの友達《ドゥシ》になにする！」とわめきながら、握ったナイフで喉笛を狙った。驚いた米兵はのけぞって後退して、ナイフは空を切ったけど、間隙《かんげき》をついて謝花ジョーが銃口を突きつけて、あべこべに米兵の自由を奪ってしまった。

銃をかまえたアメリカーに、倍の図体《ずうたい》がある軍人に飛びかかるなんて。とんでもなく無謀な男だった。おれといてよかったね、命びろいしたねぇと恩着せがましい得意面を向けてくるのがグスクには業腹《ごうはら》だったけどね。

騒ぐなヤンキー、と謝花ジョーたちに脅されているのは、Tシャツに認識票《ドッグ・タグ》をぶらさげた長身の白人兵だ。兵舎の外で一服していて運悪くはちあわせたのか、拳銃をいまにも暴発させそうな侵入者の剣幕にすっかり気を呑まれている。捕虜にした米兵を荷台に引っぱり上げると、乗りこんだピックアップを出発させた。

走りだした車の上でレイたちは米兵を袋叩《ふくろだた》きにしようとしたけど、たっぴらかしてもどうにもならんとオンちゃんにいなされた。

「そんなことより知りたくないか、おれたちがこんな目に遭ってるわけを」

那覇の闇市で〝戦果〟を売りさばき、憲兵《MP》のガサ入れにも慣れたフク勝は、英語がぺらぺらだった。ほわ？　ほわ？　とフク勝はまくしたてる。えまーじぇんしー、りーずん、ほわほわ？　やっとのことで質問を理解した米兵が返答する。ぱーどぅん？　おなじことを何度もくりかえさせて、聞きとった単語をフク勝がつなぎあわせた。

基地の北東で破られた金網が見つかったらしい。白人兵はピックアップの荷台からしきりにひとつの方角を指差していた。

「ちょっと待たんね。北、やあらんがあ」

オンちゃんは荷台に立って、指差された方角に顔を向けた。

「おれたちが入ってきたのは、あっちやあらんが」

「やっさあ、ヤラジ浜は北やあらん」

「どういうわけよ、侵入経路がもうひとつ？」

もっとつぶさに質問ができたなら、より正確な事実がつかめたかもしれない。だけどこのときはこれが精一杯だった。グスクやレイが侵入したのは基地の西、ヤラジ浜の方角だ。ところがこの米兵は、滑走路をまたいだ北の方角に侵入経路が見つかったと訴えている。この米兵の勘違いじゃないのなら、おなじ夜に自分たちとは別の侵入者が入ったことになる——

「あがあっ」そこでオンちゃんがうなった。

オンちゃん、兄貴《ヤッチー》、グスクとレイが同時に声を上げた。

撃たれた、オンちゃんが撃たれた！

立ち上がって方角を確かめていたところで、飛んできた銃弾がその肩口をかすめた。オンちゃんは荷台にくずおれる。押さえた指の隙間から血があふれだし、魚《イユ》の歯の首飾りが赤黒く染まっていった。

わめきながら兄《ヤッチー》に駆け寄ろうとしたレイを、「危ない、まぬけ《フラー》！」とグスクが上から覆いかぶさってしゃがませた。

ちゅいん、と車が火花を散らした。鬼ごっこ《カチミンソーリー》は終わっていない。近づいてくる車の光、数台のジープやバンやオート三輪が追ってきている。オンちゃんは荷台の全員をうずくまらせ、窓をバンバンと叩いて運転席のシンザを急きたてた。

右方からオートバイにふたり乗りした米兵が現われて、ピックアップの右側に追いついてくる。危険運転も顧みずにトムソン銃を向けてくる。

左にふりきれ！　ピックアップは大きく蛇行する。謝花ジョーが撃ち返した銃弾がタイヤに穴を開けて、追ってきた米兵たちはオートバイごと転倒した。ところがその銃弾は、ふたり、転ぶまぎわにやみくもに乱射していった。車の窓を粉々にした四五口径の銃弾は、運転席のシンザにも命中した。さしもの普天間の豪傑も鉛の弾を食わされては運転をつづけられない。ピックアップは滑走路の緩衝ブロックに突っこむ。腰や首を衝撃がつらぬいて、基地の風景がおびただしい断片になって砕け散る。戦果アギヤーたちは荷台から放りだされた。

転落のはずみでくす玉のように頭蓋骨を割ったものはいなかったけど、ひとりとしてすぐに立ち上がれなかった。気の早すぎる亜熱帯の虫たちが、今夜のおすすめ料理《クワッチー》にありつけそうだと群がってくる。寄るな、まだおまえらの餌やあらんど！　グスクはふらつく頭をもたげて、どうにかこうにか上体を起こした。

「グスク、まだ踏ん張れそうね？」

肩の銃創で血だらけになり、走る車から投げだされ、ぼろぼろになりながらもオンちゃんは立ち上がり、すすんで声をかけてきた。その不屈ぶりはどこから来るのか、それはコザの神秘だった。驚異の源だった。魂ごと引き揚げるようなその声が、グスクの両足に活力をよみがえらせる。大の字でのびていたレイも、兄《ヤッチー》に支えられながらその身をもたげた。

「ちくしょう、まだまだよ。こんなところで死にたかないさ」

本音を隠さないオンちゃんに、おれも、おれもやさ、とグスクもレイも声をそろえた。

数方向からライトを照らされて、戦果アギヤーたちは散りぢりに逃げだした。荷台から放りだされて骨にひびでも入ったか、汗まみれのレイはぴょこぴょこと片足で跳ねるようにしか走れない。グスクはグスクで転落のはずみに頭を打ったようで、青息吐息で走りながら視界はかすみ、ふらついて何度も転びかけた。めまぐるしく左右に流れるキャンプ・カデナの風景がぼやける。グスクやレイたちが生きられない世界。長居してはいけない領域。木々が縫い目のように点々と生えている一帯を移動するうちに眩暈が強くなり、耳鳴りまでひどくなって、だれがついてきていて、どこをどう走っているのかも見当がつかなくなっていた。

そうこうするうちにグスクとレイは、はたと気がつかされた。

オンちゃんの声がしない。

親友《イィドゥシ》の、兄《ヤッチー》の姿がどこにも見当たらない。

さっきまですぐそばを走っていたのに。夜陰や木立を渡りつぐうちに、オンちゃんともほかの仲間ともはぐれて、グスクとレイはふたりきりになっていた。

「オンちゃんは、レイ！　オンちゃんはどこいったよ」

「わからん、さっきまでおまえの前にいたろうが」

呼んでも呼んでも、返事がない。近くにいないのか、追っ手を散らすために別の方角に逃げたのか、といって銃声に追われていては引き返すこともできない。すぐに合流できることを信じて走りつづけるしかなかった。

「オンちゃん、聞こえてるか、聞こえたら返事くれえ！」

たったひとつの導《しる》べをなくしたグスクとレイは、広大な海をさまよう遭難者の心地を振りはらえなくなっていた。走っても走っても、基地の果ては見えてこない。眩暈はひたすら強度を増して、延々とおなじ場所を駆けずりまわっている感覚が深まるばかり。どのぐらいそんなふうに逃げてきたか、気がつくといつのまにか――

ひっそりと静まりかえった、基地のなかの緑地に迷いこんでいた。

エイサーの太鼓の音が聞こえる。遠い空が鳴っている。

わずかに地面が震えている。追っ手の銃声はとぎれていた。

木立のはざまをよろよろと走っていると、だしぬけに風景がひらけて、四方の木に隠された広場のような空間に出た。頭上の葉は分厚く、星影はひそかで、片隅にはでこぼこの石塁のようなものが三メートルほどの幅で積まれている。

石塁のまわりには赤や紫のブーゲンビリアが咲いていて、木《こ》ぬれがさらさらと鳴っている。葉陰に垂れこめる陰影にはまばらな濃淡があって、暗幕の裾がうごめくような濃密な気配も漂っている。都市そのもののような基地に点在する緑地のひとつだけれど、ほかの場所とはどこかちがっていた。吹きわたる風の感触がちがう。海辺で耳に貝殻を当ててたみたいに、血潮のざわめきが鼓膜の奥で波打っている。

「こんなところで、お寝んねかよう」

グスクが隣を見ると、ついにへばったレイが地面にのびていた。頬をはたいて起こしても、半開きの瞳はどこにも焦点をあわせない。

「あむあ、兄貴《ヤッチー》は？」

夢うつつをまたいで、意識もあやふやなようだった。

「あのよ、ここってさ……」

「むー、ここどこなぁ」

「ここって、ウタキみたいさぁね」

グスクは自分の言葉で、自分の首筋に粟《あわ》を立てていた。

「基地のなかに、なんでウタキよう」

「だからよう、そりゃそうだけど」

ウタキはこの島の聖域。土着の信仰にもとづく拝所《ウガンジュ》（大木、泉や川、森林そのものを信仰の対象とする〝ご神体も本殿もない社《やしろ》〟ってところかね）。碑《いしぶみ》のたぐいがあるわけでもないのに、どうしてここがウタキだなんて思ったのか？　グスクにもよくわからなかった。わからないけどそう感じたのさ。昔からここにあったウタキが土地接収のあとにも保存されているとか？　それはないよな、ブルドーザーを自家用車にするアメリカ人が、ただの草っぱらでしかない異文化の聖域を手厚く保護するわけがない。極東最大の軍事基地のただなかで、ウタキがウタキらしさをとどめたままで残されることなんてあるはずなかった。

「……こいつよ、ひとりだけ寝たらならん、起《う》きらんね」

だらしなく口を半開きにして、レイがまた失神していた。

独りぼっちになりたくなくて、無理やり目覚めさせようとしたところで、
物音が、聞こえた。


フゥイィイィイヤァサァァァ、サァァァァァァ……


……いまのなにかね？

風の音じゃない。動物の鳴き声でもない。

グスクの耳には、かすれちぎれそうな人の嗚咽《ナチグイー》のように聞こえた。

こんなところにだれがいるのか。おまえも聞こえたか、と声をかけてもレイは起きない。

切れぎれの泣き声のようなものは、石塁の向こうから漏れてきていた。

グスクは息をひそめて、声の正体を嗅ぎとろうとした。目を凝らせば、石塁の向こうからはかすかな光がこぼれている。あるかなきかの、蛍の巣が発するような光。現実の裂け目から漏れてくるような光。エイサーに喚《よ》ばれた島の亡霊が、幻覚をもたら

しているのか。

イイヤヤアサァァア、サァァァァァア……

ハァァァァァ、イイヤァァァァ……

ほら、また聞こえた。聞こえてすぐに風にまぎれて消えた。

もしかしていまのは、とグスクは思った。いまのはお囃子《はやし》じゃないかね?

彼方《かなた》から響いているエイサーの調べにあわせて、嗚咽《ナチグイー》を漏らすように、苦しげに息むように合いの手を絞りだしている。そんなふうに聞こえた。

怖じけちゃならんとグスクは自身に言い聞かせる。なんだ合いの手かぁ、と安堵《あんど》できるような場面でもないもんな。かえって股間の締まりがあやしくなった。

垂れこめる花のにおいと葉擦れの音。ここがウタキめいているからなのか、声の正体を確かめたくても体がすくんで動かない。石塁の向こうを覗《のぞ》いたとたんに、なにごとかの禁忌にふれてしまいそうで動けない。闇の奥から伸びてくる骸骨《カラフニ》の腕に足首をつかまれているみたいだった。

「わからん、ここはどこよ、どこに迷いこんだのさ」

グスクは独りごちた。異常な出来事にすっかりあてられていた。

と、そこで地面が震えた。すぐそばの梢《こずえ》から鳥が飛びたった。

アメリカーが追ってきた。しかも囲まれている。

木立の向こうに懐中電灯の光をひらめかせ、数方向から群がってきている。ものものしくつらなるブーツの足音が、包囲の輪を縮めてきていた。

さすがにここまでか、ここで囲まれたら逃げきれない。夜のいちばん深いところに漂着して、最後の余力すらも暗闇に吸いとられたように体がふやけきっていた。なすすべもなくグスクが膝を折りかけたところで、この世に出たり入ったりしていたレイがふいに目を覚まして「……あっげ、兄貴《ヤッチー》は？」と訊いてきた。

昏倒《こんとう》寸前の意識がぶつぎりになって、事の前後をつかめなくなっている。たったひとりの連れもこのありさまだ。グスクはがっくりとうなだれて、

「オンちゃんとは、ここに来るまえにはぐれた。はぐれたままやさ」

「だけどいま、兄貴《ヤッチー》が来ていたよ」

「まぬけ《フラー》、来てるのは、アメリカーやがぁ」

「わかってるさ、だけどそのあとに兄貴《ヤッチー》が突っこんできて……あれ？　なんでグスクしか居《う》らんわけ。兄貴《ヤッチー》は、兄貴《ヤッチー》はどこよ」

幸せなやつだね、うたかたの微睡《まどろ》みのなかでこうあってほしいという願望を夢に見ていたんだな。レイによると、空軍の航空機を乗っとったオンちゃんがダ・ダ・ダ・

ダーンと雄々しい伴奏を鳴らしながら降りてきて、魚《イユ》の歯の首飾りを胸の上で握りこみながら、ここはおれが足止めしておくから逃《ひ》んぎらんね、とグスクたちに発破をかけてきたっていうのさ。

起《う》きらんね、とオンちゃんは言ったんだってさ。

ふたつの目を開いて、命《ヌチ》があるかぎりは走らんね。

生還こそがいちばんの戦果、だからおまえらはその命《ヌチ》を持ち帰らんね。

オンちゃんはそう言ったんだってさ。グスクにも面と向かって、おれの弟《ウットウ》をよろしく頼むとも言ったんだってさ。

すばらしい驚異の源。胸の奥に何度でも火をくべてくれる熱源。レイの視《み》たというオンちゃんの雄姿が、グスクの視界にも映ったような気がした。

わかったよ、寝るのはまだ早いよな。グスクは深々と息を吸いこむと、レイを揺りあげて背中におぶり、緑地のただなかを一目散に走りだした。

たちまち発砲の音が上がった。グスクは木立のなかをジグザグに走り抜けた。振り返らずに地面を蹴った。銃弾のつぶてが木の幹で弾けて、焦げた熱気に鼻面《はなづら》を焼かれる。頭がふらついて肺には空気が足りず、どちらに向かえば出られるかもわからなかったけど、それでもグスクは走った。倒れそうになるたびに外の世界で待つものを連呼して（太陽！　海！　酒盛《スージ》り！　唄と踊り！　この島で生きたことのあるものならそのすべてに驚嘆の声を上げずにはいられないさ、あききさみよう！）、前へ前へとその体を押しだした。

ちゃらんぽらんなお調子者《テーファー》で、それまでの十九年間を流されるままに生きてきた男だけど、それでもグスクはこの沖縄《シマ》の若者だ。ほかでもない〝鉄の暴風〟を生きぬいた若者だよ。だからよく知っているのさ。この島の宴会《スージ》の多幸感を。おのずと手や足が動きだす幸福な一体感を。喉が渇ききったときの水の美味さを。二度寝の気持ちよさを。島の娘たちの肌がどんなに熱くて柔らかいかを。にぎわう市場から静かな海辺へ移ったときの、あの心地よい魂の揺らめきを――知っているからこそ、飽くなき命《ヌチ》への執着から、危機に対する驚くほどの耐性や瞬発力を呼びさますことができるのさ。アメリカーめ、キャンプ・カデナめ、おれたちはこんなところで死にたくないとグスクは念じた。おれたちはまだまだ生きていたいのさ！

だけどこれだけ無謀な真似《まね》をしでかして、いつまでも無傷でいられるはずもない。次の瞬間、銃弾が尻をかすめた。あまりの激痛で足がもつれて、グスクはあごから転倒した。無理に体勢を立てなおしてレイを背負いあげ、走りだしたけど、数メートルと進めずにまた崩れる。レイはもはや完全に失神している。暗闇の沼から這《は》いだしてくる迷彩色の亡者《もうじゃ》のように、すぐ真後ろまで米兵は迫ってきていた。

「ああっ、もうそこまで来てるよ、ニイニイ、もっと走らんね！」

そこであの声が聞こえたんだよ。

視線を転じれば、ヤラジ浜の金網が見えていた。

約束どおりたしかにそこで、ヤマコが待っていた。

「早《へえ》く、早《へえ》くなあ、逃《ひ》んぎらんね！」

ちくしょう、おれはオンちゃんに頼まれたのに——

ここにいたってグスクは、レイを背負いきることができない。

あらたに差しこんだ導きの声にひっぱられるように、ほうほうの体で駆けだした。

前と後ろに体を分断されるような心地におちいって、振り返ると、大勢の米兵たちにレイが圧《の》しかかられていた。

息もつかずに金網を飛びだしたところで「オンちゃんは！」とヤマコに訊かれた。

グスクは弁解のひとつもできなかった。おれはこいつにも頼まれたのに、だれの頼みにも応えられずにおめおめとひとりで出てきちゃった。だけどヤマコは、その場でそれ以上の追及はしなかった。切羽つまった事態に急かされて、グスクに肩を貸し、ヤラジ浜へと一緒に走りだした。

軍道一号線をまたいだ砂浜の向こうに、真っ暗な夜の海がうごめいている。米兵たちは基地の外まで追ってきた。荒々しい潮のにおい、砂まじりの風、砕かれた風景のつぶてがグスクとヤマコの顔に降りそそぐ。ふたりは海岸線の岩礁へと走った。命からがら越境してきたのに、アメリカの追撃はとぎれない。尻の痛みで眩暈も止まらない。軍道の先からは憲兵《MP》のバイクも走ってきて、あちこちに閃光がまたたき、世界はなおも揺れていた。

海風に髪をなびかせるヤマコは、奥歯を嚙《か》みしめながら走っている。燃えるような瞳でグスクを見返して、

「もう保《も》たんさ、ニイニイ、跳んで！」

言うが早いか、肩からグスクにぶつかってきた。

押しやられるままにグスクは、岩場のへりで跳躍した。

その先に、地面はなかった。


海中に落ちたはずみで、グスクの意識は飛んでいた。

それでも海は分厚い弾よけになって、島の子を守ってくれた。

海の底に墜《お》ちていったグスクは、とぎれとぎれの記憶のなかで、熱くてしなやかな腕に抱きすくめられた。沖合までしばらく流されて、波間に漂いながら意識を取り戻したころには、雲の隙間から曙光《しょこう》が差しつけて、水平線が金色に染まりつつあった。

太陽の明るさと温かさが島全体に目覚めをうながして、長い夜の終わりを告げていた。戦果はなし、オンちゃんやレイとは離ればなれになって、傷を負った体が悲鳴《アビーグイー》

を上げていたけれど、それでもグスクは生きていた。また生きのびた。波のはざまで息を継ぎながら、グスクは自分でも込みあげるものをこらえきれなくなって。

たらふく海水を飲みながら、顔をゆがめて、声を出して泣きじゃくった。あらたな世界に投げだされた、赤んぼう《アカングヮ》のように。

途方もない歓喜と恐怖のはざまで、ヤマコと浮かびながら。

ふたたび意識を失うまで、泣きつづけたのさ。

二　英雄の消えた街、カフー、クブラは恐ろしい

グスクの夢に、オンちゃんが何度か出てきた。

おまえが生きのびたってことは、命《ヌチ》びろい《・ヌ・》の宴会《スージ》が盛り上がるねえ。これでまた、カチャーシーが踊れるさ。おまえの唄と踊りは絶品だからなあ。

腹いっぱい食べて、好きなだけ朝寝をしていたい。一攫千金《いっかくせんきん》をなしとげて一生働かないで生きていきたい。そういう望みを戦果アギヤーに託してきたのがグスクだ。後ろ髪はいつも寝癖《フユークサラー》でそりかえっていて、ゆうべの食べかすが枕元に散乱している。あんたみたいなものぐさ男は見たことないさ、と年下の親戚にあげつらわれて涙目になったこともあった。

だけどそんなグスクにも、島の最良の遺伝子は息づいていた。親友《イイドウシ》とちがってグスクのそれは宴《スージ》の中心にいるときにだけ発揮されたのさ。喉には自信があったし、熟

達のおじいやおばあにも引けをとらない踊りを披露することができた。
ほんとうに見事なもんやさあ！　だれもが賛辞を惜しまなかった。（ユーイヤナー・イーヤサッサッ）、島唄や三線《さんしん》の芸《わざ》もさることながらひとたびカチャーシーの踊り手になれば、世が世なら踊奉行《おどりぶぎょう》に任じられてもおかしくないあざやかさ。琉舞《りゅうぶ》の達人さえ賞讃《しょうさん》するほどのすばらしさ。（ハーイヤー・イーヤァサッサッ）、魂の源泉から滋養をすくいとるように手舞い足舞い、掌《て》を返して左右に振って、大地に胎動をうながすように両足を鳴らして、（ハーイヤー・テントゥルン・テンシトゥトゥン）、集まった人々はひとり、またひとりと呼ばれて、だれもが憂《う》さも嘆きも忘れて、グスクを中心に踊りだすのさ。

かりゆしぬ遊《あし》び　打ち晴りてからや
夜《ゆ》ぬ明きて　太陽《てぃだ》ぬさ　上がるまでぃん
夜《ゆ》ぬ明きて　太陽《てぃだ》や　上がらわんゆたさ
巳午時《みんまどち》までんさ　御祝《うゆえ》さびら

（ユーイヤナー・イーヤッサッサッ）、亜熱帯の夜のもとに、喜びも悲しみもかき混ぜた忘我のるつぼが生まれるころには、だれもが宴会《スージ》から去りがたくなっている。

とりわけオンちゃんは、グスクのカチャーシーをこよなく愛していた。もったいぶったらならんがあ、と催促してくるのもいつもオンちゃんだった。オンちゃんやレイが無事に戻って、全員がそろったあかつきには、舌や手足がひっこ抜けるまで唄い踊り明かそう。待ちわびた歓喜の渦のなかでカチャーシーを、皆でこころゆくまで堪能《たんのう》しよう。夢のなかでグスクはそう祈願《ウガン》していた。

朝夕さも御側《うすば》　拝《うが》みなれ染《す》めの
里や旅しめて　如何《いちゃ》し待ちゆが
別れゆるきはや　遺言葉《いくとうば》も絶えて
袖《すで》に散り落《う》ちる　涙ばかり

ただでさえ沖縄人《ウチナンチュ》は、でっかい命びろいを経てきているからね。だれでも知ってることだよな、世界の半分がもう半分と戦争をした。ものすごい数のアメリカーが海から上陸してきて、沖合につめかけた艦隊は地形が変わるほどの砲弾を撃ちこんだ。島民の四人にひとりが犠牲になった地上戦で、だれかの亡骸《なきがら》をまたがずに走れない焼土を逃げまわり、避難した洞窟《ガマ》からは追いだされて、手榴弾《しゅりゅうだん》や火炎放射器におびやかされた。グスクもレイもヤマコもオンちゃんも十四歳になっていなくて、鉄血勤皇隊《てっけつきんのうたい》にもひめゆり学徒隊にも徴集されなかったけど、九州や台湾《たいわん》への疎開組にも入らずに〝鉄の暴風〟と呼ばれたあの艦砲射撃をそれぞれが体験していた。ある島民の言葉を借りるなら、それはユカタン半島に落ちた隕石《いんせき》もそこのけの天変地異だった。われら沖縄人《ウチナンチュ》、よくぞまあ白亜紀の恐竜のように絶滅しきらなかったもんやさあ！

渡るそばから崩れる桟橋のような世界を走りながら、ちっぽけなお頭《つむ》には収めきれない人の死を目の当たりにした。幸福のひとかけも知らない子どもが子どものままで事切れた。敗戦のあとも飢えやマラリアに苦しみ、動物のように所有されて、それでも命をとりとめた島民は、こうなったらなにがなんでも生きてやる！　と不屈のバイタリティを涵養《かんよう》させた。濡れねずみは雨を恐れない。裸んぼうは追いはぎ《フェーレー》を恐れない。飢えや貧苦のあまりに居直ったほとんどの島民が〝戦果アギヤー〟に名乗りを上げていった。

アメリカの倉庫や基地から物資を奪ってくる。

それが、戦果アギヤーだ。

積み荷の伝票をごまかす軍雇用員も、茂みからひょいと手を伸ばして米兵のお弁当《レーション》をかすめる農婦《ハルサー》も、憲兵《MP》の車からガムやチョコをせしめる浮浪児《ムヌクーヤー》も、みんながみんな戦果アギヤーだ。

赤ダマやラクダ（アメリカ産の煙草《たばこ》をみんなが吸っていた）、砂糖、食用油、メリケン粉、シーフードや果物の缶詰（お母さん《アンマー》は大助かり）、軍用衣類、運動靴、医薬品、バッテリー、カーキ色の五ガロン缶にいっぱいの酒（お父さん《スー》大喜び！）。アメリカに属する領分から奪ったものを〝戦果〟と呼んで、すでにけりのついた戦争をあえてつづいていると見なすことで、強奪や窃盗のうしろめたさをごまかして。故郷《シマ》に居着いた占領者に一矢《いっし》報いる雪辱戦として、一攫千金を狙った博打《ばくち》として、はたまた勝利の快感を得るための個人競技のようにして、老いも若きもだれもが盗みを生活の糧《かて》にしていた。そういう時節だったから、オンちゃんのようにとびきりの戦果アギヤーは地元出身のオリンピック選手なみに愛され、金メダルやトロフィーがわりに賞讃と憧憬《しょうけい》を集めていたわけさ。ああ、それなのに――

嘉手納の夜から二日後に、グスクは目を覚ました。

病院でも自宅でも、留置場でもあの世でもないところで意識を取り戻した。

「……おれだけな？」

オンちゃんもレイもいなかった。戦果アギヤーたちはひとりもいなかった。

毛布のけばだちに肌をくすぐられて、寝具に染みこんだにおいを鼻孔に吸いこんだ。蒸し暑くて狭い部屋には見覚えがあった。

箱づめの石鹸《せっけん》、食料、バッテリーやラジオが積まれている。どれもこれもひとりの戦果アギヤーからの贈りものだった。下着だけで寝かされていたグスクは、おなじく戦果のヨードチンキや包帯で手当てをされていた。

「おーい、だれか居《う》らんね。オンちゃん、レイよう」

「静かにしていてよ、ニイニイ」

熱い湯を張ったたらいを持って、ヤマコが部屋に戻ってきた。ユタの祖母と暮らす家（ユタといえば民間の霊媒師だけど、自称でも看板は出せるからね。ヤマコのおばあはいまひとつインチキ臭かった）でグスクの手当てをしたのはヤマコだった。

「ちゃー元気《ガンジュー》な、ヤマコ。あいかわらず角力《すもう》が強そうやさ」

「たっぴらかすよ。起《う》きるなり、減らず口きいて」

ヤマコは足のさきっちょで、グスクの太腿《ふともも》を蹴り飛ばした。

「ちょんぼり尻《チ》っぺ《ビ》たこそがれたくらいで、二日も起《う》きらんのは大げさやさ」

「なんでおまえの家で寝てるわけ」

「帰ってくるなって、ニイニイの叔父さんが。警官が調べにきてるからって」

「そうかあ。あの人たち、なにか言ってたかよ」

「もっとうまくやらんねって、下手を打ってみっともないって。それよりニイニイ、鼻が曲がるほど臭いから、拭くからね」

枕元にたらいを置くと、ヤマコは包帯を替えるついでにグスクの全身を拭きはじめた。熱湯に浸したタオルで垢《あか》の皮をむくように拭かれるのは気持ちよかったけど、十九歳の男の生理としてはつらいものもあった。

ヤマコの顔が、吐息のかかる近さにあったから。

夏のさかりの薄着で、胸の谷間ものぞいていた。

すくすく伸びる身長とともに実を結んだ乳房《チー》は、幼なじみのグスクにも無視できるものじゃなかった。だってそこにあるのは、往来の男たちのよそ見を誘ってはドブ板を踏み抜かせ、レイをして顔を埋めて何日も眠りこけていたいと言わしめる、美ら《ちゅ》海の双子島のようなすばらしい巨乳《ウスマサン・チーマギー》だったんだから（グスクとレイの意見のすりあわせによると、鎖骨のまんなかと左右の乳頭を結んだ線がきれいな正三角形を描くおっぱい《チー》の黄金比が出現しているはずだった。そりゃもう上等《ジョートー》やさ！）。だから下半身を拭かれるにつれて股間のきかんぼう《ボーチラー》が起きだしてしまっても、グスクとしてはやるかたないことだった。おしゃべり好き《ユンタク》が黙っているのをいぶかしがっていたヤマコも、あられもない下着の張りに気がついて、

「ニイニイ、たっぴらかすよ」と侮蔑の視線を向けてきた。

「こういうのは、おまえ、自然現象やあらんね」

「はぁーや、そうなの」

グスクのご愛敬を笑いとばすこともない。ヤマコの表情は硬いままだった。こころなしか瞼が腫れている。普段は整頓された部屋が散らかっていて、こまめに世話をしている外飼いの猫《マヤー》の餌皿も交換されていない。グスクの軽口にふれても、ひさしぶりに見つけた笑いの種を拾いそこねたみたいに、ぎこちない苦笑いを浮かべるだけだった。

グスクが眠っていた二日間で、ヤマコは琉球警察や病院を訪ねてまわっていた。あの夜、運命をともにした戦果アギヤーの大半は病院送りになっていて、残りがたどりついたのは警察の留置場か遺体安置所だった。ああ、なんてこった！　犠牲者を悼《いた》んだところで後の祭りだ。戦果にあやかれるコザの人々にはありがたい義賊《ウフヌスル》でも、アメリカーにとってはその場で射殺しても障《さわ》りはない窃盗犯《グマヌスル》にすぎない。それが戦果アギヤーの宿命なのだった。

「……で、オンちゃんは、レイは？　どこにいたのよ」

「うん、レイは病院。捕まったときに気絶してたから、撃たれずにすんだみたい。両足の指の骨が何本か折れちゃって、治療してから警察に送られるって」

「……そうか、オンちゃんは？」

「オンちゃんは、病院やあらん」

「それじゃあ、留置場か。逮捕されちゃったか」

「ううん、警察にも居《う》らんかった。オンちゃんだけ、どこにも居らんがぁ」

「居《う》らん？　居《う》らんっておまえ、どういうわけよ」

「わからんのさ。どこを捜しても居《う》らん。だからニイニイが思い出さんね、最後まで一緒だったのはニイニイやあらんね」

「おれはオンちゃんとはぐれて……あがぁ、頭がくらくらするさ。あの夜はわけのわからんことだらけで、いまでもまだ霧が晴れきらん」

　あくる日にはコザじゅうの知るところとなったキャンプ・カデナ襲撃事件（嘉手納戦果アギヤー強奪未遂事件とも呼ばれた。約《つづ》めて嘉手納アギヤーとも呼ばれた。語られるごとに異称も増える歴史的な大事件となったのさ）を受けて、琉球政府が遺憾の意を表明し、憲兵隊と琉球警察が合同捜査に乗りだしていた。ヤマコは基地のまわりを歩きまわって、重傷を負った戦果アギヤーを運んだ救急隊員や、軍雇用員、近隣の住民たちにも話を聞いてまわった。ところがどんなに首を突っこんでも、騒然とする地元の情報をたどってみても、事件のあくる日からオンちゃんを見たものはいなかった。病院にも留置場にもその姿は見当たらず、いまもひとりで基地のなかを逃げているのではと心配されているぐらいだった。

　そこで、家の外にたむろする野良猫《マヤー》がフギャアッと鳴いた。通りから足音が聞こえた。グスクはぎょっとして寝癖をそりかえらせる。ヤマコが中腰になってしーっと人差し指を立てた。ふたりは息を殺して屋外の気配に耳を澄ました。

「琉球警察だが、ちょっと話を聞かせてもらえるかね」

あひゃあ、ガサ入れだ！　大事件が起きた直後で、扉ごしにも気が立っているのがわかる声だった。

扉を蹴倒してでも入ってきそうだ。グスクは飛び起きると、ヤマコにうながされるままに隣室に駆けこんで、どんつきの窓を開けた。

すぐ目の前に隣の平屋の窓があった。半裸のグスクがひとまたぎに入ってきても、寝間着の前をはだけた隣家のおばあは取り乱すことなく「憲兵？　それとも、警察？」と言ってのけた。逃げ道に使わせてもらうことをヤマコが詫《わ》びると、あんたら頑張《チバ》りよう、と声援を送ってくれた。あわただしく廊下を横切って反対の窓を開けて、グスクはパンツ一丁のままで細い路地《スージグワー》へと飛びだした。蔦《つた》のからまる生垣にあざやかな黄色い花が咲いていた。

「付き合ってよね、ニイニイも」一緒に逃げてきたヤマコが言った。「今日もこれからオンちゃんを捜しにいくから」

「追われてるんだぞ、おれは。自由に動けるわけないさあ」

「待っちょけって言ったのに。オンちゃん、約束の場所にも戻らんがあ」

「おまえが豚っ鼻ならしてどうなる、うまく逃げだして隠れてるのさ」

「それならそれを確認しなきゃならん。あたしとニイニイで、オンちゃんのいそうなところはみんなあたるのさ。金網のこっち側だろうと、あっち側だろうと」
「あひゃあ、基地にまた入ろうってのか。馬鹿もやすみやすみ言わんね！」
「あたしはもう待たん。待っとらんで、捜しにいくのさ」

真夏の雲はそのかたちを崩して、通り雨《カタブイ》がまぶしい銀色の飛沫を散らした。硝子《ガラス》の粒のような雨はすぐに上がって、コザの街はふたたび太陽にあぶられる。軍道一号線の上空を、基地を発《た》った戦闘機が飛んでいく。居丈高にその翼を見せびらかしながら、低い空で轟音《ごうおん》をまきちらす。次の飛行機の音が響くころには地面も乾いて、突然の雨にたたられた憂さが住民のその日の気分に影を落とすことはない。

アメリカーが基地から基地へ、軍港や訓練場へと移動しやすいように軍道の網の目がひろがっていて、それが中心で交わるところにあるのがコザだ。つまりこの街は、沖縄《シマ》のでっかい交差点だった。四月にはあの条約が発効になったばかりで、晴れて占領下を外れた日本《ヤマトウ》では主権回復を祝っていたけど、わざわざ条文の但し書きつきでのけもの《グーハジラー》にされたこの島では、アメリカーがずっと使えるように〝基地の島〟の工事に明け暮れていた（おかげでコザは英字標識の見本市みたいだった。注意《CAUTION》、警告《WARNING》、危険《DANGER》、立ち入り禁止《OFF・LIMITS》！）。アメリカーのアメリカーによる琉球列島《りゅうきゅうれっとう》米国民政府（米民政府、民政府と呼ばれた）が次々と軍事施設を建てて、その下にいちおうの体裁を整えるように沖縄人《ウチナンチュ》たちの政府や警察が置かれた。そんなふうに幕を開けた〝アメリカ世《ゆ》〟の最初の夏は、とにかく暑い夏だった。

焼きすぎたステーキみたいにコザじゅうが焦げちゃってさ。青空に映える瓦葺《かわらぶ》きの民家もスラブ家《ヤー》もバラック小屋も、建物の壁はさわるだけで火傷《やけど》した。路上には日差しが濃い影をつくり、子どもや野良犬《イングワ》が煉瓦《れんが》を日干しにした石段に座って、果樹の茂みでは家禽《かきん》がはばたいたり静まったりしている。

アメリカーの炭酸飲料の看板を横切り、木製の電柱のはざまでもつれた電線をよけて、日差しのなかを黒揚羽が飛んでいる。陽炎《かげろう》の揺らめく路上には、鉄屑《てつくず》でいっぱいの荷車を牽《ひ》くスクラップ屋が、さばかれる前に逃げた島豚が、つぎはぎだらけのムームーをまとったおばあが、下半身まるだしの浮浪児《ムヌクーヤー》が行きかっている。砂塵《さじん》を巻きあげて暴走するアメリカの輸送車がときどき落とす積み荷は、灯油をまいたような暑熱のなかで、ボン！　と爆発して大惨事を引きおこす。街のはずれの田畑は基地から染みだす燃料のせいかこの夏も育ちが悪くて、コザの地下水脈はすっかり汚染されているとまことしやかな噂がひろがっていた。

基地の外をうろつく憲兵《MP》たちは、ジープから鷹《たか》のように視線を配り、強い日差しで赤ら首になりながら民家のガサ入れをくりかえして、アメリカ印《じるし》の物資を隠していた島民たちを端から石垣や地面に押しつけている。ギブ・ミー族の子どもたちがジープの轍《わだち》にしゃがみこみ、もらったばかりのチョコレートの分け前《ブーサーシー》をじゃんけんぽいで決めていた。

「あっ、隠れて！　こっちにも警察が来てるよ」

オンちゃんの自宅を訪ねたところで、グスクはとっさに建物の陰に飛びこんだ。制服警官をつれた色黒で堅肥《かたぶと》りの中年男が、玄関先で話しこんでいる。

徳尚《とくしょう》のおやっさんだ。アメリカ世《ゆ》のもとで沖縄民警察が琉球警察へと看板を替えてからは、業務のほとんどを戦果アギヤーの追跡に割かれ、夜ごとの泡盛の量も増しているという。そのうち肝硬変で倒れるんじゃないかともっぱらの噂になっていた。

「あれから帰《けえ》らんど、おれも案じてるんだがなあ……」

相手をしているのは宗賢《そうけん》のおじいだ。あの戦争で両親を亡《な》くしたオンちゃんとレイを、塗装業を営んでいるこのおじいが養ってきた。深いしわまで焼けた面差しは、使いこんだ粗皮のように疲弊をにじませ、あまり体調が良さそうではなかった。

あたしも話してくるね、ヤマコは臆さずに玄関先に歩いていった。グスクはこっそりと家の裏手に回って、蔦《つた》のからみついた生垣ごしに盗み聞きした。アメリカーも基地内を一斉捜索しているさあと徳尚さんの声が聞こえた。

「あれが見つかれば、琉警《うち》にも一報が入るはずでね」と徳尚さんは言った。「報《しら》せがないとなると基地に残っているとは考えづらい。キャンプ・カデナがどんなに広いといっても、三日も見つからずにはいられん。あの日から署のほうにも応援要請が出されて、基地はがちがちに守られてるから。外に出られたとすれば、事件のあと夜明けごろまでのはずなんだが……」

「コザのぜんぶの強奪事件が、オンちゃんの仕業ってことはないさ」ヤマコはしゃあしゃあとオンちゃんの無実を主張している。

「だったらヤマコちゃん、あんたは病院や警察でなにを嗅ぎまわっとるかね」

「ええっと、それはたまたま、知り合いと連絡がつかなくて……」

徳尚さんにでまかせは通用しなかった。米民政府にせっつかれるかたちで、コザじゅうの警官がどこかに隠れている戦果アギヤーを捜していたんだな。

「あれにはつねづね、泥棒なんぞにおちぶれてないで琉警《うち》に入れと言ってきたんだがね。わたしの見たところでは、襲撃のあった日の未明にはキャンプ・カデナを脱け出して、だれかに匿《かくま》われているところだろうさ」

「宗賢のおじいも、あたしも、なんにも知らんよ」

「窃盗犯を匿ったら、犯人蔵匿罪ってことになるからな」

「たぶんどこかに、ふらっと遊びにいってるんじゃないかねえ」

「気をつけなきゃならんよ、ヤマコちゃん」

　こんなときでも徳尚さんは、お目こぼしの厚情をのぞかせていた。目下いちばんの容疑者を憲兵《MP》にさきがけて確保して、便宜をはかってやろうというんだな。そもそもこのコザで、徳尚さんに軽罪を見逃してもらったことがないものは探すのが難しいぐらいだった。

　グスクはこんがらかった情報を整理した。米民政府はその生死にかかわらず、捕まえた戦果アギヤーの勾留と裁判を、琉球側の警察や司法機関に押しつけるものと決まっている。徳尚さんが行方を追っているということは、オンちゃんの身柄の引き渡しはまだないということで、基地のなかにいるとも考えづらいとなると、島のどこかに隠れていると考えるのが妥当だった。だけどもしも出てきているなら、宗賢のおじいやヤマコには無事を報せようとするんじゃないか？　連絡ができない状況におちいっているのか、もしかしたら重傷を負ったその体でグスクのように海に飛びこんで、そのまま浮かんでこられずに――

　あらん、あらん、ろくでもないことを考えたらならん！

　脳裏をよぎった最悪の想像を、グスクはあわてて追いはらった。

　だってオンちゃんだ。経験してきた修羅場の数がちがうんだ。

　犬死にするような男じゃないさ。

もしもこの島に戦果アギヤーがいなかったら、地元民がどれほど貧しくて、どれほど空腹や屈辱を強いられるか、地元の警官とちがってアメリカの憲兵《MP》たちは想像もしないだろう。グスクも十代のなかごろは、食べそこねたご飯のことばかりを考え、土と変わらない色のつぎはぎを着まわして、便所で用を足したあとの尻をさとうきび《ウージ》の葉で拭いていた。裸足《はだし》の足はいつも膝の上までほこりまみれだった。

だからこそ憲兵《MP》たちは天敵だったのさ。たったいま島に駐留しているのはあの戦争を闘った兵士じゃない、占領のあとに本国から送られてきた連中だから、現地民へのささやかな心寄せ《チムイリ》もありはしない。かっこよく煙草を吸うことに躍起になって、目についた島の娘たちをB円紙幣（このころはまだアメリカの発行する軍票が法定通貨だった）でなびかせようとする、おれさま以外の人間はおれさまを敬えって手合いばっかりなんだもんな！

　そのひとりに車上から睨《にら》まれて、グスクはうつむいた。手配状が出まわっているわけでもないから、すれちがいざまに追いかけっこ《カチミンソーリー》になるわけじゃないけど、用心のためにスクラップ屋になりすまして地元の街をヤマコと歩きまわっていた。

　ほうぼうに足を運んで、住民の話を聞いてまわり、心当たりをしらみつぶしにあたった。コザの人々はだれもがオンちゃんの安否を知りたがり、根も葉もない噂に一喜一憂していた。オンちゃんが行方知れず《ムヌマイー》だと聞かされて、寝こんでしまったおじいやおばあがいた（寿命が縮まらないといいけれど）。体を壊したお兄さんがいた（お大事に）。口内炎が三十二個もできたお姉さんがいた（お大事に）。でたらめの訃報を聞かされて破水した妊婦《カサギンチュ》がいた（お大事に！）。気力をなくした雑貨屋《マチヤグワー》が休業の貼り紙を出し、ユタの占いには長蛇の列ができて、取り乱すあまりに瓦屋根にのぼって蒸し焼きになろうとした変人《フリムン》が話題をさらっていた。ここまでくるとグスクも心配になってくる。だいじょうぶか、コザ？

グスクとヤマコは、病院のそばを通りすぎた。オンちゃんは医者にかかれない人のために戦果のアスピリンやペニシリンを配っていたけど、コザの人たちはたったいま、どんな薬でも治せない悪疾に侵されつつある。オンちゃんは戦果満載のトラックで港に乗りつけ、すべて換金してコザをあげてのどんちゃん騒ぎをしたことがあったけど、ここ数日はどこの家にも宴会《スージ》の火が点《とも》っていなかった。

グスクとヤマコは、小学校のそばを通りすぎた。ここの木造校舎はオンちゃんが米軍の資材場からせしめた大量の木材で建てたものだった（それはヤマコがなによりも自慢の種にしているオンちゃんの功績だった）。それまで仮設テントで勉強していた子どもたちがまともな教室で学べるようになった。だからここの校庭には丸太を担いだオンちゃんの銅像が建っていなくちゃおかしいと地元の人はよく言ったものだった。ところがこの日は、校庭で遊んでいる児童の姿が見当たらなかった。子どもたちの楽しげな声が聞こえなくなった街は、街の抜け殻のようなものだった。

「ねえ、ニイニイ、やっぱりおかしいと思わん？」

琉警の目を逃れるためにグスクは空き家で寝起きしていて、だけど静養だけをしてもいられなかった。おれはお尋ねもので、しかも病み上がりなのに！　どんなに訴えても許してもらえずに、ヤマコにあちこち連れまわされていた。

「おかしいってなにが。侵入経路のことか、それともあの草っぱらのことな？」

その道々で、キャンプ・カデナで起きたことを何度も説明させられた。あの夜の出来事とのちの経緯には、グスクにも不可解なことがいくつもあった。その一、基地の北側にもうひとつの侵入経路が見つかったこと。おなじ日にキャンプ・カデナに侵入したという戦果アギヤーの噂はいまのところ聞こえてきていない。その二、基地のなかでウタキのような場所に迷いこんだこと。もっともこちらは車の衝突事故のあとでグスクの意識もあやしくなっていたので、石積みの草っぱらをウタキのように感じたのも、そこで見聞きさせられた不思議な現象も、幻覚や妄想のたぐいを出ないのかもしれなかった。

それからその三、徳尚さんが言ったとおり、事件のあくる朝からキャンプ・カデナには厳戒態勢が敷かれ、各ゲートや外周のいたるところに衛兵が立っている。憲兵《MP》や警官がその周囲を何重にも巡回しているありさまでは、グスクのようにどさくさで飛びだしてくることもできそうにない。たとえばオンちゃんが仲間《ドウシ》を先に行かせるため、追っ手を散らすために脱出が遅れて、翌日の午前ごろまで基地のどこかに隠れていたとしよう。だとしてもそこから、どうやって基地を出たのか？　おいそれと出入りできる方法があるとは思えない。するとやっぱり基地のなかにいるのか、と堂々めぐりにおちいるありさまだった。

われらが沖縄《シマ》でも前例のない謎《ムヌアカシエ》さぁねとつぶやく島民もいるぐらいだった。そこにきてヤマコは、グスクを思いわずらわせる疑問をすべてわきによけて、そもそも腑《ふ》に落ちないことがあると言いだしたのさ。

「オンちゃんはどうして、キャンプ・カデナを叩くことにしたわけ？」

「それはおまえ、オンちゃんやおれたちにしかできないことだからさ」

「オンちゃんにしかできないこと」

「だれがほかに、あの巨大な基地を叩けるよ」

「大きさが問題なわけ？　キャンプ・カデナは危険すぎるじゃない。倉庫や資材置き場はいくらもあるのに、わざわざ基地に入って、撃ちあいになったなんて……オンちゃんが基地から拳銃を盗みたがるなんて変だよ。だって武器なんて、みんなの生活と関係あらんがあ」

「ものを知らんやつだね、闇市にはでかいのがあるのさ」

「そこで拳銃を、お金《ジン》に換えるわけ」

「そうよ。でっかい実入り《ウ・フ・ジン》になるさ」

「だけどそのぶん、生きて帰れるかもあやしくなるよ。オンちゃんはちゃー言いしてたやあらんね、生還がいちばんの戦果だって。キャンプ・カデナに入って戦争の道具を奪ってくるなんて、そんなのオンちゃんらしくないさ」

基地にとどろいた銃声がよみがえる。たしかにあのとき、数人の戦果アギヤーが拳銃を盗みだしていたのにはグスクも面食らった。計画の青写真を描いたオンちゃんが銃器の強奪だけは知らなかったということもないはずだった。

武器なんて生活と関係ない。言われてみればたしかにそうだよな。食料、資材、医薬品、オンちゃんが地元にもたらした戦果は、生きるうえで欠かせないものばかりだった。一攫千金にこだわる男でもないのに基地の銃器を狙うなんて、たしかにらしくないといえばらしくない。

「ねえ、ニイニイにならわかるよね。オンちゃんが戦果アギヤーとして尊敬されたのは、みんなの生活に寄り添ってきたから。あとはそう、かならず生きて戻ってきたからさ。恐れを知らないようで、だれよりも慎重なのがオンちゃんさぁね」

「たしかになぁ。おまえ、そんなこと考えていたわけ」

「だからあたしは、別の理由があると思うのさ」

「別の理由？　そんなの、おれは聞かされとらん」

「あたしにもニイニイにも教えとらん理由やさ。どうしてキャンプ・カデナを狙ったのか、もしかしたらそれが、オンちゃんの行方にも関係あるかもしれん」

「はぁーや、おまえ刑事か探偵みたいなこと言うねえ」

「言ったじゃない、あたしはもう待たん。オンちゃんを捜しだすって」

「あひゃあ、名探偵ヤマコか！」

ちゃかしながらグスクは思った。もしもこのままオンちゃんがいなくなったらコザはどうなってしまうのか。数えきれない住民が健康を害し、酒盛《スージ》りに火は点らず、子どもたちの声はよみがえらず、街全体がふたたび貧苦や屈辱へと沈みこんでいくような予感があった。

底なし沼のような失意に、このヤマコもはまりこんでいる。グスクの前では気丈にふるまっているけれど、魂を落としたように基地のまわりをうろつき、夜もまともに眠れていないようだった。ウサギのように瞳を充血させ、嘆きや憤《いきどお》りが混淆《チャンプルー》されたその表情は張りつめすぎて、ふとしたはずみに弾け飛んでしまいそうな危うさをはらんでいた。

こいつよ、そんな面《ヂラ》さんけえ、とグスクは思わずにいられなかった。おまえがそんな顔をするからおれは、怪我《けが》が癒えるまでぐうたらしてもいられない。街じゅうをひっぱりまわされるのを拒みきれない。たしかにおれは約束を守れなかったけど、そんな顔をされるぐらいならいっそ喉からちんすこうを出す勢いでわめかれたほうがマシよ。この嘘《ユクサー》つき、すっとこどっこい《ウフソーー》、おめおめひとりだけで出てきてえ！　と責められるほうがよっぽど救われる。とにかく幼なじみや地元の街がいっそうの深傷《ふかで》を負うまえに、グスクはグスクで頭と足を使えるだけ使って、消えた親友《イイドウシ》を追わなくてはならなくなっていた。

「だれかいないのかねえ、おれたちの知らんことを知っていそうなのは……」

グスクとヤマコはそこで立ち止まって、たがいに顔を見あわせた。

そうしてふたりそろって、おなじ名前を口走ったのさ。

「レイやさ」

オンちゃんとおなじ血で創られたけど、母親《アンマー》の羊水に浮かぶ聡明《そうめい》さや清廉さ、堪え性、博愛の精神といった美質はあらかた兄《ヤッチー》が持って出てしまったので、レイの取り分は残っていなかった、というのがコザでよく知られる通説なのさ。

最年少でまだまだ場数は踏んでいなくても、戦果アギヤーとしての才能は発揮していたし、路上の拳闘ごっこ《グワーシー》のたまもので喧嘩《オーエー》も負けなかったけど、それもこれも最高のお手本と一緒にいたからこそ培《つちか》われたものなので、どこまでいっても兄《ヤッチー》に匹敵することはない。そんなレイにもたったひとつ、オンちゃんをしのぐほどの天分が授けられていた。

なにを隠そう、それは〝幸運《カフー》〟さ。

戦果アギヤーにとって、けっして見くびれるものじゃない。

コザきってのカフー・ボーイ。それがレイだった。戦果アギヤーのデビュー戦のときなんて倉庫を見張る衛兵がみんな食中毒で寝こんでいた（レイがツキに恵まれたときコザではこう叫ぶ、カフー！）。逃げるはずみに転がり落ちた傾斜の下で、B円紙幣がぎっしりのバッグを発見したこともあった（カフー！）。グルクン釣りをすれば大漁だったし（カフー！）、海で溺死しかけたときにもおりよく兄《ヤッチー》に引き揚げてもらった（カフー！）。オンちゃんも大きなヤマを踏むときには、かならずレイを連れていった。基地の街の戦果アギヤーたちにとって、レイは大勝負のときほど欠かせない魔よけのお守り《ムンヌキムン》になっていた。

だけどそんなレイの幸運《カフー》も、嘉手納アギヤーで打ち止めだったのか。

命がけで侵入したのに戦果はなし。そのまま後生《グソー》に駆けこんでいったものも、留置場に放りこまれたものもいる。幸運《カフー》は去った――地元民は口をそろえて言った。だけど異論がなかったわけでもない。極東最大の基地を叩いてそれでも数人は射殺されずにすんだのだから、それだけでも星まわりに恵まれていたといえるんじゃないか。グスクやヤマコもそちらの説を支持したかった。だってもしもそうならその幸運《カフー》は、もっとも身近な兄《ヤッチー》にもおよんでいるはずだから。
だいじょうぶ、カフー・ボーイの効験は消えちゃいない。オンちゃんも無事でいるはずさ。すくなくないコザの人々がそう信じこもうとしていた（だから疑わずに叫ぼう。さぁはい、みなさんご一緒に、カフー！）。

　尋問にやってきた刑事や、医者たちとさんざんやりあったらしい。入院したてのころよりもレイはあざや生傷を増やしていた。

　深夜、人目のない時間を見計らって、病院の裏でレイと落ちあった。拘置所に移されるのはもうすこし先になるようだ。窃盗罪と不法侵入罪にあれこれと余罪が乗って、三年か四年は食らいこむことになると徳尚さんが言っていた。

「あがあ、兄貴《ヤッチー》は生きているよう」オンちゃんが行方不明《ムヌマイー》になっていることはレイも聞いていて、それでも兄《ヤッチー》の無事を疑っていなかった。「警察にも病院にも居《う》らんなら、どこかに隠れてるに決まってるさ」

　裏庭ではガジュマルが蛸足《たこあし》状の気根《きこん》を伸ばしていた。建物の明かりはなく、敷地の外には座礁した船を陸揚げしたような掘ったて小屋《アナヤー》がひしめきあい、石塀にへばりついたヤモリが昼間の熱を冷ましている。

病院の窓から現われるなりレイは、塀に立ち小便《シーバイ》をはじめた。滴《しずく》も切らずにズボンを上げると煙草とマッチを出して一服する。コザのだれよりも手癖《ゆの》が悪いのがレイだ、おなじ入院患者からせしめたものらしい。レイが遊びにくると湯呑みや石鹸がなくなるのでだれも呼びたがらなかったが、本人はそれも〝戦果アギヤーの鍛錬〟と悪びれなかった。

　あらためてグスクは親友の弟《ドウシ・ヌ・ウットゥ》を見つめた。兄《ヤッチー》譲りの男前ではある。身長は低くて、グスクよりもふたつ年下だけど、態度だけは対等を通りこして無駄に大きい。頭よりも腕っぷしで生きるはねっかえり《ウーマクー》。最年少のみそっかす《グーハジラー》あつかいを嫌う男。英雄の弟《ウットゥ》に生まれついた幸運《カフー》をひっさげてなんにでも嚙みついていく。兄《ヤッチー》のような落ち着きはかけらもそなわっておらず、愛情や信頼や約束といったものが胸の石板に銘を刻みつけることはめったにない、他人にかけられた恩義も三日とおぼえていられない野良犬《ヤマイン》だった。

「それよりおまえ、ヤマコのところに何日か泊まったってほんとうかよ」

　ねっとりした暗闇のなかでレイは、グスクを睨みつけてきた。

「しかたないさ、おれは琉警に目ぇつけられてるんだから」

「グスク、兄貴の女《ヤッチー・ヌ・イナグ》に手ぇ出したら、くるさりんど」

「だれがなぁ、こんな大女」

「あんたらがちびなんじゃない」男ふたりを罵りながらヤマコは、お見舞いにつくってきた中身汁《インチョー》の容器を塀の上に置いた。あからさまなやきもち。下世話な勘ぐり《ハゴーサン・シワー》。兄《ヤッチー》のようにちやほやされたくて戦果アギヤーに精を出す好色漢《ナーイルー》。こいつの考えていることなんて手にとるようにわかるとグスクは鼻を鳴らした。こいつの理屈では、ヤマコはなんといっても兄貴の恋人《ヤッチー・ヌ・ウムヤー》であり、ということは兄《ヤッチー》の不在のときには自分がもっとも親密な間柄《イィナーカ》になっていないとおかしくて、だというのに自分をさしおいて一緒にいるグスクは邪魔者《ワーバムン》もいいところなのだった。

「おまえらには黙っとけって、兄貴《ヤッチー》が言ったのさ。あれはもともと兄貴《ヤッチー》の計画やあらん。ほかのやつらから押しつけられたわけさ」

「ほんとうな？　オンちゃんの計画じゃないって」

「おいおい、そんな話はおれも聞いとらんぞ」

グスクやヤマコの知らない親類や縁者、身を寄せそうなところ、嘉手納アギヤーの直前のオンちゃんの動き。あれこれと問いつめているうちに、とっておきの秘密を打ち明けるようにレイが語りだした。ヤマコが疑っていたとおり、オンちゃんはやむにやまれぬ事情を抱えてキャンプ・カデナを叩いたっていうんだな。

「うへっへ、グスクが知らんこともおれは知っているよ。コザに与那国《よなぐに》の密貿易団が入ってきてたのも知ってるわけさ」

グスクたちにとって沖縄《ウチナー》最西端の与那国島は、恐ろしげな逸話に事欠かない異郷だった。蛮族の王のような首長の伝説で知られる島には、密貿易船の灯《ひ》があふれ、酒場や娼館《しょうかん》が軒をつらねて、沖縄《ウチナー》本島から運びこまれた銃器や弾薬や燃料類、戦車や戦闘機の部品といった〝わりと物騒な戦果〟も交易されていて、戦後にアジア方面へとひろがった闇市場のハブ港になっていると噂が聞こえていた。

アメリカの軍事物資は、この与那国を経由したのちに大陸に流れこんでいる――事実を嗅ぎつけた米民政府が、数年前に与那国島の一斉摘発をやったらしい。すべての港を閉鎖して、密貿易にたずさわるものをのきなみ逮捕した。このとき摘発を逃れた密貿易団の一部が、水面下へと潜伏し、沖縄《ウチナー》周辺の闇の領土でいまも荒稼ぎしているという話があった。

レイが言うには、本島に入ってきた密貿易団は島じゅうの戦果アギヤーに接触し、あの手この手で抱きこんで、仕入れ業者のように働かせているのだという。コザの寵《ちょう》児《じ》も放っておいてはもらえなかった。一年ほど前から大金《ウフ・ジン》をちらつかされ、銃器や物資をまとめて強奪する計画が持ちかけられていた。オンちゃんは首を縦にふらなかったのに、この夏になっていきなりキャンプ・カデナを叩くと言いだした。どうして急に？　とレイは首を傾げたけれど、おまえは知らんでもいいことさとオンちゃんは弟《ウツトウ》にも理由を明かさなかった。

半人前あつかいはならんど！　不満をかこったレイは鼻面を嗅ぎまわらせた。ときには兄《ヤッチー》のあとを尾《つ》けて、心変わりのわけを突き止めようとした。那覇や浦添の戦果アギヤーから聞いたところでは、与那国の密貿易団は〝クブラ〟と呼ばれていて、取引に乗ってこない相手にたちの悪い脅迫をしかけるらしい。夜道で襲ったり、家屋に火を点《つ》けたり、妻子を痛めつけたり。クブラに目をつけられて娘《ミーングヮ》に危害を加えられたもの、寝たきりになったもの、恐れをなして一家で島外に逃げだしたものも数えきれないらしかった。

「そいつらに脅されてたっていうのか、あのオンちゃんが？」

「うちのおじいが、仕事ちゅうに病院に運ばれたことがあったろうが」

「あったね、去年の暮れぐらいに。しばらく入院してたよなあ」

「あれって実は、うしろからガッと頭を押さえられて、塗料の缶にしばらく顔を突っこまれたのよ。兄貴《ヤッチー》が言うには、塗料にはたっぷり危険な溶剤が入ってるから、体のなかに染みこんだらえらいことになるんだって。うちのおじいはあとすこしで、よだれを垂らして椅子に座ってることしかできなくなるところだったって」

「……ほんとうかよ、それがクブラの仕業なのか」

「家のまわりをうろついてる変な男たちがいるって、ヤマコも怖《お》じけてたさ」

「あれも、クブラ？」

キャンプ・カデナの襲撃には〝脅迫〟という秘めた背景があった。基地から奪った拳銃や弾薬類はすべてクブラに流すことになっていた。オンちゃんは無用な心配をかけまいとしてグスクにもヤマコにも事実を告げなかったんだな——ああ、暗がりでさらに目隠しをされたみたいに、視界が闇に上塗りされる。グスクのかたわらではヤマコもしゃがみこまずに立っているのがやっとの様子だった。

「あの夜、よそから来ていたやつらもほとんどクブラが集めた人手さぁね。クブラの下《した》っ端《ぱ》もまぎれこんでいた。ほら、拳銃を撃つのがうまいのがいたろうが」

「あいつか、謝花ジョー。あいつは密貿易団の一味な？」

「おれたちがちゃんと働くか、現場で見張ってたのさ」

「嘘食《ユクシ》わすな、適当を言ってるだけやあらんね」

「嘘《ユクシ》やあらんど。計画を立てる前から何度も兄貴《ヤッチー》が会ってたのは、あいつだけよ」

夏になる前からオンちゃんは、謝花ジョーとの密会を重ねていた。コザに隣接する美里《みさと》の〝ヌジュミ〟というAサイン（ご存じのとおり米民政府に営業許可をもらった店舗の総称さ。コザや美里には数百軒単位でひしめいていた）で会って、長々とふたりで話しこんでいた。連れていってもらえずに追っていったレイは、店から出てきた謝花ジョーが強い調子で兄《ヤッチー》になにかを言い含めているところも目撃していた。

「あの目つきの鋭い男だよね」とヤマコが重ねて訊いた。「そういえばあの男も、病院にも留置場にもいなかった」

あいつは素性が知れなかったもんなとグスクもうなずいた。あの男も基地を出たのなら、オンちゃんが見つからない理由とも無関係ではなさそうだ。オンちゃんは密貿易団の目を逃れるためにどこかに隠れているのかも、もしくは戦果を奪えなかった不始末を責められて、島の外へと連れ去られてしまったとか――

「辛気臭い面《ヂラ》さんけえ」沈みかけた空気をはらうようにグスクは言った。「どうあれ基地を出たのなら、おれたちにも捜しようはあるさ。それにオンちゃんなら、どこかに連れていかれてもかならず帰ってくる、与那国からでも泳いで戻ってくるさ」

「当たり前よ、おれの兄貴《ヤッチー》さぁね」レイも語気を強めた。「だからさっきから言ってるやあらんね、無事に決まってるって」

「だれも辛気臭い顔なんてしとらん」ヤマコは気丈に顔をもたげた。「それにニイニイ、与那国から遠泳って何キロあると思うわけ！」

無理なことなんてないさ、とグスクは言いきった。だってこうしてわからなかったことがわかっても、オンちゃんはやっぱりおれたちの知ってるオンちゃんだった。オンちゃんはおれたちを裏切らない。オンちゃんがどういう男かはおれたちがいちばんよくわかっている、そうやさ？　グスクは視線をもたげて、レイとヤマコをかわるがわる見つめた。オンちゃんはおれたちの親友《イイドゥシ》で、兄貴《ヤッチー》で、恋人《ウムヤー》で、それから、それから——

「おれたちの、英雄さぁね」

三人のまなざしが、ひさしぶりにおなじものを見ていた。

ガジュマルの気根に飛んできた一匹の蛍が、薄緑色の光を明滅させていた。

オンちゃんといた情景、そこで交わされた言葉が、三人をつかのまの物思いにふけらせた。

頭上を仰げば、星々の天幕があった。憲兵《MP》や米兵、密貿易団がうごめくこの島でも、オンちゃんとの記憶を宿した星のまたたきは、自分たちだけのものだった。

三　ハイサイ獄窓より、美里の女、手をとって島の外まで

さてさて、沖縄《ウチナー》にも季節はめぐる。退院してすぐに服役囚となったレイのもとでも、四季は移り変わる。兄《ヤッチー》の消息について報せもないままに、夏から秋をまたいで、あくる年の正月《ソーグワチ》をレイは那覇の刑務所で迎えていた。

三年も過ごすことになったレイの別荘は、高さ五メートルほどの煉瓦塀に囲まれていて、ふたつの雑居房棟とふたつの独居房棟があって、同房者に聞いた話では、このところは定員十八人の雑居房に三十人から四十人、独居房にすら五、六人が放りこまれるほどの盛況ぶりだった。舎房のまわりには刑務作業の工場がひしめき、煉瓦窯があって、構内農場や飼育小屋（豚を飼っていた）があって、米軍払い下げのかまぼこ屋根の建物は、病舎と医務室に使われていた。

四つの舎房に囲まれた広場では、暑すぎる午後に舎房を抜けだした看守が一服を入れていた。だけどレイたちは、好きなときに外気にはふれられない。豚小屋のほうがまだ快適そうな雑居房は男たちの体臭のチャンプルー（うわあ、たまらん！）、寝床では歯磨きを忘れた同房者の寝息をかけられ（悪夢を見そう）、新入りの受刑者は便器と洗面台に渡した戸板の上で寝なきゃならなかった（ああ、すばらしき過剰拘禁！亜熱帯地方のすしづめの刑務所ほど過ごしたくない場所がこの世にあるだろうか）。どうしてこんなことになったのか？　沖縄《ウチナー》でたったひとつの刑務所に島じゅうの戦果アギヤーが放りこまれていたからだし、アメリカーの土地接収にあらがったもの、共産主義者《アカ》や危険思想の持ち主（と、米民政府に見なされたもの）もことごとく投獄されたあげくの大混雑だった。十八歳になったばかりのレイは、すこしはマシな少年区舎房に入れるはずだったのに、あのキャンプ・カデナ襲撃事件の一味ということで、情け容赦なしに一般舎房へと叩きこまれていた。

「だれのせいよ、おればっかりが臭い飯を食わされてえ」

うららかな春が過ぎていき、夏が去って、秋が暮れても、レイはうっぷんを溜めこむばかりだった。だれのせいよ、ぱさぱさの麦飯と虫食いの芋にしかありつけない毎日の食事は。だれのせいよ、朝夕のちんぽこ《ソー》まるだしの裸踊りは。だれのせいよ、足が腫れあがるほどきつい刑務作業は。いっそのこと舌を噛みちぎりたくなるこの窒息感は、だれのせいよ？

「あいつよ、謝花ジョー。ここから出たらくるさりんど」

卑劣な脅しで兄《ヤッチー》を抱きこみ、あげく消息不明《ムヌマイー》に追いやって、レイにまで牢屋《ろうや》暮らしを強いているのは謝花ジョー、あいつがすべての元凶だ。毎日の作業場への行き帰りには、裸になって身体検査を受けなきゃならない。両手両足をひろげて、舌や睾丸《こうがん》の裏までさらし、看守にせせら笑われるこの屈辱の裸踊り（別名・まぬけのカチャーシー）をかならずあいつにも踊らせてやる！　と憎悪《ぞうお》をかりたてることでしか正気を保てなかった。

窯場に割りあてられたレイは、来る日も来る日もトラックで運ばれてくる黒土にまみれて過ごした。鍬《くわ》と両足でこねあわせる土寄せ作業は、慣れないうちは足の痛みで眠れないほどの重労働だった。こねた土をモーター式の練り機に投入すると、ひとめぐりして煉瓦になって出てくる。このとき土に鉄片（あの戦争で撃ちこまれた砲弾のかけら）が混ざっていると練り機の歯車が傷むので、看守のこっぴどい怒声と鉄拳が飛んでくる。だから土寄せ班は、血眼になって破片を探さなきゃならなかった。投入のまぎわに鉄片を見つけて、とっさに突っこんだ指を挽肉《ひきにく》に変えられるものもいた（真っ赤な煉瓦の一丁あがり！）。

　威張りんぼう《ガーィムン》の看守たちは、ことあるごとにレイを殴ってきた。土寄せのさなかに手洟をかんでは殴られ、ほかの受刑者と小競りあいをしては殴られ、女区舎房のそばで拾った下着を穿《は》いているのがばれては殴られた。重労働としごきのおかげで体重は十五キロも落ちた。頬のそげたレイの相貌はその眼光だけをまたたかせ、あばらの浮いた痩身《そうしん》には蚤《のみ》としらみが棲《す》みついた。

　ここにきてレイの幸運《カフー》もつきたか？　コザの出身者ならそう言ったかもしれない。だけどなかなかどうして、刑務所でもツキは味方していた。

　だってもしも運に見放されていたら、収監から一年足らずで雑居房の助けあい《ユイマール》の輪に入れてもらえたり（カフー！）、年配の受刑者たちになにくれとなく世話を焼いてもらえる機会はめぐってこなかったはずだ（カフー！）。つらい試練の歳月を迎えても、レイの星のめぐりはまだまだ捨てたものじゃなかった。

　食堂でちょっかいをかけてきた受刑者にレイから飛びかかって、取っ組みあい《オーエー》のすえに相手の耳たぶ《ミミガー》を嚙みちぎった。よってたかって看守に押さえつけられ、さっさと出せ！　と命じられたのでわざと嚥《の》みくだし、あかんべえ《チンベール》してからっぽの口内を見せつけた。おかげでまんまと懲罰房送りになって、雑居房に戻ってくるまで三週間もかかってしまった。

「おかえり。無事かね、コザの」

「無事やあらん。また袋叩きさぁね」

「おまえさんの荒くれた血はなかなか静まらんな。そろそろ学んだらどうかね。ただでさえあの嘉手納アギヤーの一味として目をつけられてるんだから。悪目立ちしないように息をひそめて、刑期が終わるのをじっと待ってなくてはならん」

　おなじ房の国吉《くによし》さんは、刑務所での処世術をレイに授けてくれた。毛むくじゃら《キーマー》のふっくらした四十男で、もじゃもじゃの髪やあご鬚《ひげ》にはクマネズミの家族が隠れていそうで、黒ずんだ爪はものすごい黴菌《ばいきん》の生息地だったけど、そのどんぐり眼には知性の光が宿っていた。米軍のブルドーザーの前に立ちはだかって公務執行妨害で実刑を打たれたという国吉さんは、雑居房での空き時間や、食事や入浴のあいまにレイの良き教師《ウシショー》となってくれた。

　受刑者の心得のほかにも、たとえば大陸の戦争のことを教わった。たとえば島の歴史についても教わった。政府が使いわける本音と建前について、沖縄人《ウチナンチュ》がそなえる強さと弱さについても教わった。はじめのころは暇つぶしに聞いていたレイも、たまには興味をそそられる話題もあって、よくわからないところを質問しようとしたところで見回りの看守がやってきて対話が中断するのがもどかしいこともあった。あくる日にはすっかり要点を忘れていたけど、それでも路上のおしゃべりでは聞けないことを聞けるのはおもしろかった。

窯場のリーダー格のタイラさんも、レイの教師《ウシショー》のひとりだった。筋骨たくましい那覇生まれの港湾労働者で、三十なかばで牢名主《テーソー》の風格をそなえる男で、那覇や泊《とまり》で働くかたわらで米兵《オーエー》に喧嘩をふっかける反米闘争に明け暮れていた。あるときひとりで米兵三人を半殺しにする暴挙におよび、投獄されたというつわものだった。

「どんなときでも、役に立つ男でいることよ」

タイラさんからは土寄せの鍬の立てかた、黒土と赤土の混ぜかたを教わった。力ずくで押さえつけてくる看守の対処法や、効率のよい筋肉のつけかたを教わった。実際にそれらは牢屋暮らしの確実な助けになった。ほかにも新聞記者や税理士、物書きといった受刑者たちが多彩な知恵を授けてくれた。皮肉なことに刑務所のなかが、レイにとって教科も充実した学び舎《や》になっていたのさ。路上にたむろしているだけでは会えなかった人々の恩恵にあずかることで、自分のなかにそれまでなかった種類の好奇心が育っていることに、だれよりもレイ自身が驚いていた。

「おまえさんの世代は」と国吉さんは言った。「いちばんわりを食った世代さ。学ぶよりも生きるので精一杯だったろうからな。おまえの脳は新鮮な知識に飢えていたのかもしれん。ここを出たらどうやって食べていくつもりな？」

「おれは戦果アギヤーよ、基地があるうちは戦果で稼ぐさ」

「若いおまえたちが、戦果アギヤーかスクラップ拾いにでもなるしかない。あまりといえばあまりの選択肢の少なさ。呼吸《いき》ができとらんのとおなじやさ」

「鉄屑集めは女子供がやることさ。男だったら戦果アギヤーよ」

「だがなぁ、その代償がこの暮らしやあらんね」

　ことあるごとに国吉さんは、戦果アギヤーから足を洗うように諭してきた。泥棒稼業《ヌスル・ワジャ》をつづけていれば人生の大半は別荘暮らし、それでもいいのか？

「われら沖縄人《ウチナンチュ》はみんな、いまのわたしやおまえとおなじ。呼吸もできずに青ざめているのさ。だがもっとたちが悪いのは、われわれが慣れる生き物ということでな。選択の自由のなさにも、海の底のように息苦しい生活にも慣らされて、地上に顔を出せばうまい酸素があふれていることも忘れてしまう。大切なのは、なにも疑問を持たない状態におちいらんことさ」

　話の半分でも理解できたらいいほうだったけど、国吉さんは信頼の置ける同房者だったし、昨日にはわからなかったことが今日になってわかるようになったりするのはおもしろかった。こうした受刑者同士の連帯《ユイマール》があったからこそ、厳しい牢屋暮らしを一日また一日と耐えしのぐことができたのはたしかだった。

だけどそこは、コザの路上で育ったごろつき《アシバー》だから。知恵者《ジンブナー》たちとしばらく起居をともにしたぐらいで別人になれるはずもない。収監されてから月日を数えてもレイは、野良犬《ヤマイン》の魂をひたすら外の世界に這いまわらせていた。

かたときも忘れてなかった。兄《ヤッチー》の行方を案じない日なんてなかった。

塀の外からの報せは届かない。面会も手紙も制限されているなかで、季節がひとめぐりするころからはなしのつぶて《ヒーヒートゥ》になっていた。グスクのうすのろ！　朝風呂《あさぶろ》と二度寝をこよなく愛する腑抜け男《フユークサラー》にまかせていては、消えた兄《ヤッチー》の行方はいつまでもわからない。依然として遠い出所の日まで手をこまねいてもいられない。だとしたら選択肢はひとつしかなかった。

それから数ヵ月、眼前で起きているすべての物事にレイは集中した。これまで見逃していたものも見逃さず、細部に注意をはらい、虎視眈々《こしたんたん》とまばたきも忘れて手段と機会をうかがった。刑務所の菜園にイジュの花が咲くころ、ようやく目をつけたのは、毎日決まった時間に土を窯場に運んでくるトラックだった。

「この野郎、また用便なぁ？　隠れてせんずりでもこいてくるつもりやさ」

おなじ窯場のへちまは嫌《シムチャー》なやつだった。面長のしゃくれ顔で、看守へのごますりに余念がない風見鶏《かざみどり》だ。おのれの待遇を良くするためなら密告もへっちゃらなので、ほかの受刑者からは毛嫌いされていた。看守の絶対数が足りていないなかで、窯場や作業場ごとに従順な受刑者が選ばれて作業監督をつとめるのが習慣になっていて、だからレイは、へちまが窯場の監督にあたる夏の一日を、決行の日に選んだ。

「おまえ、タイラに気に入られたからって調子に乗ってるのやあらんね」

「漏れる漏れる、ここですっど。おまえにも小便《シーバイ》ひっかけっど」

「あ、こら出すな。さっさと行ってこい馬鹿《フラー》」

ざまあみろ《シタイヒャー》、へちま！　うまくやりすごしたレイは、便所に行くふりをしてトラックにしのび寄った。煉瓦を干すためのベニヤ板を車の底に挿しわたし、車体と板のはざまに寝そべって、布切れを巻いた両手で車底にしがみついた。

準備が整ったところでトラックが発車する。裏門から塀の外へと出るときも警衛は車を止めなかった（カフー！）。交差点で停まったトラックから手を離し、排気煙が去ってから立ち上がった。うまくいった、あっけないほどうまくいった、穴掘りも金網破りも塀渡りもいらなかった。通りがけの民家の物干しから洗濯物を盗んで（綿のシャツもズボンも採寸したようにぴったり、カフー！）、人目につきづらい裏路地を選んでコザへの近道を走った。くびきを解かれたその足は、迷うことなくヤマコのもとへと向かっていた。

刑務所のなかでも、ヤマコの面影《ウムカジ》にすがらない夜はなかった。思えばずっとそうだった。兄貴《ヤッチー》だけがふれることを許されたその人は、大きくて温かいものは、レイのそばにありながら、遠く彼方にかすんでいた。嬉《うれ》しいと頰《ほ》っぺが薔薇色《ばらいろ》になるヤマコ。頭をのけぞらせて笑うヤマコ。鎖骨のくぼみ。湿ったきれいなおへそ。熟れた椰子《ヤーシグワー》のようなにおい。海からの帰り道に貸したシャツに丸く濡れたふたつの染みをつけて返したヤマコ。舎房の雑魚寝《ざこね》でもそれらを思い出してはのたうちまわり、やかましい！　と洗面器を投げつけられた。そんな日々よさらば、晴れて自由になったのだからなにはおいてもその顔が見たかった。

ところがヤマコは、留守だった。

待っても待っても戻ってこなかった。

心当たりをうろついても、ヤマコはおろか、グスクとも出くわさなかった。

「あいつら、ふたりでいるのやあらんね……」

いまごろどこかで乳繰りあってやしないか、そう考えたとたんに天にも昇る解放感はしなびていった。グスクめ、兄貴《ヤッチー》がいないのをいいことにヤマコと唇《シバ》を吸いあってやしないか。ヤマコのあの噛み心地が良さそうな、たっぷりと蜂蜜を含んだような辱《シバ》、ああ、辱《シバ》！　たまらなくなったレイは人目もかまわずに、ゲート通りやセンター通り、八重島《やえしま》、中《なか》の町《まち》、諸見《もろみ》大通りとコザのほうぼうを歩きまわった。コザ、コザ、コザ。その日その日の気分によってレイは地元の街を好きになったり、嫌いになったりする。というより街のほうがレイの気分をもてあそんでいるのかもしれない。いちばんの友のように感じる日もあるし、人生の宿敵のように憎らしい日もあった。暮色の濃くなった路上にはほこりの霧が漂っている。角という角にある石敢當《いしがんとう》、路地や石垣のはざまにうごめく人影。瓦屋根やスラブ家《ヤー》の密集に夜の暗幕がかぶさってきていた。

Aサインのひしめく美里にもやってきた。動きまわれるようになったらそのうち訪ねるつもりだった界隈《かいわい》だ。謝花ジョーが兄《ヤッチー》と密会していた店がある。そちらを先につぶすことにして、路地の奥にある〝ヌジュミ〟に飛びこんだ。

五人座れるカウンター席とボックス席がふたつあるだけの狭い店内で、厚化粧のママが仕込みをしていた。謝花ジョー知っとるよな？　だしぬけに尋ねると露骨に煙たがられた。無一文なのを隠してコカ・コーラを注文すると、ママは酒嗄《さけが》れした声で話しはじめた。

「あれは去年ごろかね、ぼさっとしたニイニイと、背の高いネエネエが何度か訊きにきたけどね。謝花うんちゃらなんて人はうちの常連にいないよ。毎度毎度、飲みもの一杯ずつしか頼まないんだからこっちは商売あがったりさ。あんたもコーラ一杯でねばらんでよ」

たちまち辛抱がきかなくなった。カウンターに飛び乗ったレイは、割ったウィスキーの壜《びん》をママに突きつけて「ここになんべんも来ていたろうが、知らんわけあらんがあ！」と凄《すご》みをきかせた。「おれはついさっき、刑務所から脱走してきたばっかりさ。手ぶらで追いかえすつもりなら、なにするかわからんど」

数分後、ヌジュミをあとにしたレイは、耳寄りの情報とともにせしめた煙草に火を点けて、Aサインの看板を点《とも》した特飲街に煙を溶かした。

路地という路地は、原色の濁流となってレイの皮膚をうだらせる。

シャツの前をはだけた。特飲街のなかは、外よりも摂氏十度は暑かった。

唇やあごを照らす火種。汗ばんだ肌をレイは指先で撫《な》ぜてみる。

起伏だらけの細い路地。コザにもまして美里は入り組んでいる。藪《やぶ》でとぐろを崩した蛇のようにレイは通りを抜けていく。吸い殻を捨てたさきから次の一本に火を点けて、四つ目の火種が点るころには、目当てのスラブ家《ヤー》の二階を見上げていた。

急な階段を上がって、廊下に面したサッシ窓を開けた。屋内を覗きこむと、裸電球が点いた部屋でスリップ姿の島娘が寝乱れていた。昏の火種がボッと瞬《またた》く。小柄だけど肉づきのよい尻や手足は、このときのレイには目の毒だった。

気配を察したのか、娘がふいに扁桃形《へんとう》の目を開いた。窓の外にいる覗き魔を見つけるなり、スリップの胸元をたくし寄せて「あんた、だれなあ！」と叫びながら部屋の隅にあとずさった。退《ひ》くに退けなくなってレイは室内へと押し入った。

「あいつは、どこにいる」

「あいつってだれよ」

「謝花ジョー、ここに居候《いそうろう》してたさ」

「あんたはだれなのよ」

「おれはコザでいちばんの男の弟《ウットウ》やっさ」

「あひゃあ、変態《フリムン》、こっちに寄らんでよ！」

おまえってやつは、やさぐれた野良犬《ヤマイン》め！　オンちゃんがここにいたら襟首をひっつかんでいただろう。英雄の弟《ウットウ》の風上にも置けないレイの最悪の性質がむきだしになっていた。熱情のたぎりに身をゆだねてレイは女に襲いかかった。舌を出したはずみで唇から煙草が落ちたけど、逃げる尻を追いまわすのに夢中で、足の裏で火種を踏んでもまるで熱くなかった。女に飛びつくと尻をわしづかみにして、スリップをからげ、ひっぱりだしたきかんぼう《ボーチラー》を突きたてようとしたけど、硬くそりかえった先端は、すこん・すこん・すこんと女の腰骨にぶつかっただけで、あっというまに精を放ってしまった。

「え？」

だしぬけな暴発と、だしぬけな終息に、女はあっけにとられていた。

降ってわいた絶頂感につらぬかれて、レイもしばらく腑抜けた。

「いまのなに、あんたいつもこうなの」

「おれは、刑務所から出てきたばっかりで……」

「はぁーや、それでね」

「なにするかわからんど」

「下衆《ハゴームン》な男、まだ出すわけ、一瞬で？」

侮蔑されて頭に血が上って、うがあ、とふたたび襲いかかった。ところが女はもう逃げなかった。ふてくされたような、あざ笑うような態度でレイをからめとり、気がつくと硬度を失わないいきかんぼう《ボーチラー》がすべすべの指にしごかれていた。髪の毛が逆立ち、眼球がぶよぶよして、全身の神経の糸がたくさんの蟻の子になって這いだすような快感にあえぎ声を我慢できなくなる。脊髄をひきずりだされて熱い手でへし折られるようで、よだれや洟水《はなみず》をあふれさせるレイを、あんたどうしようもないねと女の言葉が責めたてた。こんなふうにされて気持ちよがれるなんて、その恥ずかしい声はどうにかならんわけ。さっさと出しきらんね、すごいよだれ垂らして恥ずかしくないわけ？　すっかり立場を逆転させてまくしたてられて、声と指だけでわけもなく絶頂させられた。

「ああもう、手がムチャムチャする、汚いなあ」

女はしらけたようにため息を吐くと、気怠げに扇風機をつけた。眩暈の渦に呑まれたレイはしばらく身動きができなかった。辛抱もきかないくせに夜這《よば》いだなんて十年早いよ、あんたは最悪の下衆男《ハゴームン》、豚のふん、パンツを穿いた犬《イン》っころ《グワ》、と女は吐けるだけの罵詈雑言《ヤナグチ》を吐いてきた。

「見てくれは悪くないのに、いろいろと残念な男やさ」と鼻を鳴らされる。「あんたみたいなのが、あのオンちゃんの弟《ウツトウ》なわけ?」

「おまえはチバナやさ。知ってるぞ」

「わけ知り顔な? どうせヌジュミで聞いてきたんでしょう」

「あの店の女給で、謝花ジョーの恋人やさ」

「あんたもジョーを、捜してるわけ」

ママとちがってチバナの口の滑りはよかった。彼女に入れあげた謝花ジョーが店に通うようになったのは三年前のこと。チバナも肌を重ねるうちに(美里にかぎらずこの島の特飲街では、酒場の女給がそのまま娼婦《しょうふ》を兼ねることが多かった)うっかり情が移ってしまって、自宅に転がりこむのを許す間柄になっていた。

「オンちゃんの友達《ドゥシ》と、それからあれは恋人《ウムヤー》ね。ヌジュミに話を聞きにきたけど、ママがなにも話すなって言ったのさ。あんたの兄《ヤッチー》さんとジョーは、戦果アギヤーの相談をしとったから。うちの店も関わってるなんて噂を立てられたらAサインの営業認可も取り消されかねん。面倒事《ニーワチャレー》に巻きこまれたらかなわんからって」

だけどずっと気がかりだったとチバナは言うのさ。基地を叩いた戦果アギヤーたちが一網打尽になったことも、オンちゃんがいまだ行方知れず《ムヌマイー》なことも知っていたその瞳には、秘密を抱えこむことに倦《う》み疲れた様子がにじんでいた。

「あいつが〝クブラ〟の一味だったのは知ってるのかよ」

「クブラって密貿易団やあらんね。ジョーは与那国の出身な？」

「あの卑怯者《ハゴームン》が脅して、おれたちにキャンプ・カデナを叩かせたのさ」

「そうなの、自分のことはなんにも話さなかったから」

「あいつはここに戻らんのか」

「戻ったけど、いまは居《う》らんど」

「だったらどこよ、どこにいるのさ！」

「かしまさよう、わめかないでよ。事件のあくる朝にジョーは、ものすごい剣幕でうちに戻ってきて、荷物を取ってすぐに出ていっちゃった。そのときに言ったのよ、〝あいつらにしくじった落とし前《チビ》をつけさせる〟って。〝これからコザの大将と会ってけりをつける〟ってさ。ということはその明け方には、あんたの兄《ヤッチー》さんも基地の外にいたってことやあらんね」

「おおっ、おおおっ、おれの兄貴《ヤッチー》は生きて、基地を出たんだな！」

「たしかにジョーはそんな言いぶりだったよ」

たちまちレイは元気になった。諸手《もろて》をあげて雀躍《こおど》りしたいほどだった。だけど待てよ、と喜びに水を差す不安もよぎった。基地の外に出たのならどうして帰ってこないのか、落とし前って？　問いただしてもチバナはそのさきを知らなかった。嘉手納アギヤーの翌朝に飛びだしてそれっきり、ジョーもまたチバナのところに戻ってきていなかった。

「あたしはあたしで、あれからジョーを捜しまわったんだよ。どこにいるかわかったのは二、三ヵ月が過ぎたころだった。事件のあとでしばらく取り締まりが強化されたでしょう。ジョーはその網にかかって、留置場に放りこまれてたのさ」

「あいつ、捕まってたのか」

「うちから持ちだした荷物に、アメリカ製の拳銃が入ってたみたい」

「うへへっ、まぬけ《ウフソー》。せっかく基地から出られたのにねえ」

「それで実刑を打たれて、刑務所送りさぁね」

「うへへっ、へへへ……あいっ？」

いまなんて言ったのさ、レイは呆然《ぼうぜん》とした。謝花ジョーがどこに送られたって？

硬直した頬がこんにゃくのように震えだす。この島に刑務所はひとつしかなかった。

「悪ふざけ《ヤナガンマリ》さんけえ。おれはさっきまで、刑務所にいたんだぞ」

「あ、そうか。だったらジョーとおなじところにいたんだね」

「いたんだねーやあらんがっ。あいつがいたらわかるがぁ」

「だけど、全員の顔を確認したわけ」

「そんなことできるわけあらん、あんなに混んでたら……」

あがひゃあ、笑い話にもならない！ 運命の神さまも悪ふざけがすぎる。あの謝花ジョーが、嘉手納アギヤーのあくる朝に兄《ヤッチー》と会っていたかもしれない目下の最重要人物が、よりにもよって脱獄してきた刑務所に入れられていたなんて。そのとき窓の外からサイレンの音が聞こえた。ヌジュミのママが通報したのか、おかげでここにも長居はできなくなった。

さよならクズ男《ナーイルー》、さっさと逃《ひ》んぎらんねとチバナがつぶやいた。とは言いながらも去りぎわに愚痴をつらねるものだからレイはやきもきした。あーあ、いやになっちゃうとチバナは言った。うちがそういう仲になるのはいつも悪い男《ヤナムン》ばっかり。あいつは悪ぶっていても実は繊細《ヤフワラー》で、どことなく哀《かな》しそうで、これまでのごろつき《アシバー》とはちがうと思ったのに。体をしょっちゅう壊していて、気管支も弱かったから心配《シワ》してたのに。ほんとうのことはなんにも言ってくれてなかったんだね。

「ねえ、ジョーに会ったら伝えてよ。あたしはもう待つのはやめたからって。今度こそ嘘《ユクサー》つきじゃない男を探すからってさ」

　こともなげにレイをあしらった美里の女は、にべもない言葉とはうらはらに、ひとたび真心《チムグクル》を寄せた相手をあっさりと見限れるたちではないようだった。

　そんなの自分で伝えたらいいさ、こっちはそれどころやあらんがあ！　伝言を突っぱねるとレイはチバナの家を飛びだして、大急ぎで美里を離れた。だんだん近づいてくるようなサイレンの重奏におののきながら、とるものもとりあえず地元の空き家に転がりこもうとしたところで「ありゃあ、レイな？」と呼び止められた。

「おおっ、でかした《シタイヒャー》！　たしかにジョーが落ちあうって言ったなら、オンちゃんが基地を出たのを確認したってことかもしれん。それがわかっただけでも脱走のかいはあったさ。あの女給、おまえにはよくほんとうのことを話したね」

「そういうおまえは、もう飯の心配《ムヌ・ヌ・シワ》な？」

「ああこれ、スクラップ拾いも意外とやりがいあるよねえ」

「へらへらしくさって、この腑抜けちんぽこ《フユークサラー》！」

出くわしたグスクは、鍬や笊《ざる》を積んだ荷車を牽いていて、どこから見てもスクラップ拾いの帰り道だった（あの戦争で残った砲弾のかけらは一斤で一B円、薬莢《やっきょう》などの真鍮《しんちゅう》類なら四B円で買いとられて、島民たちの大事な収入源になっていた）。官憲の目をごまかすためにスクラップ屋に扮《ふん》しているうちに、いつのまにか実際に地面を掘るようになったというのだからふざけている。レイはその土まみれの胸ぐらをつかんで、すぐそばの路地裏に連れこむと、ボタンボウフウが葉をひろげる石垣にグスクを押しつけた。

「ずっとなにしてたのさ！　兄貴《ヤッチー》を捜すのはやめたのかよ。戦果アギヤーがスクラップ拾いなんかでへらへらして、恥知らずのいやしんぼう《ジビタムン》！」

「だったらおまえは、ソテツの葉で栄養が摂《と》れるのかよ」

「だれがソテツなんて食うかあ」

「生活があるさ、ヤマコのところには男手もおらん」

「おまえがなんでヤマコを養うのよ、兄貴《ヤッチー》の後釜きどりか！」

「ぎゃあぎゃあと唾を浴びせんでも、あいつのなかにはオンちゃんしかおらんがぁ」

もどかしげにグスクも声を荒らげた。あれからずっとヤマコは濃い霧のなかをさまよっている。それこそグスクにもどうしようもないほどに。あちこち駆けずりまわっていても、魂だけはオンちゃんと別れた瞬間に落としてきたみたいに——グスクの口からその言葉を聞かされて、レイはようやく安堵できたような、胸の底をさらにかき乱されたような、どっちつかずの心境にさいなまれた。

　あいつにも伝えてやらんとな、とグスクが言った。手がかりを握っているのはやっぱり謝花ジョー、あの男しかいない。嘉手納アギヤーのあとで兄《ヤッチー》と落ちあえたのか、どうして基地を出たのを知っていたのか、事後の経緯を語ることができそうな唯一の当事者を放っておけなかった。

「おまえ、ごめんなさいして刑務所に戻らんね」グスクがつめ寄ってきた。「たぶんここから先はジョーを問いつめないとなにもわからん。おなじ刑務所のなかにいれば、面《チラ》を突きあわせる機会もめぐってくるさ」

「お、おまえそれでも友達《ドゥシ》な？　あそこがどんなに地獄かも知らんで」

「それしかあらんが。ジョーを絞めあげてこい」

「嫌《べぇ》ひゃあ、せっかく脱走してきたのに！」

「連絡の方法を決めておいて、なにかわかったら知らせんね。あとはこっちで動くから。オンちゃんが基地を出たことは、あいつにも伝えておくから……」

　そのとき通りのほうから、英語のかんだかい声が聞こえた。物陰でこそこそしているふたりを見とがめた憲兵《MP》が警告を発している。頭に血が上ったレイは、グスクの手から鍬を奪いとると、柄の部分でグスクを殴りつけた。あがあ、なんでおれを殴るのさ！　わめきちらすグスクや憲兵《MP》の声を尻目に、反対側から路地を飛びだした。

おれが突き止めたことは、おれが伝えるのが筋やさ！　胡屋《ごや》十字路から軍道五号線を抜けて裏通りへと折れる。夜のとばりが下りた瓦屋根のつらなる坂を下っていくと、視界にヤマコの家の明かりが見えてきた。半分の家は電気が来ていないこのあたりでも、それはひときわ明るいともし火だった。帰ってきてる！　勇みあがったレイは、これまでの十九年間でも最高の速度で下り坂を走った。そのまま加速して、勢いを止めずに加速して、玄関先に出てきたヤマコの手をひったくって、コザを通りすぎて、基地の前を通りすぎて、だれもいない砂浜も走り抜けて、島の外にまでふたりで飛んでいってもよかった。

次の瞬間、建物の陰から人が飛びだしてきた。たちまち風景が転倒して、怒号や足音にまみれながらレイは地面を舐《な》めさせられる。米軍払い下げのジャンパーをまとった看守たちに押さえつけられていた。脱獄をすぐに察することができずに出遅れたもののの、看守勢はその面子《メンツ》にかけて脱走者の立ち寄りそうな界隈を張りこんでいた（四十八時間以内に捕《とら》えられなければ琉球警察に捜査権が移ることになっていたので、看守たちも必死だった）。突っ伏すかっこうで拘束されたレイの視界に、目当ての玄関先へと出てくる人影が映った。屋外の騒ぎを聞きつけたらしい、渇望《かつぼう》がごんごんとあばら骨の裏を突き上げた。おれやさヤマコ！　ヤマコ！　レイはがむしゃらに視線をもたげて、薄闇の向こうの人影に目を凝らした。

玄関からひょっこりと出てきて、こちらの様子をうかがっているのは、ぼさぼさの白髪にムームーをまとった老婆《ハーメー》だった。

おばあ、あんたやあらん！　寝ても覚めても、脱走してからもずっと胸を焦がしてやまなかった女は、窓辺にすらも現われてくれずに――

レイの脱走劇は、十時間足らずで幕を下ろしていた。

そのまま刑務所に、とんぼ返りさ。

四　ここにいない恋人《ウムヤー》、獅子吼《ししく》する囚人、菩提樹《ぼだいじゅ》の契《ちぎ》り

物心のつくよりも前から、ヤマコのなかではずっと響いている歌がある。

それは故郷の島でつむがれてきた、女たちの歌声さ。

血と骨にこだまする、あふれるような高鳴りさ。

その歌は、戦争が終わったころから日に日に反響を強めて、やがて眠りをさまたげるほどの大音声《だいおんじょう》にまでなっていった。

本名なんてすっかり忘れられた。のっぽ《タチャーイー》のヤマコとみんなが呼んだ。十歳ですでに大人とおなじぐらいの背丈があって、それがいやでしかたなくて、できるだけ目立たないように猫背で毎日を過ごす女の子だった。だけどなにもかもを変えてしまったあの戦争の直後から、抑えこんでいた荒々しさが爆発しはじめた。

あひゃー電柱女《リンシンバーヤ》が歩いてるよう！　男の子に冷やかされても正面から突き飛ばした。着るものも食べるものもおぼつかない暮らしのなかで、ひもじくてたまらなくて、両親もこの世にいなくて、さみしくてみじめで震えそうになるときでも、こんなのなんでもあらんと屈さずに持ちこたえられるようになった。

それもこれもオンちゃんといられたから。オンちゃんとおなじところで寝起きができたから。野戦用のテントがひしめく民間人収容所は、一日じゅうオンちゃんといられる新居だった。ほら、歌が聞こえる。体の底から響いてくる歌声が——おびただしい故郷《シマ》の傷痕をものともせずにヤマコは島じゅうに叫びたかった。

ずっと一緒に《イチマデイン・マジューン》いられるなら、このまま収容所でおばあになってもいい。

だけどその前に、あなたの子をちゃっさん産みたいよ。

あなたの恋人《ウンジュ・ヌ・ウムヤー》になりたいよ！

おしなべて将来の婿《ミームーク》を見初めた島娘がそうであるように、ヤマコもまためざましい働きもの《アガチャー》に変身していた（生まれついての資質はこの〝同棲《どうせい》時代〟に花開いたんだよな）。オンちゃんの汗だくの肌着を洗って、ほこりまみれの履き物を修繕して、ブヨやハエが飛びかうテントを掃き清めた。米兵たちの弁当《レーション》の容器から蠟引《ろうび》きのボール紙をはがして空き缶につめて蠟燭《ろうそく》をこしらえた（ひょお、ムードたっぷり）。オンちゃんたちのおやつのために（育ちざかりなのに配給だけじゃ足りないさ！）、朝から二重の鉄条網を越えて、モズクや貝を漁《あさ》りにいった。ヒカゲヘゴの新芽やハマゴウの葉、シマアザミ、ギシギシ、スベリヒユを摘んできて独自の野草料理の体系を築きあげた。オンちゃんの世話をしていると土気色の風景もあざやかに見えてくる。このころのヤマコは言葉によらずに訴えていたのさ。あたしみたいな働きもの《アガチャー》と連れ添えば、結婚生活も、子だくさんな家庭《ウフ・チュチネー》のやりくりも安泰さぁね。

だけどその人は、振り向いてくれなかった。あっというまに基地の街になったコザで、物資や食料をせしめるのに夢中になっていたから。

グスクやレイより役に立つ自信はあったし、だれよりも意欲に燃えていたのに、ヤマコはいつも置いてきぼり。女ってだけで見くびるなんて！　不平等へのうっぷんを募らせながらオンちゃんの生還を待ちわびるうちに、たまりにたまった渇望が噴きだすようにヤマコは、第二次性徴の夏を迎えていた。

だれよりもヤマコが面食らった。十四歳のたったひと夏だけで身長は五センチも伸びて、ぺちゃんこだったおっぱい《チー》やお尻《チビ》は空気を入れすぎた風船のようにふくらんだ

（なにを噛《か》んだらこんなになるのさ、とおばあには呆《あき》れられた）。グスクやレイに盗み見られ、Aサインの店主にはうちにおいでと勧誘され、暑くても薄着のはばかられる急速な発育のせいで、ヤマコは自尊心の危機にさらされた。こんなことになったのも戦果アギヤーに入れてくれないからだ。男たちに交ぜてもらえずにいるうちに、自分のなかの女が幅を利《き》かせはじめた。こんなにおっきなおっぱい《チーマギー》、走るときの邪魔になるだけやあらんね！

だけど憲兵《MP》たちにクラクションを鳴らされたり、赤ちゃん《ボーボー》がこっちを見ておちょぼ唇《ぐち》になったり、コザの観光名所のようによその街から若い男たちが見にきたり（グスクやレイはこのときちゃっかり見物料をとっていた）、そういう異常な事態にも慣れてくると、国境も世代も越えるこの〝神通力《シジ》〟のようなものを活《い》かさない手はないのかも、と思えるようにもなった。

使えるものはなんでも使うのが、あの戦争を生きぬいた島の女たちの金科玉条だからね。ヤマコもしたたかにやることにした。オンちゃんの時間の隙間にたえず割りこんで、どんなときでもオンちゃんの真向かいに座り、オンちゃんとふたりになるためにグスクやレイにもでたらめ《ユクシ》の時間や場所を教えた。だけどオンちゃんは反応を示さなかった。襟ぐりのゆるくなったシャツを着て、胸元をはためかせて風を送ってみても澄んだ瞳で見返すだけ。砂浜から立ち上がるときにはオンちゃんに向けてお尻《チビ》の砂を落としたけど、きまってそっぽを向いて仲間《ドウシ》とその日の強奪計画を練っていた。もどかしくてたまらないヤマコは、そのあたりで地道な底引き網漁から刺突漁（銛《もり》などで魚を串刺しにする漁法ね、チェスト！）に切り替えた。頰を赤らめながらも二の腕にしがみついたり、背中から抱きついて胸を押しつけたり。だけどなにをやってもオンちゃんはただひたすらその情熱を戦果アギヤーに向けていた。

　すっかり落ちこんで、この島に基地があるうちはオンちゃんの心は奪えないのかと思ったりもした。もうなにかを期待しないほうがいいのか、挫《くじ》けそうなときもあったけど、それでも聞こえつづけていたんだよ。

　あの歌声が、熱い熱い体の奥からのこだまが——

　かたときも、鳴りやまなかった。

　それにヤマコはもう昔のように引っこみ思案なのっぽの娘《タチャーイー》じゃなかった。けっして折れない電柱娘《リンシンバーヤ》になっていた。ああ、強情《ガージュー》っぱりなヤマコ！　猪突猛進《イッポージー》のヤマコ！　たゆみない努力はそれから年を重ねても一途《いちず》につづけられた。そうしてあるときついに、島の最良の遺伝子で創られた男を振り向かせたのさ。

　あれはヤマコの十六歳の誕生日だった。おばあと暮らしはじめた借家の玄関先に、オンちゃんは一度で運びきれないほどの戦果を贈ってくれた。それからはなにがあってもまっさきにヤマコに物資や食料を届けてくれるようになった。このころの男女間でのあふれんばかりの戦果の贈りものは、そのまま求愛の貢《みつ》ぎものといってもよかった（混じりけのないヤマコの思慕《ウムイ》は、幾重にも折り重ねられてとうとう現実との一致を果たした！　そのひたむきな恋路を知っている語り部《ユンター》としても祝福せずにはいられない。たしかにそのとき、ヤマコはだれよりも愛《いと》しい男《ひと》を振り向かせて、同時にこの世界を振り向かせたのさ）。

オンちゃんはざらつく指先でヤマコの頬を撫ぜてくれた。後ろから抱っこするかっこうで何時間でも寝そべっていてくれた。ふたりきりの砂浜は、おたがいの夢や願いを語りあう言葉で満たされた。ヤマコのお尻《チビ》の砂をその手で払いながら、オンちゃんは一度ならず言ったものさ。てらいもなく、すごく嬉しそうに——

「だれにも話したらならんど、おまえの笑顔がおれの大好物だって」

そんなふうに言ってくれる人と、どうやって離れて暮らしていけるだろう？

あたしは幸せものだ。あなたはこの世の果報だ。温かい手のなかでヤマコは目を閉じる。

どうぞいらっしゃい《メンソーレー》、と自分だけに天国の窓が開かれたみたいだった。

オンちゃん。

オンちゃん。オンちゃん。

嘉手納の夜を最後に会えなくなって、ヤマコが見ていたすべての風景は一変してしまった。

あっというまに歳月は過ぎ去って、ヤマコの時計でその一年と数ヵ月は、生涯を独り身ですごした寡婦《ルーチュイムン》の百年にも等しかった。

できることはなんでもやった。すこしでも噂を耳にすれば、遠くにでも出かけていって嘘と事実を選《よ》りわけた。道すがらの路地裏を覗きこみ、基地のゲート前で待ちぶせして軍雇用員たちに話を聞いた。おばあの占い《ハンジ》にまですがりついて、なにもすることがないときには両足が腫れあがるまで基地の周辺を歩きまわった。

家のなかでじっとしていることができなくなって、歩きながら祈った。月日を追うごとに上がってくる絶望の水位にあらがうように、ありとあらゆる推理をめぐらせた。故郷の島でオンちゃんとめぐりあい、長い時間をともにしてきた――そんな日々を振り返って、交わした言葉をよみがえらせながら、歩くのをやめず、祈るのをやめなかった。

密貿易団の男がなにかを知っている。そんな情報がもたらされてからは、那覇の外れの煉瓦塀の建物にも通いつめた。周辺には人家がひしめいている。砂利だらけの隘路《スージグワー》を抜ける風が、排水溝を這うクマネズミを追い越していく。高い塀がつくる日陰と日向《ひなた》の境を、ちいさな蝶《ちょう》が往《い》ったり来たりしている。煉瓦の壁から湯気を立たせるような強い日差しが、刑務所のある風景を白っぽくかすませていた。

「今日も連絡ないね、レイ、だいじょうぶなのかな」

日向にしゃがみこんだヤマコは、膝小僧のあいだに顔を埋めた。

グスクはあごを上げて、高い塀をねめつけている。

「ニイニイ、この方法でまちがいないんだよね」

「うーん、そのはずだけどな」

塀の中との連絡手段には、グスクが元受刑者から聞いた方法を選んだ。看守の数が足りてないのでむしろ不正連絡は難しくない。折り畳んだ手紙を、見張り台から離れた構内農場の一画に投げ入れる。すると農場担当の受刑者が連絡係となって、舎房まで手紙を持ちこんでくれる（塀の中からの連絡はそのまま逆の経路だ）。もちろん見返りは必要だけど（煙草や金銭《ジン》を紐でくくって投げこむのさ）、この方法ならこまめにやりとりできるはずだった。ヤマコとグスクは毎日おなじ時間におなじ場所で、レイからの報せを待っていた。

返事が届いたのは、塀の外に通いだしてから一週間が過ぎたころだった。塀をひょいと越えてきたちいさな物体をヤマコが拾い上げた。ビニール袋に収まった細い筒状の手紙は、国吉さんというレイの同房者からのものだった。

「大事《デージ》なあ、レイは懲罰房に入れられて……〝鉄砲担ぎ〟っていう罰かぶってるんだって」

こちらからの便りはレイに届いてなかった。刑務所にとんぼ返りしてからいまのいままで拘禁されていて、謝花ジョーを捜すどころではないらしかった。手紙を預かった国吉さんが現状を報せるために筆を執って、わざわざ〝鉄砲担ぎ〟の図解を添えてくれていた。一、片手を頭のうしろに下げて、二、もう一方の手を腰からねじり上げ、三、背中にまわした両手首を束縛する。一から三をその場でやらされたグスクは、あひゃあつらい！　とたまらずに悲鳴を上げた。この鉄砲担ぎはもやしっ子《ヨーバー》なら一時間足らずで気絶するほどのもので、そんな姿勢のままでレイは運動禁止・減食・質問責めという懲罰を受けているという。これがあと数ヵ月はつづきそうだと国吉さんは手紙に書いていた。

「脱走者にこんなおとがめがあるってわかってたら、おれだって軽々しくごめんなさいしろなんて言わなかったさ……」

グスクが居たたまれなそうに弁解する。ヤマコも言葉を失っていた。

塀の向こうにいるレイへの罪悪感と、手がかりを握っている謝花ジョーに近づけないもどかしさが、海水を吸った真綿のようにヤマコを絞めつけていた。

越えられない障壁に阻《はば》まれて、無為な時間ばかりが経過していく。このまま手をこまねいていたくなかったから、手紙をもらったその夜のうちに覚悟を決めた。道具箱から出した金づちを握りしめて、屋外へ出ていこうとしたところでグスクに止められた。付き合いが長いぶんだけヤマコの思惑はまるわかりのようだった。

「だってレイが動けないんだから、だれかが行くしかないじゃない」

「トンカチで通り魔な？　憲兵《MP》のヘルメットでもかち割るのかよ」

「そのぐらいやらんと、牢屋には入れてもらえんでしょう」

「おまえはまたそうやって、豚っ鼻ならしてえ！」

「女舎房も、おなじ敷地にあるんだよね」

「無茶《ナマチ》さんけえ、この馬鹿女《フラー》！」

後ろからグスクに肩をつかまれた。振りほどこうとしたけど、引き寄せられて、両腕をかんぬきのようにして抱きとめられた。ヤマコは身を強ばらせる。胸板は薄いけど肩幅のある男の体の密着感をおぼえた。グスクも呼吸を深めるのがわかった。わななくように鼓動が速まった。グスクがうなじに顔を埋めてくる。お調子者《テーファー》がいつもの軽口もきかずに「わざわざおまえが行かんでも」とつぶやいた。唇の動きでその言葉をヤマコに刻印しようとするみたいに。

「離れてよ、ニイニイ」

オンちゃんと親密になる前から、お風呂《ふろ》に一緒に入れるほどちいさなころから、ニイニイ、ヤマコと呼びあってきた。無事にグスクが戻れば素直に嬉しかったし、おなじ場所でおなじ時間を過ごしても苦痛も違和感もおぼえない幼なじみだった。だけどこのところは、よるべのない孤独や不安をグスクといることで慰めている自分にも気がついていた。オンちゃんがいない毎日のつらさが、うしろめたさや自己嫌悪《けんお》が身に染みて感じられるから、だからヤマコは念じずにいられなかった。早く離れてよ、ニイニイ。

「おれだって、おまえのことはわかってるさ」グスクが柄にもないことを言うものだから、ますます胸の鼓動《チム・ドンドン》がうるさくなった。

「わかってるって、なにがさあ……」

「おまえがどんな気持ちでいるか」

「だったら、好きにさせてよ」

「おれでいいやあらんね」

「ニイニイを、金づちでたっぴらかすわけ」

「あらん、だからおれが……」

わずかな沈黙のあとで、グスクは吐きかけた言葉を嚥《の》みこむと、体を離した。振り返ったところで頭をはたかれて、握りしめた金づちを取り上げられた。

「……刑務所に行くのは、おれでいいって言ってるわけ。わざわざおまえが憲兵《MP》をたっぴらかさんでも、おれにはもう逮捕される理由があるんだから」

だからおまえが残れとグスクは言うのさ。おれたちが塀の内側でジョーを見つけだしてあらいざらい白状させて、塀ごしの手紙で伝えるから、あとはおまえがこっちでやらなきゃならないことをやれ。わかったな、強情っぱり《イッポージー・ヌ・フリムン》のトンカチ女! 一息にまくしたてるとグスクはヤマコを押しのけて、屋外に飛びだしていった。

そんなのならん、とヤマコは止めた。服をつかんでも振りほどかれる。もうニイニってば! すすんで服役する度量もないくせに、啖呵《たんか》を切ったものだから退けなくなっている。しばらくは出てこられないよ、牢屋のなかじゃ朝寝坊もできないよとおどかすたびに顔をひきつらせたけど、それでも思いとどまらずに地元の食堂や屋台を覗きこんで、晩酌をしていた徳尚さんを見つけだすと、

「ちゃー元気《ガンジュー》な、おやっさん。おれもキャンプ・カデナを叩きました」

と、そのまま自首してしまった。世間を騒がせた事件の一味だと明かして、隠れているのも疲れたのでお縄になることにしたと頭を垂れた。

こうしてグスクも窃盗と不法侵入で実刑を打たれて、あくる月には刑務所へと送られた(このころはとにかく戦果アギヤーの逮捕者が多かったので、検挙から裁判、判決にいたるまでの手続きは数日でかたづくほど速かった)。オンちゃんの消息を追いかけて、塀の内側でそのころ未曾有の混乱《ヤマチリグトウ》が出来《しゅったい》していることなんて知るよしも

なしに——

グスクまで行ってしまった。肝心なときにかぎってヤマコを置いてきぼりにして。

どうしてあたしだけがいつも、取り残されるのさ。


そのころレイは、独りきりの房にいた。

雑居房よりも足を伸ばせるはずが、そうもいかなかった。

視界はふやけてかすみ、遭難した舟の底にいるように揺れている。

眠ったのはどのぐらい前のことだったか、どのぐらい起きているのか。

そんなことすらわからなくなって、浅い記憶をたどって思い出そうとする。

塀の外でなにをしてきたかを言わないレイを、看守たちは拘束したうえで殴りつけ、うたた寝も適宜の運動も許さなかった。

こうなると自分のものとして保っていられるのは、意識だけだった。看守たちにも頭のなかまでは縛れない。だからあいつらはこの体を人質《カタ》にとっているんだとレイは思った。おれをいたぶって、おれがなにもかもを差しだすのを待っている。

居直りと後悔のはざまを、かれこれ何往復もしていた。

鉄砲担ぎはつらかった。意外となんでもないさ、と最初のうちは思うのさ。

だけどそのうち、体じゅうの筋肉が骨からはがれ落ちそうになってくる。

呼吸もままならず、眼球が飛びだしそうなほどに苦しくなってくる。

拘束されながらできることといえば、壁の染みをあれこれと模様に見立てることぐらいで、だからレイは飽くことなくそこに投影した。数えきれない兄《ヤッチー》との記憶を、ずっと追いかけてきたその背中を。夕暮れのヤラジ浜の海景を。ヤマコの面影《ウムカジ》を。脱走してめぐりあったチバナとの生々しい出来事を。国吉さんやタイラさんから教わったこの世の実相を――

あまさず自由を奪われ、時間の感覚を奪われ、空間の認識すらおぼつかないなかで、それらのひとつひとつがレイに浸潤していった。さまよう意識が遠くにまで飛びすぎて、戻ってこられなくなるのも恐れなかった。思考とは呼べそうもないあやふやなものから、空想のなかの教師《ウシショー》たちとの質疑応答まで、意識の海を泳ぎまわる思念の魚を網にかけて、舌でうろこの一枚一枚をはがすように吟味した。

干からびた唇がうごめいて、枯れ葉をこするような独り言がこぼれる。

いい、いい、いい、
おれってなにもの？

たしかにそのとき、独房のレイはそうつぶやいていた。

コザの人間ならだれでも驚いたはずだ。あのレイが、それまでの十九年間でかすめることもなかった大それた命題《ソーラーサン・ムヌ・カンゲー》を口走ったんだから。だけどつかのまの哲学の時間は中断を強いられる。看守が独房に入ってきて――

尋問の時間が終わったとき、レイは三分十五秒ほど死んでいた。うっかり屋《ソーヌガー》の看守が、鉄砲担ぎを解くのを忘れて（窒息の恐れもあるので数時間おきに外すのが鉄則だったのに！）休憩《ユクイ》に出ていったからだった。蘇生術《そせい》かなにかをほどこされて、頭から水を浴びせられ、むせかえりながらこっちに戻ってきたとき、目に映るものが奇妙なほど新鮮に感じられた。独房《グソー》のそっけない壁や天井、房のすみっこを這うクマネズミにも親しみをおぼえた。あの世に渡りかけたから？　レイにはそんなふうに感じられた。これまでの人生でもいちばん生きているといまは生きている。これまでの人生でもいちばん生きていると思った。おれはこの独房で死にかけて、だけど

だしぬけに、いろんなことが腹に落ちた。

看守たちがどうしていらだっているのか。

自分がこの房で、なにを渡すまいとしているか。

アメリカーや日本人《ヤマトンチュ》が、この島のなにを欲しがっているのか。

ああそうか、そういうことか、とそんな具合になにもかも了解した。頭のなかでこんがらかっていたものもくっきりと明瞭に見極めることができた。これも独りきりの問答の、つかのまの死と復活のたまものなのか。そのときのレイは、レイから精製された結晶のようになっていた。自分がなにを望んでいるのかを自覚して、レイは傷だ

らけの唇で笑みをつくった。

グスクは呆然とするしかなかった。これはいくらなんでもひどすぎる。

刑務所のなかの暮らしは、聞きしに勝るほどの悪夢だった。

これまではまともに新聞も読んだことがなくて、故郷《シマ》をめぐる政治や社会情勢にたえず意識を向けているわけではなかったけど、そんなグスクですら、この島が土地をめぐる闘争の季節を迎えていることは知っていた。

われらが沖縄《シマ》は、アメリカにとって手放したくない〝太平洋の要石《キーストーン・オブ・ザ・パシフィック》〟になっていた。軍用地を得るための土地接収は激しくなるばかりで、家屋や田畑や先祖の墓を更地に還《かえ》してしまう強権行使に、安すぎる地代なんていらん！と土地主たちは抵抗をつづけていた。沖縄《シマ》をあげての民族運動の気運がいよいよ高まるなかで、米民政府は取り締まりを強めて、領土権の侵害を訴える政党を弾圧、運動のめぼしい中心人物（市井のリーダーや人民党員、反米思想家たち）に共産主義者《アカ》のレッテルを貼って有罪判決をくだしていった。おかげで島にひとつの刑務所は立錐《りっすい》の余地もなくなって（もともと二百人が定員のところに千人近くが入れられていた）、房の酸素は薄くなるばかり、底意地の悪い看守にどやされ、厳しい規律はさらに厳しくなって、受刑者のうっぷんは暴発寸前にふくれ上がっていた。

「このなかで人捜しなんて、離れ業《ホーカー》やあらんね……」

ただでさえ起床が早いのに、炊事場に割りあてられたときには卒倒しそうになった。ほかの受刑者より二時間も早く起きて、寝ぼけ眼をこすりながら飯を炊き、ニンジンの皮をむき、芋を輪切りにする。配膳当番が回ってくるたびにくまなく舎房の顔ぶれを確認したけれど、すぐには謝花ジョーを見つけられなかった。

雑居房の一舎にも二舎にもそれらしき男はいない。すると独房棟のほうか？　国吉さんたちの協力も得られたけれど、だれも謝花ジョーなんて名前は知らなかった。そもそも偽名かもしれないし、看守には称呼番号で呼ばれるので、受刑者同士で名前までは把握しきれない。「官舎にある台帳を見られるといいんだが」と国吉さんは言った。「もちろん自由に出入りはできん。放牧場の山羊《ヒージャー》とはちがうからな」

ああ、早まった。刑務所に入りさえすればジョーと会えると思っていたのに。こんなことなら自首なんてするんじゃなかった、わざわざ実刑を打たれてこれでは冗談《テーフワ》にもならない。ほんとうにあの男はここに収監されているんだろうな？

刑務所にやってきてひと月目に、独房棟に配膳する機会がめぐってきた。独房といってても名ばかりで、こちらにもひとつの房に三人から五人がつめこまれている。それこそ悪質な脱獄囚をのぞけば、房を独り占めしているものはいなかった。

「……おまえ、レイな？」

「その声は、グスクかよ。おまえも捕まったのか」

「そんなヘマは打たん。おまえが脱走の罰かぶってるっていうから、おれも自首してきたわけさ」

「うへっへっ、さてはおれに会いたくなったな。おれの居《う》らんコザはどんなかね」

「まあ、退屈だな。それよりおまえ、こんなところに二ヵ月もいるって？」

視察孔《あな》ごしによく知った顔と再会して、グスクは憎まれ口をきくのにも苦労させられた。眼窩《がんか》でふたつの目玉をごろごろさせたレイは、洗濯板のような肋骨《ろっこつ》をさらして、痩せっぽちの苦行僧《ヤシガルー・ボージー》のようになりはてていた。

「はぁーや、自首してきたのか。いざとなると思いきるよなぁ。どうせなら受刑者と喧嘩してこの独房に入ったらどうよ、鉄砲担ぎを試してみたら」

「おまえとふたりなんて願い下げやさ。ここから出られんのか」

「素直にごめんなさいして、なにもかもしゃべったら出られるかもな」

「だったらそうしろ、このままだと死んじまうぞ」

「地元の友達《ドウシ》も来たことだし、あることないことしゃべって戻るかなあ」

独房のなかから聞こえてくるのは、奇妙なほどに澄みきった声だった。こいつほんとうにレイだよな？　開いた視察孔のぶんだけの光を浴びる男は、外見の変化にもまして、荒くれもの《ナマチャー》に似つかわしくない静かな気配を漂わせていた。

「だけどここから出ても、好きに動けるわけやあらん」とその声は言うのさ。「鎖をつけられたままではどうにもならん。だったらどうすりゃいいのか、ここで考えてたんだけどさ。兄貴《ヤッチー》だったらどうするかねえ」

「考えてたって、レイ、おまえがものを考えたのか」

「なにか、きっかけをつくらんとなぁ」

ほどなくして刑務所に、ちょっとした騒ぎが持ち上がった。

雑居房でも運動場でも、炊事場でも、受刑者たちがそわそわと落ち着きをなくしていた。十月の運動会が近いからかな、とグスクは思ったけど、

「大物が来るらしい」

国吉さんが教えてくれた。収監まちがいなしとされる〝大物〟の名前は、グスクですら知っていた。反米集会に通っているグスクの叔父夫婦も、ヤマコのおばあもこの〝大物〟のファンだった。ひとつの民族が団結して体制に立ち向かうときには、郷土の叫び《シマ・ヌ・アビー》を代弁できる運動の旗手が現われるものだ。この数年で〝旬の人〟となったその政治家は、米民政府に島外退去を命じられた人民党員を匿ったかどで二年の実刑を打たれたという。

ちょうどレイが懲罰房から解放されたその日、看守に連れられた〝大物〟が舎房の

通路をみずからの足で歩いてきた。有名人の姿をその目で拝もうと、受刑者たちは視察孔に顔を寄せて、宴会《スージ》もさながらに洗面器を鳴らし、看守に怒鳴られてもやんやの喝采を止めなかった。歓迎一色のなかでも浮き足立たず、ことさらに表情も変えずに悠然と歩いていくその人こそ、島の闘争の旗頭とされるひとりの沖縄人《ウチナンチュ》だった。

「ほんとうに来たぞ、瀬長亀次郎《せながかめじろう》やさあ！」

おいでなすった。亀次郎だ、本物の亀次郎だ！

うちの房の前を通ってくれ。亀さん、刑務所暮らしも頑張《チバ》りよう。

われらが沖縄《ウチナー》の星、亀次郎。島民たちが愛着をこめて呼ぶその名前。

張りだしたえら、頬骨のとがったウチナー面《ヂラ》、真一文字に結んだ唇を開けば聴衆の心を揺さぶる名演説が飛びだす、壇上のエンターテイナー。ひと坪《つぼ》の土地も売り渡すなと島民を鼓舞し、だれよりも勇ましく反米反基地を訴える愛郷の人（どんな語り部《ユンター》でも太鼓判を押すだろう、もしもこの男がいなかったら島ぐるみで闘争の気運が高まるのはずっと後年になっていたかもしれない。このころの島民にとっては、チェ・ゲバラとマルクスと孫文を足してもその価値を語りきれない、虐《しいた》げられた沖縄《ウチナー》の魂がつれてきた稀代《きたい》の革命家だった！）。

「ここには亀さんのファンが多いのさ。おれの房の国吉さんなんて、有名な演説をそらで再現できるくらいだもの。張りあうのは分が悪いさ」

あくる日に運動場で顔をあわせたとき、瀬長亀次郎の入所に話題をさらわれた友達《ドウシ》が歯ぎしりなしで平然としているものだから、グスクはすくなからず面食らった。路上で小便《シーバイ》を垂れ流していたころから知っているはねっかえりが《ウーマクー》、独居房に拘禁された数ヵ月でひと皮むけたのか。頰のそげたレイの横顔をしげしげと眺めずにいられなかった。

「あのよ、グスク。亀さんがおれの兄貴《ヤッチー》と会ったらなんて言うかね」

あ、レイもか？　瀬長亀次郎という傑物をコザの英雄とくらべているのはグスクだけではなかった。かたや人民党の政治家、かたや戦果アギヤー、立場こそまるでちがいこそすれ、米軍や政府に立ち向かうその雄姿、土地をあげての信望と、民族の魂に火を点すような存在感。共通点はひとつやふたつじゃなかった。

「これは運命さぁね。謝花ジョーを捜さなくちゃならんときに、亀さんの入所はもってこいさ。あのおやじが現われて、荒れないわけがないからな」

「おまえ、ずいぶんと口が達者《ムヌイー・ジョージ》になったね。おれにはそっちのほうが大事件やさ」

「グスク、そういやおまえ、あの夜におれをおぶって金網の外に出ようとして、張りきってくれたよなあ。最後には置いてってたけど」

「なによいまさら、根にもってるわけ」

「もっとらん。今度はおれが走る番ってことさ」

「なにがやあ、犬っころ《インググワ》がどこへ走っていくつもりさ」

「この島じゃ立場なんて、すぐに逆転するのさ」

ただならないレイの物言いに加えて、運動場でも炊事場でも、雑居房でも受刑者たちが浮き足立っている。大変なときに収監されちゃったなとグスクは寝癖をかきむしった（おだやかな浅瀬でたわむれるのをやめて、沖合までめいっぱい荒波をかいていくと、ときとして時代の大きなうねりに合流してしまうことがあるものさ——グスクやレイにとって瀬長亀次郎との邂逅《かいこう》は、そんな数奇な出来事のひとつにほかならなかった）。

所内のたしかな変化は、刑務所の職員たちも察していて、瀬長亀次郎を独房に入れることでほかの思想犯と接触させまいとしたけど、警戒にもかかわらずたてつづけに騒ぎは起こった。入所の数日後には、不正連絡をたばかった雑役囚が見つかった。ズボンの裾に隠した密書にはこう書かれていた。拝啓、米民政府のいちゃもんのごとき罪状で刑を打たれたことには同情を禁じえません。塀のなかでも闘争をなさるおつもりならわれわれも支援します——だれに宛てたものか一目瞭然の文面だった。連絡係となったその雑役囚は、落ちていた紙屑《かみくず》を拾っただけと言い張り、〝われわれ〟に含まれる受刑者の名前は吐かなかった。

グスクとレイは、ふたりとも房もちがえば（一舎七房と三房）、作業場もちがうので（炊事場と窯場）、おたがいが一日をどう過ごしているのかをつねに知ることはできない。独房を出てからのレイは、雑居房では国吉さんと、窯場ではタイラたちと密談を交わしていた。グスクは炊事用の薪を取りにいこうとしたところで、土寄せの監督の目を盗んでタイラ一味が話しこんでいるのを目撃した。タイラが座の中心になっていたけれど、その後ろに控えたレイがしきりに口を挟んで議論をあおっているようだった。

十月の末には、年に一度の運動会でも騒ぎがあった。作業場ごとに組になってリレーや騎馬戦、余興のエイサーがおこなわれる運動会は、受刑者にとってまたとない憂《う》さ晴《ば》らしになる。グスクもおおいに張りきって一日を終えたけれど、あくる朝の起床がいつもとちがった。起きたらまず房内で一列に並び、看守の号令にしたがって番号を唱えるのが規則なのに、この日は少なくない受刑者が点呼を拒んだ。看守たちは警棒をふるって怒鳴ったけど、受刑者たちはふてぶてしい態度を崩さなかった。前日の運動会の競技ちゅうに受刑者が示しあわせていたのさ。口から口へとひろがった秘密の指示は、グスクのもとにも回ってきた。〝われわれのためになることだから点呼に応じるな〟という口づての指示はだれが出したものなのか、もしかしてと勘ぐったグスクは運動場でレイをつかまえた。

「タイラさんたちと話してさ、ここの受刑者たちがいざってときにどのぐらい連帯できるか、ちょっと試してみたのさ」

「あひゃあ、やっぱりおまえたちか。こんな騒ぎをおこしてどうするつもりなあ」

「このひどすぎる定員超過に、がんじがらめの規律に、看守どもの暴力ときて三重苦やさ。不満がたまりにたまったところであの瀬長亀次郎が自分たちの側にいるもんだから、受刑者はみんな気が大きくなってるのさ。これをはずみにゆっさゆっさと刑務所全体を揺さぶって、そのどさくさでジョーを見つけるのよ」

「おいおい、刑務所のなかで闘争でもぶちあげようってのか」

「ほかのやつらはすっかりその気よ。それはそれでやらせてやったらいいさ。おれたちがここにいる理由はジョーの首根っこを押さえるためよ、そのために使えるものは使わんとな」

あやしくなる雲行きにグスクは固唾を呑んでいた。すぐ目の前で笑っている幼なじみが、底知れない他人に見えてしかたなかった。おまえ、ほんとうにレイなのか？

おれは、自分がなにものかわかったのさ。

おれはいまも戦果アギヤー。島の治安を乱すならずもの《ヒンジャー》よ。

だからほかの連中とつるんで、混乱《ヤマチリグトウ》の渦をかき混ぜてやるのさ。

島ぐるみの闘争が刑務所にもおよびかけていた秋の暮れ、レイのもとに寝耳に水の知らせが飛びこんできた。一派のリーダーだったタイラがひったてられて懲罰房に放りこまれたっていうのさ。これはレイたちにとって生半可な痛手ではなかった。

「タイラさんがいなかったら、まとまるものもまとまらん！」

せっかくここまで密談をくりかえして〝獄内闘争〟の計画がまとまりつつあったのに！　作業時間にタイラやレイたちが看守を人質にとって、これをきっかけに受刑者に一斉蜂起をうながすはずだった。そこからはできるかぎり暴れて、舎房や工場を打ち壊して、ここでの過剰拘禁や非道な仕打ちのすべてを琉球政府や新聞各社に訴える手はずになっていた。受刑者をまとめる班、看守を捕えておく班、銃器を奪う班（戦果アギヤーの経歴を買われたレイは強奪班を仕切ることになっていた）まで決まっていて、タイラには要《かなめ》となる受刑者の統率役をやってもらうことになっていたのに、完全に出鼻を挫かれたかっこうだった。

タイラは暴動をくわだてたかどで懲罰に処されるという。どうしてばれたのか？　考えられるのは密告ぐらいしかなかった。

「あいつよ、へちまに決まってるさ……」

おなじ窯場で人望を集めるタイラをへちまは毛嫌いしていた。密告の常習者がレイたちの計画を漏れ聞いて、看守のもとに走ったにちがいなかった。こうなったら計画を白紙にするしかあるまい、と相談を重ねていた国吉さんは言った。雑居房の教師《ウシショー》はもともと慎重派だった。現状を改善するために声を上げるのはいいが、やみくもに過激な行動に出るべきではないと主張して、レイたちと意見の食いちがいが目立ちはじめていた。

「看守たちも殺気立っとる。受刑者をたばねるものもいないのに、無理を押したららん。先手を打たれてむしろ幸運《カフー》を拾ったのさ、頭を冷やさんね」

「幸運《カフー》？　そんなものはもういらん」

タイラが独房送りになったその日から、刑務所ではいっそうの厳戒態勢が敷かれた。看守たちにしてみれば、瀬長亀次郎が入所したとたんに暴動が起きるなんてあってはならない。そんなことになったら面目はまるつぶれ、管理能力のなさを世間に知らしめるはめになる。

なにがなんでも封じこめろ、と所長命令がくだされて、炊事と給水をのぞいた刑務作業は中止になり、食事も運動も房のなかに限定されて、おかげでレイは窯場の一派とも連絡を交わせなくなった。たえまない巡視は昼夜を分かたず、退屈をもてあました受刑者は雑談するたびに怒鳴られ、懲罰にかけるぞと脅された。それでもレイは黙らない。規律や秩序《ヤッチー》はかつてないほどに乱れて、だれもが波乱の気配を感じている。こんなときにもしも兄貴なら、おとなしく息をひそめたりしない。ブレーキどころかアクセルを踏みこむはずだった。

あいつらは脅すだけでだれも連れていかない。ここにきて懲罰を増やしたら受刑者をいたずらに刺激することになるからな、と国吉さんは読んでいた。看守たちもおびえているという噂が口から口へと伝わって、見回りの看守を挑発する受刑者も出てくる。就寝時間になってもひそひそ話がやまなくなった。そんな嵐《ウーカジ》の予感がすりきり一杯にまでたまった十一月の夜、みずからの房からレイは、最後のせきを破る声を発したのさ。

「——たっくるせ」

聞こえたか、この声が？

つづけざまに、けたたましい破砕音を響きわたらせる。

看守たち、受刑者たち、聞こえるだろ？　天井に下がる裸電球が揺れて、クマネズミが尻尾をひるがえして逃げていく。なにを騒いどるかと看守が駆けてくる。手を止めずにレイは同房者とともに盛大な音を響かせた。ずがしゃっ・ずがしゃっ・ずがしゃっ・ずがしゃっ、扉を打ちすえる音にみしみしと厚板の裂ける音がつらなる。視察孔から三房をのぞきこんだ看守の目が、驚きと恐怖に見開かれた。

「たっくるせ、たっくるせ、たっくるせ、たっくるせっ！」

房のなかでレイは、受刑者たちの雄叫《おたけ》びの音頭《おんど》をとっていた。たっくるせ、たっくるせ、たっくるせ、たっくるせ、同房者たちと結束して、房にそなえつけの水入れのドラム缶を抱えこみ、横突きに扉の内側に打ちすえていた。

なにをしてるかわかってるのか、と看守がわめきちらす。そんなのもちろんわかってるさとレイは気を吐いた。見てのとおり、舎房の扉を打ち壊そうとしてるのよ。ドラム缶が激しくぶつかるたびに視界に火花が散り、夕立前の稲妻のような律動が刻まれる。細かくて乾いたものが風で砕けるような音が充満して、扉の厚板が悲鳴を上げていた。

「聞こえてるか、この音が。こんな扉なんでもない、すぐに破れるさ！　聞こえてるならあとにつづけ、目の前の扉をぶち破れ！」

レイの呼びかけは、ほかの房の受刑者たちにもたしかに作用した。

たくさんの魂を共鳴させて、舎房棟のあちこちで扉の破壊が始まった。

おおっ、こりゃあほんとうに破れるぞ！　アメリカ産の松材で造られた舎房の扉はいずれもシロアリに食われていて、人手不足のあおりで用度技官もいなかったので、修繕や補強は放《ほ》ったらかしにされていた。頑丈そうな舎房の扉は、実はその用をなしていなかった（と、見抜いたのは雑居房の知恵袋・国吉さんだった）。腹の底に響きわたる轟音、大音声のチャンプルー（怒号や罵声、足踏み、ピイピイと囃したてる指笛）が建物を揺るがし、噴出するエネルギーのかたまりとなったドラム缶の破壊力を倍増させる。そうしてついに——一舎の廊下にドラム缶の片端が飛びだした。扉の残骸が散って、破れ目からレイは鼻面を突きだした。

「うへへっ、これで二度目の脱獄やさ」

三房の受刑者がなだれを打って廊下に飛びだした。

ほかの房でも意気を上げて、扉の破壊が急がれる。

理性のくびきを失った受刑者があふれだしたのだから、看守はたじろぐどころではすまない。廊下に出たものは食器や備品を投げちらかし、消火器を手にして別の房の破壊を手伝いはじめた。看守たちはあわてていったん退却して、すぐに所内の総員でなだれこんでくる。その間にも扉は破られ、受刑者勢と看守勢がふたつの集団となって廊下で向きあうかっこうになった。

どいつもこいつも帰房しろ、従わないものは射殺する！　強面《こわもて》の看守がいきりたって威嚇の発砲におよんで、おのずと受刑者の列はよろめいて後退する。何人かはあひゃあと房のなかに退散したが、すかさず上がった叫び声が大半の受刑者を踏みとどまらせた。怖じけちゃならん、撃ち殺せやしないさ！

「だれかひとり、看守を人質にとるのよ。そうすりゃこっちのものさ」

受刑者の先頭に立ったのはレイだった。このときばかりは麻薬でもやったようにこれっぽっちも恐怖や不安を感じなかった。レイはすすんで前に出る。あいつぐ威嚇の発砲音も、天井ではねかえって火の雨のように降りそそいで熱狂を冷ますどころかあおってくる。退がらんね！　ひとりの若い看守が銃口を向けてきた。この若造《ニーシェー》のほうがよっぽど怖じけている。怖じけるあまりに撃つかもなと他人事《ひとごと》のように思ったその矢先、銃声とともに後方に引き倒された。力ずくでレイを引き戻したのは、ほかでもないコザの友達《ドウシ》だった。

「このイカレ野郎《フリムン》。お頭《チブル》に風穴、開けられたいか！」

「へっへっ、おまえも出てきたか。遅かったやあらんね」

「やらかしたな、この野郎。ほんとうにやらかしやがった」

「こんなもの、兄貴《ヤッチー》のやってきたことにくらべたら、運動会のつづきみたいなもんさ」

「知らんからな、おれはもう知らんど！」

グスクと顔を突きあわせたことで、はっきりとレイは自覚した。自分はいま兄《ヤッチー》が見ていたのとおなじ風景を見ている。運命をともにするグスクも、ほかの受刑者たちも、だれひとりおれの前にはいない。先導するのはこのおれさ――

廊下にあふれた受刑者たちが、衝突を避けるためにいったん房に避難したところで、そこはもう昨日とおなじ場所じゃない、射撃をやりすごす待避壕《ごう》ほどのものでしかない。ここにいたって刑務所は監房の機能を失っていた。建物のなかでだけ竜巻が起こったような混乱《ヤマチリグトウ》の渦はあっというまに隣の雑房棟にも、独房棟にも波紋をひろげた。房から房へ、棟から棟へと往き来する受刑者も出てきて、すべての檻《おり》をとっぱらった動物園のようなこのありさまでは、看守たちは人質にとられないようにまとまって動かなくてはならず、おのずと監視の目は行き渡らなくなって、受刑者たちの好き勝手なふるまいを制止できなくなった。

黒ずんだ夜空には、真っ赤な月が浮かんでいた。これはまぎれもなく受刑者たちの〝暴動〟だ。刑務所はじまって以来の有事に、騒ぎをおさめようと所長がみずから棟のあいだの広場に出てきた。君たちに要求があるなら聞こう、待遇の改善でもなんでも話しあおうと説得をはじめたけど、罵声を浴びせられ、ものを投げられ、嘘つき所長《ユクサー》に騙《だま》されるなと野次を買うばかりで逆効果にしかならない。所長でもなだめられないなら刑務所側にはなすすべもない。そうなると担ぎだされるのは――

あの人しかいない、と受刑者のだれかが言った。所長の許可が下りたようで、看守が独房棟へと走っていく。ほどなくして広場には、歓声と指笛、万雷の拍手が湧きかえった。ここにきてひっぱりだされた待望の人物が、急ごしらえの演壇に乗って、右手を上げて歓声に応える。すぐにガヤも静まって、だれもが瀬長亀次郎の言葉に耳を傾けた。

「ありがとう、ありがとう」とその人は語りだした。「外が騒がしいのでなにごとかと思っていたら職員さんが呼びにきて、なにかを話せとおっしゃる。わたしはたしかに政治をやってきましたが、いまは皆さんとおなじ身の上。ゆえに刑務所の代弁者ではなく皆さんとの話しあいというかたちならしゃべりましょうと、そう答えてここに上がりました」

廊下の窓から広場を見下ろすレイの隣に、グスクも寄ってきた。

柄にもない神妙な面持ちで、瀬長亀次郎に見入っている。

あの人を見ていて兄貴《ヤッチー》を思い出すか？　おなじ英雄を知る男にレイは聞いてみたかった。

「考えてみましょう、この騒動の原因がどこにあるのか」と瀬長亀次郎がつづけた。「おそらくは待遇や人権擁護といった見地から、刑務所への不満がせきを切った結果なのではありませんか？　皆さんの目的はあくまでも要求を呑ませることにあり、ただ暴れることであろうはずもない。だからまずは仲間同士でも、看守さんに対しても、腕力にものを言わせるようなことがあってはなりません」

うまいね、とレイは思った。理路整然とわかりやすい弁舌で、受刑者に寄り添いながらも巧みに自分の論旨にとりこんでいく。稀代のアジテーターの面目躍如といってよかった。

「わたしから提案できることは、待遇改善の要求をまとめるために各舎房からひとりずつ代表者を出して、そこから議長《カキエー》を選んだらどうかということです。騒ぎを大きくするのではなく、すみやかに団体交渉に移るのが得策でしょう」

あひゃあ、交渉《カキエー》ときたか！　亀さんが議長をやってくれと聴衆からは声が上がった。そうしたいのはやまやまだがいまは潰瘍で体を悪くしているので、皆さんの代表はつとまりそうにないと瀬長亀次郎は頭をふった。屁っぴり腰《ヒーヒラー》だね。えらそうなことを言ってもあのおやじ、矢面に立たされたくないだけやあらんね？　沖縄《ウチナー》の抵抗運動のシンボルがなにを言うのか、レイにも興味はあった。だけどふたを開けてみれば、実力行使をよしとせず、あくまでも穏便に騒ぎを鎮《しず》めようとしている。瀬長亀次郎が演壇を下りてすぐに、おれたちで代表を決めようという声が上がりはじめたけど、鼻白んだレイはかかわらずに舎房棟の外に出てきた。

「騒ぎのなかでジョーを捜すんじゃなかったのかよ」

グスクもついてきた。もちろん捜すさ、だけどその前に軽くすませておきたいことがある。レイは広場を横切ると、敷地を隔てる内塀へと足を運んだ。塀の向こうは女区舎房。こちらの騒ぎを聞きつけて女囚たちも起きている。ほのかな明かりがレイを誘っていた。足場を探してよじのぼって、塀の上部にまで達したところで、こんなこともあろうかと女区舎房の屋上につめていたらしい看守にライフル弾の標的にされた。あひゃあ！　頭上のぎりぎりを銃弾にかすめられて、体勢を崩して塀の上から転げ落ちた。

「うははっ、幸運《カフー》！　女の尻につっこみたがるのは変わらんな」

「その言いぐさ、いいかげんによせってば」

塀にもたれかかったレイの隣に、グスクも座りこんできた。

「思いどおりにいかんねえ」とレイはぼやいた。「亀次郎も期待外れだったし」

「たいした名調子だったじゃない」グスクは異を唱えた。「軽く演説をふるっただけであれだけの騒ぎをおさめるんだから、ものがちがうさ」

「燃えるかまどに薪をくべなきゃならんときに、ぬるま湯で鎮火しくさって。不屈の男とか島の英雄とか持ちあげられたって、あれが政治家の限界さぁね」

「そういうおまえこそ、刑務所を解放して英雄にでもなるつもりか」

「英雄ねえ。そもそもそれってどういう人間を指すのさ」

「そりゃおまえ、オンちゃんや亀さんみたいな人だろ」

「それだけじゃわからん。どんなときにどんな相手と闘ったら、どんなふうにどんなことをなしとげたら英雄と呼べるのさ」

「ここいちばんで命《ヌチ》を張れるのが英雄だって、オンちゃんはちゃー言いしていたさ」

「おれはおまえに訊いてるのよ、グスク。たったいまこの島で、おれたちが英雄にならなきゃならんとしたら、なにをするのかって話やさ」

「後戻りのきかない暴動を起こすのが、英雄の条件なのかよ」

「わからん、わからんからいろいろやってるのさ。おれはその答えが見つからんうちは、兄貴《ヤッチー》も見つからんような気がするのよ。だからおまえも腑抜け面《フユーヂラ》さらしてないで、ちゃんと見つけておかんね。英雄ってのがなにかを語れる自分の言葉《ドウー・ヌ・クトウバ》を」

「国吉さんの受け売りかよ。その言いぐさ、利巧者《ソーイラー》ぶってえ」

「おれたちは、おなじ人間を捜してるんだよな？」

おれとおまえはずっと競りあってきたよな、レイはかつての日々を振り返った。ひとりしかいない男の相棒《グー》の座を奪いあってきたけど、ここにはおれとおまえしかいない。だったらいまはおまえがおれの相棒《グー》よ。自分だけ後れをとりたくないなら、おなじ葛藤にさらされなくちゃならない。おなじものを追いかけなくちゃならない。その場その場を〝なんくるないさ〟でかたづける半端者《はんぱもの》でいられるはずがない、ちがうかよ、グスク？

隣りあいながら、視線はあわせず、過ぎた日々を思いかえして頭上をふり仰ぐ。夜空にいくつかの光のまたたきを見つけたレイは、あの星の純粋な火はなにでできているのか、自分たちはなにでできているのかと考えていた。

あくる日の午前には、琉警がわんさと武装警官を送りこんできた。暴動発生の報せは全島にとどろきわたって、近隣住民には避難勧告が出され、周辺の道路はのきなみ封鎖された。五百人に達する警官隊がすべての門にバリケードを築き、受刑者たちにもそれとわかるように包囲して、脱走者が出るような事態は阻もうとした。

めまぐるしく事態は進んでいた。受刑者の一部は、刑務工場からナタや手斧《ちような》を持ちだして、独房棟から少年区舎房に移されていたタイラを奪い返しにかかった。数十人がかりで少年区の門を壊したところで、なだれこんできた警官隊との乱闘が巻きおこった。

瀬長亀次郎のとりなしによって、待遇改善をめぐる談合に向かうはずが、一部の強硬派がおとなしくしていなかった。煉瓦置き場《ウーシェークルシェー》から煉瓦を、木工場から工具や角材を調達してきて、警官隊と押しあいへしあいで争って、威嚇射撃にもひるまずに土煙を上げて、衝突のどさくさでタイラの奪還に成功した！　強硬派の先頭に立ったレイは、路上の喧嘩屋《オーエームーシー》の血を騒がせ、警官を相手に一歩も退かない獅子奮迅《ししふんじん》の立ちまわりを見せていた。

あいつめ、謝花ジョー捜しはどうなったのさ！　グスクは眩暈をおぼえていた。暴動の自家中毒《ジョーグー》にでもおちいったようなレイは、たえず受刑者たちを焚《た》きつけ、雄叫びを上げて、騒ぎを鎮静させまいとしている。その日の午後には受刑者の代表団（議長に選ばれたのは国吉さんだ）が琉球政府の派遣した調査委員との協議の場に出ていったが、いつまでたっても戻ってこないので様子を探ったところ、所長たちが騙し打ちのかたちで代表団を閉じこめていた。これに激昂《げきこう》したレイたちは、ふたたび警官隊と衝突する。乱闘をあおりにあおるレイは角材で警官を殴り飛ばし、引き倒し、ヘルメットや警棒などの装備を奪っていった。第二の衝突はあきらかに警官隊の劣勢となって、代表団を連れ戻した受刑者たちがこれではまともな話しあいもできないと非難の声をつらねたことで、早期解決をはかりたい警官隊は敷地からいったん撤退せざるをえなくなっていた。

アメリカーも着いたみたいやさ、と国吉さんが言った。一連のなりゆきを米民政府の使者たちも官舎二階の対策本部で見守っているらしい。アメリカだっていつまでも高みの見物を決めこんではいない。このまま事態が悪化して死者でも出ようものなら、統治のまずさが社会問題にもなりかねない。あらためて国吉さんは意見書を届けさせ、騙し打ちされないように中央広場が指定されて協議の席がもたれることになった。刑務所への要求（過剰拘禁の緩和、暴力看守《カキエー》の処分、受刑者に集会を認めること等々）をたずさえた代表団は、受刑者としての団体交渉という世界でもまれな談合に臨むことになったのさ。

暴動中毒《ジョーグー》のレイはあてにならない。グスクはひとりで謝花ジョーを捜しまわった。各棟にそれらしき姿が見つからないので、官舎の庶務課にしのびこむ手段と機会をうかがった。国吉さんによればそこには受刑者の戸籍や履歴を記した台帳が保管されていて、それさえ確認できればジョーの所在を絞りこめるはずだった。

おれをだれだと思ってるのよ、グスクは鼻息を吹かした。

腕ききの戦果アギヤーにかかったら、台帳のひとつやふたつわけないさ！

政府の使者が来ているのもあってか、官舎の守りはひときわ厳しくなっている。グスクは日暮れを待ってから居掃工場で作業着をせしめて、清掃夫になりすまして建物に侵入した。

真っ暗な庶務室に入りこんで、懐中電灯を照らして台帳の頁《ページ》をめくったけれど、与那国出身者の記載にも、謝花ジョーの顔写真にもたどりつけない。ああくそ、早く出てこい、早く出てこい！　もどかしさに身悶《みもだ》えしながら三分の二ほどに目を通したところで、庶務室に入ってきた数人の看守に見つかった。とっさにつかんで出ようとした台帳も、追いたてられるはずみにとりこぼして、手ぶらで逃げだすはめになってしまった。

「くそ、しくじった！　あとちょっとだったのに」

ほんとうにジョーはここにいるのか。騒動のなかであの男も歩きまわっているのか、ナタを手にしたあいつがそうか、立哨《りっしょう》の警官に石を投げているあいつがそうか？受刑者たちが野放しになった敷地内には、監房としてはありえない光景がひろがっていた。病舎と棟つづきになった医務課からは医療用のアルコールがあるだけ盗みだされ、豚舎で飼っていた二頭の豚はさばかれて元料理人の受刑者がラフテーや煮つけにしていた。それらが棟全体にふるまわれて、舎房や広場のそこかしこで酒盛《スージ》りがはじまっていた。

酔い痴《し》れるひとつひとつの顔をあらためながら、グスクは受刑者のあいだを歩きまわった。酔いにまかせて窓硝子を割り、受刑者同士でつばぜりあいするものもいて、看守とねんごろだった受刑者にいたっては袋叩きになっている。二舎房でさんざん小突きまわされている男がいたので見かねたグスクは仲裁に入った。

「まあまあ、どちらさんもひとつ穏便に、おなじ受刑者やあらんね」

殴られていたのは、レイとおなじ窯場に出ている受刑者だった。タイラを看守に売ったのはこのへちまだとグスクも聞かされていた。

「あんたがへちまか、あんたはたっぴらかされても文句は言えんかもねえ」

「おたくはコザの、戦果アギヤーの一味やさ。おれはただ中身汁を分けてくれって頼んだだけなのに、あいつらはよってたかって……」

「嫌われたもんだね。頬かむりしてしばらく隠れてたら」

「あんたは話がわかりそうやさ。なあ、聞いてくれよ」

「忙しいのよ、おれはもう行くから」

「あの噂、おれがタイラを売ったって噂はでたらめなのさ」

もらってきてやった汁椀《しるわん》をつかむ指先が震えていた。たしかにこれまでの密告の八割方はこのおれよとへちまは言うのさ。だけど暴動のことはなにも知らなかった、だから密告なんてできるわけがない。それなのにだれも潔白を信じてくれない。どいつもこいつもおれの仕業と決めつけてかかるのさと嘆きに嘆いた。

「いまだって看守に付け届けるんだろうが、なんて言いがかりをつけられて……ちがうのさ、そんなつもりはあらん。おれはただ精のつくものを病人に食わせてやりたかったただけなのよ。あんたなら信じてくれるだろ」

「病人って、この騒ぎで怪我人《けがにん》が出たのか」

「いや、ずっと感染症で臥《ふ》せってるのがいるのさ」

「暴動の前から?」

「おとついぐらいから弱ってきて、今日か明日あたりが峠かもしれん」

服役する前のへちまは内科医で、元歯科医や獣医といった受刑者たちと交代で看病夫を務めていた。へちまの話では、気管支喘息《ぜんそく》に結核を併発したひとりの受刑者が、数ヵ月前から刑務所の病舎に入っているという。最悪の衛生環境のなかで免疫力も低下して、まともな医療機関にも移してもらえず、この数日間で体力も底をついて、おのれの死期を悟ったように故郷に帰りたい、与那国に帰りたいとうわ言《タークトウ》を吐いている。そんな男を見るに見かねてへちまは、せめて美味《うま》いものを食わせてやろうとしたっていうんだな。

「おい、与那国って言ったか。その病人は与那国の出身な？」

「ああ、そう言っていた」

「名前は？」

「たしかウチマとかナカマとか」

聞き終わらないうちにグスクは駆けだしていた。ずっと病舎に入っていたからか、だから雑居棟でも独房棟でも見つからなかったのか！　これまでは素性を語らなかったその男も、衰弱してからは与那国島の西崎《いりざき》から望める夕陽の美しさや、香港《ホンコン》や台湾に渡ったときの思い出をぽつぽつと語りだしているという。グスクはかまぼこ屋根の病舎に飛びこんだ。黄ばんだ衝立《ついたて》に区切られた室内には、痩せぎすのしゃれこうべ《ヤシガルー・カラフニ》のような病人が寝かされていた。

「あんた、謝花ジョーやあらんね」

最後に見たあの夜よりもとがったあごや頬骨に、枯れ葉色の皮膚が貼りついていた。顔のいたるところにまばらな毛細血管が浮かび、眼窩でごろつく眼球はたまたまそこにあったくぼみにはまった鳥類の卵のようで、顔をそらしたはずみにこぼれ落ちそうだった。喀血《かっけつ》したばかりなのか、枕元のたらいは血に染まっている。現われたグスクに視線を向けたが、肝心の意識は薄れているようで、干からびた唇のはざまに末期《まつご》の息を揺らしていた。

「おれをおぼえとらんか、キャンプ・カデナを叩いた戦果アギヤーさぁね。あの夜にあったことを聞かせてもらいたいのさ」

強い調子で問いつめるには、ここは暗すぎるし、不衛生すぎるし、臥した男は衰弱しすぎていた。悪名高い〝クブラ〟の一味といえども、故郷の島《ナチカサン・ティンバチ》を遠く離れたこんなところで、絶望と死の臭いしかしない独房で、こんなにも悲しい終身刑を受けることはないんじゃないか。この世のどこにもそれほどの罰に値する罪人はいないんじゃないかとすら思えた。

「大事な話があるのさ、基地を脱け出したあんたはあくる日の午前ごろ、どこかでオンちゃんと落ちあおうとしたよな。おれたちはずっとそのオンちゃんを捜してるのさ。オンちゃんが基地を出たのを確認したのはあんただけかもしれん」

こちらの言葉は届いているのか、ジョーは唇を震わせてなにか言おうとしたが、激しく咳《せ》きこんで枕元を血で汚した。喉の奥からは硝子を擦《こす》りあわせるような、心臓がちいさな石になって壜のなかを転がっているような音がする。これでは中身汁もすすれそうにない。へちまもどうすることもできずにジョーの肩をさすっている。地の底の植物の根のような、死神がひきずる裳裾《もすそ》のような影がジョーを蝕《むしば》んでいた。

「おいっ、ジョーが見つかったって！」

　呼びにいかせたレイも駆けつけて、ふたりでジョーの枕元にすがった。つめている看病夫はだれもが明朝まで保ちそうにないとうなだれた。昨夜からこの日の午後にかけて落ち着いていた容態が、ここにきて急変したっていうのさ。

「悪ふざけ《ヤナガンマリ》さんけえ、死んだら死なすど」頭ごなしにレイは叫んだ。「島じゅうの戦果アギヤーを集めてキャンプ・カデナを叩かせた、そのけりをつけてから逝きよう！　おれの兄貴《ヤッチー》は基地から出たんだろ、おまえらがどこかに連れていったのかよ！」

　重病人でもレイはおかまいなしだった。キャンプ・カデナで死線をくぐらされ、たったひとりの兄《ヤッチー》を奪われ、刑務所で酷遇を受けるはめになった怒りや憎しみを噴出させて、病床のジョーの喉笛に食らいつく勢いでまくしたてた。

　するとジョーが、卓上の吸い口に目線を送った。へちまが口まで運んでやるとふたくちほど飲んで、もういいというふうに頭をふった。切れ長の瞳にかすかな理性の光が差している。すぐには唇を開かなかったけど、グスクにもレイにも、病床の男がたしかになにかを言いたがっていることはわかった。

「これだけは教えてくれ」グスクは慎重に言葉を選んだ。「あんたは事件のあくる日、基地の外でオンちゃんに会った。会ったんだよな」

「コザか、おまえら、コザの……」

そこでようやく、咳《せき》にも邪魔されずにジョーの唇から言葉が漏れた。

「コザの、おまえらの大将と、おれは……」

「聞かせてくれ、会ったのか」

「基地を、抜けだして」

「あんたもオンちゃんも、出たんだな」

「落《チ》とし前《ビ》」

「ああ、あんたは落《チ》とし前《ビ》をつけようとしたって」

「おかげで、帰りきらん。島に帰りきらん」

「あんたの故郷か、与那国やさ」

「帰りきらん、大事《デージ》やあ」

グスクとレイは息を凝らして、とぎれとぎれのジョーの言葉をすくい集めた。たしかになにかを語ろうとしている。あるいはそれは末期に瀕《ひん》した人間の性《さが》なのか、問われるままに、反射のように、自分が生きた証《あかし》を置き残そうとしているようだった。震える瞼のひだを押し開けて、薄い膜のかかった瞳で見返してきた。

あの夜、キャンプ・カデナから逃げだしたジョーは、オンちゃんの脱出も確認した。そのうえで強奪失敗の〝落とし前《チビ》〟をつけるために出かけていった。オンちゃんとは会ったのか会えなかったのか。会ったとしたらそれはどこで、脅迫をからめた強奪計画にどんな始末をつけたのか。なにかひとつでも事実を聞くことができたら、嘉手納アギヤーのあとの神隠し事件《ムヌマイー》を、コザのおおいなる謎《ムヌアカシエ》をひもとく端緒になるはずだった。故郷に帰れなくなったということは、このジョーもなんらかのかたちで詰め腹を切らされたのか？

「おれは帰りきらん、もう二度と、あいつを連れて……」

「それは聞いた。早《へえ》くなぁその先を言わんね」

「かしまさんど、レイ」

わめきちらすレイを押しのけて、グスクは言葉の接《つ》ぎ穂《ほ》を探した。

「キャンプ・カデナの戦果がなかったから、あんたも立場がなくなった、そういうことな？」

「ああ、戦果、戦果はあった。コザの大将は、持ち帰った」

「戦果はあったか、い、い、い、オンちゃんは銃器を奪ってきたのか」

「望んだものやあらん。予定にない戦果。おかげで落とし前《チビ》もつけきらん。計画どおりならいまごろ、おれは、おれはあいつと……」

「予定にない戦果って」

「なによ、それ」

グスクとレイは枕元にかじりついた。さらに言葉を継ぎかけたところでジョーは大事な器官にとどめを刺すような激しい咳に襲われて、応答のしようもない病の深みに呑みこまれてしまった。底のない奈落のように、投じる石が反響を返さなくなっていた。

「おいっ、ちゃんと答えんね。予定にない戦果ってなによ。おまえと兄貴《ヤッチー》が会ったなら、そのあと兄貴《ヤッチー》はどこに消えたのさ」

病舎の空気が、透明の鉱物のように凝り固まっていた。ひとつの命が揺らぎ、しぼみ、消えていこうとしている。孤独な男の臨終に向ける言葉をグスクは見つけられなかった。かたやレイは病人の首を絞めかねないほどに前のめりになって、

「くそったれ、この役立たずの鶏《ヤシガルー》がら野郎。もう逝くならひとつ言っておいてやるさ。チバナって女給がおったろうが。おまえが恋仲《イイナーカ》だったあの女が、おまえに会ったら伝えてくれって、おれに伝言を預けたのさ」

はなむけにしては、あまりに荒っぽく乱暴な調子だった。

グスクは不安になった。こいつめ、腹いせにろくでもないことを言いはなつつもりじゃないだろうな。

無下なことを言ったらならん、レイをいなそうとその襟首を引っぱった。それでも

枕元を離れないレイは、ジョーの耳元に唇を寄せて、

「あたしは、ずっとずっと待ってるから《イチマディン・イチマディン・マチュンドー》って、そう言っていたぞ」

たしかにそう伝えた。グスクはレイから手を離した。憤りと焦燥でかっかしながらもレイは、骨と皮だけになったジョーの手を握った。強奪計画と刑務所、ふたつの修羅場をともにした今際《いまわ》の男を、レイは不遜《ふそん》に送りだそうとはしていなかった。

あくる日の未明に、ジョーは息を引き取った。グスクとレイはその最期《さいご》を看取《みと》った。天から吊《つ》るされた透明の糸が断ち落とされるような瞬間を迎えて、看病夫が手首の脈をとり、薄い瞼をつまんで瞳孔の拡散を確かめて、合掌した。

グスクとレイは間に合ったのか、それともあとひといき間に合わなかったのか。ふたりともうなだれるしかなかった。オンちゃんの消息を知るはずの与那国の男は、再会してまもなくあまりにも性急に、あの世へと旅立ってしまった。

たったひとつだけ、謎めいた言葉を遺《のこ》して――

予定にない戦果ってなんなのさ？

煉瓦造りの建物に十一月の琥珀《こはく》色の光が注がれていたのは、あくる日の正午までだった。重たそうな雲が上空で待ち合わせをして、雨の滴が屋根に、中庭や軒先にさらさらと降りそそぐ。暴動の裏でひっそりと逝った受刑者を悼むような雨は、やがて本

降りになって、塀を鳴らし、露営する看守や警官たちの雨合羽をしぶかせた。

琉米《りゅうべい》の首脳陣は対策会議をつづけているようだが、風評被害を恐れるあまりに実力行使には踏みきれない。これほどの過剰拘禁を引き起こしたのはなんといっても米民政府の弾圧なので、施政のひずみや失策をあらわにしたくはないはずだというのが国吉さんの観測だった。かたや受刑者のなかのタカ派は、あいかわらず物騒な算段を練っていた。

「タイラさんも戻ってきたいまなら、号令をかければ二百や三百は集まる。その全員でかんぬきにロープをかけて引っぱるのさ」

気勢を上げているのは、レイだった。受刑者の総力を結集して、塀の向こうへの脱出を試みようと息巻いていた。

塀の中で暴れるのと、塀の外に飛びだすのとではわけがちがう。ここまで好き放題にやりながら死傷者が出ていないのは、あくまでも暴動が所内にとどまっているからで、脱獄なんてしようものなら政府も警察もいよいよ黙っちゃいない。さすがに慎重派が大半を占めたけど、それでもレイは主張を譲らなかった――裏門を引き倒し、バリケードを突破し、警官隊とやりあうどさくさに数人で新聞社へと駆けこんで、刑務所の実状を訴えよう。島全体に、世界じゅうに向かって〝受刑者にも人権はある〟と叫ぶのさ。これまでの二度の衝突でわかった。あいつらは威嚇しか能がない、受刑者がひとつになれば不可能なことはないさ！

　グスクのよく知る男はどこかから、少年時代の古い皮を脱ぎ捨てる手段を見つけてきたらしかった。雄々しく精悍《せいかん》な面《つら》がまえで、そのまなざしはなにかを射貫《いぬ》こうとしている。たえまないレイの煽動《せんどう》は、少なくない受刑者をふたたび強硬派へと巻きこんでいた。

「あいつよ、捜していた男が逝っちまったから」グスクは呆然とつぶやいた。「ここにはもう用がないってわけさ」

「あれが歯止めをなくしたのは、わたしにも責任がある」国吉さんも当惑していた。「親戚の甥っ子のように肩入れして、あれこれと入れ知恵をしてきたからな。わたしはもしかしたら手に負えない危険人物《ウカーサン・ジャーフェームン》を育ててしまったのかもしれん」

　穏健派をまとめあげて、待遇改善をめぐる協議を進めながらも、国吉さんはレイへの親心をたやしていなかった。こんな騒ぎはいっときのことよとグスクにも言うのさ。おまえたち若いのはきっちりと刑期をつとめて、大手をふって社会に出ていかなくちゃならない。塀の外でのこれからの人生にこそ、おまえたちの本物の闘争が待っているんだからな。

「戦果アギヤーを一生の稼業にはできまい。グスク、おまえはシャバに戻ったらなにをして活計を立てるつもりな？」

「先のことなんて、おれにはわからん」

「居《う》らんのかね、飢えさせたくない相手は」

「ああ、まあ、いるね」

「その顔を、忘れないことさ」

降りしきる雨はやまなかった。黒々とした雲に頭上を埋めつくされて、白昼にもかかわらず夕暮れのような暗さがつづいた。

次の日には大きな動きがあった。ガガガガガガッと杭《くい》打ち機で開けた縦穴に丸太が挿しこまれ、鉄線がめぐらされ、強化されたバリケードの外側にライフルやカービン銃を装備した警官隊が隊伍《たいご》を組みはじめた。

全受刑者に告ぐ、全受刑者に告ぐ――聞こえてきたのは琉球政府の行政主席の声だった。全受刑者に告ぐ、騒ぎが発生してからすでに五日が経過した。島の治安維持に責任がある琉球警察はこれより壊された監房の扉を直すために突入する。全受刑者はおとなしく房に入るように。従わないものには鎮圧部隊が発砲する。これまでのような威嚇射撃ではない、房に入らないものには実弾を発砲する。死傷者が出ても当方は責任を負わないのであしからず。

拡声器でとどろいたこの通告は、宣戦布告にも等しかった。鎮圧部隊の足音や号令がグスクたちにも聞こえてくる。対策本部がうってかわって強気に出てきた。レイたちの脱獄計画を阻止するために実力行使を決めたような、狙いすましたようなタイミングだった。

「あんただったのかよ、裏切り者は」

代表団の集まりに飛びこんできたレイが、そのなかのひとりの胸ぐらをつかんで、力まかせに舎房の壁に押しつけた。制止に入ったグスクをはねのけて相手を壁に叩きつける。くずおれたところを足蹴にして、理性のたがの飛んだような面差しで覆いかぶさった。

「タイラさんのときとおなじやさ。こっちが本腰を入れようとしたとたんに向こうが先手を打ってくる。密告屋がまだのさばってるからさ。あんたならおれがまっさきに相談してたから、なにもかも知ってるもんなあ！」

「おまえを犬死にさせないためよ」と国吉さんは唇の血をぬぐいながら言った。「塀の向こうにまで暴動をひろげようなんて、自殺行為やあらんね」

建物の陰で看守と話しこむ国吉さんを見たものがいて、それがタイラやレイに感化されたタカ派の受刑者だった。タイラの独房送りも、なりふりかまわない実力行使が告げられたのも、国吉さんが事前に報せていたからだった。後手にまわった対策本部も〝集団脱獄〟の計画を見すごすわけにはいかない。政府は暴徒鎮圧の権限を琉警に与える。計画が挫かれれば、こちらも最悪の犠牲を出さずにすむ――国吉さんは信念にもとづいて二度の密告におよんでいたのさ。

だれよりも信頼していた先生《ウシショー》に裏切られ、政府や警察からは最後通牒《つうちょう》を突きつけられて、激昂したレイはわれを忘れている。おなじく血の気をはやらせた受刑者が集まってきて、最後まで徹底抗戦しろ、突入してくるなら武器を奪えと声を荒らげた。タイラを筆頭とする強硬派にあおられて、たしかにここで屈したら元《もと》の木阿弥《もくあみ》やさと主張をひるがえすものも出てきていた。このままでは舎房が血の海にもなりかねない。くらくらするような当惑を味わっていたグスクの脳裏に、そこでひとつのウチナー面《ヂラ》が浮かんだ。

「来られるやつはみんな来い、こっちやさ」

グスクはレイに飛びかかると、力まかせにその体を引きつけた。受刑者たちをあおって雨の降りしきる舎房の外に飛びだす。もう一度だけあの人の意見を聞いてみるのさ、グスクの言葉でタイラ一味や国吉さん、そのほか大勢の受刑者もあとにつづいた。豪雨でぬかるんだ広場に泥の足跡をつらねて、独房棟の奥へとなだれこむ。房の扉はあらかた破壊されていたけど（受刑者のだれかがどさくさで出房させようとしたんだな）、瀬長亀次郎はあくまで出歩くことなく、寝床に横たわって本を読んでいた。

「ハイサイ、亀さん」

あいさつもほどほどにグスクは、ここにきた経緯をかいつまんで語った。この馬鹿《フラー》の言っていることをあんたはどう思うかね、おれたちは徹底抗戦するべきか？　多くを語らずとも事情は察したようで、民族闘争の雄はゆっくりと上体を起こすと、「わたしもフラー亀次郎と呼ばれたものさ」そう言って受刑者たちを見渡した。「あなたがたの要求書は見せてもらった。今回のことが沖縄《ウチナー》に与えた影響は大きい。政府もすべての要求を握りつぶすことはできん。褒められたやりかたばかりではなかったが、わたしのほうが教えられることもあった。そろそろ健闘を讃《たた》えあって、矛をおさめてもいいころではないですかな」

ありがたい託宣のような言葉に、受刑者たちの表情にも落ち着きが戻ってくる。交渉《カキエー》の努力が報われた代表団のなかには涙目になっているものもいた。

「待遇はかならず改善されるでしょう。それだけでも大きな収穫とすべきです。もしも抗戦のかまえを敷いて、たとえ鎮圧部隊を追いかえすことができたとしても、そのあとはどうなりますか？　米軍が出てくるだけです。アメリカーと正面から戦争《こと》をかまえて勝てるものを、残念ながらわたしは知らない」

おれは知ってるさ、そこで口を挟んだものがいた。

瀬長亀次郎の言葉をはねのけて、レイが独房の便器に飛び乗った。

高い目線から、瀬長亀次郎すらも見下ろして、ここぞとばかりに気勢を上げた。

「おれの兄貴《ヤッチー》は、アメリカーに負けたことなんてなかった。基地にしのびこんで一度も捕まらずにちゃっさん戦果を奪ってきた」

「ほう、君の兄《ヤッチー》さんは戦果アギヤーかね」瀬長亀次郎が返した。

「どのみちアメリカーとは向きあわなきゃならん」

「だから徹底抗戦かね、威勢のよいことだね」

「星条旗に怖《お》じけとったらなにもできん」

「だがそれでは、先の戦争で日本軍《ヤマトゥ》がとった玉砕戦術と変わらない。これからの闘争はどんな局面でも、玉砕であってはならん。生きて前進することでしか輝かしい〝戦果〟は得られん。それを世界のどの民族よりも知っているのが、われら沖縄人《ウチナンチュ》ではないかね」

「あんたは気づいとらん。ここは建物も備品もあらかた米軍の払い下げで、騒ぎがあれば官舎はアメリカーの司令室に早変わり。つまりこの刑務所は、沖縄《ウチナー》のミニチュアみたいなもんなのさ。最後まで戦わなかったら、いっときはおいしい条件を出されても、すぐに飼いならされて悲惨な暮らしに逆戻りするだけさ。亀さん、あんたはこれから郷土《シマ》を救うんだろ。だったら肩ならしにこの刑務所を解放してみれ。それぐらいのことができないでこの島の救世主にはなれやしないさ」

グスクは眩暈をおぼえた。国吉さんも、瀬長亀次郎すらも驚いていた。

あたかも独居房が、島ぐるみ集会の演壇になったみたいだった。

あのレイが、路上のやさぐれた野良犬《ヤマイン》が、当代きっての演舌家を向こうにまわしてアジテーションをふるっている。相手のもっとも得意とする分野で、聴衆の支持を奪いあって果敢な綱引きをくりひろげている（那覇伝統の大綱挽《おおつなひき》もさながらに掛け声がおこってもおかしくない過熱ぶりだった。ハーイヤ・ハーイヤァ！）。

恐れを知らない面差し、頬がそげたぶんだけ研ぎ澄まされたその覇気は、そうだよな、こいつはそもそも素地がちがうんだよなとグスクの引け目を誘うほどだった。だれよりも力強い生命力にあふれ、無謀で、純粋で、荒々しい沖縄《ウチナー》の結晶のようだった兄の面影《ヤッチー・ヌ・ウムカジ》をひっさげて、ここにきて一段と男ぶりの上がったレイは、実際に立つ足場よりも高みから、居合わせた受刑者たちの、グスクの魂をわしづかみにする雄弁をふるっていた。

「あんたはなんにも知らんのさ、静かに読書なんてできる独り部屋で厚遇されてきたからね。ごろつき《ガーイムン》看守の暴力も裸踊りの屈辱も、ハエになつかれる便器の上の寝床も、ネズミにも憐《あわ》れまれる懲罰房の生き地獄も、どんなにひどいか知らないからえらそうなことが言えるわけさ。おれたちは知っている、だから二度と踏みにじられないために、最後の最後まで戦いぬかなきゃならん。勝つための犠牲を恐れるようなへっぽこ野郎《シカーヒャー》はここにはおらん！」

「いやはや《サッティム・サッティム》、なんとまあ！　若いのにたいした雄弁家やさ。ここの刑期を終えたら人民党員になりなさい。だがそれも生きてこそ、玉砕を叫ぶだけでは真の勝利はつかめん。親兄弟《ウヤチョーデー》もあるだろう、こらえて房に帰りなさい」

「おれはその兄弟《チョーデー》を捜さなきゃならん。こんなところにはもう一日もいられん」

「おまえの兄貴《ヤッチー》だって、おなじことを言ってたけどな」

グスクはそこで口走った。はからずもレイに親友の面影《ドゥシ・ヌ・ウムカジ》が重なったことで、割って入れる言葉を見つけたから――

「オンちゃんもちゃー言いしてたさ、生還こそがいちばんの戦果だって」

「相棒《グー》、いまはいらんことを言うな」

「たしかにオンちゃんは、尻ごみなんてしなかったけどさ、だけど命《ヌチ》を粗末にもしなかった。かならず戻ったやあらんね。あの日のおれたちがキャンプ・カデナを出られたのも、玉砕覚悟で突っこみはしなかったからさ」

「おまえもこのドン亀とおなじやが、黙っとらんね」

「いまのおまえよりは、亀さんのほうがオンちゃんと重なって見える」

「グスク、かしまさんど！」

かたときだけ最高の演舌家にも伍《ご》したレイだったけど、それでも瀬長亀次郎の威光は絶大だった。その言葉で息を吹きかえした国吉さんたちが粘り強く説得して、強硬派にまわっていた受刑者もこぶしを下ろし、警官隊の突入がはじまったと見るやいそいそと帰房していった。

残った強硬派は十人足らずだった。「話しても無駄よ、行くぞ」とタイラにうながされてきびすを返したレイに、グスクはなおも追いすがった。

「おまえ、なにを片意地張ってるのさ。おれたちの目的はそもそもジョーを捜すことやさ。刑務所を解放して、英雄にならなきゃ満足できんのかよ」

「おまえは来ないのか、相棒《グー》。ここには兄貴《ヤッチー》はいないぞ」

「玉砕はしない。死んだらオンちゃんも捜せなくなる」

「だろうな、おまえは来ない。おれは行くからさ」

「待たんね、おまえは自分の言葉《ドゥー・ヌ・クトゥバ》を見つけたのかよ」

「ああ、なんだって？」

「おまえが言ったことやさ、どんなやつが英雄なのかって」

「ああそれな、そうだねえ」レイはすこし間を置いて、「虐げられた人たちを解放できるのが英雄さぁね。そのために戦える〝力〟をそなえるのが英雄さぁね。おれたちが追いかけてきたのはそういう男だったさ、おまえも知ってるよな」

ああ、そうだな。コザでいちばんの戦果アギヤーはそういう男だった。

だけどおれはこう思う。グスクはようやく見つけた自分の言葉《ワー・ヌ・クトゥバ》を口にしたのさ。

「この世界には、いったん転がりはじめたら止められないものがあるさ。貧乏とか病気とか、暴動とか戦争とかさ。そういうだれにも止められないものに、待ったをかけられるのが英雄よ。この世の法則にあらがえるのが英雄よ」

グスクと、レイ。

ふたりが経験した暴動も、最後の一日が暮れようとしていた。

受刑者のほとんどがおとなしく房に入ったけれど、ひと握りの強硬派は通告を無視していた。

この期《ご》におよんで帰房もせずに、官舎を睨みあげるのはタイラだ。ベランダからは米民政府の高官と政府子飼いの沖縄人《ウチナンチュ》（そこには日本人《ヤマトンチュ》も交ざっていたんだけど、レイやタイラたちは知るよしもなかった）が仁王立ちする牢名主《テーソー》を見下ろしている。そのうちのひとり、顔の前にもくもくと煙草の煙を充満させた男が号令を発して、警官たちに射撃体勢をとらせた。

最後通牒にもひるまずにタイラは、たくましいあごを突き上げて、官舎の屋根をひっぱがすような雄叫びで空の底を震撼《しんかん》させた。警官たちのライフルが火を噴いて、タイラは左足のかかととふくらはぎに被弾する。それでも白旗はふらずに二歩、三歩と前に進んだが、体勢を保ちきれずに倒れこんで警官隊に押さえこまれた。

手分けして警戒の目を散らし、間隙をついて包囲網の突破をもくろんだレイたちも、だれひとり塀の外へは飛びだせない。そこにきてタイラの戦線離脱を知らされて士気は急落、鎮圧部隊の銃口に押しかえされて撤退を余儀なくされ、ほかの受刑者にひっぱりこまれるかたちでレイも帰房を強いられていた。

「かっこつかん、行かせれえ！」わめきたてるレイの声が、七房のグスクにも聞こえてきた。

これが最後の抵抗になった。舎房の廊下はまもなく武装警官に占められて、監房の機能を取り戻すための扉の修復が始まった。ようやくおとなしくなったとみるや、すべての受刑者たちは修復作業のあいだ運動場に集まるようにお達しがあって、五日間も騒ぎまわって精も根もつきていた受刑者たちは素直に命令にしたがった。激しい抵抗を見こんでいた警官隊を拍子抜けさせながら、身体検査や不正物品の押収《おうしゅう》にも逆らわなかった。

降りつづけた雨が上がっても、分厚い雲が陽光を遮っていた。運動場に出てきたレイを見つけてグスクは胸を撫でおろすとともに、そこはかとない恐れにもとらわれた。刑務所に吹き荒れた暴動は、ほとんどこの幼なじみによって引き起こされたようなものだ。国吉さんの言葉を思い出す。わたしはもしかしたら手に負えない危険人物《ウカーサン・ジャーフェームン》を育ててしまったのかもしれん――

「あのよ、信じられるかよ」こちらに気がついてレイも歩み寄ってくる。「あれから二年も過ぎたんだよな、二年さぁね」

嘉手納アギヤーの夜から二年、もうそんなに経《た》つんだな。それだけ音沙汰がないのだから悲観したくもなるけど、捜しても無駄だと断じるだけの材料は（希望をつかせる証言も、それこそ血痕のひとつも）見つかっていない。どこかに身を隠しているのか（コザや那覇にいなくてもこの島の北部には隠れるのにうってつけの広大な原野がひろがっている）、それとも島の外に連れていかれたか。たった二年やさとグスクは思った。この沖縄《シマ》のあまりに濃密な年月のなかではすべてをふっきることのできる時間とはいえなかった。

「いまごろどうしてるかね、あいつは」とレイがつぶやいた。

「おれたちの報せがないから、やきもきしてるさ」

「あのよ、もしもこのまま兄貴《ヤッチー》が戻らんかったら、おれかおまえのどちらかが代わりにこの島の英雄になるのはどうかね。おれとおまえの人生をかけての勝負さ。勝ったほうが、正真正銘の英雄になったほうが……」

「おまえ、ろくでもないこと言おうとしてるだろ」

「兄貴《ヤッチー》の後釜さぁね。身につけてた魚の歯《イユ》の首飾り、あったろ？　あれとおなじのをつくって首からぶらさげて、それからあいつと……」

「景品になんてしたら、あいつにたっぴらかされっど」

「それもそうやさ、へっへっ」

それっきりレイは、その話題にはふれなかった。

扉の修復作業はいつまでたっても終わらなかった。受刑者たちは看守に見張られながら運動場でひたすら待たされた。降りつづけた雨のせいで地面はぬかるんで、座ることもできない。底冷えのせいでじっとしていると体温を奪われる。たまりかねた受刑者たちは、だれからともなく泥のなかをばちゃばちゃと歩きまわりはじめた。

歩きながらグスクはこれから先のことを考えようとして、すぐにやめた。一年半が過ぎて出所したとき（自首したのもあってグスクの刑期はレイより短かった）、故郷《シマ》はどんな変化を迎えているのか。親友《イイドウシ》を見つけだせるのか。ジョーが口走った〝予定にない戦果〟とはなにかを突き止められるのか。それらはいくら考えても見当のつくものではなかったし、ただでさえ思案をめぐらせるには、陽光の差さない塀の内側は寒すぎた。

「あーもう、たまらん！　ちょっと踊ってもいいですか」

だからみずから言いだした。親友《イイドウシ》がいなくなってから、命《ヌチ》びろい《・ヌ・》の宴会《スージ》がお預けになってからずっとごぶさただったカチャーシー。だけどこのときばかりは、寒さしのぎを抜きにしても踊りたかった。立場をわきまえろと看守たちにはなじられたけど、そのぐらいはかまわんだろ、とひとりの老看守が許可を出してくれた。

グスクは伴奏なしで琉球民謡を口ずさみ、おじぎ草のようにもたげた掌《て》を、頭上で揺らし、ひらひらと上下に返して、泥のたまりを足踏みで脈打たせる。
踊りだしたやつがおるぞと運動場にどよめきが沸いた。これはちょっと見ておいたほうがよさそうやさ、と受刑者たちが輪をつくりはじめた。

グスクはその中心で踊った。踊りながら輪をかき混ぜた。両足をどっぽどっぽと鳴らし、からんでくる受刑者とかけあいして、コザでもとびっきりの喉をふるって、雨上がりの冷たい空気をふたつの掌でかき混ぜた。

朝夕さも御側《うすば》　拝《うが》みなれ染《す》めの
里や旅しめて　如何《いちゃ》し待ちゆが

グスクの踊りのなかに、受刑者たちは琉球珊瑚《さんご》が輝くのを見る。果実をつけたマンゴーをもぐような、扇芭蕉《おうぎばしょう》の葉を揺らすような手舞いに酔いしれる。練達の身のこなしは、踊るそばから枇杷《びわ》や竜眼、月下美人の花々に彩られた楽園を出現させる（あきさみよう！　われら語り部《ユンター》のなかでも塀の内側にそのとき立ち現われた情景は、数多くの表現で語りつがれている。刑務所のなかで息絶えた祖霊に憑《つ》かれたようだったと語るものもあれば、この沖縄《シマ》の日々にしばしば現われる幻想の領域に踏みこんでいたというものもあった）。こりゃあ上等《ジョートー》やさ、とんでもない名人さぁね！　躍動するグスクの軌跡にそって足踏みが増える。手拍子が手拍子を誘って、受刑者はひとりまたひとりとお呼ばれする。泥だまりをいくつもの足音で脈打たせながら、だれもが遠くはるかな太古の、始原の火のまわりに連れていかれる。

別れゆるきはや　遺言葉《いくとぅば》も絶えて
袖《すで》に散り落《う》ちる　涙ばかり

グスクが踊るのは、前途の多難さを予感していたからだった。グスクが踊るのは、塀の外にひろがっている運命に負けまいとしたからだった。

グスクが踊るのは、もう踊るまいと誓ったからだった。オンちゃんが帰ってくるまでは、命びろい《ヌチ・ヌ・スージ》の宴会を開けるまでは好きな踊りも踊るまい。どんなに興をそそられても、人の輪のなかに立たされても、枝ひとつそよがせない菩提樹のように踊るまい。これを最後にしばらくはお預けさ――

ここにいない親友《イイドウシ》への想いと、旅立ったものへの哀悼と、歓喜と高揚と、戻れない日々への郷愁と、それらのいっさいをかき混ぜてグスクは踊った（われら沖縄人《ウチナンチュ》にとってカチャーシーとはそういうものさ。ひと戦《いくさ》を終えたあとはすべてを呑みこんで踊るんだ、だれもがじっとしてはいられない)。手拍子と足音を高ぶらせるカチャーシーの響きは、運動場からひろがり、敷地の全体を震わせて、負傷した牢名主《テーソー》にも聞こえた。独房で本を読む人民党員にも聞こえた。扉を修理する技官にも聞こえた。バリケードの外の警官隊にも、官舎で見下ろす官僚にも聞こえた。世界に散らばる百万のねぐらへ戻っていく風に乗って、カチャーシーはやがて雲の一部を吹きはらい、その透き間からなめらかな陽光を呼び戻した。

「歌ってるの、ニイニイやさ……」

塀の外に来ていた、ヤマコにも聞こえた。

グスクとレイを案じて、三日ほどそこにいる彼女の耳にも届いていた。

塀の内側からあふれだすカチャーシーの歌声は、陽の光の温かさでいっそう大きくなって、避難から戻ってきた住民を、野次馬を、立ちっぱなしの警官や看守たちを浮かれたたせながら、いつ果てるともなくつづいた。

第二部　悪霊の踊るシマ

1958-1963

五　コザの新兵、洞窟《ガマ》の呼び声、新しい友人

　好きこのんで語りたがるものは、ひとりもいない。

　この島の人たちが、胸の奥底に沈めたままにして顧みない出来事がある。

　だけど語られないからといって、それらが風化して、土地の記憶から消えてゆくことはない。ありったけの財産が一晩でふいになった。親兄弟《ウヤチョーデー》をいちどきに亡くして、昨日まで見ていた故郷《シマ》の風景が焼きつくされた――われら沖縄人《ウチナンチュ》はそういう原体験があるからか、ふとしたきっかけでそれまでの常識や価値観がひっくり返るようなことがあっても、それほど仰天したり、取り乱したりはしないのさ。

　あえて言葉にしなくても、沖縄人《ウチナンチュ》たちは知っている。朝貢国として中国《トー》の冊封体制下にあった琉球《りゅうきゅう》王国の御代《みよ》から、ヤマト世《ゆ》、アメリカ世《ゆ》と支配体制が変わるなかで、そのつどの苦難を〝なんくるないさ〟でしのいできたからこそ、この世の摂理はどんなときでも移り気で、不変のものなんてありはしないと知っている。だからちゃぶ台を返すような価値の反転にも高い順応力を示すことができるのさ。通り雨《カタブイ》を降ら

せる空がたちまち晴れわたるように、盗みをなによりも卑《いや》しんだ土地柄がうってかわって〝戦果アギヤー〟の台頭を許したように、この島ではわずかなあいだで、ちょっとしたきっかけだけで、道化が英雄になる。親しい隣人が憎々しい敵になる。うつけもの《フリムン》が煽動者になり、政治家が囚人になり、泥棒《ヌスル》が警官になることもある。追憶にたゆたう過去の出来事《サチユヌー》が、来たるべき現実《ユーヌサチ》としてふたたび立ち現われることもあるのさ。

　たとえば犯罪者が警官になった例がある（そんなまさか、ハハハ！　文明社会でそんなことが起こるはずないと一笑する向きもあるだろうけど、そういう人たちは敗戦直後のこの島の混乱ぶりをすこしも理解しちゃいない）。
あらゆるものが烏有《うゆう》に帰したあの戦争で、それまでの県警体制は解体されて、島の警察はゼロから再出発した。アメリカは収容所の地区ごとに治安維持にあたる即席の警官《CP》（彼らはシビリアン・ポリスと呼ばれた）を島民のなかから選びだし、その代表者たちが軍の管理のもとに諮問機関を発足して、これをもとに沖縄民警察（これが琉球警察の前身になる。ややこしいったらないね）が配置された。

　そうしたすったもんだ《ウームサゲーイ》のなかで、終戦直後に刑務所が解放されたとき、まっさきに米軍に投降した受刑者がはからずも厚遇され、そのままCPに任命されるという事態が相次いだ。これこそ価値の逆転の最たるものさ。囚《とら》われの身だった服役者が、一夜にして警察官に生まれ変わっちゃったんだから。そんな前科者たちの人脈《コネクション》は、この島の警察機構にしばらく根を張っていて、服役を終えたものが地方公務員の職につくということがままあった。一九五二年に米民政府の制定した布令第六十七号〝警察局の設置〟にもとづいて出発した琉球警察の時代にも、そうした雇用や人事における開放性が残っていたってわけさ。

良くいえばおおらか、悪くいえばいいかげん《テーゲー》な島特有の気風のなかで、刑務所で過ごした経歴のある新米警官がまたひとり誕生しようとしていた。

具志川《ぐしかわ》の警察学校を卒業して、激務で知られるコザ署の刑事課に配属になったのは、地元民ならよく知っているあの男だ（大事なことだからくりかえそう、この島ではあらゆる価値は不変じゃない。戦果アギヤーだって努力次第では警察官にもなれるのさ）。

さぁはい、敬礼！

グスクはもう、基地の金網を破らない。

一九五八年の九月、見習い刑事がコザに配属になったその日——

ちいさな浮浪児《ムヌクーヤー》が、ひとり。

長びく雨のなかで、汚《よご》れた顔をもたげた。

嘉手納《かでな》の塵捨て場で、異境の血が濃い面差しを濡らして。

きらめく雨のひと滴ひと滴に、はしばみ色の瞳で見入っている。

濃くてまっすぐな眉毛、前歯の欠けた五、六歳の男の子だ。胡桃《くるみ》色にくまなく焼けた肌に破れ目だらけのランニングシャツと半ズボンをまとって、泥にまみれた島草履《しまぞうり》を履《は》いている。塵の山をあさっていたこの孤児が、島じゅうを震撼させる殺人事件の第一発見者となったのさ。

あたりに建物がない原野には、雨にまかれた砂が土気色の煙を漂わせている。遠くない地平にはキャンプ・カデナの金網を望むこともできた。うずたかい塵のはざまの土壌がめくれ、ひとりの女が割れた頭部を、色味の乏しい皮膚をさらしている。だれも住まなくなった廃屋のような顔に地虫を這わせ、溶けた眼球はこの世のどこにもない風景を見つめていた。

変死体を見つけた孤児は、にへらっ、と笑いながら顔を傾けた。

すこし頭が鈍いのか、それともその無垢《むく》の瞳に、おぞましいものを映してこなかったからか。

こびりついた泥を雨に洗われているのが、殺された女だとすぐに理解できずに、棒立ちのままで歯欠けの笑顔を浮かべた。

午前のうちには、カーキ色のジープに乗って現場に到着した。

すでに塵捨て場には、軍服や背広のアメリカーもつめかけている。憲兵《MP》だけじゃなく米軍の検視官も臨場しているようだった。新設されたばかりのコザ署の鑑識課が野次馬を入れるなと叫び、強まる雨脚のなかで証拠集めに悪戦苦闘していた。

身元不明の女の被害者は、推定年齢二十歳から三十歳、鈍器のようなもので頭部を殴られ、細い首筋には手で絞めた痕跡が残っている。撲殺《ぼくさつ》あるいは扼殺《やくさつ》。股間《こかん》や内腿《うちもも》におびただしい擦《す》り傷があり、おそらく強姦《ごうかん》もされている。死後二週間から三週間は土中に埋められていたようで、遺体はいちじるしく腐敗が進んでいる。コザ署の管轄内でひさしぶりに発生した殺人事件は、被害者の身元の特定からして手こずらされそうだった。

低くしゃがみこんで遺体を見ていたグスクは、立ち上がるなり眩暈をおぼえた。降りやまない雨がグスクの寝癖を濡らし、開襟《かいきん》シャツとスラックスの上に羽織った雨合羽でしぶきを散らして、正午前にもかかわらず地元の景色をうらぶれた影絵の世界に変えていた。

「こんな現場に呼ばれるなんて、おまえも初日から災難なことだなあ」

同行している徳尚さんは、顔色ひとつ変えていなかった。

「おやっさん、これって軍人の仕業やあらんね」

「うかつなことを言ったらならん。アメリカーも来てるのが見えんのか」

「だってこんなにむごい真似をするのは、後始末もぞんざいだし……」

「先入観は禁物やさ。証拠もあがらんうちから決めつけはならんど。あの事件をひきあいに出したくなるのはわかるが」

「ちゃっさん憲兵《MP》が来てるね。合同捜査になったらおれたちは警察犬《イングワ》あつかいだろ」

「なにこの、おまえはもう身内やさ。昔とおなじ物言いは許されんど」

さっそく聞きこみに駆りだされた。近隣の民家、美里《みさと》や八重島《やえしま》のAサインをめぐって揉めごと《ムンロー》や不審者が目撃されていないか、行方知れず《ムヌマイー》のものはいないかを尋ねてまわった。捜査にあたってグスクたちは、同行する憲兵《MP》の案内役も強いられ、集めた情報はあまさず報告義務の名目で吸いあげられる。それが琉球警察の宿命とわかっていても、こうもあからさまにあごで使われるとうんざりさせられた。

「こいつらも身内の犯行だと思ってるってことやさ」グスクは徳尚さんにぼやいた。

「だから首を突っこんでくるのさ、こっちは一緒にいるだけで落ち着かないってのに。ついこのあいだまで鬼ごっこの相手《カチミンソーリー》だったんだから」

憲兵隊のジープを先導して、細い路地《スージグワー》でも先頭を歩かされ、Aサインごとの業種や営業実態を説明させられた。そそくさと逃げだす不審者でもいれば徒競走《ハーエースーブー》にけしかけられて、その場で尋問を命じられた。憲兵《MP》たちと共同警邏《けいら》をしていると、ギブ・ミー族の子どもがグスクにまでまとわりついて駄賃《グマジン》や菓子をせびってくる。それがどうにも据わりが悪くて、大声でふれまわりたくなった。おれはアメリカーの手下《イーチケームンサー》になったわけやあらんど！

「そういや、通報した住民は〝みすぼらしい子ども《ヒンガーマヤー》〟が呼びにきたって言ってたよな。するとそっちが第一発見者さぁね。だけどそんな子、現場にいなかったね」

「警察がどやどやと集まってきたから、退散したんだろうさ」

「孤児かね」

　コザの孤児たちは一筋縄ではいかない（家や親のあるギブ・ミー族ともちがうとわかる野生児《ヤマワラバー》たちだ）。通りすがる車や人を標的にするなりうじゃうじゃと湧いてくるけど、どこをねじろにしていて、どのぐらいの人数で群れているのか、地元の警察にも見当がついていない。あいつらが塵捨て場をあさるのは深夜から明け方にかけての時間帯だ（日が高いうちは地元民や回収業者に追っぱらわれるから）、第一発見者となった孤児がこのあたりを餌場にしていたなら、遺体のほかにも暗がりにうごめくなにかを見ているかもしれない。言い争《ムンロー》いだとか、地面にシャベルを差しこむ人影だとか——その孤児に話を聞けたら捜査の端緒をつかめるんじゃないのかね？　グスクの思いつきに徳尚さんもうなずいた。

「おやっさん、これも憲兵《MP》の耳に入れておこうか」

「黙っておけ、手札をなにもかも明かすことはない」

「なるほど、駆け引きがいるってことね」

「うまくやらんと、おまえもあっというまに泡盛中毒《ジョーグー》さぁね」

「アメリカーにでかい顔されたくないもんな、殺されたのは島の娘やさ」

猛暑の路上では、蒸し焼きになる全身から立ちのぼる湯気と、目の前で揺れる陽炎との区別がつかなくなる。基地を発ったばかりの航空機が飛んでいた。グスクの網膜に機影を、鼓膜に音のこだまを残して、海の方角へと遠ざかっていく。


胡屋《ごや》十字路のそばに建つ瓦葺きの木造平屋が、グスクたちの職場だった。

新人警官を急募する広告が、生温かい風ではためいている。

だるそうに首をふる扇風機も、ごったがえす署内の気温を下げることはない。無実を訴えるごろつき《アシバー》が、廊下のパイプに手錠で拘束されていた。留置場が満員なのでさしあたってつながれているんだな。傷害や暴行や窃盗でしょっぴかれた島民があふれかえり、違法な客引きをした女給がふてくされている署内の風景は、これからグスクが慣れていかなくちゃならない通年でおなじみの眺めだった。

「おんなじ島の人間ばっかりいじめて、おまえたちはなんのためにいるのさ、ここはアメリカーの〝犬《イングワ》〟どもの掃きだめやさ！」

わめきちらす島民のひとりが、わかったから静かにしろと警官に諭されている。アメリカーの〝犬小屋〟呼ばわりは、沖縄のどの警察署も浴びていた。おっしゃるとおり、署の駐車場に停まるジープは米軍の払い下げだし、署内に備えられた拳銃も憲兵《MP》のお古（とはいえ携行できるのは、暴動やデモの鎮圧といった非常事態のみ。普段はどんな粗暴犯《ナムジャー》とでも警棒《ブンジラー》だけでやりあわなきゃならなかった）、アメリカーへの不平不満の矢面に立たされる警官たちほど、この島が〝アメリカ世《ゆ》〟にあることをたえず痛感している島民はいなかったのさ。

署に戻ってきたグスクと徳尚さんは、仕出しの弁当をかっこみながら、数年前の事件を担当した刑事課の課長にあらためて話を聞いた。このぶんでは今年も定員割れさと人員不足をぼやきながら課長は、さかのぼること三年前、グスクが警察学校の門をくぐるきっかけのひとつになったあの事件の詳細を聞かせてくれた。

琉警本部にとっての頭痛の種は、新人警官の雇用ばかりじゃなかった。年に何度かは、星と縞《しま》の模様のハリケーンが吹き荒れる。米兵たちが、やらかすのさ。犠牲になるのはいつだって女子供だった。

あれは三年前、嘉手納の変電所のわきで、六歳の少女の遺体が見つかった（あの事件にふれなくてはならなくなるたび、われら語り部《ユンター》のあいだにも洟をすする音が聞こえてくる。エイサー見物をしていて誘拐された少女は、乱暴され、刃物で切り裂かれ、地面の草をちいさな掌《て》で握りしめながら事切れていた）。遺体発見からしばらくして逮捕されたのは、米軍の陸軍高射砲隊に属する白人軍曹だった。キャンプ瑞慶覧《ずけらん》（通称・ライカム。米民政府の庁舎や軍司令部があるアメリカの最重要施設《ヘッド・クオーター》だよ）の法廷で開かれた裁判では死刑判決がくだされたが、被告はのちに本国に送還されて懲役数十年に減刑された。おいおい、六歳の娘を殺した軍人のどこに減刑の余地があるっていうのさ！　あまりにひどい事件の、あまりにひどい最終判決に、島のあちこちで怒りのデモが相次ぎ、反米闘争の気運が高まるきっかけにもなった。数年がすぎても〝嘉手納幼女殺人事件〟の影響はくすぶりつづけ、基地のある街で凶悪な事件が起こるたび、だれもが殺された少女を思い出して、米兵の犯行を疑ってかかる習慣が染みついていた。

強盗、殺人、強姦、轢《ひ》き逃げ。ひきもきらない米兵の犯罪に、若い娘《ミーングワ》をもつ親たちはおののき、被害者が泣き寝入りすることも珍しくなかった。こんなときこそ土地の警官がふるいたたなくてはならないが、アメリカー（軍人・政官・軍属者）が相手となると琉警はすっかり去勢されてしまうのさ。取り締まりには限界があったし、重大な事件が起こっても基地に逃げこまれたら手出しできなくなる。憲兵《MP》にその先の捜査をまかせても十分な追及がなされずに、事件そのものがうやむやになることがほとんどだった。島の警官たちは米民政府の布令第八十七号にもとづいて、現行犯でありなおかつ憲兵《MP》がその場に居合わせていないときにしか、アメリカ人に手錠をかけられなかった。ご主人さまに咬《か》みつかないように牙を抜かれた警官たちは、他国の統治下における行政のジレンマを一身に抱えこんでいたってわけさ。

おれたちだって島民を守りたい。だけど不良米兵を取り締まり、追いつめる警察力をはなから与えられていない。徳尚さんたちは酒場でとぐろをまいて不遇を嘆き、肝臓そのほかを悪くしながら、権限の届くかぎりで最善をつくすしかなかった。

「明日の朝刊には、事件の第一報が載るだろうな」と徳尚さんは言った。「そうなったら署内で聞かれる怒号や非難はこんなものではすまされん。憲兵《MP》どもに尻尾を振っとらんでさっさと殺人鬼を捕まえろとな、朝から晩まで大にぎわい《ウームサゲーイ》さ」

米兵の犯行とまだ決まったわけではないが、地元の娘がふたたび犠牲になったのだ。島民たちはいやでも亡き少女の記憶を揺り起こされるはずだった。

被害者の名前は、照屋《てるや》サキといった。

コザの南東にある西原《にしはら》村の二十一歳の娘で、八重島の〝ブルー〟というAサインで働いていた。

霊安室から飛びだしてきたおなじ店の女給たちが、彼女にまちがいないと身元を確認してくれた。照屋サキは二週間前から行方不明《ムヌマイー》になっていた。器量の良かった彼女には基地から通いつめる数人の常連が熱を上げていたが、南方で傷痍《しょうい》を負った父親のかわりに弟や妹を養っていたサキは身持ちが固くて、かたくなに売春もしておらず、特定のだれかとねんごろになっている様子もなかったという。

「徒歩で通ってたんだよ、あたしらにタクシーに乗る余裕があるわけないさ」

女給たちに事情聴取した徳尚さんは、照屋サキが〝通い〟だったところに目をつけた。西原からコザまでは十五キロ、徒歩での往復となると大変だ。暑いさかりならそれだけでのぼせてしまう。そのあたりを重点的に聞きこみといこうか。持ってきてもらったサキの写真を手にして、グスクたちはふたたび署の玄関を飛びだした。

あいかわらずコザの路上では、憲兵《MP》のジープが幅を利かせ、花や果実の模様を散らしたシャツを売る古着屋が、喫茶店や土産物屋が、英語の看板（綴り《スペル》がまちがいだらけなのはご愛敬）で客を呼びこもうとしている。砂塵でしぱしぱする視界には、ショークラブと大衆屋台が、瓦屋根の獅子像《シーサー》とAサインの認可標が、建て増しされたスラブ家《ヤー》と蔓まみれの石垣が、道端に転がる五ガロン缶とオオゴチョウの花がごちゃまぜに共存している。黄色いナンバー標（米軍関係車両につけられる番号標さ。下部には

KEYSTONE OF THE PACIFIC の刻印入り）の車がグスクを轢《ひ》きかけながら水たまりを走りぬけて、通り雨《カタブイ》の支度をする空の色を揺らめかせていった。特飲街でしらみつぶしに聞きこみをしたところ、基地から出される残飯をリヤカーに乗せて養豚業者に運んでいたおじいが、数ヵ月前までおなじ道でおなじ時間にサキとすれちがってあいさつを交わしていたことがわかった。ところがここ二ヵ月ほどは見かけなくなっていて、おじいは彼女が働きぐちを替えたか、女給を辞めるかしたんだろうと思っていたのだという。

「だれかに送り迎えでもしてもらえるようになったかね」

車持ちとなると、おのずと米兵の可能性が高くなる。ほかの女給には内緒で〝ブルー〟の常連のだれかと親密な間柄《イイナーカ》になっていてもおかしくない。だけど米兵を詮議するとなると煩雑な手続きが必要になるし、尋問に漕《こ》ぎつけたところで琉警は追いはらわれるのが関の山だ。常連たちを絞め上げるのはもっと証拠を固めてからさと徳尚さんは言った。

九月の暑さのなかでの捜査は楽じゃなかった。眼球をあぶられて、黒ずんだ汗の地図がシャツに描かれる。喉の渇きをおぼえながらグスクは地元を歩きまわった。さいわいコザのことなら自分の手のひら《ティー・ヌ・ワタ》よりもよく知っている。被害者まわりの聞きこみがてらにでも、遺体の第一発見者を捜しだせる自信はあった。ところが一日二日と足を棒にしても、肝心の孤児をつかまえられない。アメリカの血が入っていた、という手がかりだけでは特定もしきれない。路地でちいさな影を見つけるたびに声をかけたけど、駄賃《グマジン》や食料をねだられ、なんならその服や靴をおくれとせがまれて、あやうく身ぐるみをはがされかけた。

「おれはこの街の出身やさ、グスク先輩《シージャ》と呼ばんね」

「グスク？　グスクだって」

「先輩《シージャ》、ひゃひゃひゃ」「なんかポッケに入っとらんの」

手なずけようとしたが、孤児たちはおいそれとなついてくれない。

「おれは有名人やさ、知らんわけ？　だったらオンちゃんは知ってるさ、コザでおれの親友《イイドウシ》を知らんやつはもぐりよ……なに、知らんわけ？」

もうそういう世代が出てきているんだな。つるんでいるのは五歳から十歳ぐらいのちびすけ《インチョー》、痩せっぽち《ヤシガルー》。ぽっこりとお腹《なか》が突きだし、髪はふぞろいに刈られ、シャツかズボンのどちらかを身につけていれば御の字だった。戦火が遠ざかってもいなくならないコザの孤児たちは、島でもっとも大きな基地が出す塵や残飯をあてにして集まってきて、〝コザ派〟と呼ばれる地廻《じまわ》り集団の使い走りをやっているものもいるという。路地裏のひもじい精霊《スージグワー・ヌ・ヤーサン・マブヤー》たち。親のない浮浪児《ムヌクーヤー》たち。地元に息づくその姿に、グスクは自分たちの過去の面影《ウムカジ》も重ねていた。

「よしおまえら、あと十年もしたら警察に入りよ」グスクは先輩風を吹かした。「おれだってまともに学校も行っとらんけど、こんなに立派な大人になったさ。とにかく塵捨て場で死体を見つけたやつがいたら、おれに知らせんね」

諸見《もろみ》大通りの露店で、五個二ドルと林檎《りんご》が安かったので一袋買った。あとでヤマコのところに持っていってやろう。

通貨はこの夏にB円からドルに替わったばかりで、島民たちはアメリカに悪態をつきながら、アメリカの金で食べものを買っている。グスクの初任給もドルで支払われる。俸給が出たら自慢がてら、あいつに美味いものでも食べさせてやりたかった。

あのぐうたら男《ニーフェー》が、なにごとも〝なんくるないさ〟のお調子者《テーファー》が警官になるんだってさ。だれでも手を挙げりゃなれるもんでもないさ！　地元の仲間《ドウシ》にはさんざん笑いものにされた。夜更《よふ》かしや二度寝ともさよならして、つらい試験勉強や逮捕術の訓練にも耐えぬくことができたのは、あいつの後押しがあったからだ。すごいね、ニイニイ、警官になるんだねえ。配属が決まったときにもだれより喜んでくれた。刑事課を志望したいちばんの動機にしても、わざわざ言葉にしなくたってヤマコならわかっているはずだった。

この女給殺しの捜査に、徳尚さんはいつになく鼻息を荒らげている。若い娘たちの大半が女給になるコザでは、警察の存在意義のかかった正念場だった。ヤマコもいまでは中の町のAサインで生活費を稼いでいる。照屋サキとおなじく体は売らないと決めているようだったが（それだけはまちがいない。グスクはこっそり特飲街に通いつめて、本人には秘密で裏を取ったからね）、もしも塵捨て場で発見されたのがあいつだったら――そんな想像をめぐらせるだけで体内の柔らかい器官をネズミやシロアリに食い荒らされるような寒気をおぼえる。それは地元にひしめく数千数万の照屋サキとその家族もきっとおなじだった。

「あんた、グスクさ、グスクやあらんね」

太陽に首の裏を焼かれながら路地を覗きこんでいたところで、通りに停まったタクシーから声をかけられた。もじゃもじゃの鬚《ひげ》もなくなってこざっぱりしていたが、車窓から突きだされた男の顔には見憶《みおぼ》えがあった。

「ありゃあ、国吉《くによし》さんな？」

あんた運転手になったのか、ずいぶん危ない仕事を選んだね。空前の騒ぎをもたらした刑務所の暴動から一年後、刑期を終えた国吉さんはさまざまな職場（製糖工場や溶接工、士官クラブのバーテンダー等々）を転々としたのちにタクシーの運転手に腰を落ち着けたという。グスクとの再会を喜んで、後部席の扉を開けて運賃なしのドライブに誘ってくれた。

「おまえが警官とはなあ。いやはや、人手不足といってもつくづくこの島は、ふところが深いというか、いいかげん《テーゲー》というか……」

「あんたもちゃー言いしていたさ、刑務所を出たら堅気になれって。人捜しにはもってこいの仕事でもあるしねえ」

懐《なつ》かしい顔に気持ちもゆるんで、グスクは走る車のなかで本音を漏らした。運転席のミラーごしに国吉さんは目を白黒させた。

「おまえさん、例の戦果アギヤーをまだ捜してるのか」

「それもまあ、志望動機のひとつってところさ」

「もう何年経つね、執念深いことだな」

「この街じゃ傷害だの暴行だの、窃盗だの強盗だののがあとをたたんから、好きなように捜査なんてできんけどな。あんたの仕事だって気をつけなきゃならんど」

おりしもアメリカの大陸政策の恩恵を受けて、景気は上向きになり、乗用車がめまぐるしく普及するなかで、タクシー事業はこの島の陸運交通業界の目玉になった（五〇年代のなかばにメーター運賃が導入されてからは、認可会社だけでもゆうに三桁に達した）。グスクが危ない仕事《ナムジャー》と言ったのは、タクシーには現金があるという噂がひろまって、金目当ての粗暴犯たちの標的になりはじめていたからだった。ちょっと前にもタクシーのガソリンが抜かれて、運転手が絞殺《こうさつ》体で発見される事件があったばかりで、どこのだれとも知れない乗客と密室に閉じこめられる運転手たちは自分の身は自分で守らなくてはならず、おのずと人間に対する観察眼と、路上の生きた情報を集められる見識が必要とされた。そういう意味では、雑居房の知恵袋と呼ばれた国吉さんにはうってつけの仕事かもしれなかった。

「ところであいつは、どうしてるね」

国吉さんがそこで話題を変えた。とうに出所しているはずやさと訊かれて、「あいつは家を飛びだして、このところは会っとらん」とグスクはありのままを答えた。

「まさかあいつ、泥棒《ヌスル》から足を洗っとらんのか」

「叩きはやっとらんはずだけど、あんたの忠告を守ってるとはいえんねえ」

「はぁーや、どのあたりを車で流したら会えるか、おおよその見当はついたよ」

あの暴動で袂《たもと》を分かった同房者を、国吉さんはいまも気にかけていた。あのとき感じさせられた引け目はグスクも憶えている。あれから立場も生活も変わって、グスクは堅気になり、まっとうで平凡な生き方を志向したけれど、かたやあの男はしなやかな生き物へと脱皮して、どこか近寄りがたい存在になっていた。

うってかわって態度を硬くしたグスクの様子を察したのか、国吉さんも話題を元に戻した。

「とにかくおまえの就職はめでたい。いまはあの女給殺しな？」

「ああ、そうね。最初に遺体を見つけた孤児を捜してたのさ」

「孤児なあ、路地裏を覗いていたのはそういうわけか」

「だけど居《う》らん。なにかを見ているかもって思ったんだけど、そっちの線はいったん置いておくかね。あいつらも来る日も来る日も通行人にたかるので忙しくて、細かいことなんてめったに憶えとらんだろうし」

「ふむ、それはどうかね」国吉さんは運転しながら車窓の風景に目を向けた。「あの連中はこっちが思ってるよりもずっと賢いし、記憶力もずぬけてるさ。こうして運転手になってよくわかったんだが、あいつらは通行人よりも車に群がるんだな。車に乗れるのはみんな金持ち《エーキンチュ》と思ってるのさ。あれは運転手の顔で憶えるのか、車種や番標で憶えるのか、一度でもなにかを恵もうものなら二度と忘れてもらえん。別の日におなじところを通っても、はかったようにかならず湧いてくるんだから……おっ、なんだグスク、降りるのか」

ああそうか、そうだよな！　国吉さんとのおしゃべり《ユンタク》で膝を打ったグスクは、急停止したタクシーを飛び降りて、路地の奥へと駆けこんだ。

第一発見者の孤児だけにこだわっていたのがまちがいだった。グスクはあらためて路地を歩きまわって、路地裏の精霊《ムヌクーヤー》をふたたび召喚した。照屋サキが働いていた〝ブルー〟の周辺で、彼女の写真を見せながらひとりひとりに確認していった。

このネエネエが男といるところを、車に乗るところを見たものはおらんか？　けちらずに情報料をはずむと（買ったばかりの林檎もやった）孤児はわれがちに証言しはじめた。でまかせと事実を選りわけるのに骨が折れたものの、三人ほどの孤児が〝ブルー〟から数区画ほど《ウンボージュー》離れた石敢當《いしがんとう》の前でサキがおなじ車に乗りこんでいたのを憶えていた（よくできた子たちだね、路上を這うものこそがおうおうにして世の真実を見ているものなのさ！）。

「それはどんな車よ、運転手の顔も憶えてるか」

「どんなって白いやつさ」「かっこいい車よ」

「顔はわからん」「顔はなー」

「アメリカーの顔はどれもおんなじやさ」と孤児たちは口々に言った。

アメリカーは黄色人種の顔を見分けられないというけど、孤児たちはその逆だった。車種まではわからないし、黄ナンバーだったかもさだかではないけれど、それでもサキの乗った車を運転していたのはアメリカーだ。やはりサキは特定の客と関係があった。送り迎えつきとなると、かなりの親密な仲《イイナーカ》と見てよさそうだった。

基地から通いつめる愛人《ウムヤー》が、照屋サキを殺したのか？

あくる日には、徳尚さんとふたりで西原村に足を運んだ。

道々にかつての風葬の跡があって、さとうきび畑《ウージ》が風の波紋を描いている。西原飛行場をせわしなく離着陸する航空機の音が土地の静けさを台無しにしていた。照屋サキの住まいは、青い粗織りの布地のような海を望める浜辺の集落にあった。

「あれのことは、帰らなくなったときからあきらめてましたから……」

老いたサキの父親は、家計のためとはいえAサインなどで働くからアメリカーにかどわかされてしまったのだと覚悟していたという。強がっていたが次第に肩をわななかせ、顔を上げていられなくなって、うっぐうっぐと内臓《ワタ》を絞るような嗚咽《ナチグイー》を漏らした。つぎはぎの布団《ふとん》が敷かれっぱなしの奥の部屋では、ちいさな弟や妹たちが寄りかたまって、グスクのそりかえった寝癖を不思議そうにじいっと見つめていた。

居たたまれなくなったグスクは、徳尚さんに家族をまかせて集落で聞きこみにあたった。サキが送り迎えをされていたことは父親も知らなかった。あの狭い家ではたとえ上がりこんでも、足を伸ばしてくつろぐことはできなかっただろう。

わざわざ送ってきて見返りを求めないなんて、グスクが知るかぎりそんな慎み深いアメリカーはいない。車に乗せるからにはお楽しみを期待してなくちゃ嘘だ。帰路のどこかで車を停めていちゃついていたか、連れこみ宿のかわりになる場所でもないかぎりは連日の送り迎えなんてつづかないんじゃないか。それらしき場所はないかと探りながら集落の外れに出てきたところで、海が見える田芋《ターンム》の畑で野良《のら》仕事をしていたおばあに、洞窟《ガマ》のことを聞かされた。

「夜遅くにこの道の行き止まりに車を停めてさあ、洞窟《ガマ》に入っていくのよう。罰《ばち》かぶりったらないさ、あんなところで男と女がなにをしていたんだか」

この島の南部には、海ぞいの岩肌や森林部のいたるところに自然洞穴があった。あの戦争では島民の避難壕になったわけだけど、撤退してきた日本軍《ヤマトウ》の兵士も逃げこんできたことで洞穴はどこもかしこも修羅場となった。島民たちはいまでもこの洞窟《ガマ》というところに恐れを抱き、癒えない心の傷や悪夢の根源として強く忌避している。グスクも海辺の洞窟《ガマ》まで来たところで、まんまと足がすくんでしまった。

うむう、洞窟《ガマ》か。洞窟《ガマ》はきついなあ。

できることなら一生、近寄りたくないところだった。

迷ったあげく、車に積んだ懐中電灯を取って戻ってきて、岩盤に開かれた穴にそろりそろりと踏み入った。怖じけたらならん、おれはもう一人前の刑事なんだからと鼻息を吹かしたけど、すぐに肩が重くなって、空えずきが止まらなくなった。この洞窟《ガマ》はあのときグスクが逃げこんだ洞窟《ガマ》ではなかったが、それでもなにもかもが追憶の風景とおなじだった。

すぐに外の自然光は届かなくなる。細い光のすじが照らす洞窟《ガマ》の壁は、蠟《ろう》を塗ったようにてらてらしている。天井からは石灰石の歯列が垂れさがり、細かい枝洞がつらなっている。こころもとない明かりの外側にひろがる常夜《とこよ》の闇は、ネズミだかガザミだかヤスデだかの生き物を這いまわらせ、頭蓋骨のなかにそれらの仔《こ》や卵を産み落とされる錯覚を誘ってくる。自身の重みが体のうしろや横にずれたり、影そのものになるような心地をおぼえる。洞窟《ガマ》は奥に向かってゆるやかに下っている。できることなら永久に眠らせておきたかった最悪の原風景、それらを沈殿させた奈落の深みへと下りていくようだった。

あのときグスクは十二歳だった。洞窟《ガマ》の外からは砲弾の音が聞こえていた。グスクは逃げまわっていた。飢えと渇きから、島民同士のいさかいから、埋葬の恐怖から。アメリカーは投降しろと叫び、日本兵《ヤマトゥ》は投降するなと刀をふりまわす。だれもが混乱している。降伏したがるものがいれば潔《いさぎよ》く自害したがるものがいて、乳呑み児《アカングヮ》の口をふさぐ母親を見た。寝具に火をつけて一家を焼こうとする父親を見た。泣きながら刃物で切りあう家族を見た。たしかにそのとき島じゅうの洞窟《ガマ》で、おなじような狂乱の光景がひろがっていた。

だれかに話したことなんてなかった。たとえ言葉でだけでも再現したくなかったし、けっして人間が見てはいけないものを見た自分がなんと言うのか、ありったけの人たちが狂死していくさまを見た自分がなんと言うのか、自分でも想像がつかなくて恐ろしかったから。あんなに慎重だった父ちゃん《スー》が、いつもおおらかに笑っていた母ちゃん《アンマー》が、家族そろって自決を望んでいるのがわかったから。だからグスクは逃げた。足元にひろがる亡骸をまたぎ、背中に毛布をかぶって逃げた。脇にはなぜかどこかの仔犬《イングワ》を抱えていた。

おまえだけ、おまえだけ生きるつもりか。そう叫んでいるのが両親なのか、その仔犬《イングワ》か、皇軍の兵士なのかもわからなかった。

あがひゃあ、あひゃあああっ、グスクは十二歳だった。グスクは二十五歳だった。洞窟《ガマ》の奇観はグスクを眩惑《げんわく》する。ぶり返す情景が網膜の裏から湧きだして、グスクのまわりでひっこんだり迫りだしたりする。父と母が呼んでいる。みんな気がふれている。顔のない米兵が照屋サキと抱きあい、おたがいの体をまさぐりあいながら溶けていく。抱えこんだ仔犬《イングワ》が、孤児になり、サキの弟妹になり、嘉手納の原野に棄《す》てられた六歳の少女に変わる。ここには過去も現在もない。グスクは足の裏で、服を着たままの人骨を踏みつけた。

あがひゃあ、あひゃあああああっ、洞窟《ガマ》の入口は通せんぼされていたので、原生林につながる岩壁の透き間に体をねじこみ、森のなかで倒れていたところを米兵に捕まって収容所に送られた。抱えてきた仔犬《イングワ》はもう鳴かなくなっていた。

それでおまえは、どちら側にいるのさ。

たくさんの顔、顔、顔が、グスクに問いかけてくる。

過去か、現在か。ひとりで生きのびたあとの人生か。

それとも、死んだものたちの世界か？


「あがひゃあ、ひゃ、ひゃ、あひゃあああああああっ……」

「どうした、どうしたグスク、しっかりせんねっ」

「あひゃああ、あがっ、おやっさん……こんなところにいられんよう」

洞窟《ガマ》から転がり出てきて、徳尚さんに抱き起こされても人心地が戻らなかった。頭に金釘《かなくぎ》を打ちこまれるような眩暈が尾を引いて、落としてきた懐中電灯もあきらめるしかなかった。グスクは洞窟《ガマ》の奥で見たものをひとつだけ、徳尚さんにも報告した。

「土地のものだって近寄らないところやさ。供養《くよう》に掌《て》をあわせるならいざ知らず、こんなところであいびきなんてするかね」

「地元の娘だけなら、まあしないだろうけどさ」

実際にあの戦争を戦った当事者ではない、島が占領されてからやってきた軍人のなかには、激戦区の戦跡のあちこちを物見遊山《ものみゆさん》で荒らす輩《やから》がいるとグスクも聞いたことがあった。洞窟《ガマ》に出入りしていたアメリカーは、罰かぶりな軽挙を省みずにサキに案内させていたんじゃないか。あわよくばそこでお楽しみにもおよぼうとして。グスクは洞窟《ガマ》を振り返った。過去の記憶はいまもグスクのなかで、悪霊《マジムン》のように渦を巻いている。たぶんそれはこれからも、この故郷《シマ》のどこにいてもなにかのはずみに襲ってきて、グスクを海の彼方へと吹き飛ばすにちがいなかった。

あれからずっと、そのときどきで目の前のことに夢中になりながら、ふとしたはずみに自分ががらっぽ《ウーガーガー》のように思えてきた。ほんとうはこの世のなにも信じちゃいないんじゃないか、と感じることもあった。それもこれもあの日の洞窟《ガマ》で、ほかの人間とともに自分も死んだからなんじゃないかとグスクは思った。あのときの洞窟《ガマ》で、だれのものともわからない無残な亡骸のひとつになって、生きのびた夢を見ているだけじゃないのかと――

捜査のさなかに、グスクが洞窟《ガマ》で見たものは、無数の人骨だった。あばら骨や頭蓋骨、手足の骨。打ち棄てられたままの過去の残骸。供養されずに放置された、島民たちだった。

さてさて、コザに戻ってから捜査はめざましい進展を見せた。孤児たちを基地や軍施設のゲートに連れていき、出入りする車を確認させた。これが当たりだった。ほら、ああいう車！　孤児たちがそろって指差したのは四八年型のシボレーだった。徳尚さんはこれを憲兵《MP》に報告せずに、該当する車種でくりだしていた米兵の特定を急がせ、Aサインで聞きこみを重ねたすえに有力な容疑者を絞りこんだ。

エドモンド・E・ウェストリー。兵舎があるキャンプ・コートニーからコザや美里の特飲街に通いつめていて、サキの店の常連でもあった。栄養過剰《ウフゲー》で大きくなりすぎた悪童のような三十代の海兵隊員で、愛想よく笑っているうちはいいが、深酒をすると店外に女給を連れだしたがる悪癖があったという。グスクと徳尚さんは連日、この海兵隊員に張りついた。基地のゲート前で待ちかまえて、出てきたシボレーを追いかけるのさ。

ウェストリーは特飲街に出てくると、アルコール以外の飲みものと食物繊維には用がないとばかりにステーキハウスで食事を摂り、Aサインを何軒もはしごして泥酔《でいすい》し、夜空が白むころにようやくねぐらに戻っていく。軍の仕事でたまった憂さを遊蕩《ゆうとう》で晴らす、絵に描いたような不良米兵だった。女給殺しの犯人だとしたら野放しにしてはおけないが、ここにきて徳尚さんはグスクにも忍耐を強いていた。

「ここまできて、蚊帳《かや》の外に追いだされたらたまらんさ」

徳尚さんが狙っているのは、現行犯逮捕だった。

ウェストリー自身に揺さぶりをかける方法はそれしかない。

飲酒運転で事故を起こすなり、悪酔いしてＡサインで暴れるなり、ウェストリーが罪を犯したらただちに身柄を押さえる。憲兵《MP》への引き渡しをできるだけ遅らせて、尋問し、車を物色し、女給殺しで立件できるだけの証拠をつかむ。その場で捕えられずに基地や軍施設に逃げこまれたらそれまで。憲兵《MP》が駆けつけてしまえばそれまで。琉警の権限では手出しができなくなる。自分たちの手で暴《あば》けるところまで暴くことが、この島の警察なりの意地であり、照屋サキの弔い合戦にもなるのだと徳尚さんは固く信じていた。

張りついてから五日目、グスクと徳尚さんは色めきたった。

泥酔したウェストリーが、八重島のAサインから若い女給と出てきた。おっかなびっくり肩を抱かれる島娘をなだめながら、通りに駐車したシボレーまで連れていこうとしている。グスクはその場で警棒《ブンジラー》を握りしめた。斜向《はすむ》かいの路肩に車を停めて、そいつについていったらならんと声をかけようとして、徳尚さんに止められた。

正気かよ、おやっさん、あのステーキ食らいは殺人鬼かもしれないのに！　出ていくのは女給が一発でも殴られてから、目の前でズボンを下ろされてからと徳尚さんは言うのさ。昔気質《むかしかたぎ》の温厚な刑事はそこにはいない。徳尚さんはすすんで良識を手放して、警官として越えてはならない倫理の一線も越えようとしていた。

あきらかにウェストリーは、真夜中のドライブに女給を連れだそうとしている。迎賓館の玄関のようにうやうやしく車の扉を開けたが、科《しな》をつくりながらも女給は戻りたがっている。会話までは聞こえなかったけど（エド、あたしやっぱりやめておくよ、と土壇場《どたんば》で断っているんだろうな）、熱心に口説いているウェストリーがだんだん焦《じ》れてくるのがわかった。その赤ら顔をいきませて、ためらう女給に腕をからめて車内に連れこもうとしはじめた。

ああ、乗ったらならん。だけどそいつの罪も暴かないとならん！　鎌首をもたげたウワバミが仔猫《マヤーグワー》を絞め殺しにかかるのを傍観しているみたいだった。

ウェストリーは巨体をふりまわして、全身を使ってなにかを訴えている。英語でまくしたてながら胸をそりかえらせ、おかしくてたまらないというふうに哄笑《こうしょう》を転がしている。身ぶり手ぶりをまじえて言語の壁を越えて、なんとしても今夜の恋人《ハニー》としけこみたがっていた。

ウェストリーがなにを伝えたがっているのか、女給もよくわかっていないようだった。酔いにまかせて海兵隊員が興奮すればするほどかえって腰が引けている。もどかしげに肩をすくめたウェストリーは、女給に手まねきをしながらシボレーの後部へと回った。車のトランクを指差して、なにかしきりに関心を惹《ひ》こうとしているさまが見てとれた。

「おやっさん、どうするわけ。わじわじするさあ」

「急《せ》いたらならん。仕損じるだけよ」

「あの男、自慢の拳銃でもお披露目するつもりやあらんね。そんなもの出されたら警棒《ブンジラー》ではどうにもならん。応援を呼んだほうがいいんじゃない」

ウェストリーはさんざんもったいぶってから、両手でトランクのふたを持ち上げた。覗きこんだ女給が、射すくめられたようにその場に硬直した。あいつめ、なにをさらした？　グスクの位置からはトランクの中身までは見えない。貧血でも起こしたようによろめいた女給をウェストリーが抱き止める。ところがその手を振りほどかれ、せきを切ったような悲鳴《ヤナアビー》を浴びせられて、とうとう逆上したウェストリーは女給の首根っこを押さえつけ、しゃがみこんだところをはがいじめにして立たせて、車内にひきずりこもうと全身を強ばらせはじめた。

「よし、暴行罪！」徳尚さんが口走った。「グスク、そら行け！」

「だってあいつ、拳銃かなにかを……」

「ためらってるときやあらんど、屁っぴり腰はならん」

徳尚さんにつられて車を飛びだしたが、車道を横断しながらグスクの膝は笑った（戦果アギヤーで鍛えた肝っ玉《ツー》はどこへやら！）。棒っきれ一本だけで屈強な海兵隊員に立ち向かうのは、飢えた虎の檻にすすんで飛びこむようなものだった。

「へい、女を放さんね！」

がむしゃらに警察《ポリス》、警察《ポリス》とわめきたてる乱入者に、ウェストリーは碧《あお》い眼《め》を見開いた。暴行の現行犯で逮捕する、その女を放して両手を上げ《ハンズ・アップ》んね！　グスクは片言の英語でまくしたてた。ウェストリーが叫びかえしてくる。地元の警察ふぜいが、憲兵《MP》を呼べとか言っているんだろうな。さいわい銃は所持していなかったようで、これに気を大きくしたグスクは警棒《ブンジラー》をかざしながら間合いをつめていった。

おまえを署に連行する、と徳尚さんが告げた。路上で騒いでは憲兵《MP》が来てしまう。署に連れこみたいところだが、酔っぱらいとはいえ海兵隊員に暴れられたら厄介だ。精一杯に凄みをきかせ、張れるだけの虚勢を張りながら、車道から歩道へと回ろうとしたグスクの目に、開けっぱなしのトランクの中身が飛びこんできた。

こんなところに、どうしてこんなものが――

グスクはとっさに自分の目の異常を疑った。

三つ、四つ、五つ、いやもっとあった。

頭蓋骨。

トランクいっぱいの人の骨。そんなもので女が釣れるのか、アメリカにはそういう風習があるのか。グスクの耳に砲声が聞こえてくる。胸の底で悪霊《マジムン》がとぐろを崩す。こんなものがこの車に積んである理由はひとつしかない。持ちだしたんだ。

「罰《ばち》かぶるさ、へいっ！」

頭に血が逆流して、グスクは声を荒らげた。頭蓋骨を見られてさすがに動揺したか、ウェストリーは女を突き飛ばし、身をひるがえして街路を走りだした。グスクも背中を突かれたように駆けだす。徳尚さんの声が響いた。「基地のなかに逃《ひ》んぎらせたらならんど！」

ウェストリーは路地から路地へと曲がり、米兵向けのAサインがひしめく界隈を走りぬける。毎晩のように遊び歩いているだけあって地理にも通じている。迂回《うかい》をくりかえしながらその足は、確実にキャンプ・カデナへと向かっていた。

グスクのまわりで、風が沸騰していた。

コザの路面を蹴って、ウェストリーの背中を追いかける。

石垣のあいだの坂道を駆けおりて、石敢當のある三叉路《さんさろ》を折れる。ウェストリーを見失っても塀に飛び乗って、街の喧騒《けんそう》を嗅ぎわける。夜気が沸きかえり、視界が流線形にすぼまった。左右に流れる風景は、グスクにとって懐かしいものだった。

たったいま走っているのは、憲兵《MP》たちと追っかけっこ《カチミンソーリー》を重ねた街路だ。いまもグスクが資本にしているのは、五感も足腰も、土地勘も、すべてが戦果アギヤーの時代に養ったものだ。それらを総動員していまは米兵を追っている。この瞬間だけは、過去からこだまする砲声も、洞窟《ガマ》の声も、グスクに追いつけなかった。

ああそうさ、ずっとこの街を仲間《ドウシ》と走ってきた。

先頭をゆく親友《イイドウシ》に、グスクは夢中でついていった。

たえまなく魚《イユ》の歯の首飾りが舞っていた。

吹きすさぶ熱風のなかを走って、地面の下に息づく島の鼓動を感じながら、悪霊《マジムン》たちにも追いつかれない速度で走ってきた。そうやってここまできたのさ。グスクの足は、グスクの魂は、なにもかもちゃんと憶えていた。

そのおれが、このコザで、おまえなんかに後れをとるか！


ゲート通りの脇道に達したところで、三叉路を別の方角へと走りこみ、先回りしてウェストリーに横から飛びかかった。倒れこんだ勢いで押さえこもうとしたけど、胸ぐらをつかまれて後頭部を地面に叩きつけられた。

落雷のような痛みに延髄をつらぬかれる。鉄板の入ったブーツでみぞおちを蹴られ、痛みとともに恐怖がぶり返した。たてつづけに殴られ、鼻血が噴きだし、熱せられた果実のように顔が爆発しそうになる。あひゃあ、これが海兵隊員の腕力か！　グスクは脇腹を狙ってきた脚にしがみついた。胃袋がよじれて、込みあげるものを我慢しきれない。グスクが戻した嘔吐物《へど》がブーツに飛散し、罵倒をつらねていたウェストリーがそれをもらって、ふたりぶんの血と汗と反吐にまみれながら、のたうちまわって泥仕合《どろじあい》をつづけた。

あごの骨がぐらぐらした。目玉を擦りあわせるほどの至近距離で、小細工の余地もない体力勝負で、頼りないと思っていた警棒《ブンジラー》がものを言った。ふりまわした右手の先に握られていた得物がたまたまあごを打って、ウェストリーの動きが鈍くなった。もつれあいながら体勢の優位を奪って、海兵隊員の拘束に成功した。

「サキを知っとろうが、サキやがあ！」

駆け引きをすっとばして容疑を突きつけた。おまえはサキを送り迎えしていた。西原の洞窟《ガマ》にも出入りしていた。トランクの中身がその証拠やさ！　ところが体を張ってつかんだ尋問の時間は長くはつづかない。集まってきた野次馬の向こうに憲兵隊のジープが見えた。基地への避難こそ食いとめたものの、このままでは容疑者を引き渡さなくちゃならない。

そりゃないさ、まだ来ないでくれ。おれはまだなにも聞きだしちゃいない。ただでさえ言葉が通じないうえに、酔ったあげくの逃走と乱闘でウェストリーは息も絶えだえで、グスクとの会話がなりたつ余地を残していなかった。

「おまえはサキを殺した、イエス・オア・ノー！」

憲兵《MP》たちがジープを飛び降りて、人波をわけながらこっちに向かってくる。グスクはもどかしさのあまりに警棒《ブンジラー》を振りかざした。身柄を奪われるぐらいならいっそこいつでぶちのめすか、それとも憲兵《MP》たちに振りまわして時間を稼ぐか、なりふりかまわずに得物を振り上げた矢先に「ウェイト」と手首をつかまれた。すぐ後ろから英語の声が聞こえた。

「待ちなさい、それを下ろしなさい」

つづけざまに別の声が、日本語《ヤマトゥグチ》で語りかけてきた。

振り返ると軍服を着ていないひとりの白人が、グスクの手首をつかんでいた。かたわらについているもうひとりは日本人《ヤマトンチュ》か。白人がなにかを言うたびに、すかさずグスクにもわかる言葉に翻訳してくる。

「君の立場がなくなる、ここはおとなしく憲兵《MP》に引き継ぐのが賢明だ」

短く刈りそろえた金髪に、ふたつに割れたあご、開襟シャツをまとった胸板は厚かったが、どことなく軍人らしくないアメリカーだった。彫りの深い顔立ちは整っているけど、優男風の柔らかさはない。物静かな聖書の販売員のようにも、南国に休暇に訪れたオリンピックの競技選手のようにも見える白人がなにかを言って、すぐにお供の男が日本語《ヤマトゥグチ》に訳してくる。

「容疑者の身柄を引き渡してしまえば、君たちは供述を取れなくなる。それを拒んでいるんだろうが、ここで無理を押したところで事件の解決が遅れるだけだ。それを下ろさなければ、君が憲兵《MP》の発砲を受けかねない」

「あひゃあ、発砲！　どうしておれが撃たれるのさ」

「追いつめたのは、君たちだ。その事実は変わらない」

「あんた、どちらさん？　憲兵《MP》ならそんなこと言わないさ」

「この海兵隊員はしっかりと取り調べさせる。わたしからも適正な立件がなされるように進言しておこう。君たちの努力は無駄にはならない」

珍しいアメリカーだった。島民と接するときに連中がうかがわせる驕《おご》りも不遜さも、気まぐれな寛容も、こっちが犬猫《インマヤー》の檻のなかにいるような心地になる値踏みの視線も向けてこなかった。気を吞まれたグスクが警棒《ブンジラー》を下ろすと、白人はうなずいて手首を解放した。つづけて語られた言葉がすかさず通訳された。

「事件のことで、折り入って君と話がしたい。明日のおなじ時間にニューコザ（八重島の特飲街をアメリカーはこう呼んでいた）の〝ジャックポット〟という店にひとりで来てくれないか」

返事を待たずに白人はグスクから離れた。憲兵《MP》たちに声をかけると、茶封筒に入った一枚の紙きれを手渡した。憲兵《MP》のひとりが書類に目を落とし、しぶしぶといった面持ちでうなずいた。へばりきったウェストリーが車に乗せられて、入れちがいで駆けつけた徳尚さんが「あと一歩でかっさらわれたな」と無念そうにつぶやいた。

「この事件はここまでさぁね。しかし、あのふたりは何者よ」

「わからん、憲兵《MP》でも軍人でもなさそうだけど……」

どのみち容疑者の身柄を奪われて、勝どきをあげたくなる達成感はなかった。

路上をとりまく家々の向こうに、青みがかった暁光《ぎょうこう》が滲《にじ》んでいた。

熱帯夜の燃えかすのような塵が、風に舞っていた。


エドモンド・E・ウェストリーは、照屋サキの殺害を自供した。

血のついたズボンとタオルを洗濯に出していたことがわかって、これが決定打になった。

案の定、地元と職場の往き来に疲れていたサキを車の送り迎えで釣って愛人《ウムヤー》にしていた。やがて車内でしかいちゃつけないことに不満を抱くようになり、嫌がるサキをまるめこんで、彼女の地元にある洞窟《ガマ》にも立ち入るようになった。車のトランクに積んでいたのは、そこから持ちだした戦死者の遺骨だった。

島の人間からすれば、正常な神経を疑いたくなるような暴挙だよな。つまるところウェストリーは〝トロフィー・スカル〟が欲しくなったのさ。これは軍人心理にしばしば生じるゆがんだ所有願望で、かつてはマリアナ諸島から送還された日本兵《ヤマトゥ》の棺のほとんどに頭部が入っていなかったらしい（あとになってグスクが聞かされた話では、戦時中のライフ誌に、海軍将校のボーイフレンドから贈られた日本兵の頭蓋骨に見惚《みと》れる女性の写真が載ったこともあった。トナカイの剝製《はくせい》じゃないんだから！）。とはいえ日本人《ヤマトンチュ》もおなじことを大陸や南方諸島でやらかしていたようだからどっちもどっちだ。おしなべて軍人という人種には、先祖返りともとれるような野蛮な心理《ナムジヤー・ヌ・クル》が芽生えやすいということらしい。

ウェストリーは〝トロフィー・スカル〟を集めていた。優越感や自尊心を満たすことができたし、沖縄《シマ》での日々を偲《しの》ぶ記念にもなる。祖国への手土産にして友人や家族にも一目置かれたかった。頭蓋骨をひとつ持ちだしてから病みつきになって、洞窟《ガマ》に入るたびに手ごろなものを拾集していた。恐れを知らない海兵隊員のふるまいにおびえていたサキも、さすがにたまりかねたと見えて、あるときコザに向かう車でウェストリーに非難を浴びせはじめた。あたしまで罰《ばち》かぶるさ、あったところに返して供養しなくちゃならん！　わめきたてるサキと口論になって、酒も入っていたウェストリーは持ちだしたばかりの頭蓋骨でサキを殴りつけて、ぐったりしたところで首を絞めて強姦した。頭蓋骨を集めるようになってから体をさわらせなくなったサキにいらだちを募らせていた時期でもあった。そこから塵捨て場に遺体を埋めるまでがおおよその事件の顚末《てんまつ》だ。それは〝死〟を蒐集《しゅうしゅう》する背徳の喜びに憑《つ》かれた米軍人が起こした、あまりにも杜撰《ずさん》で、あまりにも凄惨な衝動殺人だった。

グスクはそれらの供述の内容を、警官でも憲兵《MP》でもない男から聞かされた。逮捕のあくる日、琉警本部へのものと憲兵隊へのものと二種類の報告書を押しつけられた。どうせ通らないとわかっていながら共同で尋問する要望書も作成するはめになって、早くも雑然とする自分の机でしばらく寝癖をかきむしっていたけれど、すぐに音を上げて、署を抜けだして八重島のAサインを訪れた。

「グスクは城《キャッスル》という意味らしいね。君はコザの城壁というわけか」

「はあ、それでそちらさんは？」

「わたしはアーヴィン・マーシャル。こっちはコマツさん」

「コマツさんは、日本《ヤマトゥ》から？」

「はい、アーヴィンの仕事を手伝っています」

影法師のようにアーヴィン・マーシャルにつきしたがう小松《こまつ》という男が、遅滞のない三者の会話を実現させている立役者だった。鉢の大きな頭は毛量が多くて、壜の底のような分厚い眼鏡をかけている。質素なシャツにもネクタイの模様にもこれという特徴のない男で、かえってそれが正体を隠す煙幕になっていた。

アーヴィン・マーシャルが面会の場に選んだ〝ジャックポット〟は米国人専用のAサインで、白人に囲まれたグスクが居心地の悪さを味わっていると、すこし外を歩かないかとアーヴィン・マーシャルが白い歯を見せた。

「すべてのアメリカ人が、ウェストリーのような嗜好《しこう》の持ち主だとは思わないでほしい。すくなくともわたしは人骨を集めたくなんてないし、女給《ウェイトレス》と酒を飲むことにも興味がない。この島の娘たちはとてもチャーミングだとは思うけどね」

警戒をほぐすためか、アーヴィン・マーシャルは歩きながらすすんで身の上話をした。グスクよりも六つ上の三十一歳で、ノースカロライナ州のアシュビルという都市の生まれで、この島に来ている同州の出身者は少なくないが、政府組織に身を置くものはひと握りだという。アーヴィン・マーシャルは米民政府の官僚だった。グスクは声に出さずにうなった。軍司令部《ライカム》のお偉いさんがおれになんの用なのさ？

「わたしたちはずっと君を観察していた。被害者の遺体の発見現場にもいたんだよ。君は合同捜査の命令《オーダー》を無視して、ほとんど独断で動いていたね。だがそれが結果として、事件の早期解決につながった。コザという地の利《アドヴァンテージ》を活かしただけではない。この街でも西原村でも、君が選んだ行動にはつねに結果がともなった」

ずっと見張っていたのか？　出自や前歴も調べられていて、窃盗罪で実刑を打たれたことも知られていた。グスクは動揺を隠しきれなかった。「おれはきっちり勤めあげたのさ。あんたもあれか、前科者に警官なんてやらせたくないってくちかよ」

「責めるつもりはない、だからほかの警官にないものを持っているのかと感心しているのさ。君には事件捜査に欠かせない観察眼や行動力が、特別な嗅覚がそなわっているとわたしは確信している。しかも君はまだ新兵《ルーキー》、成長の入口に立ったばかりだというのだからすばらしい。だからこうして時間をもらったんだが……」

そこまで話したところで、ぎゅるるぅ、とアーヴィンの腹が鳴った。

繁盛《はんじょう》しているステーキ店に連れていくと、こういう店には飽き飽きしているんだとわがままを言う。たっての希望を聞き入れて、行きつけの大衆食堂に連れていった。アーヴィンは一杯五十セントの軟骨ソーキが載った琉球すばをスープまで飲みほしておいて、わたしには薄味すぎるかなとお世辞のひとつも言わない。泡盛は口にあうようで何杯もおかわりした。大食漢《ガチマヤー》にして呑《の》ん兵衛《べえ》のアメリカーに、常連のおじいたちの物珍しげな視線が集まっていた。

「わたしたちはこの島で、広義の諜報《ちょうほう》活動にあたっている」アーヴィンは酒杯を傾けながらつづけた。「コマツさんのように日本からの協力者もたくさんいるが、この島のおもだった地域にも〝友人〟をつくろうとしているところでね」

怖じけるな、とグスクは自分を励ました。米民政府の諜報部といえば、デモの参加者や活動家を締めあげて、反米運動を妨害するためになら予防拘束や拷問も辞さない連中じゃないか（たとえばあの瀬長亀次郎《せながかめじろう》にアカのレッテルを貼って刑務所に送りこんだのも彼らだった）。アーヴィンはそんなグスクの心情を見透かしたように、諜報といってもいくつかの部署《セクション》に分かれていて、われわれはおもに米兵犯罪に関する監視と情報収集にあたっていると打ち明けた。

沖縄《ウチナー》を統《す》べる米民政府にとっても、米兵の犯罪はいまやもっとも頭の痛い問題になっている。政策への反対運動も高まるなかで、嘉手納幼女殺人事件を起こした軍曹やエドモンド・ウェストリーのような海兵隊員をのさばらせていては、外交面でも軍事面でも、保全管理の面でも重大な損失をまねきかねない。島の内外からの批判や糾弾にさらされて〝太平洋の要石《キーストーン・オブ・ザ・パシフィック》〟の存続が揺らぎかねない。そこで憲兵隊とは別に軍司令部《ライカム》の主導で、基地で働いている軍雇用員や民間人、土地の警察官などからふさわしい人材を銓衡《せんこう》し、米兵犯罪における特捜の役割を果たす組織を発足することになった。アーヴィン・マーシャルが属する諜報部の下に設置され、島民によって編成される外部機関だ。グスクにはコザの刑事として働きながら、このマーシャル機関（と、のちに称されるようになる）に加わって、平時からこまやかな連携をはかり、米兵犯罪の防止および特命捜査にあたることが望まれていた。

「それって、おれにスパイになれってことな？」

「わたしと君で、アメリカと琉球を架橋するのさ」

「悪ふざけ《ヤナガンマリ》さんけえ、そんなのおれに務まるはずないさ」

「個人的な意見を言わせてもらえるなら」通訳に徹していた小松がみずからの言葉で補足した。「アーヴィンと情報を共有できるのはきわめて有益なことです。土地の警官が知ることのできない政府の動静、基地の内情にも通じることができる。まわりまわって琉警の検挙率の向上にもつながると思いますよ」

「あのよ、アーヴィンさんに言ってもらえるかな」グスクは戸惑いながら答えた。「ちょっと話は変わるけど、そっちに座ってるおじいは娘を米兵に強姦されたことがあってさ。向こうのおじいも孫がからまれて、助けに入った息子は乱暴された。ここにいる客の大半は、アメリカーの犠牲になった被害者の家族なんだけどさ」

小松の顔色が変わった。おずおずと通訳された言葉を聞いて、アーヴィンも神妙な面差しで店内を見回した。常連のおじいたちは泡盛好きのアメリカーをただ珍しがっていたわけではなかった。「……あなたも人が悪いですね」と小松が言った。「ここがそういう店だと知っていて、彼を連れてきたんですか」

「このへんの店はどこも似たりよったり《ネートゥケートゥ》さ。たいていの島民《ヤナムン》は、親戚や友人にひとりは米兵事件の被害者を知ってるわけ。アーヴィンさんは悪い男じゃなさそうだけど、その言いぐさは、やっぱりアメリカーさぁね。米兵の犯罪をなくしたいなんて言っても、基地の存続がどうのこうのと結局はお国の心配をしてるだけやさ」

「のんびりしているようで、言うときはずけずけと言いますね」小松は通訳をためらった。

「そのまんま訳してもらってかまわんよ」グスクは黙らずにつづけた。「アーヴィンさん、あんたは話がわかりそうだから訊くけどさ、占領された島の住民は、たまに女子供をいけにえに差しださなくちゃならんのかね」

おじいたちのまなざしで針のむしろに座らされたアーヴィンは、グスクにまっすぐな視線を返してくる。怒りだしたらどうしようと内心びくびくしていたけど、アーヴィンが小松に訳させたのは冷静で、真摯な答えだった——わたしたちの本国でも帰還兵、とりわけ海兵隊員の犯罪は社会問題になっているとアーヴィンは言った。彼らの出身地はわたしの故郷のノースカロライナをはじめとする貧乏な州ばかりで、若い男たちは日雇い労働者になるか犯罪者になるか、海兵隊員になるかしかないと言われている。粗暴な男たちばかりだが、そんな彼らも兵士としては優秀だ。そもそも教養があって、法や人権を重んじられる人間は兵士に向いていない。素朴な田舎者をためらいなく敵を殺せる機械《マシーン》に変えるのが軍隊というところだから。世界のどの戦場でも最前線に送りこまれる海兵隊員は、そのあたりをみっちりと叩きこまれる。この島にいる米兵の四分の三は、その海兵隊員なんだよ。

「もちろんこんな話をしても、被害者やその家族の傷を癒やせないのはわかっているが……海兵隊員たちは戦地に送られる前に自棄《やけ》っぱちになり、あるいは生還できた解放感に酔いしれて、駐屯地でしばしば破目を外す。そのなかにはたしかに、戦争で勝ちとった領地でならなにをしても許されると心得ちがいをしている輩《やから》もいる。だがしかし、わたしたちもけだものではない。ウェストリーのような性犯罪者を憎む心は持ちあわせている。もちろん保全管理上の責務は大きいが、わたしがなによりも望んでいるのはサキ・テルヤのような犠牲者が出ない、だれもが安全に暮らせる琉球アイランドなんだよ。それは嘘じゃない」

おためごかしのようでもあったけど、これまでに接してきた憲兵《MP》や軍関係者のように上から言い含めようとはしていない。すくなくともアメリカーの口から踏みこんだ軍の実状を聞かされるのは初めてのことだった。

アーヴィン・マーシャルの秘密の〝友人〟になるということは、見えない鎖をつけられていよいよ本物の犬《イングワ》になるということじゃないのか。後ろ肢で島民に泥をひっかぶせて、憲兵《MP》との奮闘をつづける琉警の警官たちを陰で欺くことじゃないのか。信義を重んじるのなら、ここでアーヴィンとはさよならして、明日からまた所管の刑事捜査に汗を流すべきだった。

だけど――

小松が言うとおり、米民政府とのつながりなんてめったに築けるものじゃない。

もしも基地の内情をつかむことができれば、ずっと知りたくても知れなかったことに光明が差しこむかもしれない。

数年がすぎても消息の知れない男がいる。グスクの親友《イイドウシ》だった男の記憶は、すこしずつ風化して、過去の霧のなかに遠ざかろうとしている。キャンプ・カデナの強奪事件のあとに基地を出たところまではわかっている。刑務所のなかで事切れた謝花《じゃはな》ジョーは、グスクの親友《イイドウシ》が〝予定にない戦果〟を奪ってきたと言い遺していった。

ずっとその言葉が気になってきた。あれこれと考えるうちにふと思ったことがあった。もしかしたらその戦果というのは、米軍にとって奪われてはならないものだったんじゃないか。たとえば軍事機密に類するようなもの。密貿易団にも商いきれないたぐいのもの。そのなにかを奪ったばかりに親友《イイドウシ》は消息を絶つはめになったのかも——もしも米民政府との関係を築いて、軍の内情を探り、島民にとっての禁忌の領域に踏みこむことができれば、親友《イイドウシ》の行方をふたたび追いなおせるかもしれない。グスクは思いに沈んでいた。

おれはその昔、どっちつかずの男だった。

過去の残響におののいて、死者の世界《グソー》に足を突っこんでいた。

そんなおれを生かしてくれたのは、戦果アギヤーの日々だった。

あのころの記憶が、おれをここまで連れてきてくれた。だれよりも速い男についていこうとして、ほら、警察官にまでなった。そもそもおれはそのために、親友《イイドウシ》に追いつくために人生を変える決断をしたんじゃなかったか？

「わかった、詳しい話を聞かせてくれよ」

向きあった男たちに、グスクは話のつづきをうながした。

食堂をあとにすると、コザの中心部を離れて、荒れた一帯に差しかかった。右手にだだっぴろいさとうきび《ウージ》畑。左手には掘ったて《アナヤー》小屋の集落。このあたりは戦後とたいして景色が変わっていない。夜間飛行の演習なのか、一機の軍用機が飛んでいく。頭上を通るときは空を裂くような音がする。そして消えて、すこし遅れて地面が揺れる。

夜の十二時をまわっていた。壜ビールを片手に歩きながらアーヴィンの説明を聞いていたところで、暗い路地の奥から、バラック小屋の陰から、ふらふらと十人ほどの男たちが出てきた。グスクやアーヴィンを囲むようにして、無言のままでにじり寄ってくる。

ただではすれちがってくれそうにない手合いだった。柄のうるさいアロハシャツやランニングシャツをまとって、袖口に刺青を覗かせたものもいる。路上のならずもの《ヒンジャー》たち。琉警のお得意さん。こいつらどこのどいつよ？　物騒な男たちはサングラスや帽子や布切れ、覗き穴を開けた肥料袋で素顔を隠していた。

「そこのふたり、どうしてアメリカーとつるむ？」

タブノキの陰から出てきた男が言った。筋骨隆々とした偉丈夫《チューバー》だ。手拭いとサングラスで顔を隠して、片脚をひきずるような歩き方をしている。ゆきずりの物盗《と》りではなさそうだった。街の中心部から尾けてきたのかもしれない。

「そのアメリカーを置いて、先に行け」

「置いていったらどうするわけ」

グスクが訊きかえすと、数人の男がうひゃうひゃと嘲笑した。アーヴィンも険しい面持ちになっている。小松がうわずる声で言った。「変な真似はよしたまえ。こ、このかたは米民政府の高官ですよ、こちらも島の警官です」

嘉手納幼女殺人事件が起こったのち、反米運動のひとつの派生として、徒党を組んだごろつき《アシバー》が基地の外で米兵を襲撃する事件が多発していた。この暴漢たちはあきらかにアーヴィンに狙いをさだめている。そのアーヴィンがなにかを言ったけど、通訳がすぐに反応しない。こうした路上の揉《も》めごとに慣れていないのか、小松の動揺が大きかった。

「アーヴィンは、護身用の拳銃を持っていると言っています」

「拳銃なんて、そんなものを抜いたら逆撫《さかな》でするだけさ」

「アーヴィンは、自分の身は自分で守らなくてはならないと言っています」

「こういう捨て身のやつら《アッパンガラー》に威嚇はきかん。ひとり撃ったところで、ほかのやつらがいっせいに襲いかかってきて袋叩きさぁね」

「無法者に屈するわけにいかない、とアーヴィンは言っています」

迎え撃とうとしているアーヴィンを視線でいなしながら、グスクは小松の肩をつかみ、アーヴィンのそばに三人で固まった。寄ってくる暴漢たちを十分に引きつけたうえで、左方から近づいてきた男の眉間にビール壜を叩きつけた。破片が飛んで、よろけた男が刃物を抜いて振りまわす。わずかな間隙を縫ってアーヴィンの腕を引きつけると、そら逃《ひ》んぎれ！　と叫びながら右手のさとうきび畑《ウージ》へと飛びこんだ。

グスクは拳銃に怖じける。米兵にも怖じける。だけど街のごろつき《アシバー》にはまるで怖じけない。路上出身者の強みを発揮して、アーヴィンと小松を急きたてながら畑の奥へと駆けこんだ。刈り入れ前のさとうきび畑《ウージ》はかくれんぼにうってつけの場所だった。一メートル半を超える茎のはざまで屈《かが》みこんでしまえば、どこをどう走っているか外側からは見通せなくなる。男たちも追ってきたけど、すぐに方向がわからなくなって獲物を見失う。葉先に頬を切られ、首筋に赤い生傷を入れられながら、畑の反対側から飛びだして路地裏に駆けこんだ。暴漢たちは追いついてきていない、このまま逃げきることができそうだった。グスクにとっていまもなにより頼れる武器は、戦果アギヤーで培った〝逃げ足《ハーエースーブー》〟だったのさ。

「あいつら、コザのやつらじゃなさそうやさ」肩で息をしながらグスクは言った。

「心当たりがあるのか、グスク」通訳を介して、アーヴィンが訊いてくる。

「木陰から出てきた男がいたろ、たくましい体格《チューサン・グテー》の」

「指示を出していた男だな。一味のリーダーのようだったが」

「片脚を悪くしてたし、あれはもしかすると……」

六　ヒンジャーの領土、出オキナワ記、神の犬

午前二時といったら、この島ではまだ宵の口なのさ。米兵向けの特飲街がひろがる美里でも深夜はかき入れどきだった。通りの裏表を問わずポン引きがたむろし、まばゆい灯がつらなる軒先には下着の透けたシミーズや派手なムームー、断ち落としのジーンズをまとった女たちが酔客に色目を使っている。通りの突き当たりにあるAサインでは、カウンターから出てきた女給がひとりの沖縄人《ウチナンチュ》の客と揉めていた。

「あんた、はじめから踏み倒すつもりだったね」

ウィスキーが六杯。つまみに島豆腐、油味噌《アンダンスー》、大根とポークの炒りつけ《イリチー》。それだけ飲み食いしておいて一ドルもないなんて、こっちも人を呼ばなきゃならんさ、と女給がどやしつける。ややあって現われたごろつき《アシバー》たちは一様にすごんだが、最後に入っ

てきた男はちがった。糊《のり》のきいたシャツの襟元にも、捲《まく》りあげた袖口にも、引き締まった蜜色の肌をのぞかせている。両切りの煙草をくわえた男はやにわに「あんた、タイラさんやあらんね！」と声を弾ませた。

「よう、レイ」と客の男が返した。

「あんた、出所したのか」

「この男《ひと》、知り合いな？」女給がいぶかしげに眉をひそめた。

「おなじ釜の飯を食った盟友《ドゥシ》よ。獄内闘争でも最後まで気を吐いた男のなかの男さ。この人から金はとれん。もう一杯ごちそうしてやれ」

ふてくされながら女給はカウンターに引っこんだ。ボックス席に滑りこんだレイは、ひさしぶりに再会したタイラに歓迎の言葉をふるまった。

「こっちに野暮用があってな、ついでにおまえの様子を見にきたのさ」

「あんた仕事は？　用心棒のくちでも探しにきたんじゃない」

「いや、そんなつもりはない」

「へっへっ、この美里《まち》でおれに遠慮はいらん。この〝ヌジュミ〟だっておれの店だからね、あれはおれが面倒を見てるチバナって女さあ」

「聞こえてるよ、いつからあんたの店になったのさ」

「おれの店やあらんね。ちゃっさん小遣《グマジン》いもやってる。世話してやってるのはどこのだれよ」

「こっちが世話してるんじゃない、ろくに帰ってこないならもう出ていってよ」

「むくれてらぁ。今夜あたり、かわいがってやるからさ」

「はぁーや、かわいがってあげてるのもこっちやさ。お願いだからイカせてくれイカせてくれってよだれ垂らしてせがんでくるのはだれよ。お友達《ドウシ》さんは知ってるのかしらね、この男が好きこのむあれやこれや《ヌーヤークーヤー》といったら……」

たっぴらかされっど！　あけすけに性癖を暴こうとするチバナを、レイはむきになって黙らせた。

　タイラよりも一年早く出所したレイは、謝花ジョーの最期を伝えるためにチバナのもとを再訪していた。隠居したママに代わって〝ヌジュミ〟を切り盛りしていたチバナの住まいになしくずしに居候をはじめて、知己を頼って〝コザ派〟にも出入りするようになった。露店の店番、遊技場のいんちき賭博《とばく》の仕切り、売春の客引きといったシノギを経たすえに、美里の地廻りをたばねる地位にまで食いこんでいた。

　われらが戦果アギヤーの黄金期は、五〇年代のなかばで終わりを告げていた。軍の警備が盤石になり、戦果アギヤーで生計を立てられなくなったごろつき《アシバー》は徒党を組んで、美里や八重島、中の町といった特飲街のミカジメを商売にするようになった。米兵向けの飲み屋や遊技場や売春宿がひしめくこの界隈では、酔っぱらって乱暴《ジャーフエー》を働くアメリカーがひきもきらず、腕っぷしにおぼえのある土地の男たちの後ろ盾は欠くことができなかった。こうして生まれた地廻り集団に、血の気をもてあました島じゅうの若い男たちが続々と集まってきて、〝コザ派〟と呼ばれる大所帯《ウフヂネー》ができあがっていったわけさ。

「あいつと夫婦《ミートウンバー》になんてならんけどな」レイはタイラに耳打ちした。「おれはこの美里《まち》の女たちをちゃっさん相手にしなきゃならんから。あんたにもあてがわなくちゃならんな、出てきたばかりで干上がってるんだろ」

「女給を買いにきたわけやあらん、おれは女房《にょうぼう》持ちよ」

「へえ、そうだっけ。だけどせっかく来たんだから」

ふたりで杯をかわしていると、数人の子どもたちが店に入ってきた。駄賃《グマジン》をつかませて小間使いをやらせているコザの孤児《アシバーグワー》たち。野良猫《マヤー》が通るような径路《みち》も知っているので、伝令役にはうってつけのちっちゃなごろつきたちだった。

「親分《ターリー》が呼んでるよ、レイ」

あんたなにかやらかしたわけ、とチバナが表情を曇らせた。親分《ターリー》の呼び出しとあればすぐに行かなくちゃならない。ちょうどよかった、あんたを親分《ターリー》に紹介しておこうとタイラも連れだした。働きぐちを探しにきたわけでもあらんとぼやくタイラは、片脚をひきずるように歩いている。獄内闘争で受けた銃傷の後遺症、名誉の勲章——美里は上り下りばかりだからつらいかもしれない。細い路地にはAサインの灯がつらなり、酔っぱらいが割った酒壜の破片をきらきらと雲母《うんも》のように光らせている。立ち小便のまだら模様をひょいと跳び越えて、タイラの速度にあわせてレイもゆっくりと特飲街を抜けていった。

われがちに道案内をする孤児のなかに、見かけない顔が交ざっていた。こんなやついたか？　ほかの孤児たちも名前は知らないけど、顔ぐらいは見分けられる。ただでさえその六歳ぐらいの新顔にはきわだった特徴があった。

「今夜が初めてやさ、おまえ、どこから湧いてきたよ」

レイを見返すとその子は、にへらっ、と笑った。

ゆるく唇を開いたけど、返事はしなかった。

「おまえ、アメリカーが入ってるな」

異国の血が入った孤児は珍しくなかったが、群れに交ざるとやはり目立つ。こっちの言葉が通じてないのか、話しかけてもなにも答えない。おかしなやつだ。歯欠けの笑顔を浮かべて、未知の風景のようにレイを眺めるだけだった。

「顔も知らんアメリカーが父親ってところだろ」とタイラが言った。

たしかにこの島で、孤児の来歴をおしはかるのは難しくなかった（年齢ごとに分けるなら戦中生まれは戦災孤児。戦後生まれは貧困で棄てられたか、米兵と島娘のあいだに生まれた私生児さ)。この歯欠けは戦後の世代になるけれど、それにしても島の言葉をしゃべらない。

おいらたちもよく知らんやつさ、とほかの孤児たちも言うのさ。ちょっと前からついてくるようになって、追いはらってもいつのまにかまた交ざっている。孤児たちは新顔を煙たがって〝アメリカ小《グワー》〟〝山羊の目《ヒージャー・ヌ・ミー》〟と蔑称で呼んでいた。

「だってこいつ、おいらたちとちがうんだもん」

おなじ浮浪児《ムヌクーヤー》でも、彼らには彼らなりの縄張り意識があるらしい。それは孤児たちにかぎったことじゃない。狭い島のなかで地縁にこだわり、帰属意識を高めるためによそものを排斥する大きなやんちゃ坊主たちもおなじだった。

あらぁレイ、と声をかけられた。このごろ寄ってくれないじゃない。たまにはうちにもいらっしゃいよう。Aサインの店先にたむろする女たちが声をかけてくる。そのたびにレイはまた今度なぁと返事をして腰を振ってみせた。彼女たちの商売相手はおもに米兵で、通りですれちがうたびにタイラは気色ばんだが、細い径でもレイはお得意さんに進路を譲ってやった。さぁさぁ、今夜もちゃっさんドルを落とせ、一夜かぎりの恋人《ハニー》にヌイてもらえ、おまえたちの精液のひと滴ひと滴がこの街を養う収入《アガリ》になる。ここは裸の女神たちがどんな妄想にでも応えてくれる赤線地帯。きっちり金を落とすかぎりはとびっきりの手配をしてやるさ。今夜もアジア最高の女たちを買っていけ、ありったけのドルをばらまけ！

その日の気分でレイは、地元の街が好きにも嫌いにもなるけれど、この島でもっともすばらしいものが特飲街の熱気だという思いが変わったことはない（華やかなネオンと雑踏、香水と煙草のにおい、つややかな嬌声《きょうせい》、夜という夜にあふれかえる祝祭《スージ》の多幸感、あきさみよう！）。往来にたむろする女給の魅力は、米兵たちがとにかく特飲街に通いたがるところからも折り紙つきだった。軍隊生活のうっぷん、亜熱帯の島だけの解放感、性交の際の優越感、それらがよってたかって財布のひもをゆるくする。美里小町のサービスと層の厚さは評判を呼んで、買春のみが目的の旅行者たちまで訪れるようになっていた。

あひゃぁーと孤児たちが目に両手をあてる。指のあいだに見えるのは、通りでくねくねと柳腰を揺らし、あでやかな胸元を見せつける女たち。すばらしい脚線美の娘、ちょっぴり太めの娘、潤んだ目の色情狂《イラー》、百人斬りの姉御《ナリーン・ジュリ》、生娘もどき、ムームーにみっちり詰まった巨乳《チーマギー》の持ちぬしから、おっぱい？　そんなものに頼らんでもすごいことしてあげるよと平らな胸をそりかえらせる娘までよりどりみどり。それぞれが今夜もめかしこんで、服や化粧にかかる軍資金、家賃、親兄弟《ウヤチヨーデー》の食費を稼ぎだそうと張りきっている。そんな女たちがひしめく夜の情景はさながら眩暈《めまい》をもたらす万華鏡《まんげきょう》、金や銀や真珠を積んだ帆かけ船、きらびやかな蝶や蛾《が》がおりなす蜃気楼《しんきろう》。酒と紫煙とドルと精液がザトウクジラの潮のように噴き上がるこの美里で、レイは地廻りとして、名うての色事師《ナーイルー》として生きていた。

孤児たちに連れてこられたのは、美里を見晴らせる高台のスラブ家《ヤー》だった。屋上からいくつかの人影が見下ろしている。伝令たちとはここまでだ。色街の風景に魅入られていた新顔が、どことなく名残惜しそうにレイを見返していた。

「おまえ、名前は？」

視線を突きあわせても、返事はなかった。

すきっ歯の笑顔をつくって、レイを見上げるだけだった。

「この山羊の目《ヒージャー・ヌ・ミー》、使えんなあ」

もしかして耳と口が不自由なのか、赤んぼう《アカングワ》のころに頭でも打ったか。どうあれかだか孤児にかかずらっていられない。「島の言葉を覚えて出直してきな」レイは〝山羊の目《ヒージャー・ヌ・ミー》〟から視線を切ると、急ぎ足で建物の階段を上がった。

屋上にたどりつくなり、親分《ターリー》のこぶしが飛んできた。

夜空から星が降ってきて、眼球がふたつとも炭酸水のように泡立った。

ほかのごろつき《アシバー》なら間髪を容《い》れずにやりかえすところだけど、親分《ターリー》が相手ではそうもいかない。吹っ飛ばされたレイは、植木鉢やプロパンガスのボンベにぶつかり、もみくちゃになりながら蹴りを食らった。屋上から見晴らせる美里の灯が、殴られ蹴られるたびにレイの目に極彩色《ごくさいしき》の珊瑚礁《さんごしょう》のような残光を焼きつけた。

「恥《シムチャー》っさらしが。おまえに預けたのは美里の仕切りやさ、鉄屑やら弾薬やらをこそこそと運ばせることやあらんがあ」

雄牛のような角《つの》がおでこを突き破っている。濃厚なウチナー面《ヅラ》を怒りにゆがませた喜舎場朝信《きしゃばちょうしん》は、子分たちに手出しさせずにみずから制裁を与えてきた。終戦の直後から勇名を馳《は》せてきたコザの親分《ターリー》、すべてのごろつきの父親《アシバー・ヌ・ターリー》は、どっしりとかまえた普段の温厚さが嘘のように、蓋をひっぱがした溶鉱炉のように怒り狂っていた。

「おまえはコザの誇りだったあの男の、たったひとりの身内やあらんね。だからこそおれは一生の面倒を見ると言ったのよ」

数ヵ月前からレイは、預けられた領分の外で荒稼ぎをしていたのさ。カネク浜から密航する船の乗員にわたりをつけて物資を運ばせ、たんまり稼いだ収益《アガリ》で派手に遊んで、女給たちの小遣《グマジン》いをはずんでいた。無断でシノギに手をつければ一家への背信だ。喜舎場の親分《ターリー》はレイの不義を許さなかった。

子分たちも止めようとしないなかで、タイラが「そのくらいで、親分《ターリー》」と仲裁に入った。語り草になっている刑務所暴動の中心人物と聞かされて、親分《ターリー》もタイラを無下にはしなかったが、身内の問題なので口出ししないでくれと牽制《けんせい》も怠らなかった。

島のごろつきの頂点《アシバー》にいる大親分《ターリー》と向き合っても、タイラは動じていない。ただのちんぴらじゃないことは面と向かえばわかる。寡黙な古武士のような面がまえ、荷役と喧嘩《オーエー》で鍛えた体軀《グテー》には、親分《ターリー》も関心を惹かれたようだった。

「あんた、出身はどこな？」

「那覇です」

「すると道場育ちか。こいつの口利《くちき》きを頼ってきたというなら、用心棒の空きぐらいはいくらでもあるが、地縁をもとにシノギを立てるのがこの世界の道義やさ。それとも那覇ではやれんわけでもあるのか」

「おれは、刑務所の連れに会いにきただけで」

「ふうん、まあいいさ。その連れはこのとおりの不義理をやらかした」親分《ターリー》はレイに向き直った。「貿易関係はそこにおる辺土名《へんとな》に預けたことでな。この恥知らず《シムチャー》はおれの顔にも、実兄《ヤッチー》の名前にも泥を塗ったのよ」

「ここで腹でもかっさばけよ、単細胞」その辺土名が言った。「こっちがインボイスやら輸出証明書のでっちあげで苦労してるときに、見境もなく浜から直《じか》の密輸なんてしくさって。頭も使わないでろくでもない真似しやがって。こんなやつは絶縁しかあらんがぁ」

お仕置きの見物はおもしろいかよ、辺土名？　這いつくばりながらレイはその顔を見上げた。コザ派の交易全般を仕切り、港からの正規の密貿易（というのも変な表現だけど、密貿易といっても書類や請求書などが偽造で、あとは正式な出入港によっていることが多かった）を牛耳っている目の上のたんこぶ。親分《ターリー》のおぼえもめでたい出世頭だったけど、そのぶん猜疑心《さいぎ》が強くて、鼻筋に寄ったちいさな目はいつでも他人のあらを探している。そのうえこいつは奄美《あまみ》や山原《やんばる》出身者への蔑みを隠さない差別主義者《ヤナグチャー》で、同輩に儲《もう》けを分けない吝嗇家《コーパー》で、景気のよいものからはシノギをかっさらう。好きになるのが難しいこの辺土名が、羽振りのよくなったレイの秘密を嗅ぎつけて親分《ターリー》の耳に入れたにちがいなかった。

「おまえは追放よ、汚い野郎《ハゴームン》め。短いつきあいだったな」辺土名は嘲笑で顔をゆがめた。

アメリカ煙草に火を点けた親分《ターリー》は、頰をすぼめて火種を焚きつける。グロスを塗りこんだように汗ばむウチナー面《ヂラ》が、屋上の闇のなかに照らしだされる。たっぷりもったいつけたうえで親分《ターリー》は、厳粛にレイへの裁きをくだした。

「これが最後よ。今度また組織に背く真似をしたら、おまえはうちの人間じゃなくなる。絶縁や島流しでもすまされん。島じゅうに回状を配って標的《まと》にかける。わかったらこそこそと汚い真似をするな。あの男の名誉を貶《おとし》めるのはならんど」

「親分《ターリー》、それでは甘すぎる。若いのに示しがつかん」

「かしまさんど。レイ、わかったのか」

「へい」

今夜の制裁だけですませようというのだから、寛大な処分といってよかった。裁きが不服そうな辺土名は、屋上から立ち去りかけた親分《ターリー》に寄っていって耳打ちした。おもむろに振り返った親分《ターリー》が険しい面差しをよみがえらせて、

「このところのアメリカーの襲撃事件……琉警も新聞も騒いでいるようだが、よもやおまえは関わっとらんだろうな」

「あいつ、そっちはおれやあらんがあ」

「どうだかね、おまえは売女《サングワナー》どもに肩入れしてるからな」辺土名がそう言うと、タイラに猜疑の目を向けた。「あんたは那覇と言ったな。那覇《ナーフワー》のやつらの売りといったら、節操のない路上の喧嘩《オーエー》やあらんね」

タイラとつるんでアメリカーを襲ったんじゃないかと疑っているんだな。なにもかもおれの仕業にするなと反発しかけて、そこでレイも気がついた。野暮用がてら会いにきたという盟友《ドウシ》の、その用事がなんなのかをまだ聞いていなかった。

「琉警がガサを入れたがってるのは知ってるな」親分《ターリー》はうとましげに吐き捨てた。

「基地が外出禁止令を出そうものなら、特飲街からはドルが干上がる。ヤンキーどもと荒事《ソーロー》をかまえたって一文の得にもならん。本土《ヤマトゥ》のゼネコンと組んで事業を展《ひろ》げよう

という時に、つまらん意地や面子だけで動いたらならんど」

　おまえはかならず追放してやるからなとでも言いたげに、辺土名は喉笛をかっきる手真似《ティーヨー》を残していった。親分《ターリー》とその取り巻きが屋上から去って、立ち上がろうとしたレイは吐いてしまった。こんなにこっぴどくやられたのはいつぶりだろう、有刺鉄線を巻かれたように頭も体も悲鳴《ヤナアビー》を上げていて、いまにも意識が飛びそうだった。声を出そうとすると喉が痛んだが、それでも真偽を確かめずにいられなかった。

「あんたなのかよ、タイラさん」

「やっさあ」

　ごまかすことも悪びれることもなく、タイラは即答していた。

「うへへっ、やっぱりなあ。それでコザに来てたわけか」

「おまえの顔も見るためさ。実はこっちにも会わせたい男がいてな」

「さてはあんた、米兵との喧嘩《オーエー》に、誘うつもりやあらんね……」

「おい、レイ」

　タイラの声も遠ざかる。かすれるレイの視界には、美里の夜がひろがっている。星や火花の散らばる珊瑚礁に、レイは吸いこまれる。屋上の向こうの、明滅する海へと墜落する。

　溺れるのはあのとき以来だな、レイは遠い日の記憶にからめとられた。だしぬけにぶり返した過去が現実を侵食する、この島ではしばしばそういうことが起こるのさ。すぐ目の前で、魚《イユ》の歯の首飾りが揺れていた。

あのときレイは、洟《はな》たらしの十歳だった。

憶えているのは、遠巻きに響きわたるアメリカーの砲声だ。数人の仲間と逃げていたレイは、アワセ浜の岩礁から海に飛びこんだ。死にたくなくて、砲弾の塵になりたくなくて、無我夢中で荒れる波をかきわけた。故郷《シマ》を焼きつくす〝鉄の暴風〟も沖合までは降ってこない。だれかのその言葉を信じて、島の南部まで泳いで移動しようとしていた。

遠泳でもいちばんの兄《ヤッチー》が先頭になって、レイはどん尻《チビ》にならないように泳ぐのが精一杯だった。これなら逃《ひ》んぎれる！　と仲間《ドウシ》の声が聞こえるなかで、頭上に気をとられていたレイは水面の下の右足に激痛をおぼえた。

あがひゃあ、サメか！　たちまちレイは恐慌を来たした。取り乱すあまりに逆の足も攣《つ》って、ごぼごぼっと垂直に沈んでいった。

海中にレイをひきずりこんだのはゴマモンガラだった（素潜りの愛好家はこのカワハギの一種をサメより恐れている。猛獣じみた歯と、珊瑚や貝殻を砕くあごをそなえ、繁殖期はすこぶる凶暴になって襲ってくるから要注意）、あいつぐ砲弾の音と震動、海に流れこんだ人の血によってそいつは荒れ狂っていた。七十センチ超の特大の一匹で、右ふくらはぎに食いこんだ歯はあがいてもあがいても離れなかった。両足が使えなくなって、海の底にさかさまに沈んでいった。

かすんでぼやける視界に、あざやかな海底の色彩があふれかえった。

あれは人の末期をかすめる幻視だったのか、それとも記憶が歪曲《わいきょく》されて、美化されているのか――

赤と白の縞模様のアカハタが、明度の高い藍色のスズメダイが泳いでいた。橙色《だいだいいろ》の斑点があざやかなテングカワハギが、ハコフグの幼魚が、珊瑚に隠れたクマノミやモンハナシャコが、墜ちてきた人間の子に驚いていた。たらふく水を呑んだレイは、水中眼鏡《ミーカガン》もなしで無数の絵具《えのぐ》を溶かしたような色の氾濫を見つめていた。鼻や口からあぶくが出ていかなくて、このまま二度と呼吸できないのかと思うと悲しかった。せっかくここまで生きのびたのに、あっけなく溺れ死ぬなんて悔しかった。レイ！　レイ！　そこで声が聞こえた。海の深みで音が伝わるはずもないのに、たしかに鼓膜が震えた。レイは全身の強ばりを解いた。両腕を上から抱きあげられて、体勢が変わったはずみにごぼごぼと気泡があふれた。助けにきたのがだれかはわかっていた。めまぐるしく方向転換して、ためらわずに深くまで潜水してきて、溺れたレイの浮き具になり、ふくらはぎに嚙みついたゴマモンガラをひっぱがしてくれたのが、だれかはわかっていた。

あんなにでっかいゴマモンガラは見たことなかったな、あとになって兄貴《ヤッチー》は笑ったっけ。

そうだったな。兄貴《ヤッチー》がぶらさげとったのは、あのときの魚《イユ》の歯だったっけ。

命びろいした弟《ウットゥ》のふくらはぎに残った大きな歯を、おもしろがって。

おれたちがあの海を、あの戦争を生きのびた幸運《ムンヌキムン》のお守りだって。

すごく気に入っていたね。

起きたとき、こめかみに涙のすじがつたっていた。

薄暗い部屋のなかをしばらく見つめていたレイは、ややあって寝床を這いだした。

眠っている女のために、ポークと鰹節《かつおぶし》と香味油で素麺《ソーミン》チャンプルーをつくって、皿の横にシークワーサーを三ケ置いた（たっぷり果汁をふると美味いよね）。女の部屋をあとにして、出てすぐの生垣に立ち小便《シーバイ》していたところで視線に気がついた。あの〝山羊の目《ヒージャー・ヌ・ミー》〟が、ガーゼや絆創膏《ばんそうこう》にまみれたレイの顔を見つめていた。

「なんだおまえ、おれを待ってたわけ」

あいかわらず笑うだけで返事をしない。親分《ターリー》の制裁のあとで元看護婦の女給のところに運びこまれるのを見ていたのか。三日ほど起き上がれずに寝こんでいるあいだも、もしかしたらこの孤児は家の前で待っていたのかもしれない。あの夜、なにくれとなくレイから話しかけたので、食べものでも恵んでもらえると期待しているのかもしれなかった。

「ちぇっ、食ったらさっさと消えろよ」

手まねきしてやると山羊の目《ヒージャー・ヌ・ミー》は、みすぼらしい島草履をペタペタと鳴らしてついてきた。午《ひる》さがりの美里では、寝起きの女給がすっぴんで煙草を吹かし、ふてくされたように軒先を掃除している。木賃宿に泊まっていたタイラと合流して、露店でコーンドッグ（こんがり焼いたソーセージとかりかりに揚げた衣、店先のにおいを嗅ぐだけでよだれが垂れてくる）を買ってやったが、食べ終わっても歯欠けの笑顔をたやさずについてきた。

「うるさくするわけでもないさ、好きにさせてやれ」

意外にも子ども好きなのか、タイラがかまってやっているので放っておいた。三人で連れだって、昼日中から冷たい麦酒《ビール》が欲しくなる暑熱のなかを那覇に向かった。路面で照りかえす日差しが、病み上がりの身には痛いほどだった。

暑さもしばらくすると、これが暑さだということを忘れてしまう。焼けた肌につたう汗にも慣れてきたころ、暑気ざましの雨の幻覚も見なくなる。道すがらの屋根の上では職人たちが立ち働いている（この島の瓦屋根は雄瓦《ウーガーラ》を雌瓦《ミーガーラ》の上に重ねて、強い風で飛ばされないように漆喰《しっくい》で固める）。台風《ウーカジ》にそなえるこの季節の空気がレイは好きだった。三角形の翼をした飛行機が太陽に向かって、まぼろしのように上昇していった。

　コザと那覇をつなぐ軍道五号線を歩きながら、あらためてアメリカー襲撃のいきさつを聞かされた。そこでタイラがはたと思い出したようにつぶやいた。

「こっちでしかけたアメリカー、おまえの連れとつるんでいたな」

「へえ、あいつか」

「あの男、琉警に入ったのか」

「らしいな。さっそく憲兵《MP》にごますってたのかよ」

「政府の人間だとか言っていたな。あいつの機転で逃《ひ》んぎられたよ」

「あいつはへらへらした宴会男《チョーギナー》で、怠け《ニーフェー》ものだけど退屈しないやつだったのに。琉警なんて憲兵《MP》の二軍やあらんね。アメリカの情婦《ユーベーハタベー》みたいなもんやさ、座り小便でもしてりゃあいいのさ」

　憤りにまかせてレイはまくしたてた。地元になじみの刑事がいて、その人が琉警に就職させたがっていたのはおれの兄貴《ヤッチー》だった。だけど席が空いたところにあいつが滑りこんだのさ。レイが出所したときには警察学校に入っていたので、おのずと以前のようにつるまなくなり、たまに会ってもいがみあって別れるのがお約束になっていた。あいつは別の意味でも〝兄貴の後釜《ヤッチー》〟に座ろうとしている。疎遠になりはじめたふたりのあいだで、ひとりの女が向こう側についているように思えることが、レイにはなによりも我慢ならなかった。

「おだてられて警官になって、正義漢《マクトゥ》ぶって息巻いてるのさ。おれはひとりの女なんぞに浮かされて人生の道を決めたりしない。だいたい幼なじみどころやあらん、こっちに来てからすっかり金玉はからっぽやがあ」

チバナのところには週の半分も帰っていない。レイは美里に囲われた情夫だった。あの暴動をくぐり抜けて出所したときには、ある種の女たちが放っておかない色男《ナーイルー》に変貌していた。眉にも口元にもほどよい色気が乗って、二十代にして鋭利な風格がそなわった。すっかり気前も良くなって、年下のごろつき《アシバー》にも慕われ、路地をくわえ煙草で歩く姿もさまになった。兄《ヤッチー》とおなじ血でつくられた瞳は、傷まみれになってもくっきりとつぶらで、女たちの保護本能をくすぐってやまなかった。兄《ヤッチー》譲りのしなやかな手足は疲れた女の肢体にからみつき、兄《ヤッチー》とおなじ体温の高さは売春で心に開いた穴を刹那に埋めた。酔っぱらいと殴りあってあざや生傷をこしらえて帰ろうものなら、手当てもうっちゃって朝までしっぽり。あちこちの女給の家を泊まり歩き、一晩で数人を相手にすることもざらだった。どの女もおれの種でちゃっかりはらんで、コザ派の要人の妻におさまりたがるけどそうはいくか。いまのところだれも腹《ウフワタ》ぼてにしとらん、ひとりの女につかまるおれじゃないのさ！

「おまえのろくでもない猥談《わいだん》を、昼間から聞かなきゃならんのか」タイラはかたわらの孤児の耳を両手で押さえていた。「すっかり色惚《いろぼ》けしちまいやがって。おれは刑務所にいたころの、ふれたら切れるような男に会いにきたんだが」

「あんたはどうね、タイラさん。女房とはやることやってるのか」

「女房とはもう何年も会っとらん」

「子どもは？」

「この坊主ぐらいのが、本土《ヤマトウ》になあ」

タイラは札入れにすりきれた一枚の写真を入れていた。つややかな李《すもも》のような頰をした男の子《イキガングワ》と、濃い眉にまるい美《ちゅ》ら瞳《み》の女が写っていた。

沖縄《シマ》から出たことがないレイとちがって、タイラには神戸《こうべ》の港町で暮らした時期があった。そこで出逢《であ》った同郷の女と所帯を持って、子を儲けたけれど、アメリカの土地接収が激しくなってきたころに親戚や知人に泣きつかれ、故郷の惨状を見すごせずに単身で帰ってきて、路上で米兵に喧嘩《オーエー》をしかける反米闘争家として名を馳せた。

あるときふっかけた一戦で米兵たちに半死の重傷を負わせて、禁錮刑をくだされ、五年も待っていられないと妻から離縁状を送りつけられた。愛郷心にかられるあまりに家庭を顧みなかったつけがまわって、妻の心はすっかりタイラから離れていたんだな。別れを願う手紙はたびたび届き、人づてに聞いたところではタイラが離婚を認めれば、時期を待って再婚する話もあがっているという。相手は日本人《ヤマトンチュ》だ。島の外からの目線を持ったぶんだけ、愛郷心や民族主義をだれよりも研ぎ澄ませてきたタイラにしてみれば、あらたな戸籍に入ることで妻子が日本人《ヤマトンチュ》と同化していく未来はとうてい承服できなかった。

「あいつはこの沖縄《シマ》が嫌いでなぁ。こっちに戻ってくるときもついてこようとしなかった。本土《ヤマトゥ》が暮らしやすいわけもない、あっちには沖縄出身者《ウチナー》への差別が根差しているからな。おれはアメリカーが嫌いだが、日本人《ヤマトンチュ》はもっと嫌いでなあ」

「そんな女房なんてさっさと忘れて、あんたも好きにやったらいいのに」

「おまえのようにはいかんさ。あの獄内闘争のとき、脱獄したらそのまま本土《ヤマトゥ》に渡るつもりだった。こうしてようやく刑期がかたづいて、まとまった金ができたら今度こそ島を出る」

「向こうで復縁をせがむのか、おれとやりなおしてくれって？　ずいぶんと未練がましいね」

「さて、会ったらなんと言うかな……」

身の上を話しすぎたことを恥じるようにタイラは口をつぐんだ。これまでさんざん後悔や葛藤にさいなまれてきたんだろうな、そのさまは暴風の季節を耐えしのぶ立ち木《ウフギー》のようだった。帰郷してすぐに投獄され、はからずも故郷に閉じこめられるかたちになったタイラは、人生をやりなおすため、失われた歳月を取り戻すために、家族の幻想を追いかけている――この人のことは嗤《わら》えないかとレイは思った。離ればなれになった身内の面影《ウムカジ》を振りはらえずにいるのは、なにもタイラだけじゃなかったからさ。

アメリカの横暴はいまも目に余るとタイラは言った。祖先の墓や畑を奪う軍事接収、米兵の犯罪はあとをたたず、基地の街では少女が強姦され、先だっても女給が殺されたばかりだ。それでも基地に依存するしかない島は、よりいっそう植民地の様相を深めている。タイラはそこで本土《ヤマトゥ》に渡るのに入り用になる金を貯《た》めながら、すこしでも故郷をきれいに、いい、いい、いい、いにするために、ふたたび米兵の襲撃に精を出すようになっていた。

「アメリカーひとりにつき二十ドル。軍曹級ならその倍よ。おれたちがやっていることに報酬を出す物好きがいるのさ」

安里《あさと》の三叉路から国際通りに入って、海ぶどうやヤシガニやエビ（生簀《いけす》でうごめいてるのもいたよ）、精力剤にもなる乾燥ウミヘビ《イラブー》（買ってかえりたいね、レイ）が売られている公設市場を抜けた。店頭にロープで吊られている豚の死骸は、全身の皮をきれいにむかれて桃色の筋肉組織を露出させている。顔の皮《チラガー》だけは残っていて、飛びかうハエの下で肉が震えるたびにすくみ上がる山羊の目《ヒージャー・ヌ・ミー》をレイはさんざんからかってやった。

遊技場や映画館がひしめく一帯を抜けると、古い雑貨店や質屋、鍼灸院《ヤブー》が並んだ裏通りに大きな廃倉庫があった。外壁のペンキがはげて蜥蜴《とかげ》のうろこのようにささくれだち、煙草の吸い殻が扉の前にふきだまっている。蝶番《ちょうつがい》のきしむ扉を開けると畜舎のにおいが漂ってきた。建物の奥では男たちが人だかりをつくっていた。

雄犬《ウウーイン》の咆哮《ほうこう》がこだましている。

そこは島でも珍しい闘犬場になっていた。

那覇ではそのときどきで、一風変わった賭場《とば》が開かれるとレイも聞かされたことがあった。

観衆たちはかまびすしさに憑かれている。円形の柵のなかでは二頭の犬が死闘をくりひろげている。大型犬《ウフィイン》たちが鎖から放たれ、前肢と後ろ肢を交差させて土を蹴り、たがいに牙や爪をむきはなつ。猛々《たけだけ》しい二頭の躍動は、もつれあいながら高ぶり、一方が喉首を食い破られるその瞬間までつづけられていた。

「おもしろいもんさ。ここで闘うことをいちばん娯《たの》しんでいるのは、この犬《イン》たちなんだよ」

隣にたたずんだ男がレイに話しかけてきた。鎖につないだ黒毛の一頭を連れている。筋肉質で引き締まった体軀をしている。犬種まではわからなかったけど、軍用犬として基地の衛兵が連れているのを見たことがあった。

「こいつはまだ三戦目だけど、これから連戦連勝の王者に挑むのさ。ほら、向こう側にいるあのでかいのよ。あいつは殺しあいを堪能しきっている。ほかの犬《イン》よりも、おれたち人間よりも。だからこそ王者なのさ」

「レイ、この男が又吉世喜《またよしせいき》さ」

タイラに紹介された又吉世喜は、飼い犬《イン》の対戦相手をまっすぐに見据えていた。控えているのは土佐闘犬だった。ゆうに百キロを超えていそうな闘犬場の王者。これまでに十五頭も咬《か》み殺してきたそうで、歴戦の証明のように垂れ耳が欠けている。観衆の輪からは連戦連勝の王者を讃える声がつらなった。数人の男たちが健闘を祈って又吉世喜に声をかけてきたけれど、どの顔もやる前から王者の勝利を疑っていないようだった。

「運試しにどうだい、あんたも賭けてみたら」

王者一色の空気のなかで銅鑼《どら》の音が鳴り響いた。熱狂の渦が二頭を迎える。屈強な王者と真正面で向きあうと、又吉世喜の黒犬《クルイン》はまるで仔犬《イングワ》のようだった。レイはそこで思いたって、かたわらの山羊《ヒージャー・ヌ・ミー》の目に訊いてみた。

「おまえは、どっちが勝つと思う？」

質問の意味は理解したらしい。孤児はしげしげと二頭を見比べると、歯欠けの笑顔をつくって、又吉世喜の黒犬《クルイン》を指差した。


番狂わせは起きた。

闘犬場はとんでもない騒ぎになった。

勝敗が決したあとも、又吉世喜の黒犬《クルイン》は吠《ほ》えつづけていた。むさぼるように敏捷《びんしょう》で、殺しあいに耽溺《たんでき》するような闘いぶりだった。素手の争いに飛び道具でも持ちこんだかのように、わずかな時間で王者は急所を食い破られていた。喧騒のなかで乱れ飛ぶドル、ドル、ドル。有り金をスッたのか、半狂乱になっている男たちもいて、わめきちらしながら胴元側とつかみあいの喧嘩《オーエー》をはじめた。ここはあの犬《イン》の飼い主がしきる賭場やさ、だったらこれは八百長《やおちょう》やがあ！　暴れだした観衆に突き飛ばされた山羊《ヒージャー・ヌ・ミー》の目が、転んでおでこから血を流し、抱き起こしたタイラの腕にしがみついた。

「闘犬でどうやっていかさまするのさ、あんたらみっともないよ」

暴れだした男たちを〝道場育ち〟の胴元がいさめにかかった。すいすいすいっと又吉世喜は、男たちのあいだを通過していった。

乱闘に巻きこまれたレイも（屋上の制裁でやられっぱなしだったから、憂さ晴らしにはちょうどよかった）又吉の立ちまわりには目をみはらされた。並外れて俊敏というわけでも、身のこなしに気魄《きはく》がみなぎっているわけでもない。ただ出すべきところにこぶしや手刀を出して、戦力を奪うのに必要なだけ相手を撃ち、蹴り、やりすぎて返り血を浴びるような失態は犯さない。複数に分かれた体の動きが、両腕や腰や下半身がかたときも孤立せずに調和している（まさにそれは島の先達が洗練させてきた体技の精華だった、そりゃ上等《ジョートー》さぁね！）。

殴りかかってくる男たち（胴元側と勘違いしてるんだな）をレイも返り討ちにする。数十人がせめぎあう乱闘のどさくさ《ウームサゲーイ》にまかれて周囲が見えなくなって、レイはこぶしを又吉へと放っていた。振り向きざまの又吉の上段蹴りもレイを急襲する。すんでのところで又吉は脚を止めたが、レイには寸止めの技術なんてない。勢いを殺しきれずに顔を真正面から殴ってしまって、鼻血を垂らした又吉からニヤリと笑みを返された。

屋内につむじ風が吹きこんで、壁や柵がきしみ、犬たちの咆哮《イン・ヌ・アビーグイー》を呼ぶ。気がつけばレイが殴りたおした倍の人数が、又吉によって床を舐めさせられていた。攻撃を御しきれなかった自分より又吉のほうが一枚上手に感じられたのも、レイには癪《しゃく》にさわってしかたなかった。

珍しいことにタイラも、一部始終を観察しながら破顔していた。

那覇でいちばんの男、又吉世喜の噂は伊達《だて》じゃなかった。

「つまりあれか。あんたは犬《イン》ころ《グワ》の調教も、ごろつきの調教も一流ってわけか」

「タイラさんは、調教できるようなたまやあらんど」

「あんたが自分でやったらいいさ、どうして報酬を払ってまで」

「おれは琉警に監視されてるから、好きなように動きまわれん。アメリカーには拳銃を持ち歩いているのもいるから、払っとる額でも釣りあわんぐらいさ」

「だけど誘われてもな、親分《ターリー》にお灸《きゅう》を据えられたばっかりでさぁ」

「それがなくても会ってみたくてな。タイラさんが認めるなんてよっぽどのことだから。それでこうして連れてきてもらったのさ」

観衆の去った闘犬場で、又吉やタイラと車座で一升瓶を囲んだ。あいかわらず帰ろうとしない山羊《ヒージャー・ヌ・ミー》の目は、又吉の黒犬《クルイン》におっかなびっくり餌をやろうとして、分厚い舌でべろんと顔を舐められて尻もちをついている。

おなじ那覇育ちでも、タイラと又吉はまるで似ていなかった。タイラは大木や巌《いわお》のように成熟に向かって齢《よわい》を重ねる男だが、又吉はすでに老成しきっているようにも若々しいようにも見える。タイラの言葉と言葉のあいだは重くて緊密だが、又吉のそれには三線《さんしん》の弦《げん》をつまびくような軽やかな震動が満ちている。

タイラのようなたくましい体格《チューサン・グテー》ではないし、濃密なウチナー面《ヂラ》にも柔らかさがあるけれど、それでもこの又吉はコザ派と並ぶ〝那覇派〟の首領、百人を超えるごろつき《アシバー》の親なのだ。戦果アギヤーを源流とするコザ派に対して、道場育ちの喧嘩屋《オーエームーシー》に組織されたのが〝那覇派〟だ。又吉はおさないころから道場に通いつめて、二十歳かそこらで師範代の実力をつけて、アメリカーとの喧嘩《オーエー》を稽古がわりにしてきた。徒党を組まずに鍛錬を積んでいたが、あるころから周囲に擁立されるかたちで那覇派を率いるようになったという。

喜舎場の親分《ターリー》ですら、那覇派の首領を〝ずぬけた男〟と評していた。とはいえコザ派と那覇派とでは出自もちがうし、年若い又吉がもてはやされて、みずからと互角の存在のように語られては親分《ターリー》もおもしろくないときはあるだろう。商売の面でもそれぞれが勢力圏で縄張りを拡《ひろ》げきって、あらたな利権をうかがうようになっている。これまで鞘《さや》を当てずにやってきた両派にすこしずつ緊張関係が生じているのも周知の事実だった。

「あんたの兄貴《ヤッチー》の話がしたくてな」と又吉は言った。「この島ではその名前には、特別な意味がある。だれよりも勇猛にアメリカとわたりあった男。かくいうおれもファンだったのさ。喜舎場の親分《ターリー》はなにより忠節を重んじるから、コザのもうひとりの有名人に敬意をはらって、亡きあとも弟《ウツトウ》を重用してるんだろうな」

「だれがやあ、兄貴《ヤッチー》は死んどらんぞ」

「そうなのか？　あの嘉手納の一件で、戻らなかったと聞いたが」

「おれの兄貴《ヤッチー》は、基地を出たのさ」

なりゆきで嘉手納アギヤーの経緯を話した。消息が知れなくなってもう何年も経つけれど、レイはいまでも電気くらげ《イーラー》に刺されたような痛みをおぼえていた。チバナや女給たちの隣で寝ても孤独との折りあいはつかなかった。海にフジツボつきの亡骸が揚がったわけでもないのに、捜すのをやめる理由は見当たらなかった。

「あのクブラが嚙んでいるのか」タイラも例の密貿易団を知っていた。「おまえが密貿易なんぞに手をつけたのは、クブラのことを探ろうとしたからか」

「嘉手納アギヤーの直後に、基地とその周辺でなにかがあったわけか……」又吉も静かに口を開いた。「そしてそれはいまでも解明されていない。あんたの話を聞いていて、ひとつ思い出したことがあるんだけどな」

「クブラのことか、なにか知ってるわけ」

「海よりも陸のことよ。あんたら戦果アギヤーがらみの噂やさ」

「あいつ、戦果アギヤーの？」

「あのころのコザには、有象無象の戦果アギヤーがいたよな。そのなかにはよその連中が奪ってきた戦果を横からさらって、自分たちの懐に入れていた集団がいたらしい。軍用地から出てきたところを襲ったり、おなじ時間におなじ場所にしのびこんで警戒の目をそらしたり、そうやって憲兵《MP》や琉警に捕まらずに財産を築いたって」

そんなやつがコザに？　初めて聞かされる話だった。おのずと古い記憶がよみがえる。すべてを変えてしまった精霊送り《ウークイ》の夜のこと。コザの神隠し《ムヌマイー》。キャンプ・カデナのなかで見聞きしたいくつかの出来事――

「そういやあの夜、おれたちの侵入経路とは別の金網が破られて、それでアメリカーが騒ぎだしてこっちまでばれたって話があった。それがあんたの言うやつらかよ、だけどおれはコザにいてそんな噂、聞いたことあらんど」

「その連中が、あんたの兄貴《ヤッチー》の行方にからんでるってことはないかね。あんたが初耳なのは刑務所に入ってたから、それにコザでは禁断の話題になっているからさ。張本人がもしも大物になっていたら、噂を立てるだけで面倒に巻きこまれるからな」

「あんたもしかして、親分《ターリー》のことを言ってるわけ」

「そうは言わん。あの人を貶《おとし》めるつもりはないさ」

だけどずっとひっかかっていたと又吉は言うのさ。喜舎場がコザで地盤を固めるために遊技場や映画館やレストランに次々と投資して街を牛耳っていったのは有名な話だ。本土《ヤマトウ》のゼネコンと組んで土地も転がしている。それらには莫大《ばくだい》な元手が必要だったはずだ。ほかのものとおなじように戦果アギヤーをしていて、どうして喜舎場の親分《ターリー》だけが潤沢な資産を築くことができたのか？　あんたを優遇しているのも、もしかしたら負い目や罪の意識があって、とそこまで言って又吉は頭をふった。

「ただの憶測だけで、渡世人の鑑《かがみ》のような人を疑ったらならんな。だけどコザにもいろんなやつがいるはずやさ。たとえば幹部のだれかは、おなじ戦果アギヤー上がりの同輩にも言えない秘密を隠しているかもしれん」

そろって那覇育ちでもタイラは裏表のない男だ。だけど又吉はちがう。コザ派の分断をはかろうというのか、臆することなく喜舎場の親分《ターリー》に疑念を向けられるのもこの男ぐらいのものだ。又吉はまだなにかを知っている、とレイの直感が教えていた。他人を手のうちに自然と引きこんでいくような物腰の裏には、水面下ではじまっている駆け引きを優位に進めるための手札を、老練な賭博師のようなしたたかさを隠しているふしがあった。

「それにしてもあの男が、生きてるかもしれないなんてなあ」又吉はその表情にかすかな興奮をよぎらせた。「クブラのことも調べてみよう。こっちの港の荷役や貿易商にあたれば、動向なり拠点なりがつかめるかもしれん」

これもこの男なりの懐柔の手段なのか、そんなふうに申し出られたら、今夜かぎりの付き合いというわけにもいかなくなる。那覇派と通じているのが発覚したら、今度こそ親分《ターリー》にギタギタにされるかもしれないのに。

だけど打算も働いた。又吉との結びつきは密貿易の世界を探るうえでも利になりそうだし、基地からの儲けを当てこんでばかりのコザ派に義理立てを通すつもりはない。おまえは汚い野郎《ハゴームン》やさ、と辺土名は言った。そんなの知ったことやあらんとレイは思った。これからはもっと狡猾《こうかつ》に立ちまわらなくちゃならない。損得勘定を誤らずに人脈をひろげていけば、ほんとうに動くべきときに動きやすくなるはずだった。

「コザでも那覇でもどっちでもかまわん」タイラが口を開いた。「立ち上がれるやつは、立ち上がれる。おまえだって売春街のミカジメで満足するたまやあらんが」

「あんたはどうしてもそっちの話がしたいんだな。どうしておれなのさ、本土《ヤマトゥ》に渡りたいからって米兵との喧嘩《オーエー》を押しつけるのか」

「おまえは飛び道具になれる男だからさ。ここぞというときの切れ味を、修羅場での足腰の強さをおれはこの目で見ているからな」

「さっきの一発も効いたしねえ」又吉が殴られた鼻をさすった。「あんた、こんなふうに思ったことはないか？　おれたちの闘争も博打も、高いところからだれかに見物されてるって。勝つためにはしかるべき訓練を積んで、あとはとにかく娯しむことよ。猛者《もさ》を集めて、実戦で鍛えて、機が熟したところで大物食いを狙うのさ」

那覇でいちばんの男は、那覇でいちばん危険な男だった。だけどレイが信奉してきたものとも共鳴するなにかを秘めている。たしかに又吉は言ったのさ、ここいちばんで勝負をかけろと。かつて兄《ヤッチー》がうそぶいたのとおなじ言葉を――

闘犬場を出るころには午前一時をまわっていたけど、この島ではまだ宵の口だ（遅い時間でもなにかが始まりそうな熱気は、ひそやかな予感が張りつめた特有の夜の気配は、レイたちを惹きつけてやまない島の魅力のひとつだった。ほら、今宵《こよい》もどこかから驚喜の声が聞こえてくる、あきさみよう！）。最高の古酒《クース》を飲ませる店に連れていくという又吉とタイラのあとを歩きだしたレイは、首筋にふと視線を感じて、深夜の路上で振り返った。

だけどそこには、だれもいなかった。人の気配はとだえていた。

あいつは？　眠くなってねぐらに一足先に帰ったのか。

ずっとついてきた山羊の目《ヒージャー・ヌ・ミー》まで、姿が見えなくなっていた。

七　それぞれの天職、F‐100D‐25‐NA、訣別《けつべつ》の日

おめでたいことがあったなら、わずらいや雑事はひとまず忘れて、みんなで祝いの

酒を飲むにかぎる。唄に踊り、自作の琉歌《りゅうか》を吟じるものもいる。ほろ酔い心地でひとつになれる時間——ある島民の言葉を借りるなら、宴があるから生きている意味がある、というぐらいに大事なものなのさ。老いも若きも宴会《スージ》に目がないこの島の、ある日の昼下がり、ひとりの女給を囲んで祝賀会が開かれていた。親しい女給やなじみの客、身内のおばあやその友人が集まって、なごやかに泡盛を飲みかわし、ゆるいカチャーシーを踊っていた。

「おれは踊らん、踊らんよ！　昼間っから警官が浮かれちゃいられん」

遅れてきた男がふたり、どちらも仕事に戻らなくちゃならないので酒は遠慮した。グスクが連れてきたタクシー運転手とヤマコはあいさつを交わした。塀ごしに手紙のやりとりをしたことはあっても、顔をあわせるのはこれが初めてだった。

「このたびは就職おめでとう、ヤマコさん」

たいしたもんだねえと国吉さんは言った。グスクが警官になったのにも驚かされたが、特飲街で働きながら道を拓《ひら》くとは見上げた女《ひと》やさと賛辞をつらねた。グスクから話を聞いてぜひとも言祝《ことほ》ぎたいと、わざわざ祝賀会に足を運んでくれていた。

「国吉さんは、レイの先生《ウシショー》だったんでしょう」

「ああ、そう呼ばれていたが、あの男は来とらんね」

「ニイニイ、なんにも聞いとらんの」

「聞いとらん、会っとらんもん」

「レイ、来ないのかね」

グスク、ヤマコ、それからレイ、三人がそろうまたとない機会だったのに、最後のひとりはいつまでたっても顔を出さなかった。しょげかえったヤマコを気づかって、国吉さんがあれこれと赴任先や教員試験のことを尋ねてくれた。

女給としてAサインで働きながら、四年にわたってヤマコは教員採用試験を受けるための勉強をつづけてきた。国吉さんいわく、「この時代を生きる島娘に共通する境遇、女にできることなんてたかが知れているという風潮、女給にならないのなら家庭の主婦におさまってかいがいしく夫の付属物になるべきだという通念、それらを自助努力ではねのけたヤマコは手放しの賞讃に値するという。あんたらは教育面でもっともわりを食った世代だからなと国吉さんは言うのさ。十代の前半であの戦争があって、戦後の青空教室では高等教育は後回しにされてきた。そんなあんたが二十歳をすぎてから教員訓練所に通って、とうとう試験に合格したというんだからすばらしい。受かるなり臨時教員のくちが見つかったのも偶然じゃない、なるべくして小学校の教師になった証さぁねと褒めちぎられた。

「ちゃー憧れてたもんなあ」グスクもどことなく自慢げだった。「あの小学校のそばを通るたびに、ここで働きたいってうるさかったさ」

「この店で働けたのもよかったよ」ヤマコはAサインにも感謝した。「身につけたことを活かして、部活動の顧問もやれたらなって」

「部活動ってなによ、角力《すもう》部？」

「英会話さぁね。ニイニイ、たっぴらかすよ」

「たいした向学心やあらんね。客とのおしゃべり《ユンタク》だけで英会話を習得するなんて」

「おまえがまさか、英語ぺらぺらの学校の先生になるなんてな。戦果で学校を建てた本人もここにいたらびっくりするさ」

　事の初めにはかならずひとりの男がいる――グスクの言うとおり、戦果の木材で建ったあの校舎がなかったら、教員になりたいというヤマコの願望は育まれなかったかもしれない。グスクや国吉さんと語らいながら、寄せては返す波のような追憶がヤマコを満たした。そこにはひとりの男がいた。いつだってヤマコの、恋人《ウムヤー》がいた。

　あの戦争の記憶から、ヤマコが解放されたことはなかった。

　まばたきするかしないかのうちに、両親はヤマコの目の前から消えていた。

　降ってきた砲弾が、ふたりを地面にうがたれた穴ぼこに変えていた。

　立っていられなくなってその場に座りこんだ。なぜか正座して、そのまま腰を上げられなくなった。薄い皮膚一枚でしか守られていない自分が、むきだしの〝死〟の前に放りだされた供物《くもつ》のように感じられて、鳴りやまない砲声のなかで意識が遠ざかった。おでこから出血し、流れこむ血と涙で視界はかすんで、頭とあごを震わせながらもう逃げられないと覚悟を固めた。

そんなときに、あの手が現われたんだ。

へたりこんだヤマコの腕をつかんで、肩の関節が抜けるほどに引っぱりあげて。

手をからめなおし、握りしめて、最寄りの洞窟《ガマ》まで一緒に走ってくれた。

きっとなにか声をかけてくれていたはずだし、ちびの弟《ウットゥ》も連れていたはずだし、走りながらあの美《ちゅ》ら髪はなびいていたはずだけど、混乱《ヤマチリグトゥ》のなかでそれらはなにも憶えていない。憶えているのは、その手の感触だった。ヤマコにとってそれがどれだけ大事な意味があるかを、他人に伝えるのはいつも難しかった。

このぐらいなんでもない、泣くな、おれたちはまだひとりになったわけじゃないと約束してくれるようなその手の力強さが、指が白くなるほどの握力が、肌の感触が、脈打つ命《ヌチ》の温度が、ヤマコのなかにいっぺんに流れこんできてヤマコの組成を替えてしまった。そのときつないだ手は過去と未来の、死と生の、絶望と希望の交わる結び目だった。自分からも手を握りかえしながらヤマコは、生まれて初めて、時間が止まるような感覚を味わっていた。

ずっと独り占めしたかったその手は、薔薇《ばら》の花束のような戦果を届けてくれたその手は、すべらかな指先で頬を撫ぜて、尻の砂をはらってくれたその手は、キャンプ・カデナの網の目ごしにふれあったのを最後に、ヤマコの世界から消えてしまった。祈るだけでは足りなかった。待ちぼうけを食わされるのはもうごめんだった。だからヤマコは捜しつづけた。歩きながら、祈りつづけた。ヤマコの祈りはお百度参りのような祈りだった。あまりに休みなく歩きつづけ、捜しつづけたせいで基地のそばで倒れたこともあった。島の地図を細かい文字や記号で埋めつくし、憲兵《MP》のあとを追いまわしたこともあった（その手には金づちを握りしめて！）。うちのヤマコが発狂した、と思いこんだおばあは手をつくして解決の糸口をうかがい、ひとりのユタを自宅に連れてきた。

あなただけでも、捜しつづけてあげなさい。

照喜名《てるきな》のおばあはそう言ってくれた。自称霊媒師のうさん臭さも、憑依《ひょうい》系の張りつめた気配もない、公設市場で鮮魚や果物でも売っていそうな柔らかい物腰のおばあだった（われら沖縄人《ウチナンチュ》にとって祈禱《きとう》や占いをするスピリチュアルな〝相談役《カウンセラー》〟としてのユタは頼もしい存在だ。もしも人生の問題にぶつかったなら、大事な選択をその吉兆診断《ハンジ》にゆだねるのも悪くないさ）。すべての事情を聞いたうえで照喜名のおばあは言った。あなたが捜している人は、たったいま人生の試練を迎えていて、孤立したところで身動きがとれなくなっている。こちらからも想いをひとつ《チムイーチ》にしていればその人の帰路を光で満たして、生還を早めることにもつながる。だからあきらめずに、あなただけでも捜しつづけてあげなさい。

それはヤマコが二十歳のときの託宣だった（ちょうどグスクとレイがあの刑務所暴動を体験したすぐあとのことさ）。そんなふうに言ってくれるのは照喜名のおばあだけだった。恋人《ウムヤー》がいなくなってからずっと、目を覚ましても寝床から這いだせない朝がつづいた。重たい錨《いかり》をひきずって歩いているようで、眠っても愉《たの》しい夢は見なかった。だけどその託宣にふれてから、すこしずつわが身を振り返れるようになった。急に泣いたり、怒ったりしたくなる衝動にも抑えがきくようになると、これまでおばあやグスクに心配をかけつづけて、寄りかかりきっていたことへの罪悪感にもさいなまれるようになった。

それから、大事なことがもうひとつ。

基地の周辺を歩いていると、金網の外にうずくまっている土地の女をよく見かける。

お酒や米などをひろげて、基地のなかに向かって掌《て》を擦《す》りあわせている。

この島では、先祖伝来の墓がある土地を、軍用地に奪われたものが少なくなかった。

キャンプ・カデナのような要衝にもなると、立ち入りは許されず、春と秋の彼岸のたびに金網の外から墓の方角へと祈るしかない。

ああ、そうか。そうだよね。

うずくまる背中を見ていて、ヤマコは自明のことに気がついたのさ。

いいや、この島にかぎっては、みんながみんなそうなんだよね。

自分だけやあらん。だれにでも大事な人を奪われた過去がある。

消えかけた希望を、離散や死別を、失った過去をひきずりながら。

それでもたいていの島民が、きちんきちんと日々の暮らしを営んでいる。

現実と向きあって、明るく、強く、生活や仕事に根を張っている。

それが大事なことだと知っているから。さもなければ過去の亡霊にとらわれて、死んだように生きることになると知っているから。

毎日生きなきゃならない。毎日生まれたばかりのように。

たったひとりの恋人《ウムヤー》を、過去のものにしたくはない。捜すのをやめるつもりはないけど、せめて日々の暮らしは取り戻さなくちゃならない。自分の食いぶちぐらいは自分でどうにかしなくちゃならない。もう二十歳なんだし、仕事も探さないと。自分になにができるかな？　どうせならやりがいのある仕事につきたかった。さしあたってAサインで働きながら、店の行き帰りにヤマコは、戦果で建った小学校を仰ぎ見るようになっていた。

就職祝いの宴会《スージ》には、ヤマコのおばあとそのユタ仲間も来てくれていた。孫娘が晴れて教員になったことが嬉しくてしかたないおばあは、この娘《こ》はユタのお墨《ゲツ》つきなのさ、ユタの導きを授かったのさと会うひと会うひとに自慢して、イカの足をねぶりながら踊っていた照喜名のおばあをグスクにもひきあわせた。

「彼女のゆくすえを視てみたらね」照喜名のおばあは顔をしわくちゃにして微笑《ほほえ》んだ。「ちいさな笑顔がちゃっさん視えたから。だからあなたならきっと、子どもたちの未来を明るいものにできるって伝えたのさ」

「教職のことなんて、なんにも言ってなかったんだよ」

「はぁーや、吉兆診断《ハンジ》ねえ……」

グスクは困り顔になっていた。ユタを迷信とかたづけたくなる気持ちはわからなくもないけれど、これまでたびかさなる弾圧（本土《ヤマトゥ》には邪宗と見なされ、大正時代には魔女狩りならぬユタ狩りがあって、戦時中には特高警察が摘発の対象にした）にさらされながらユタ文化が生きのびてきたのには理由があるとヤマコは思っていた。しかもここにいるのは、地元のユタの寄り合い《ユイマール》でもっとも信頼され、稀有《けう》な霊力をそなえているとされる照喜名のおばあなのだ。

「ちょうどよかった。ニイニイも照喜名さんにあの日の話を聞いてもらってよ。あのとき、あの場にいたのはニイニイとレイなんだから。当事者と直に話をすれば、もっといろんなものが視えるかもしれないいんだって」

これまでに何度も話したやあらんね、と面倒臭がるグスクを説得して、あらためて基地に入ってから出てくるまでの経緯を語ってもらった。

あの夜、おかしなことがいくつもあった。いまでもわからないのは、基地のなかで迷いこんだ不思議な場所、そこで耳にしたお囃子のような声——あれはいったいなんだったのか、現実だったのかも自信がないとグスクは顔をしかめた。

「頭のまわりで蝶々《ちょうちょ》がカチャーシーを踊っていたからね。さんざん追いまわされて、奪った車がひっくり返ったあとだったから。レイも憶えとらんみたいだし、結局のところあれは、おれの夢か幻覚だったのかもしれん」

照喜名のおばあがもっとも反応を示したのは、その不思議な場所のくだりだった。常識におさまりきらない物事にこそ真実の片鱗《へんりん》は隠れているものよ、とおばあは言った。もともと嘉手納という土地は、この島の中南部でもとびきりの霊力の磁場。不思議なことがいくら起こってもおかしくないところだからね。

「あそこはなににしろ、紫《ゆかり》さんとも縁が深い土地だから」

「紫さん。ヤマコも知ってる人な？」

「ううん、初めて聞く名前」

「紫さんは、高名なノロだったのよ」

「その人も霊媒師な？」

「グスク、ユタとノロはちがうものさ」

国吉さんがグスクの混同を正して、島の信仰にまつわる博識をふるった。ユタとノロ、どちらも宗教上の女性の役割なのでごっちゃになりがちだけど、ユタがいわば在野の易者なのに対してノロは土地の祭祀《さいし》をつかさどる神職者。素質をもった女性があるとき病気や心身の異常を体験したのちに目覚めるのがユタで、かたやノロは血縁で継承される。豊饒《ほうじょう》祈願や厄払いといった宗教儀礼を執りおこなう女シャーマンといったところだった。

紫さんは明治の生まれで、終戦の年に亡くなるまで最高位の霊力を保っていたノロだった。とりわけ嘉手納の北部では、紫さんその人が崇拝の対象になるほどの絶大な影響力があった。本人の遺言にしたがってその亡骸は、嘉手納の地で風葬にされたそうで、それもあっていまでも基地の周辺では、だれかの泣いているような風の音が聞こえるたびに「紫さんが呼んでいる」とつぶやく女たちがいるのだという。

「基地のなかでニイニイが聞いたのも、女の声みたいだったたって言ったじゃない。それも紫さんの呼び声だったのかねえ」

「おまえね、死んだノロに呼ばれて神隠し《ムヌマイー》に遭ったとでもいうのかよ。そんな怪談がまかりとおるならこの島に警察はいらんど。女探偵ヤマコがどうしちゃったのさ、神さま先祖さま《ゥートートゥ》にすがりつくなんておまえらしくもないさ」

「活かせるものならユタの占い《ハンジ》だって活かさないとならんがぁ。どうかね照喜名さん？　ニイニイの話でなにか視えたかな」

「それがねえ、なにも視えんのよ」

照喜名のおばあは、凝らしすぎた目をいたわるように眉間を揉みしだいた。当事者の言葉でさらに焦点が合うはずだったのに、以前に視たときよりも濃い霧が垂れこめて、情景を透かし見るのが難しくなっているっていうのさ。

もうひとりその場にいたわけね、と照喜名のおばあは訊いてきた。グスクの話だけではなにかが足りない、なにか記憶のとりこぼしのようなものがあって、それでかえって情景が視えづらくなっているのかもしれないという。できることなら双方から話を聞かせてもらいたいね、おばあはそう言ってみずからの非力を詫びた。

「だったらまたレイを連れてこよう、いいよね、ニイニイ」

「おれはよくても、あいつがなあ」

「さてはあいつ、君たちが交際しているのがおもしろくないんだな」

国吉さんにそんなことを言われて、グスクとヤマコはわれがちに否定した。「あんた、なにを勘違いしてるのさ」「あたしらはなんでもないってば」

「はぁーそうね。わたしはてっきり、ただの地元の友人ではないのかと」

「おれが警官になったから、ヤクザな世界に深入りしたあいつはおれのいるところに近寄りたがらん、そういうことやあらんね」

グスクとの恋仲《イイナーカ》を疑われるのはこれが初めてじゃなかった。そのたびにヤマコはどんな顔をしてやりすごしたらいいかわからなくなる。あたしらはそういう仲やあらん、と言いつくろえば言いつくろうほど、グスクを含めた他者との時間が居たたまれないものになってしまう。

「あいつ、この島の英雄になろうって言ったことがあってさ」グスクはレイの話でごまかすことにしたらしい。「おれかあいつのどちらかが後釜につこうって。英雄の資格を得るために人生をかけた勝負をしようってさ。それでどうしてごろつき《アシバー》になんてなるのか、とにかくそのなりわいからしておれとは嚙みあわん」

「なにそれ、英雄の後釜なんて。その人がもういないような言いぐさ」

「ああいや、だからあいつが言ったことさ。おれはそんなこと思ってないさ」

「もう帰ってこないような前提でしゃべってえ。捜しもしないで折りあいをつけるのは、薄情者《ヒジュルムン》のやることやさ」

「そうやってまた、豚っ鼻ならして！　わかってるだろ、気楽に生きたいおれがなんのために警官になんてなったのか」

「だったらニイニイは、捜しているわけ」

「だからよう、このごろは忙しいけど、もちろん捜すさ」

「そうやっていつも、大事なことは後回し！」

おめでたい席でいがみあいはよしなさい、と国吉さんやおばあたちにたしなめられた。ふたりして声を荒らげたことで祝賀会が静まっていた。

「あーあ、英雄だなんていまさら」グスクは投げやりに言った。「つまらん話をするんじゃなかった。折りあいなんてだれもついとらん。おれだって、レイだって。だけど後ろ向きで進んでいけるほど、この島で生活するのは楽なことやあらんが。食いぶちだけじゃなくてほかのこともいろいろと考えていかなきゃならんさ」

そんなことはヤマコにもわかっていた。それぞれが大事な選択をしなくちゃならない年齢になっていることぐらい。だけどそれでも、あのキャンプ・カデナの夜になにがあったのか、恋人《ウムヤー》はどこに消えたのかをはっきりさせずに前だけを見据えろというのは、ヤマコにとってこのうえなく乱暴な言いぐさだった。

わかっているからこそ変わらなくちゃと思った。わかっているからこそAサインの仕事や徹夜の勉強にも励んできた。ヤマコがみずから生活の糧を求めたのは、こころもとない希望を手放さず、だれにも寄りかからずに、消えた恋人《ウムヤー》を捜しつづけるためだった。

「時間があるときにまた、訪ねてきたらいいから」照喜名のおばあがヤマコを慰撫《いぶ》するように言った。「これからしばらくは、あなたはあなたの道を着実に歩みなさい。かならずそこによすがを見つけられるはずだから」

だれかの泣いているような風の音がする、故郷の島で——

おずおずとヤマコは、あらたな扉を開こうとしていた。

グスクのこと、レイのこと、嘉手納の夜の出来事、さまざまな思いに胸裏を焼かれながら、依然としてそのよすがは、消えた恋人《ウムヤー》を捜しつづけることだった。それだけはどんな選択を経ても変わらない、変わりようがないと思っていた。


残暑のつづく十月、朝の五時に起きたヤマコは、父母の位牌《イーフェー》や神棚をきれいに拭き清めて、家の前を掃除して、衣類を手洗いして、このところ消化の悪くなっているおばあに葱《ねぎ》と豆腐を刻んだお粥《かゆ》をつくり、猫《マヤー》たちの朝ご飯も餌皿に盛りつけた。

おばあが起きてこなかったので、ひとりで食卓について、

「いただきます」

だれに言うでもなくつぶやき、昨夜の余りものをかきこんだ。

アルミのお弁当箱に、麦飯、大根の黒糖漬け、芋と牛蒡《グンボー》の炒りつけ《イリチー》をつめこんで、

この日のためにあつらえたうぐいす色のブラウスをまとって、姿見できちんと身だしなみを整えた。普段と変わらない朝の時間を過ごして、忘れ物がないように鞄《かばん》を確認してから家を出ると、コザに隣接する石川《いしかわ》市まで歩いて出勤した。

夜更かしのおかげで寝不足だったけれど、校舎と向きあうと目も冴《さ》えてくる。戦後にどこよりも早く初等学校を開設したのが石川市で、ヤマコはそういう由緒《ゆいしょ》のある土地柄で、病気の療養をしている教員の穴を埋めて二年生の担任を受けもつことになっていた。

教科書とのにらめっこ《ミークーメー》を重ねて、抜かりなく授業計画を立ててきた。教材や課題と向きあう子どもたちの表情や反応に思いをはせ、教壇からそのひとつひとつに投げかける言葉を想像してほくそ笑んだ。作文の練習課題のなかに児童ならではの感性や文才の萌《きざ》しを見いだして、ささやかなその発見でそれぞれの潜在能力を抽《ひ》きだす毎日を思い描いた。うん、想像の訓練はこれでばっちり。教職の初日を迎えたヤマコは、ありあまる若さと想像力と、夜を徹して準備ができる意気込みを兼ねそなえて、抑えようにも湧きあがる期待感と武者震いに満たされながら、職場となる校舎や校庭を歩いてまわった。

この学校では、学年ごとに校舎が分かれていて、こぢんまりした校庭には木々が濃い影を落とし、水飲み場や百葉箱《ひゃくようばこ》が並んでいて、塀の向こうは大小の民家に接している。朝の八時半の鐘が鳴ると、学年ごとに校庭に整列して、校長先生から朝礼の訓示を受ける。それから体育教師の指揮でラジオ体操。ヤマコも長い手足をくるくるひょいひょいと動かしてひと汗かいた。いったん職員室に戻ってから、さぁはい、受けもちの児童たちとの初顔合わせ！　胸の高鳴り《チム・ドンドン》とともにヤマコは担当する二年生の教室の扉を開けた。

「きょーつけ、れい！」学級委員が号令をかけて、児童たちが唱和する。

「おはようございます」

「着席！」

「病気になられたオオタ先生のかわりに、来年の進級まであたしがみなさんに勉強を教えることになりました、どうぞよろしくね」

最初の出席をとって一時間目は国語（教えるのは日本語《ヤマトウグチ》だった）。準備してきたとおりに授業を進めていったけど、緊張のせいか、自分でもびっくりするほどたどたどしくて、黒板の字を書き損じ、音読の声もつっかえつっかえ、児童の名前も呼びまちがえて、精彩を欠いたままで終業の鐘が鳴っていた。

教師生活の初日は五時間目までそんな調子で、いいところがひとつもなかったと肩を落としながら帰るはめになった。教壇に立ったばかりで肩に力が入っているのかね。慣れてくれば自然と板についてくるさと自分を励ましたけど、あくる日になっても、あくる週になっても、あくる月になっても、初日のふがいなさはまるっきり改善されなかった。

ヤマコにとって、それはもう一大事だった！　ちいさな失敗をごまかそうとしてうろたえ、まごついて、褒められたところもなく終業の鐘が鳴る。そして帰る。授業の準備をしていたときにあふれていた充足感が、教室ではどうしても湧きあがらず、よそよそしさやぎこちなさが消えていかなかった。最初はだれでもそんなものよと先輩の教員たちは励ましてくれたけど、ヤマコは動揺を隠しきれなかった。いったいぜんたいどうしちゃったの？　どんなに熱をこめて語りかけても、子どもたちに響いている実感が得られない。焦《あせ》りや戸惑いばかりが先走って、集中力を欠き、教壇でうろたえている新任教師をまるで他人事のように外側から眺めている自分がいる。この人だぁれ？　なんとまあ頼りない先生だろう。抑揚の乏しい声、めりはりを欠いた時間の運び、書き損じに読みちがえ、教科書を棒読みするだけの空疎な授業態度からは、胸の内側にあふれているはずの熱意や意欲をちっとも感じられなかった。

教えるのがうまくないというだけじゃない。答案の採点をしていても、作文の課題を選んでいてもなぜかだるい。踏ん張れない。望んでここにいるはずなのに、腰かけ仕事のような身の入らなさをもてあましているのだから、自分でもわけがわからなかった。

そうでなくても二年生は、楽々とわたりあえるような相手じゃない。はしっこくて生意気《ウーマクー》ざかりで、注意力が散漫なわりに、教師の落ち度はたちどころに見抜いてしまう。最初のうちは若い女の担任をもてはやしてくれたけど、おぼつかない授業の進行のせいですぐに軽んじられるようになっていた。おっぱい《チーマギー》先生！　からかいの声が教室に飛びかい、書き損じや読みちがえを笑われて、教壇に電柱《リンシンバーヤ》が立っている落書き（〝黒板が見えんよう！〟と吹きだしがついていた）を拾ったこともあった。ヤマコもむきになって声を荒らげ、私語をやめない児童の机に突進していっては叱りつけて、そのたびに授業が滞る悪循環におちいった。

「授業中は好きにしゃべったらならん、どうして先生の言うことが聞けないの！」

二ヵ月ほどは目も当てられなかった。調子のすぐれないときには、はねっかえり《ウーマクー》の子たちをこましゃくれた小鬼のように敵視してしまって、あとからひどい自己嫌悪にさいなまれた。もしかして向いとらんの？　戦果で建った小学校で働きたくて志望したのがそもそも不純だったのか（勤め先もコザにはならなかったしね）、同僚の教師たちも心配して、気晴らしにどうかと教職員組合の集まりに誘ってくれたけれど、来る日も来る日もへろへろに弱りきって余裕がなかったので、せっかくだけど遠慮させてもらった。

　あくる年の正月《ソーグワチ》、疲れがいっきに噴きだした。朝から喉が痛くて、悪寒《おかん》でぞくぞくして、しばらくはこらえて家事をこなしていたけど、夕方までもたずに寝こんでしまった。高熱が出て、おでこや首筋が汗だくになり、寝て、起きて、寝て、なんべんも寝間着を交換した。洟が止まらず、ずるずると出てきたものがすぐに乾燥して鼻の穴をカサカサの膜でふさいだ。どういうわけか涙もとめどなくあふれた。体からどんどん水分がなくなっていく。三が日の終わりには下腹部の痛みが強くなって、ひどい下痢をした。便所と寝床をよろよろと這うように往き来して、廊下で精根つきてそのまま寝てしまった。

　ずっと家事をなんにもやっていない。熱は下がっても下腹部に張りが残っていたので、しばらくは梅干しを落とした七分粥、雑炊《ヤフワラジューシー》、野草を湯搔《ゆが》いたものを食べた。たぶんただの風邪だけれど治るのにも時間がかかるようになった。あたしは確実に齢《とし》をとっている。そんなことを新年早々から痛感させられていた。

　休み明けまでにどうにか快復して、巻きかえしをはかりたいヤマコは一念発起、教頭先生に直談判《じかだんぱん》して、英会話の部活動を始めさせてほしいと頼みこんだ（このころの英語教育を含めた〝国語〟問題は、われら語り部《ユンター》としてもやりすごせない。なにしろ沖縄《シマ》で使われる言語の問題だからね。米民政府は英語を正課にしようとしたけど、教員養成が追いつかなかったのと、島民たちが日本語教育にこだわったのもあって、現場の英語教育は放課後のクラブ活動にとどまっていた）。手書きのプリントを掲示板に貼りつけて、全学年を対象にして部員募集をかけた。放課後には窓口を設けて、教室の入口にアルファベットの切り抜きを飾り、子どもたちの好奇心をかきたてそうな洋書や児童文学を並べて、英語の歌を口ずさみながら入部希望者を待ちわびた。ＡＢＣから始めよう、さぁはい、みなさんいらっしゃい！

沖縄《ウチナー》教育界の父・屋良朝苗《やらちょうびょう》が会長をつとめる教職員会の見解（つまるところこの島の教育現場が、アメリカと日本《ヤマトウ》のどちらに重心を置いていたかって問題さ。教職員会はあくまで本土《ヤマトウ》とおなじ教育制度を保ちたいと主張していた）はわかるけど、小学生のうちから日本語《ヤマトウグチ》と英語のどちらも学んでおけば、島の子たちが本土《ヤマトウ》出身者と競うときに語学力を大きな武器にできるはずだとヤマコは信じていた。ところが募集期間に集まった希望者はたったの六人（教頭と約束した定員は三十人だったんだよ）。ヤマコはうなだれながらチラシをはがしてまわった。新年から出鼻を挫かれて、数ヵ月はしょんぼり《ミーフワーフワー》と過ごすはめになった。

飛んできたジェット機が、滑走路に降りたって、急角度でまた離陸していく。あたりは騒音に巻かれて、塵が舞う。強風にヤマコの髪がくしゃくしゃに吹き乱される。

最後にあの手にふれた、キャンプ・カデナの金網――

菱形《ひしがた》の網の目に指先をからめて、かしゃん・かしゃん、と揺らしてみる。

ここに立つのはひさしぶりだった。もう待つのはやめよう、待たないで捜しにいこうと決めたときから、この場所に来るのは避けてきた。

勤めだして半年が経って、四月には進級もあった。次の二年生をそのまま受けもつことになっても、ふがいないありさまは変わらなかった。そうなると児童との相性が問題じゃない。教師自身に問題があるってことになるよね、やっぱり向いてないのかな。葛藤にさいなまれるヤマコの身に痛いほどの黄昏《たそがれ》が染みていた。

後ろ向きで進んでいけるほど、この島で生活するのは楽なことやあらんが――幼なじみの言葉が脳裏をよぎった。ふがいなさの原因はやっぱりそこにあるのか。学校の行き帰りにはかならず基地の周辺を通り、似たような背格好の男とすれちがえば顔を確認せずにいられない。真夜中にふと目を覚ましてこれまでの捜索を思いかえし、気がつくと二時間や三時間が経っている。気になる噂を耳にすればとるものもとりあえず出かけていく自分を止められなかった。それらはヤマコの生活の一部に組みこまれてしまっていて、きっぱりと断ちきることなんてできそうにない。過去に後ろ髪を引かれて、通りすがりの路地は覗きこまずにいられなかった。そんなところに消えた恋人《ウムヤー》がいるはずないとわかっていても――

たいていそこで目にするのは、ちいさな人影だった。

コザの、孤児たちだった。

基地のそばを離れて、あてどなく地元を歩きまわったその日も見かけた。この島には二種類の子どもがいる。学校に通っている子と、通うことのできない子。戦争から年月を経ても、親や家のない、教育を受けられない浮浪児《ムヌクーヤー》は残っている。ヤマコが受けもつ二年生とも変わらない、年端《としは》のいかない子どもたちも見受けられた。

「おまえはあっち行け、山羊の目《ヒージャー・ヌ・ミー》！」

たまたまその日は、孤児たちの喧嘩《オーエー》を見かけた。袋小路《ふくろこうじ》にたむろする数人の子が、よってたかってひとりの服をひっぱって小突きまわしている。よさんね、と割って入ったヤマコにも察しがついた。ほかの子から〝山羊の目《ヒージャー・ヌ・ミー》〟と蔑まれている男の子は、父親がアメリカ人らしかった。ひとりだけ異なる風貌のせいでのけもの《グーハジラー》にされているみたい。あんたたち本物の山羊の目《ヒージャー・ヌ・ミー》を見たことあるわけ？　とヤマコは叱りつけた（瞳孔なんて四角くて人間の目とは似ても似つかないもんね）。いがみあわないでちゃんと話をしなさいとたしなめても、だってこいつ笑うだけでしゃべらんもんとほかの子たちは言うのさ。

「ねえ、あなたの名前は？」

丸襟のシャツを脱がされかけて、頭にひっかかった格好になっていた。

問いかけても名乗らずに、黒目がちな瞳を潤ませ、歯欠けの笑顔を浮かべる。おもむろにその子は、自分の頬をむぎゅっと両手でつぶしてみせた。目尻が左右にひろがって鼻の穴にちいさな指先が挿さり、福笑いのできそこないのような、締まりなく崩れた獅子《シーサー》像のような面差しになった。うっかりすると沈みそうになる頬っぺたを持ち上げて、泣き顔にならないようにしているらしい。つんつるてんのシャツがずり上がっていることで、むきだしになったお腹が日焼けした手足とくらべてやたらと白かった。

「ちゃんと自分の気持ちを言わなくちゃ、言葉で伝えなくちゃなにもわからんよ」

あれこれと話しかけても、おどけた笑顔を返すだけでなにもしゃべらない。一語一語をはっきりと英語で語りかけてみてもおなじで、真っ白な石板にこちらの言葉が吸いとられていくような感覚をおぼえるだけだった。

顔つきのかすかな変化からして、言っていることが聞こえてないわけでもないみたい。すると発育になんらかの障害を抱えているんだろうか。ヤマコはおなじ年代の子を見てきた経験則から、その子と向きあっていて思うところがあった。

もしかしたらこの孤児のなかでは、言語系統がまだできあがっていないのかもしれない。国語教育に用語を借りるなら〝第一言語〟のない状態？　もしもそんなことがありえるとしたら思いあたる理由はひとつしかなかった。言語の発達をうながす両親の声にふれられず、生まれてからいまのいままでずっと孤児でいるからだ。

ねえ、そうなの。あなたはずっと独りでいるの？

お母さんのおっぱい《アンマー・ヌ・チー》も知らず、保護や食料を得るための言葉も知らず。

うらぶれた路地裏の空気しか吸えず、おなじ孤児たちからも敬遠されている。

我慢がきかなくなって、ふがっ、とヤマコは鼻を鳴らした。へっちゃらをよそおうその表情にも胸をふさがれて、ネエネエ、食べもの持っとらんのーと鞄に手を入れてくるほかの子をいなしながらあごを反らした。ちょうど作文課題のための教材を持ち歩いていて、数冊の本をひっぱりだしたちいさな追いはぎたち《グマ・フェーレー》は、紙を食えるのは山羊《ヒージャー》だけさぁとぶうたれた。

「お腹はふくれないけど、もっとちがうものを満たしてくれるのさ」

地面に放りだされた文庫本を、口をきかない孤児が拾ってくれた。頭巾をかぶったようなすっとんきょうな格好のままで、手にした一冊の本をしげしげと眺める。そのさまを見返しながらヤマコは、脳裏に浮かんだことを言葉にしていた。

「この本にも、この本にも、海の向こうのいろんな子たちの冒険が書いてあるんだよ。どんなお話か、知りたくない？」

あくる日からやらなくちゃならないことが増えた。ヤマコは休日や放課後に、恋人《ウムヤー》捜しに加えて孤児たちの受け皿を探しはじめた。これまでに彼らの存在を視界に入れながら、なにもしてこなかった怠惰《フユー》を償いたかった。

児童養護施設はいっぱいだったけど（五〇年代の琉球政府の調査によれば、十八歳未満の孤児はおよそ三千人、そのうち施設暮らしが二百人、親類縁者のもとに身を寄せているのが二千人、それ以外が浮浪児《ムヌクーヤー》だった）、政府の民生課やキリスト《キャスー》教の福祉会が色よい返事をくれた。施設が空き次第、ちいさな子から順に受け入れてもらう約束をとりつけて、あわせて里親の募集もかけてもらった。物乞いする子がいなくなるまで、ひとりもあぶれずに寝床や学び舎にありつけるまでは、働きかけをつづけるつもりだった。

それから毎日の夕方には、孤児たちとおなじ路地裏で顔をあわせた。あらたな日課はヤマコにとって、放課後のクラブ活動のようなものだった。ちょうど英会話の顧問にもなりそびれたところだったしね。

「それじゃあ昨日のつづきからね」

挿しておいた栞《しおり》を抜いて、つづられた一文一文を朗読していった。急ぐことなく、濃《こま》やかに、児童文学の読み聞かせをつづけた。

最初に選んだのはマーク・トウェインの『ハックルベリー・フィンの冒険』。それから宮沢賢治《みやざわけんじ》の『風の又三郎《またさぶろう》』、サン゠テグジュペリの『星の王子さま』と読みついだ。一日に一時間と決めて読んだので、一冊を終えるまでに一週間はかかった。はじめは聞くほうの集中力がつづかなかったけど、そこはさすがに古今東西の児童の心をつかんできたちいさな英雄たちの物語だ。孤児たちもいったん没入すれば、主人公に感情移入してきゃあきゃあと楽しんでくれた。ときに痛快で、ときに優しい児童文学の朗読は、読んでいるヤマコの感情の浮き沈みをなだめて、ちょっとした息抜きの時間にもなってくれた。

もちろんお話よりも食べものをおくれ、と言う子はいたし、昨日来ていた子が今日も来ているわけじゃなかったけど、それでもあの子はかならず通ってきてくれた。ちょこんと路地の片隅に座ってつむがれる物語に聞き入っている。

ほかの子にもまして、ヤマコを食い入るように見つめて。

すごく真剣なまなざしで、夢想にふけるような表情を浮かべて。

路地裏にはそのとき、豊かな想像力の地平が拓けていた。海に囲まれた郷土《シマ》だからこそかえって飛躍しやすい奔放なイマジネーションが満ちていた。めくるめく表情の変化と向きあっているだけで、おのずとヤマコの胸は高鳴った(あきさみよう、こんな冒険してみたい！　ちゃかすこともまぜっかえすこともなく孤児たちはみんな驚嘆の声を上げていたのさ、あきさみよう！)。

読み聞かせのきっかけをくれたその子が、あらましを理解しているかはあやしかったけど、ヤマコは言葉を嚼《か》みくだくことはしなかった。話のすじは追えなくても、この読み聞かせが体験として好《よ》い影響をおよぼすことを期待して、子どもの目に見えている世界の豊かさや感性のひろがりを信じて、ほかの子にあわせた島の言葉を使うようにした。

「あたしはヤマコさぁね」

そのかわりに朗読を終えてから話しかけた。なんといってもこの子は毎日通ってくれる皆勤賞の優等生だから。えこひいきのひとつもしたくなるよね。

「あなたにも名前がないと呼べないね。ねえ、どこで寝ているの」

あれこれと訊いても、返ってくるのはやっぱり笑顔だけだった。

おどけた笑顔。ちょっと斜にかまえた笑顔。べそをこらえる笑顔。

そのときどきの物語の余韻をひきずって、喜怒哀楽をほとんど笑みの階調だけで表現する。

語りかけるヤマコをまっすぐに見返して、にへらっ、と欠けた前歯を覗かせる。

「新しい家や学校を、すぐに見つけるからね」

こちらがなにかを言うたびに笑う。ほんとうにこの子はよく笑う。この笑顔だけが、彼の本能が教えるたったひとつの処世術なのかもしれない。

「あたしの学級に入れてあげられたら、それがいちばんなんだけどねえ」

にへらっ、ヤマコもつられて顔がほころんでいる。

「そうもいかなくて。だから待っていてね」

にへらっ、ふたりでそろって笑う。

「あなたにこそ、学校がいるもんね」

にへらっ、にへらっ。


ささやかな課外授業を始めるようになってから、ときどきヤマコは、学校の教室でもふっきれたように没頭できることがあった。経験や能力の足りなさを忘れて、せきを切ってあふれる言葉にまかせているうちに、終業の鐘が鳴っているということがしばしばあった。

「それじゃあ今日はここまで。聞きづらかったところがあったら言ってきてね」

節度を欠いた態度を反省したけど、そんなときにかぎって職員室に戻るヤマコのまわりに児童が群がってきて、授業の中身にかぎらずに、ゆうべいいことあった？　とか、先生って英語しゃべれるんだよねとか質問を浴びせてくるのさ。

それぞれの答案や作文のなかにも、それまでに気がつけなかった感性のひらめきを見いだせるようになって、これは嬉しい収穫だった。受けもちのひとりひとりの顔がよく見えてきた感覚があって、たとえばヒトミは植木職人のお父《スー》さんを誇りに思っていて、マサコは仲良しのチアキが果物のにおいがする消しゴムを返してくれないことを気に病んでいて、はねっかえり《ウーマクー》ふたり組のツネヨシとセイジは島の言葉より英語をしゃべるほうが格好いいと思っていて――それぞれに目配りができるようになってきたということは、児童のほうからも教師の顔が見えやすくなったということのようで、毎日の登下校のときにも、休み時間のさなかにも、ヤマコへの興味で話しかけてくれる子たちが増えていった。

先生って結婚《ニービチ》できなそうだねえ、とあいかわらず冷やかされていたし、教壇に電信柱《リンシンバーヤ》が立っている落書きはとぎれなかったけど（とはいえそこには微妙な変化があった。電信柱《リンシンバーヤ》には笑った顔が描きこまれていたんだよ）、ヤマコもむきにならずにいなせるようになった。過ごしやすい季節になって、校外学習でも子どもたちとしゃべったり歌ったりしながら、抜けるような空の青さを映した天願川《てんがんがわ》をたどって海まで歩いた。

週の大半を、家族よりも長い時間をともに過ごすんだもの。教師と児童たちの間柄は、早い川《ハイカー》のようにとどまらず、一日もおなじ景色のままでいることはない。ちぎり絵をつくる図工の授業ではマキエがまごまご《トゥヌーマヌー》しているので、好きなものをつくったらいいのよと語りかけるとマキエは「ヤマコ先生をつくりたい」と答えた。だけど手足が長すぎるから肌色の色紙が足りそうもなくて悩んでいたんだって。教室には笑い声が弾けていた。

「コザのひとだから？　先生ってどうして英語がうまいのさ」

受けもちの子たちが、ほかの学級にも自慢したことで噂がひろがって、英単語の意味を訊きにくる児童が増えた。ここにきて英会話の部活動を始められそうな気運も高まってきた。変われば変わるものだね、年初めに募集をかけたときには閑古鳥が鳴いていたのに、いまでは児童たちのほうで署名嘆願を集めてくれそうなんだもの！

教頭先生に呼ばれて、夏休みの特別講習というかたちから始めてみましょうかと言ってもらえた。あいかわらず聞きわけのない児童は多かったし、余裕たっぷりに授業に臨めるような境地には程遠かったけど、それでもしょんぼり《ミーフワーフワー》と校門を出ることはなくなった。〝動きつづける運動体のような〝学校〟のたしかな一部になっている実感を嚙みしめながら、夕陽の色があざやかな帰路をたどれるようになった。

だけど、そんな日々のなかでも――

ふとしたはずみに、漠然とした不安がよぎることもあった。

教師生活がうまく回りはじめたのとひきかえに、大事ななにかを忘れていくような気がして。

たしかにこのころのヤマコは、ほとんど顧みなくなっていた。現状を好転させた英会話の能力をどうやって上達させたのかを、自分たちが毎日を送っているのが〝基地の島〟だということを（すべてを変えてしまう運命の配剤は、いつもなんの前兆《チグトウ》もなく、人々の営為なんておかまいもなしに襲ってくる。大事な人たちが目の前からいなくなったどの瞬間もそうだったよな、ヤマコ？）。亜熱帯の気まぐれのように吹き荒れる異変《ワジャヤウエー》をまっさきに被るのがだれなのかも、これまでさんざん肝に銘じてきたはずだった。

梅雨《スーマンボースー》が明けたばかりの、朝からよく晴れた一日だった。

正午前、屋内に差しこむ木漏れ陽に、かすかな眠気を誘われる。

教室では二時間目が終わって、ミルク給食の時間になっていた。

「おかわりが欲しい子は、手を挙げてね」

アルミ製の薬罐《やかん》を持って、子どもたちのコップに牛乳を注ぎながら、ヤマコはこのところの教室での変化に思いをめぐらせていた。

教員になってからずっと、あらかじめ準備したことと教室で講じていることに落差を感じてきた。張りきれば張りきるほど、実際にしゃべっている自分の言葉に裏切られる。かつておなじことを学んだときの感動や高揚が、教えようとしたとたんに冷たくしなびてしまう。そのもどかしさはヤマコを落胆させ、臆病な女の子《ミーングヮ》だったころの猫背の癖までよみがえっていた。

だけど準備や計画に寄りかからず、教師としての理想像にこだわらずに臨んだときほど、児童からの反響があった。路地裏でリラックスしているときのように、驕らず、気負わず、子どもたちの世界をひろげるかもしれない知識を伝えることに無心で臨んだらいい。そんなことはだれも教えてくれなかったけど、たぶんそういう心得は教わって身につくものじゃない。良い教師《ユタサン・ウシショー》になるには良い教師《ユタサン・ウシショー》になろうとしないことが肝心なのかもね。

ありがとう、ここにいない孤児たちにヤマコは感謝を向けた。風通しがよくなったのはまちがいなくあの読み聞かせのおかげだ。あたしのハックルベリー・フィンたち。今度はあの子たちと川歩きに出かけてみようかね。

「ほらあ、こぼしたら言わなくちゃ。牛乳は臭くなるよ」

教室の喧騒にヤマコは引き戻される。小学二年生の担任をしていて、のんびりと物思いにふけっていられるはずもない。数十分間のミルク給食ですら、廊下に出ていこうとする男子を叱りつけたり、おかわりを注いでまわったりとてんやわんや《ウームサゲーイ》だった。

「ナミもおかわりね、いま行くから」

過ぎていく教室の時間を、屋外でさえずる鳥の声が数えていた。

夏の初めの、普段と変わらない午前のひとときだった。

始業の鐘がもうすぐ鳴るかというとき、教室の後ろの壁に貼られたちぎり絵の紙片が、はらりと一枚、はがれ落ちた。

彼方の空がブゥウンと鳴っていた。ヤマコは気にもとめなかった。この島では上空を行きかう騒音はありふれたものだったから。子どもたちも慣れているはずが、窓《まど》際《ぎわ》の席の児童がふいに立ち上がり、防音の二重窓の向こうを指差した。

遠い空の一点から、飛来するものがあった。

胡麻粒ほどの影。滑空する鳥のようにそれは大きくなる。

黒ずんだ噴煙をまといながら、見る見るうちに大きくなる。

あれ、なぁに？　子どもたちがわらわらと窓際に集まった。

陽差《ひざ》しが氾濫するなかでも、ヤマコの目にもたしかに確認できた。

星のひとつが燃え移ったかのように、飛来する機体の翼が炎に包まれている。

軍の飛行機が、燃えながら飛んでいる。そうじゃない、あれは墜ちている――

アルミの薬罐を放りだして、ヤマコは子どもたちに叫んでいた。

「みんな、窓から離れて！」

急いで廊下側に退避させて、両手で頭をかばって伏せるように全員に命じた。

そのぐらいしかできなかった。とっさに戦争がまた始まったのかと思った。

燃えながら飛来する機体は、陽差しを遮り、黒い煙で空をかき曇らせ、斜めに降下してそのまま上昇することなく、校庭の外にひしめく民家に墜落した。地表がめくれかえったようなものすごい轟音が響きわたり、木枝やトタンが飛散する。墜落のはずみで大きな機体が十メートルほど跳ね上がった。そのままあたりの人家や納屋《なや》や植林を薙《な》ぎたおしながら、勢いを止めずに、校舎のほうに向かってくる――

校庭じゅうが砂煙で埋めつくされた。鉄棒や百葉箱がたちまち下敷きになる。窓の外でまた跳ねると、巨大な翼と機首がヤマコたちの校舎に覆いかぶさった。

頭のてっぺんから足の爪先まで、激しい衝撃に呑みほされた。

飛行機が跳び箱を跳びそこねて、いちばん上の段を崩しながら越えていったみたいだった。

燃えさかる鉄の機体が、二重窓もトタン屋根も吹き飛ばし、天井や壁を粉砕し、硝子のつぶてや火の雨を降らせながら、ヤマコたちの教室を通過していった。校舎を薙ぎはらった貪欲なエネルギーのかたまりはそのうちに火を呑んでいて、燃える瀑布《たき》と間欠泉がせめぎあうような上下左右からの高熱に巻かれ、教室はたちまち火の海となった。

肺に入ってくる空気が、灼熱《しゃくねつ》の温度を帯びている。

喉や目の粘膜が、焼けただれたように熱かった。

机が燃え、椅子が燃え、割れた窓の破片が散らばっていた。

地球儀が床に落ちて、三つか四つの残骸になっていた。だれかの上履きが転がっている。子どもたちは泣きじゃくっている。黒い煙が垂れこめて、視界の色彩が失われていた。薙ぎはらわれた天井の透き間に覗く空だけが青かった。

通り雨《カタブイ》のようにふりまかれる瓦礫《がれき》や建材、習字の貼りだしが紙銭《ウチカビ》のように舞い降っている。瓦礫に足の指をつぶされた児童がいる。腕に硝子片が刺さった児童がいる。

先生！　先生！　だれもがヤマコにしがみついてくる。

「みんな聞こえる？　全員いる？　聞こえたら自分の名前を言いなさい！」

安否を確認したかったけど、これでは点呼もままならない。自分のまわりに児童を集合させたヤマコは、これからみんなで非常口に向かうから、かかとを踏まずに上履きを履きなさいと大声で叫んだ。ところがこの期におよんで担任の指示にしたがわず、後方の席から動こうとしないはねっかえり《ウーマクー》たちがいた。

「こんなときぐらい、先生の言うことを聞きなさい！」

近寄ってみてハッとした。降ってきた瓦礫が当たったのか、セイジの頭部が割れていた。手足に火が燃え移ったツネヨシも動かない。ふたりは動かなかったわけじゃない、動けなくなっていた。どちらも二度と動けなくなっていた。

鐘つき棒に眉間を打たれたようにヤマコは、すとんと尻から落ちた。

強すぎる眩暈が吐き気を呼んだ。それはヤマコの正気をすっかり打ち砕くような光景だった。

もしも独りだったら、へたりこんで動けなくなっていたかもしれない。だけどほかの子たちがいる。自身をふるいたたせ、ごめんね、ごめんねとツネヨシとセイジに心のなかで謝りながら、児童たちを避難経路へと急がせた。

木造校舎はそこかしこが延焼していて、窓の桟や建物の柱が崩れだしている。ひとりも遅れないように、煙を吸いこまないようにと声をかけながら、教室から五メートルほど廊下を抜けて、外光の差しこむ非常口に達しかけたそのときだった。墜落機のばらまいた燃料を浴びていたのか、三つ編みのお下げから引火して、ナミが燃えさかる炎に包まれた。

すぐそばにいたヤマコの、目と鼻の先で――

ああそんな、そんな、ヤマコはとっさに手ではたいて鎮火しようとした。

ほかの子たちが、ナミよう！　と癇走《かんばし》った声で叫びだし、すくみあがって動けなくなった。

整列の先頭だったちいさなナミの体は、驚くほどの火勢に呑みほされた。あまりの熱さで呼吸もできない。顔や眼球が倍ほどにふくれ上がりそうな高温のなかで、ヤマコは息を止めて、全身で覆いかぶさるように火を消そうとした。だけどナミはじっとしていてくれなかった。担任の手を振りはらうと、声にならない声を上げながら校舎の外へと飛びだした。つかまえそこねたヤマコの両手に、ずるりとむけた少女の皮を残して——

髪の毛が燃え、衣服が燃え、絞りだされる悲鳴《ヤナアビー》まで燃えていた。人の肉が焼ける臭いがする。島全体が火葬場になったようなあの戦争でも嗅いだ臭い。オレンジ色の火のかたまりとなって校庭を走っていくナミは、数メートル先の水飲み場へと向かっていた。網入りの石鹸がぶらさがった蛇口に向かって、走りながら手を伸ばした。だけど、だけどたどりつけない。途中でつんのめって転んだナミは、うつぶせに倒れたまま動かなくなった。ふっくらしたナミの頬に火脹《ひぶく》れがひろがり、膝小僧やふくらはぎが焼けただれるさまをヤマコも子どもたちも目の当たりにさせられた。ほかの子たちの瞳は、熾《おこ》った硝子玉のようになった。燃える級友の姿を見せられた眼球がわななき、瞼を震わせて、あふれだす涙ごとその眼窩から逃げだしたがっているようだった。

墜ちてきた航空機は、別の校舎に機首を突っこんで黒煙を上げていた。校舎という校舎が破壊されている。用具入れがつぶれている。ちぎれた配線が火を吐くハブのようにのたくり、窓硝子が溶けて飴《あめ》のようにねじまがり、壁や柱はことごとく焼け落ちている。ほかの校舎からもひどい火傷を負った児童が運びだされている。なかにはナミとおなじように焼けただれた児童もいたけれど、遠目には男子か女子かもわからなくなっていた。

ああ、この島では——

どこにいても、どんなに歳月を隔てても。

鉄の暴風が降ってきて、なにもかもを焼きつくされる。

だれか、だれか助けて、ヤマコは声のかぎりに叫んでいた。

こんなのってない、こんなにひどいことがあっていいはずがない。

ありえたかもしれない自身の末路が、水飲み場にたどりつけずに息絶えたナミと重なった。あのときのようにヤマコは叫んでいた。子どもたちの手を引きながら、無意識にもう一方の手を、目の前の空間に差しだしていた。

だけどその手は、だれにもつかんでもらえない。

握りかえしてくれる手は、どこにもない。

救済の手は、英雄の手は、現われない。

この日、基地の島でだれもが悪夢に見るような惨事《ワジャウエー》が現実のものとなって、被災した小学校のどちらに目を向けても、見たくないものを見ないでいることができなかった。頭から血を降らせる女子を体育教師が運んでいる。教頭先生が号泣している。真っ黒な亡骸からぼろりと手がもげて、地面で砕けて灰になって飛散する。髪がチリチリに焼けて、煤（すす）だらけでうつろな顔をした子どもたちが茫然（ぼうぜん）とたたずみ、そのあいまを近所から飛んできた保護者たちが、わが子の名前を呼びながら半狂乱で走りまわっていた。

アメリカの衛生兵がやってきて、重傷を負った児童や教員たちを搬送車に乗せていく。さわられるだけでも火傷が痛むようで、担架で運ばれる児童は泣きじゃくっている。ヤマコはそのひとりひとりに心配ないから、心配ないからと声をかけてまわった。振り返ればさっきまでいた校舎がほぼ全焼して、あとかたもなく灰燼《かいじん》に還ろうとしていた。

大風にあおられたように心の屋根がバリバリとはがれていくのを感じた。頭上をあおいだヤマコは、ありったけの声で慟哭《カジチリアビー》を上げていた。

あとになって知らされることだが、墜落したのはキャンプ・カデナを出発したノースアメリカンF－100D－25－NAスーパーセイバー。操縦士のジョン・シュミッツ大尉はこの日の午前から試験飛行をおこなっていたが、機関部に不具合が認められたので基地に引き返し、着陸を試みたが果たせなかった。そこで機首を返し、人家のない丘陵地帯へと向かった。ところが操縦室が炎上したので、大尉はパラシュートで脱出。安全地帯に向かっていたはずの無人機は右に旋回して目標落下地点を外れ、民家や小学校のある地域に墜落した。つまりこれは人事のおよばない不可抗力の事故である、というのが軍司令部《ライカム》の発表だった。

墜落事故が起こったその日、島の全域から警官や消防隊員、さらに有志の島民たちも駆けつけてそれぞれが救助や消火活動にあたった。校舎三棟が全焼、二棟が半焼するほどの現場に急行した警官のなかには、グスクもいた。おなじく事故の報せを聞きつけて、美里からまっしぐらに飛んできたレイの姿もあった。

「どこにいるかあ、ヤマコ！」

ところがグスクもレイも、被災者や米兵や保護者がひしめきあう混乱のなかで、すぐにはその女《ひと》を見つけられなかった。ひきもきらない負傷者の救助を手伝い、わが子を捜しあぐねている親を助けながら、グスクはその名を呼びつづけた。ごろつきたち《アシバー》と連れだっていたレイにいたっては、墜落機のそばを捜していたところで近寄るなと米兵に制されて、

「おれたちの島に、子どもの真上に、おまえらはどえらいものを墜《お》としてくれたなあ！」

わめきちらし、先頭に立って乱闘騒ぎを起こす始末だった。

こらえきれずに泣きながら、ヤマコはふらふらと敷地の外を歩いていた。安否のあ

やふやな児童がいて、病院に連れていかれたかどうかを確認しなくちゃならないのに、その病院の方角がわからなくなっていた。まるっきり見当を失っていた。

ずっと呼びつづけていた。ここにいない恋人《ウムヤー》の名前を呼びつづけていた。あらたな糧を見つけだし、やらなくてはならないことに向きあって、脆弱《ぜいじゃく》な依存心はふっきったはずだったのに、いざとなったら唇からあふれるのはその名前だった。どこかでヤマコは信じていた。もしもまたこの島に戦争や災害が起こって、理不尽な災厄がふりまかれることがあったら、そんなときにはきっとコザの英雄が戻ってきて、困難を取り除き、弱いものから順番に救いだして、守らなくてはならない命《ヌチ》を守ってくれるとなかば本気で信じていた。

　さまようヤマコのまなざしは、雑踏のなかに、煙の向こうに、その人の姿を捜そうとしていた。もしかしたら島民や警官たちにまざって来ているんじゃないか、これまでおまえを放っておいてごめんと抱きしめてくれるんじゃないかと、そんな愚かな願望をひきずって歩いていた。だけど生身のその人はどこにもいない。ヤマコを生かしてくれたその手は、追憶と夢想のなかにしか存在していない。この島にもう英雄はいない。そう、もういないんだ。それがわかるまでにこんなにも長い歳月をかけてしまうなんて――

　振り返れば、ささやかな日常の遺灰のような塵が舞い、黒い煙がいくつも空に昇っていく。烏有に帰した校舎を仰ぎながら、ヤマコは泣きつづけた。

故郷《シマ》の子どもたちの死を嘆いているのか。

恋人《ウムヤー》を失った自分の運命を嘆いているのか。

わからない。わからないままに泣きつづけた。

だれも来ていないわけではなかった。わずかに視界の片隅に映ったのは、たぶんひとりの幼なじみだった。だけど泣きすぎてふやけた目は本来の視力を失っていて、はっきりとその姿を識別できなかった。教員たちに行方を聞いて、学校の周辺まで捜しにきてくれたのかもしれない。だけどヤマコ自身にもどうにもならない絶叫《アビーグイー》に気圧《けお》され、身も世もないありさまにたじろいで、グスクですらかける言葉が見つからないようだった。


受けもちの児童だけでも、三人ぶんの葬儀が出された。

寝ても覚めても、セイジやツネヨシの、ナミの最期を思い出した。

眼前で子どもを焼かれた教員が、頭のなかにそんな情景を収めた教員が、そのまま教壇に立ちつづけられるはずがない。生きていていいとすら思えなかった。

怒りも悲しみも胸の底に沈んでしまい、三人とともに埋葬される白昼夢を見た。照喜名のおばあが見舞いにきてくれたし、グスクも通ってきてくれたけど、慰めの言葉はうまく胸に響かなかった。ヤマコの琥珀色の肌はくすんだ土気色に変わり、わずかな数日で涙袋がふくらんで、十歳か二十歳は老《ふ》けこんだように見えた。

ほかの教員とともに、遺族の家を訪ねてまわって、預かった児童を守れなかったことを謝罪した。この島ではもう子育てなんてできないとわめく親がいれば、教員の責任を問いたがる親もいて、冷静でいられる保護者は皆無に等しかった。ほどなくしておなじ敷地の仮校舎で授業が再開されたけど、児童はヤマコより早く登校しても教室に入ろうとせず、放課後もだれも残らずに下校するようになった。校舎の建て直しでトラックが砂利を下ろす音だけでも教室からぴゅーっと逃げだしていく。事故の後遺症が尾を引いて、掛け算の九九を忘れてしまった児童がいた。給食を食べても戻してしまう児童がいた。

せめてこの子たちが日常を取り戻すまでは、と自分に言い聞かせて教壇に立ちつづけたけど、芽生えかけていた希望や意欲は戻ってこなかった。自分が担任じゃなかったら、もしかしたらナミやセイジやツネヨシは――そんな自責の念にとらわれるたびに、授業中でも呼吸が苦しくなって言葉が出なくなり、そのまま黒板の前でうずくまりたくなってしまう。こんなありさまでは児童たちにも悪影響でしかない。再起できないならすぐにでも辞表を書くべきじゃないか、そんなのだめ、そんなのあまりにも無責任すぎるじゃない。

たえまない葛藤にさらされ、進退に悩んでいた秋の暮れのことだった。

学校からの帰り道に、しばらく見ていなかった顔と出くわした。

すきっ歯の笑顔が、にへらっ、とヤマコに向けられる。見返すまなざしが訴えていた。どうしてこのごろ読み聞かせをやらないの？　あの事故が起こってから放課後の活動もとだえていた。そのあいだもこの子は通いつづけていて、待てど暮らせど読み手の現われない路地裏でさみしい思いをしていたのかもしれない。

「ごめんね、毎日来てねって言ったのはあたしなのに」

すると、手を引かれた。ちいさな指先がヤマコの右手にふれていた。

握りしめると、ぐいぐいと引っぱって、路地を先導するように歩きだす。

あなたは、この手をつかんでくれるの？

柔らかい指先の感触、その滑らかな手ざわりが、ヤマコの胸の奥を撫ぜていった。ちいさなその手が、現われなかったあの手を思い起こさせて、自分でもどうかと思うほど波打つ感情を抑えきれなくなる。瞼の合わせ目が熱くなり、視界が曇って、鼻孔に刺すような湿り気が込みあげた。

すすんでヤマコを導こうとする孤児と、追憶のなかの恋人《ウムヤー》の姿が重なった。あなたはもしかしてそのために、あたしの前に現われてくれたの？

つかのまの感傷を、ヤマコは頭をふって打ち消した。知りあったばかりの子どもに積年の想いを託そうとするなんていくらなんでも弱りすぎている。それでもその手の温度が、柔らかくてすべらかな感触が、胸裏をよぎったものを一瞬の錯覚としてやりすごさせてくれなかった。不思議なめぐりあわせで出逢った孤児が、ヤマコの世界から失われたものを引き継ごうとしているように思えてしかたなかった。

「ねえ、あなたは……」

手をつないで、路地から路地を渡りついで、読み聞かせをしていた路地裏に導かれた。ヤマコの指定席になっていた石段で手を離すと、孤児はシャツをまくり上げて頭にかぶった。むんずと自分の頬をつかむと、あのしくじった福笑いのような、ぐにゃぐにゃの獅子像《シーサー》のような表情をつくってみせた。その顔をすれば、ヤマコが元気を出してくれると思っているのか、そうすればまた読み聞かせが再開されると期待しているのかもしれなかった。

「だけど今日は、本を持っとらんから」

おのずとヤマコの声はうわずった。

「あたしは、もう……」

孤児の顔を正視できなくなって、握りしめた手で目頭を押さえた。

「あなたにも家や学校を見つけるって、名前のある暮らしをさせるって約束したのにね。ごめんね、あたしはもう……」

もうなにもしてあげられない。そう言おうとしたけど、言葉が震えてうまく出てこない。この子にすら正直な気持ちを伝えられないのなら、それこそ自分はもう、島の子どもに語りかける資格がないと思った。

「身のほど知らず《フシジョー》だったね、自分にもできることがあるなんて。毎日の読み聞かせもつづけられないのに、この島でなにかを変えられるなんて……」

と、そこまで言ったところで、目の前のつぶれた顔がもぞもぞとうごめいた。

すっとんきょうなおどけ顔が、にへらっ、といっそうの笑みを浮かべた。

「ウ、ウタ」

たしかにそう聞こえた。その口が初めて言葉を発した。

歌と言ったの？　いや抑揚がちがう。すぐには意味をくめなかった。

「ウタ、ウタ」

孤児はおどけ顔をやめると、笑顔のままで真剣な面差しになった。ちいさな蕾《ククムイ》のような唇をすぼめては開いて、自分をしきりに指差している。

「ウタって、あなたの名前？」

「ウタ」

きっとそうだ、驚いた。この子は名乗っている。

自分の名前を、ヤマコに教えようとしている。

たどたどしい片言でならしゃべることができたのか。それともこの路地裏で、彼のなかに言語が育まれたのか。どちらとも判断はつかなかったけれど、それでもヤマコは胸を衝《つ》かれた。もしかしたらそれは魂の奥に埋もれていた言葉が、初めてこの世界に芽を出した瞬間なのかもしれなかったから。これまでの読み聞かせが、路地裏のふれあいが肥やしとなって――

「あなた、ウタっていうのね、そうなの……」

あどけない笑顔を見返しながら感じ入った。ある種の物事は暗い根のように世界に先端を伸ばして、弱い部分を探り、崩れるはずのなかった堅固なものも突き崩してしまう。だけどおなじことが、島の片隅の路地裏でも起こる。我慢強く時間をかけて、つましい営為を重ねることで、沈黙の硬い殻も破ることができる。そうしてささやかな変化は、大きなうねりの予感となって世界に戻っていく。

あどけない言葉の萌芽《ほうが》に、奔放にはばたく想像力を感じた。めざましい可能性のひろがりを予感した。ヤマコにとってそれは願《ウガン》いの結実のように思えた。舌足らずの発語はつたなくても、いつまでも記憶にとどめておきたい歓喜《チムフジユン》の瞬間だった（ためらわずに叫んだっていいんだよ、ヤマコ、向きあった教え子に負けないぐらいに、ありったけの声をふりしぼって〝あきさみよう〟ってさ！）。

「ヤマコ、ヤマコせんせい」

ウタはその指先を、ヤマコにも向けた。

「あひゃあ、あたしの名前まで。先生って呼んでくれるの」

「ヤマコせんせ、それじゃあ、きのうのつづきからね」

おぼえたての発話を楽しむように、ヤマコの口癖を真似してみせる。

「つづきを、話のつづきを読んでほしいのね」

「つづき、つづき」

「わかった、じゃあ待っていてね。本を取ってくるから」

かくして教員をつづける決心を固めて、それからは集会やデモにも顔を出すようになった(おかえり、働きもの《アガチャー》のヤマコが戻ってきた、おかえり!)。試験の採点や課題づくりを怠らず、読み聞かせも再開するなかで、教職員会の一員としても活動するようになった。

教員たちに〝沖縄《ウチナー》の校長先生〟と呼ばれる屋良朝苗(この島の教育関係者でその名前を知らないものはいない。教員から政治家に転身して、革新陣営の〝顔〟になっていく大物さ)の主催する勉強会にも通いつめて、反米ビラや政府宛の要望書のまとめかたも教わったヤマコは〝沖縄県祖国復帰協議会〟の結成にもたずさわることになった。教職員会を世話役として政党や労働組合、民間団体を合流させた超党派組織〝復帰協〟が旗揚げされたのも、これまでの土地接収や米兵犯罪でたまりにたまったアメリカ世《ゆ》への反感が、小学校への米軍機墜落事故でいよいよ臨界点を超えようとしていたからだった。

こうしてアメリカの施政から主権を奪いかえし、日本の県のひとつだったころに戻ろうという〝本土復帰運動〟の狼煙《のろし》が上がった。

復帰協はその手始めとして、島じゅうの学校での〝日の丸〟の国旗掲揚をめぐって政府とわたりあった。押しつけられた琉球国の旗を拒否して、われらは日本人《ヤマトンチュ》やさ！と叫ぶその活動が知れわたり、復帰協はこの島の政策を揺さぶるほどの一大組織《ウフヂネー》へと成長していくのさ。ヤマコもその一員となって、めくるめく闘争の時代へと身を投じようとしていた。

だってはっきりとわかっちゃったから。あんなことがあったらツネヨシやセイジやナミは、ヤマコの記憶のなかでずっと二年生でいるしかない。この島に米軍基地があるかぎり、頭上をひっきりなしに飛ぶ危険物が絶えないかぎり、齢《とし》を重ねられない〝永遠の子どもたち〟が増えるだけだ。アメリカの政策が、日本《ヤマトゥ》との盟約がどんなものであれ、子どもが成長を否定される世界を放置してはおけない。

われらが故郷《シマ》に、基地はいらない。反基地・本土復帰のスローガンを叫び、手製のプラカードを突き上げるようになったヤマコは、あるとき屋良会長に同伴するかたちで、革新勢力の旗頭と呼ばれてひさしい政治家のもとを訪ねた。

「ハイサイ、屋良さん。このかたがたが墜落事故のあった小学校の――」

絶大な支持のもとに那覇市長に当選を果たしながら、米民政府のジェームズ・E・ムーア高等弁務官にさんざん締めつけられた瀬長亀次郎にもヤマコは私淑するようになっていた(アメリカはあからさまだったね。那覇市への補助金を打ち切るわ、琉球銀行の資産を凍結するわ、あげくにかつての投獄を理由に被選挙権まで剝奪しちゃった。それもこれもこの人が、反米の闘士としてあまりにも島民に人気があったからなのさ)。

「あの事故は、島民たちの意識を変革する重要な契機となるでしょう」

「亀さん、あたしたちも一緒に闘います」

「それは、心強い」


時間はひとすじの光の矢だった。街頭のデモや勉強会に明け暮れるヤマコは、熱心な女性運動家の誕生に面食らっているグスクによく言ったものだった。島民の血が滲んだように真っ赤な夕暮れのなかで、地元の基地を見上げながら――

「ニイニイたちじゃ頼りない、あたしがこの島の英雄になるよ」

グスクは驚いていたね。男たちをさしおいてヤマコが、英雄がいた時代への執着や未練を断ちきろうとしていたんだから。おまえ、それでいいのか？　と問いたげなグスクの瞳には、救いの手をもう望まないと誓った女の表情が映っていた。それはだれかに与えられる幸福にすがるのをやめた女の顔だった。夢想と現実が入れかわる奇蹟《きせき》でも起きないかぎり、消えることのないかたくなさを宿した顔だった。

オンちゃんは、もういない。

だったらだれかが、島のために闘わなくちゃならない。

成長する子どもたちのためにも、故郷《シマ》で生きる自分たちのためにも。

それはヤマコの、オンちゃんとの訣別宣言ともいえた。五〇年代に終わりを告げる年のことだ。燃えるような日没寸前の空のもとで、ヤマコは微睡むように目を細める。吹きわたる風の響きは失われた日々からひきちぎられた、亡き英雄のための弔歌のようだった。

八　沖縄《ウチナー》の王とサンアイ・イソバ、いくさ世《ゆ》、蜃気楼《しんきろう》の島へ

たとえば島育ちの楽観主義者たちなら、一九六〇年代をひときわ明るい言葉で飾りたてるだろう。あの戦争からも歳月が過ぎて、政治も社会もあらたな局面を迎え、ひとえに沖縄《ウチナー》にも近代化の波が押し寄せていたってね。

たしかにこの島は変わった。戦果アギヤーや密貿易団の噂は聞こえなくなったし、タクシーだけでなく自家用車も走りだして、掘ったて《アナヤー》小屋もスクラップ屋の荷車も、着たきりすずめ《イチメーマーミナカー》の孤児もめったに見られなくなった。だけどこんなふうに言う人もいたのさ。どんなに景気が上向きになってインフラが整えられたところで、それがそのまま近代的な精神の発露につながるわけじゃない。あいかわらず米国のブルドーザーは猛威をふるっていたし、金網のまわりに群がる人々はそこで食事をしたり糞をしたりしながら、基地からあふれだす騒音や災難を嘆いていた。欲望のはけぐちとなる情婦たちは喉の奥で放たれた精液をすすごうと涙目で嗽《うがい》をしている。大陸へと飛んでいく戦闘機の翼の下では、すべての親や子や教員たちが猛火に包まれた小学生の悲鳴の

こだまを聞いている。世の常識からすれば、それらは近代社会のありようには程遠いものだった。われらが故郷《シマ》は上からの支配にさらされつづけていて、そんな六〇年代の象徴ともいえるのが、ポール・W・キャラウェイの高等弁務官就任だった。

ごきげんよう、琉球の民。わたしが新しいボスだよ。

わたしは前任者のように甘くはないから、そのつもりでいてくれたまえ。

破目を外しすぎたら、弾圧するからね？

さぁはい、アメリカ世《ゆ》のひとつの節目がやってきた。三代目の高等弁務官に就いたポール・W・キャラウェイは、弁務官というよりも植民地の支配者としてこの島に君臨した。政府の長と軍司令官を兼任する最高責任者の姿は、島民たちにどんなふうに映ったか？　仕事中毒《ワーカホリック》として知られる人造人間キャラウェイ。眠らず、汗をかかず、執務室に住みこんで統治領のあら探しをしているとされる男。海の向こうからやってきた大怪獣キャラウェイ。火炎のようにアメリカの資本を吐きつらねて、島の立法院が採択した法案をことごとく蹴散らしていった。自治権を求める島民たちにとってそんな統治者の姿は、米帝の脅威そのものだった。これによっていっそう反米色を強めた政党や市民組織と、キャラウェイ率いる米民政府との対立が、この島のこの時代をもっともよく象徴する構図といってよかった。

一九六一年の九月、残波岬《ざんぱみさき》でレイは折り畳みナイフを開いている。

暗褐色の岩肌がつらなる岸辺で、海鳴りが不協和音となって響いていた。

ちぎれた臓物のような雲が月光を遮って、向かいあう男たちを闇に埋没させている。海蝕崖《かいしょくがい》にぶつかって砕ける風が、ポマードで撫でつけたレイの髪を、銀色の柄シャツの裾を逆巻かせた。

舫《もや》われた漁船に押し入ったレイは、数年をかけて捜しだしたトミー（と、呼ばれる沖縄人《ウチナンチュ》）の頰の皮の薄いところに刃先をあてがって、

「あらいざらいしゃべらんね、そらっ」

牡蠣《かき》の殻をこじ開けるように、口端へと引き下ろした。

血飛沫が飛んで、裂けた頰の向こうにトミーの脂色《やにいろ》の歯がのぞいた。

うまく悲鳴も上げられず、トミーは傷を押さえてその場にしゃがみこんだ。

海の蒸気をこもらせた甲板は、立っているだけでも滝のように汗が流れる。うずくまった相手から腕時計を外したレイは、ポケットの財布も抜きとった。これから魚の餌になるのに金も時計もいらんよなぁとでもいうようなレイの態度に、すっかりトミーは恐れをなしていた。

「最近のことは知らん、軍司令部《ライカム》に壊滅させられたって話もあるさ。連中のことを知りたいならトカラに渡るんだな。荷積みの中継地点があるのさ。こっちで荷分けしな

いでトカラの悪石島《あくせきじま》に運んで、積みなおして本土《ヤマトゥ》や大陸へのルートに乗せるのさ」

密貿易団〝クブラ〟の手引き役だったというこの男にたどりつくまでに、うんざりするほどたくさんの荷役や貿易商のもとを訪ねてまわった。脅しをからめ、実力行使にもおよんで、ようやくこの残波岬にまで漕ぎつけた。この期におよんでもたらいまわしにされてはかなわないが、トミーはそれらしい島の名前でごまかしているわけでもなさそうだった。

頰の治療代として財布は返してやってから、夜の潮が渦巻く残波岬をあとにした。トカラ列島、悪石島——沖縄《ウチナー》よりも本土《ヤマトゥ》の近海にある未知の領域。行ってみようか？だけど喜舎場の親分《ターリー》になんて言おう、船だって調達しなくちゃならない。あれこれと思案しながら美里に戻ってくると、宵の口にもかかわらず〝ヌジュミ〟が看板の灯を落としていた。

「ウタちゃんが、とんでもない話を聞いたって」

客のいない店内ではチバナが、数人の子どもたちとテーブル席を囲んでいた。この日のウタはうりふたつの顔をした双子《ターチユー》と、ウタの服をつかんで離さない臆病そうな女の子《ミーングワ》を連れていた。つるんでいる顔ぶれはそのたびにちがうけれど、施設の子たちを兄貴面《シージヤ・ヂラ》でしたがえて、またぞろ美里まで出かけてきたらしかった。

「タイラさんとね、又吉のニイニイをねえ」

「あのふたりが、どうかしたのか」

「連れてっちゃうって、コザの子分が言ったのさ。落《チ》とし前《ビ》ってなぁに？」

「落《チ》とし前《ビ》、そう言ったわけ？　落《チ》とし前《ビ》ってのはやったらならんことをやったやつをみんなでぶちのめすことさ」

「それ、するって。どこかに連れてっちゃって」

こいつがウタと名乗ったのは、出会ってからしばらく経ったころだった。いまではすっかりおしゃべりが達者になって、チバナと駄弁《だべ》りにきたり、あれこれと口実をつけて昼飯をおごらせようとしたり、「足ティビチ、足ティビチ〜」と変な歌をふりつきで口ずさんでいたりするのだから変われば変わるものだ。もう九歳ぐらいになったのか、首里《しゅり》にある児童施設に身を寄せて、学校にも通いだしたようだが、このごろ見かけんなあと思うころにふらりと現われて、金魚の糞のようにレイの行くところについてきたがる習性は抜けていなかった。

この日、美里《ムヌイー・ジョージ》にやってきたウタたちは、顔を知っているコザ派のごろつき《アシバー》が数台の車になにかを積みこんでいるところを目撃した。物陰から盗み聞きしたところ、又吉世喜とその同胞《ドウシ》のタイラを連れ去る算段を練っていたという。車のトランクに積まれていたのは、鉄パイプや手斧や日本刀といった物騒な道具ばかりだった。

「又吉をさらうだと、那覇派の首領を？　そんなことしたら大事《デージ》やあ、親分《ターリー》がそんな無茶な真似を許すわけあらんがぁ」

「この子たちが見たのはお昼ごろだって。本気ならいまごろ決行されてるんじゃないの、あんたの立場もまずいんじゃないの」

「急になにがあったのさ、おれはなんにも聞いとらんど」

「あんた、騒ぎがおさまるまで店に近寄らんでくれない」

「このすべた、それが連れ添ってきた男への科白《せりふ》かあ！」

「かしまさんど、あんたの情婦《シムチャー》と思われたらこっちが迷惑するさ。とばっちりで店を取り上げられたらかなわん。男たちの揉めごと《ムンロー》の巻き添えになるのはうんざりなのさ。あんたもさらわれる前にどこか遠くにでも逃《ひ》んぎったら！　山原《やんばる》で珍しい鳥でも探していたら！」

チバナはとりつくしまがなかった。この酷薄女《ジビタムン》！　追いたてられるように店を出たレイに、ウタとその連れの子たちもついてきた。

地元を離れていた二日足らずのうちに、予期できなかった厄介事《ニーワチャレー》が起こっていた。落とし前《チビ》というからには、又吉とタイラのなんらかのふるまいにコザ派が報復におよんだということになる。あのふたりとなると、まさかあれか、いいか？

「那覇に行ってみるか、ウタ、おまえも来るか」

身の振りかたを決めなきゃならない。那覇で質屋を営んでいるテラスという男がいて、数年前までふらふらしていたこの放蕩者《ほうとうもの》を又吉にひきあわせたのはレイとタイラだった。事情通のテラスならこの騒動をつまびらかに語れるはずだった。聴衆にアジテーションをふるっている演説者がいる。道すがらの与儀《よぎ》の農業試験場の近くで、復帰協のデモを見かけた。三線の演奏つきで琉球民謡も唄われている。故郷《シマ》のセンチメンタリズムを誘おうというのか、三線の演奏つきで琉球民謡も唄われている。このところの闘争の気運にレイは乗れなかった。島の支持を集める復帰協とは反りがあわなかった。ポール・W・キャラウェイが高等弁務官に就いてからはいっそう運動も活発になっていたけれど、その思想の中心にある〝本土復帰〟の標語がレイを鼻白ませていた。やみくもにかまびすしい騒音を立てるぐらいなら、基地から這いだす小児性愛《ハゴー・サン・イラー》の変態を狩っているほうがよほど故郷への貢献になるはずだった。

侮蔑に鼻を鳴らしながら通りすぎかけたところで、ウタたちがだしぬけに石垣に飛び乗って、路上の人だかりに手を振りながら、

「こっちやさ、ヤマコ先生〜」

と、声を上げたのでレイは面食らった。

「おまえ、ヤマコを知ってるのか」

「おいらの先生さぁね、えへん。おっぱい《チー》大きいだろ」

「もしかして、おまえに言葉を教えたのってあいつなあ？」

ちいさな島での奇遇だった。プラカードに長い手をからませて通行人にビラを配っていたヤマコも、レイたちに気がつくなり驚いた顔で、飛ぶような大股で駆け寄ってきた。「どうしてレイがその子たちといるのさ！」

さっぱりと長い黒髪を切って、肩の高さで斜めにそろえていた。藍染めのミンサー柄のシャツは両腋《わき》に汗の輪染みをつくっている。すこし痩せたか？　こうして間近でヤマコと顔をあわせるのはずいぶんとひさしぶりだった。

「こいつらは、おれの隠し子さぁね」

「つまらんこと言って、この子たちを小間使いにしてるわけ」

「こいつらが勝手にちょろちょろしてるのさ」ばつが悪くなってレイは話題を変えた。「それより大事《デージ》だったね、あのろくでもない事故のあとで、おばあまで倒れたんだって？　看病も見舞いもそっちのけで復帰運動かよ」

「そっちこそ、おじいが心配《シワ》していたよ。たまには帰ってやらんと」

「あんな事故があったんだから、基地嫌いになって当然だけど。わざわざおまえがわめかんでもだれかはわめくさ。それよりやることがあるだろ」

「おなじこと、ニイニイもよく言うよ。だけどいまは声を上げなくちゃならん」

「あいつか、ちゃー元気《ガンジュー》な？」

「忙しくしてる。誘ってもなかなか集会に付き合ってくれん」

「そうか、へっへっ、あいつの面《チラ》もたまには見たいもんやさ」

嘘《ユクシ》だった。琉警に入った友達《ドウシ》なんていまは会いたくもない。レイがいまもその面影《ウムカジ》を思い出さずにいられないのは、見られるものなら毎日でも見ていたいのは、ここにいる幼なじみの顔だけだ。おれはいまでもおまえを柔らかい布団の上に誘いたい。おまえの下着なら毎日手洗いしてもいい。心からそう願っているのに、もうひとりの幼なじみが話題に上がったせいで腹の底がささくれだって、言いたくもないことまで言ってしまう。

「それにしても本土復帰がそんなにいいかねえ」

プラカードを担いだヤマコがふくれ面《チラフックワー》になっても黙らなかった。復帰協は〝日本国民としての魂を取り戻そう〟なんて謳《うた》っているけど、これまでおれたちが日本人《ヤマトンチュ》だったことがあるか？　おれには憶えがない、だから〝本土に帰ろう〟と言われても、ハア？　まるでピンとこない。本土《ヤマトゥ》のほうでもあいかわらずの無関心で、おなじ国民の問題として沖縄《ウチナー》と連帯する動きはない。あいつらの日本地図にこの島は入っちゃいない。安保闘争が最高潮に達したときでさえ、アメリカの戦争政策に巻きこまれたくなくてこの島を防衛地域に含めることに反対するやつらだ。いざとなったら沖縄《ウチナー》を見捨てるのは目に見えているさ。

「おれは最近、思うんだよな。ほんとうに目の仇《かたき》にしなくちゃならんのはアメリカーよりも日本人《ヤマトンチュ》なんじゃないかって。デモで声を上げるのが民主主義の基本だなんて復帰協は言うけど、この島の人権や民主制はまがいものさ。本物のそれらはもうずっと本土《ヤマトゥ》のやつらが独り占めにしてこっちまで回ってきとらん」

「はぁーや、刑務所で鍛えられたってほんとうだったのね。そこまでちゃんと主義主張を持ってるのに、どうしてごろつき《アシバー》なんかでいるのさ」

「好きにするさ、アメリカーの飼い犬《イングワ》になるよりはマシよ」

「好きにするのはいいけど、この子たちまで巻きこまんでよ」

「だからよう、こいつらがついてくるんだって」

「だとしても、もう来たらならんって言えるでしょう。ウタもウタだよ、キヨちゃんに双子《ターチュー》まで連れまわして！　この子たちはね、ちゃんと大人の世界を観察して、見るもの聞くものを血肉にしていってる時期なのさ。そんなときに悪い大人《ヤナムン》の真似をさせたらならんがあ」

　おっかない女傑《サンアイ・イソバ》のように大口を開け放って、あからさまな非難の言葉を向けてくる。ヤマコはヤマコなりに、幼なじみとの偶然の再会を喜んでいるのかと思ったのに。ビラ配りを中断していろいろと言ってきたのは、教師の立場からいちゃもん《ジーグイ》をつけたかったからしい。ささやかな高揚が見る見る萎《しぼ》んでいった。舌打ちとため息のどちらを先に出したらいいかわからなくなった。

「それからさっきの話だけど」とヤマコがつづけた。「日本人《ヤマトンチュ》だって無関心な人だけやあらん。本土《ヤマトゥ》にだってこの島の政策に異議を唱える人はいて、そういう人たちとあたしらの点々としたつらなりが、暗いところから見上げる星座みたいにだれかを励ますときがあるんだよ」

「へえへえ、先生がうるさいから、おまえらもう帰らんね」

落胆といらだちと、直視したくない失意にさいなまれたレイは、ヤマコの言葉を聞き流して、ウタたちを追いはらって公園を離れようとした。だけどそこで、仕入れたばかりのとっておきの情報があるのを思い出した。おれはまだ兄貴《ヤッチー》を捜している、ヤマコにそう伝えたかった。だからいますぐにでも島を離れて、おれとおまえで捜しにいこうと誘いたかった。

「ねえ、レイ。いっぺん集会に来てよ」

「へえへえ、じゃあまたな」

だけど言葉の接ぎ穂が見つからず、ヤマコの勧誘もわずらわしくて、きびすを返して歩きだした。わめいているヤマコを尻目にウタだけはついてこようとする。追いつくなりちいさな小舅《こじゅうと》のような顔つきになって「好きなんだろ」とこましゃくれたことを言ってきた。

「ねえ、ヤマコ先生、好きなんだろ」

「ついてくるな、施設に戻ってゴム跳びでもしてな」

「チバナがおるさ、レイには。ふたりと結婚《ニービチ》できんの知らんわけ」

「生意気《ナマチ》さんけえ、たっぴらかされっど！」

　呼び鈴を鳴らすと、だれよお、と気怠《けだる》そうな濁声《だみごえ》が聞こえた。扉の隙間から覗いたハコガメのような面は、あからさまにレイを煙たがっていた。

「これはこれは、現役の戦果アギヤーどのやあらんね。あんたが来るたびに値の張る財布や鞄が消えるから、こっちは在庫処分ができて大助かりやさ」

　レイが上がりこむと、皮肉屋《ヒンサー》のテラスは迷惑そうに入口に施錠《せじょう》した。地下室で大麻の苗を栽培し、物騒な横流し品も、アメリカ女が全裸でのけぞっている写真もためこんでいる。この島の非合法な物事にかけては百科全書なみの知識をそなえる男だけど、この日は普段にもましてレイに会いたくない理由があるようだった。

「今夜のことで訊きにきたんだろ」とテラスは言った。「心配《シワ》さんけえ、関係者が何十人も切り刻まれて、おれやあんたも出方をまちがえればサメの餌にされるだけのことさ。島をあげての抗争《ソーロー》の火種がまかれた程度のことやさ」

「コザの名目は？　どうしてふたりをさらったのさ」

「あの墜落事故があってから、島の掃除にますます励んでたやあらんね」

「やっさあ、米兵狩りかよ」

「数日前に襲ったのが、コザ派と通じた米兵だったらしい。密輸の船に載せる銃器を横流しさせていた協力者よ。襲われたとなったら内部調査も入るさ、コザ派にしてみたら新しい供給源が見つかるまでは商談もお預け、面目はまるつぶれよ。それで親分《ターリー》が犯人捜しをさせて、捕まった実行犯のひとりがタイラと又吉の名前を吐いちまった。一部のやつらが親分《ターリー》の号令を待たずに先走って、西原飛行場まで真夜中のピクニックに出かけたわけさ」

六〇年代に入ってからコザと那覇の二大組織は、一触即発の危うさをはらむようになった。資金や組員の数で優位にあったコザ派は、島の中部から北部にかけての利権をおさめて、那覇派の占める島南部にも勢力を拡げたがっていた。

あんたの世渡りも正念場だねとテラスは言った。タイラとのつながりは周知の事実だから、あんたにもコザ派の追及は向くし、那覇派もあんたを仇と見なす。双方から追っかけまわされる人気者になれるねえ。

「これまで築き上げた地位がパアやさ、あんた、どうするつもりね?」

「おれを分別《ブシジョー》なしと思うのかよ。刑務所での恩義なんてずっと昔のことだし、又吉との関係だってつい最近のことさ」

「うへっへ、正直者《マクトゥ》だね」

テラスの言うとおり、立ちまわりひとつで今後の命運が分かれる局面だった。選択肢はふたつにひとつ、タイラと又吉との関係を隠しとおすか、火の粉がふりかかる前に逃げだすか。もしもここにウタがついてきていたら、おれといるのも勉強になろうが、と言ってやるところだった。どちらを選ぶにしても今日という日は、レイにとって厄日になりそうだった。

それにしても、わじわじするね。

よりによってこんな日に、人生を左右する決断をしなくちゃならないなんて。

腹の虫が静まらないのは、ウタ、おまえの先生に袖にされたからさ。

那覇から西原までは、車で飛ばせば十五分とかからない。時の流れに置き去りにされた飛行場の跡地は、野ざらしの廃墟《はいきょ》か墓場じみている。こんなところに立ち寄るのは浮浪者《ムヌクーヤー》か、人目をはばかりたいならずもの《ヒンジャー》ぐらいのものだ。だだっぴろい敷地のいたるところにほこりっぽくて野蛮な闇がふきだまっていた。

「あんたと知り合ってよかったよ、こんな無茶につきあわせてもらえるなんて」

「ここまできてうだうだと、泣き言《タークトゥ》言さんけえ」

「あんたは地縁より義理で動く自分に酔っているわけさ。しかもおれまで巻きこむ親切さ！」

「そんなもの犬《イングワ》も食わん。どっちに恩を売るのが得かを見定めたのよ」

軍の兵站《へいたん》部隊から大陸帰りの損傷車両を盗みだし、尻ごみするテラスを無理やり同行させて飛行場跡地に乗りつけた。これから無謀な真似をするのはレイにもわかっていた。ふたつの選択肢をふたつとも放棄したのだから、ここからは自分の流儀でやるしかない。運転しながらレイは覗き穴を開けた肥料袋をかぶった。コザ派の男たちは滑走路の奥に群がって、すずなりに停めた車両のライトを処刑の場の照明がわりにしていた。

だしぬけに乱入してきたトラックに、男たちが怒声をつらねる。

車という車にぶつかっていって、ごろつき《アシバー》たちを四散させた。

座席でふりまわされながらテラスが「あそこやさ！」と声を荒らげた。

タイラと又吉は、一台の車の後部に鎖でつながれていた。袋叩きにされたあげくに車で滑走路をひきずられたらしい。さすがに多勢に無勢だったか、琉球空手の達人を警戒したコザ派はそれこそ五十人ほどで徒党を組んでいた。

ふたりが自分の足で立っていれば、そのまま飛び乗らせるつもりだったが、こうなるとあの鎖を断たなくちゃならない。くそったれ！　ふたりのそばに強引にトラックを横づけにすると、開けた扉から飛び降りた。

たちまちとんでもない事態になった。こんなに大勢との乱闘は経験がない（獄内闘争で警官隊とやりあったときは味方もたくさんいたから)。四方八方を埋めつくすごろつき《アシバー》の群れがいっせいに襲いかかってくる。両腕をつかまれ、鼻っ柱にこぶしを見舞われる。長ドスやナタを振りまわされ、殴られ、打たれ、腹を蹴られ、怒号の渦のなかで呼吸もできなくなる。レイはがむしゃらに男たちの打撃をかわし、殴られても紙一重で痛みを軽減させて、手という手をすり抜けて、頭突きを見舞い、数人のあごや頬を殴りかえした。荒ぶる呼気がぶつかりあう団子状態《クンクルバーシエー》のなかでナイフを抜いて、目の前のごろつき《アシバー》に斬りつけた。逆手に握りかえしてもうひと斬り。肩のおなじ箇所をつづけて刺して、倒れたところで傷口を踏みつける。地面に落ちていた手斧を拾いあげると、タイラと又吉をつなぐ鎖を切断した。

「ふざけやがって、どこのどいつなあ」そこでよく知った声が聞こえた。「逃《ひ》んぎらせるな、その袋をひんむけ!」声のほうを向いた瞬間、目があった。わずかなその一瞬だけでレイは変装が無駄になったと直感させられた。

「おまえだな、汚い野郎《ハゴームン》」

この男が主犯格ってところか。みずからの利益のためなら同輩も商売敵も追い落とし、邪魔者《ワーバムン》はさらって半死の重傷を負わせ、妻子の眠る家にも火を放つ男。猜疑心の強さにかけては人後に落ちない辺土名が、嘘発見器のようなまなざしで乱入者の正体をたちどころに看破していた。

辺土名の号令でごろつき《アシバー》がまとめて襲ってくる。ふりおろされた長ドスになます斬りにされかけて、体勢を崩したところで羽交い絞めにされた。前方からは栄養過剰《ウフゲー》で育ちすぎた元・角力《すもう》選手の巨漢がナタをかざしてどすどすと突進してくる。押さえつけてくる男たちを振りほどかず、膂力《りよりよく》だけでひきずるように前に出て、角力ごろつき《アシバー》に体当たりをかました。ところが体重差で弾《はじ》き飛ばされ、倒れこんだところでナタを振りあげられる。あがあ、脳天まっぷたつか、と覚悟しかけたそのときだった。真横からつむじ風が吹きつけた。

立ち上がった又吉が地面に軸足を突きさし、腰を旋回させて、角力ごろつき《アシバー》の首に強烈な蹴りを浴びせた。意識の薄れたままで脊髄反射のように反撃したらしい。そのまま倒れたが、渾身《こんしん》の蹴りで巨漢も沈めていた。羽交い絞めを脱したレイは、隠し持った手榴弾（テラスの物騒な質屋から持ってきたものだった）のピンを抜き、目標をさだめずに放り投げて、両耳に指を突っこんだ。

たちまち世界が、巨大なひとつの太鼓となった。

一瞬、夜空の底が赤らんだ。

全身をめぐる血が沸騰し、内臓《ワタ》にまで震動が伝わってきた。

爆風でレイも吹っ飛ばされ、横っ面が擦りむけるほど地面と頬擦りさせられた。

起き上がったタイラが又吉に肩を貸して、三人で車に乗りこんだ。テラスに運転させて飛行場跡を飛びだし、追っ手をまきながら市街地に向かった。

辺土名たちは、又吉とタイラを再起不能に追いこもうとしていた。ふたりの顔は鬱《うっ》血《けつ》して腫れあがり、あごの蝶番《ちょうつがい》はおかしくなって、車内での会話もままならなかった。それでもふたりの目には、屈服しないもの特有の眼光が、殴られても顔を背けない誇り高さが宿っていた。損得勘定を抜きにしてその猛々しさに感嘆と高揚をおぼえていることを、レイは運転席でにやにやしているテラスに悟られたくなかった。

乗りつけた那覇の病院で、そろって処置室に運びこまれ、折れた骨をギプスで固定し（ふたりあわせて十三本も折れていた）、傷口を縫いあわせた（こちらは合計七十五針、これが人じゃなくて家なら倒壊しているね！）。那覇の子分たちに病室や裏口を守らせ、重傷を負ったふたりの回復力に望みをかけた。

「本物のおまえが戻ってきたな」タイラは三日で会話ができるまで回復した。「コザには戻らんほうがいい、おまえがやったことは勘づかれてるさ」

「こういうのは苦手なんだけどな」又吉は九日かかった。一時は再起も危ぶまれたがどうにか峠は越えていた。「でかい借りをつくるのは、返そうにも返しきれない恩義をかけられるのは。とにかくあんたは那覇の庇護《ひご》に入ってくれ。ろくでもない事態が落ち着くまでは、あんたの身はおれたちが守らせてもらう」

「あんたらの趣味にかかずらったばっかりに、地位も商売もパアやさ」

「米兵狩りだけが、コザの動機やあらんがあ」

「ほかにもなにかあるのか」

「コザとの定例親睦会でおれは、あんたにも以前に話した〝戦果アギヤー狩り〟のことにふれたのさ。うっかり口が滑ったわけでもない、それとなく探りを入れてみようと機会をうかがっていたからな。あれが引き金になったんだろうさ」

コザの幹部たちは、又吉がその話題にふれたとたんにそろって顔色を失くした《な》という。喜舎場の親分《ターリー》はそんな噂もあったなと憮然《ぶぜん》としていたが、飛行場の跡地にさらわれたときに辺土名がその件《くだり》を蒸しかえした。あれはコザ派への侮辱、看過できない非礼、知っていることがあるならなにもかも白状しろと脅してきたという。親分《ターリー》の号令を待たずに前代未聞の暴挙におよんだ辺土名は、あるいは都合の悪い過去を握りつぶすため、みずからの保身のために、米兵襲撃の〝落とし前《チビ》〟という名目を利用したのかもしれなかった。

「いずれにしても、ここまできたら親分《ターリー》も退かんだろうな」

「あんたもだろ、泣き寝入りするようなたまやあらんが」

「向こうがその気なら、迎え撃つ《ウーソーロー》しかあらん」身を起こした又吉は、視線の獰猛《どうもう》さをよみがえらせていた。「全面戦争、それも上等《ジョートー》さぁね」

沖縄《ウチナー》のヤクザがどういうものなのか。本土《ヤマトウ》のヤクザとのちがいを、神戸のドヤ街で暮らしたことのあるタイラが教えてくれた。

「おれたちの島にはもともと博徒《ばくと》やテキ屋はいない。表社会からはじかれた連中はたいてい島の外に去ったから、暴力団の生まれる土壌はなかった」

島の外からの視線をそなえるタイラならではの概観だった。本土《ヤマトウ》には絆《きずな》を固めるための盃事《さかずきごと》があり、それをもとにピラミッド型のヒエラルキー構造が築かれるが、この島にはそれがない。だからこそ末端の争いはすぐさま組織の上部におよび、調停役を買って出るような中立派もいないので、いったん火の粉がまかれたら全組織をあげての抗争《ソーロー》に発展するしかない。

地縁の強さには舌を巻くものがあって、一度知り合ったら兄弟《イチャリバ・チョーデー》、という情の深さをそなえるいっぽうで、ひとたび決裂した連帯感はすさまじい憎悪に転化する。そこにきて離島という土地柄（利権のぶつかりやすさはレイも痛感してきた）、亜熱帯で揮発しやすい倫理観（これはレイやタイラも他人事と笑えないね）、理性を焦がす暑熱《アシバー》と、戦争体験に裏打ちされた死生観、それらがよってたかって島のごろつきの性質《さが》に拍車をかけるのさ。

「そのきわみが、島じゅうの基地だな」

「コザも那覇も、横流しの銃器に困ることはないもんな」

「もとより抗争《ソーロー》のお膳立てがされているようなものさ。この争いは、どちらかが敵方を殲滅《せんめつ》させるまで終わらんぞ」

タイラが予言したとおり、又吉が報復戦を宣言すると、コザ派でも命知らずの鉄砲玉をけしかけて要人を狙わせた。両派で号令が出されるにいたって、コザで配られた回状には那覇派に寝返ったとされるレイの名前も挙げられていた。

争いは争いを呼んで、コザ派と那覇派はそれこそ街場の不良まで巻きこみ、昼夜を分かたず路上の喧嘩《オーエー》に明け暮れた。罵りあい《イーヒヤーアシヒヤー》や発砲騒ぎ、刃傷《にんじょう》沙汰がひきもきらず、実行部隊を組んで敵陣に殴りこみをかける予定が三日に上げずにカレンダーに印をつけて、海藻にまみれた鬼餅《ムーチー》のようなごろつき《アシバー》の水死体が浜辺に揚がった。ごろつき《アシバー》どもがそろって見境をなくした！　琉球警察はこれを沖縄《ウチナー》ヤクザ史における〝いくさ世《ゆ》〟と位置づけて、満を持してすべての警官に拳銃の携行命令を出し、実行犯や上位幹部をつづけざまに検挙していった。

おれだけが逃げ隠れはできん、と又吉は突っぱねたが、なんといってもコザの回状の筆頭に挙がる那覇の首領だ。すくなくとも傷が完治するまでは身を隠していてくれと子分たちに懇願された又吉は、レイとタイラも同行するという条件つきでそれを了承した。島内はどこも危険だ、雲隠れするなら島を出なくてはならない。

「だったら、トカラの悪石島はどうかね」

レイの提案が通って、宜野湾《ぎのわん》の船着き場で落ちあうことになったが、約束の時間になってもタイラが現われなかった。一足先に退院して那覇を離れ、島南部でなにか特別な仕事にあたっているというタイラに不慮の事態が生じたのか、琉警にでも身柄を押さえられたか、本人との連絡もつかなくなっていた。

海水がとめどなく渦を巻いている。艀《はしけ》には波頭が立って、群青色《ぐんじょう》の水の上でくっきりした輪郭を描いている。又吉が手配したのは排水量十トンの漁船だった。エンジンから漏れる燃料の臭いにウタがうへえと顔をしかめた。

毎度のようにふらりと現われて、船着き場にまでついてきた。この日はいつにもまして落ち着きがなく、あちこち走りまわったあげくに艀から落ちて、脱げた島草履を波にさらわれ、ずぶ濡《ぬ》れになりながらへいへいと腰をひねって珍妙なカチャーシーを踊っている。ひとりだけ連れている痩《ヤ》せ《シ》っ《ガ》ぽ《ルー》ちの女の子を笑わせようとしているらしかった。

五歳ぐらいのキヨという娘だ。よほどウタになついているのか、このところはどんなときでも行動をともにしていた。強面《チラフックワー》のごろつきにおびえて一言もしゃべらない少女に、ウタはここぞとばかりに兄貴風《シージャ》を吹かして、船のエンジンが動かないときはぶったたくんだよとか、タイラさんって仲間《ドゥシ》がまだ来とらんのさ、おいらも心配《シワ》しているんだけどねえ、などとひっきりなしに話しかけていた。

「それにしても、どうしちゃったのかね」艀に立ってレイはつぶやいた。「タイラさん、こんな島からはさっさとおさらばしたいって言ってたのに」

「あの人とは、大きな計画を進めている。琉警の手なんぞに落ちてもらっては困るな」

「あんたらも懲りんなあ。まだなにか企《たくら》んでるのかよ。おれはもう助けてやらんど」

「おまえにもそろそろ話すころあいかもしれんな」又吉が声音を低くした。「おまえはもうコザの人間やあらん。おれとタイラさんはずっとひとつの目標を見据えてきたのさ、航路でじっくり聞いてもらうとするか……そろそろ上げ潮やさ、出航を先延ばしにもできん」

「置いてきぼりか、タイラさん、つくづく沖縄《シマ》を出られん人やさ」

「ただで転ぶような人やあらん、あとから来るように伝えておこう。おまえは身のまわりの整理をしてきたのか、しばらくは戻ってこられんぞ」

又吉のその言葉で、脳裏にはヤマコの顔がよぎった。今生の別れになるわけでもないのに胸の底が無性にうずいて、後ろ髪を引かれてしかたなかった。ふと視線を傾けると、ウタがなにかを言いたげにこちらを見上げていた。

「おまえも来るか、ウタ」

なにかをねだるときのウタの顔だった。同行を望んでいるんだろうと思った。ところがそれまでおどけていたウタが、うってかわって神妙な面差しになって、無言のままでぶんぶんと頭をふった。レイたちが甲板に立っても艀にとどまり、かたわらのキヨがつかんでくる手を握りかえしてもう一度、こころもとなく頭をふった。

どんなときでもレイが声をかければついてきたのに。連れの子と離れるのがしのびなくなったのか。こいつはこいつなりに、島を離れられない理由を見つけたのかもしれない。艀にたたずむふたりの子に、かつての島の子どもたちの——兄貴《ヤッチー》とその恋人《ウムヤー》の面影《ウムカジ》が重なったような気がして、レイはごしごしと目を擦《こす》りつけた。

「だったらあいつに、ヤマコに伝えてくれ」

「ヤマコ先生に、なにを？」

「兄貴《ヤッチー》のことを突き止めて、帰ってくるからって。ほれ、言ってみな」

「兄貴《ヤッチー》のことを突き止めて、帰ってくるから。ヤッチーってだれ？」

あれ、とレイは思った。こいつにはまだ兄貴《ヤッチー》のことを話してなかったか——なんとなく話したような気になっていた。ウタは兄貴《ヤッチー》のことを知っているものとばかり思っていた。

どうしてそんな誤解をしたのか、なにか理由があるような気がしたけど、そんな一瞬の感覚も汽笛の音にかき消された。

「おれたちがずっと捜してきた、大事な男やさ。帰ったらおまえのところにまっさきに向かうからって！　だから！　それまでいい子で待っちょけって！」

伝言の最後のほうは、離岸するなかでちゃんと届いたかあやしかった。

白馬の群れのような波の帯がつらなり、遠ざかるウタの声も聞こえなくなった。

水平線が霧を煙らせている。蜃気楼のような未知の島へと、舳先《へさき》が向けられる。

頭上にたなびく雲は、細かな雨の粒を降らせている。

嵐《ウーカジ》になるかもな、レイは彼方の空をふりあおいだ。

九　機密《コンフィデンシャル》、どんなときでも淘汰《とうた》できないもの、ハーバービュークラブの〈煙男《キブサー》〉

もうすこし踏ん張ってくれ、おれの目玉。あとすこしで勤務は終わるから。

だからいまは、眼窩の奥にひとりでに引っこまないでくれ。

突っ伏しながらグスクは独りごちていた。屁《ひ》も放れないほどに疲れきった早朝、おまえに電話さぁねと後ろから先輩刑事に椅子を蹴られ、飛び起きたはずみに机の上に積んだ供述書や報告書がばさばさとなだれを打って落ちた。

「ああ、あんたか。わざわざ電話もらって悪いんだけど、ここではその件は話せんから、ああわかった、今夜の八時に崇元寺《そうげんじ》の石門で……」

通話を終えるなり、担当事件の書類はまだかと課長に急かされた。数日前にコザで発生したのは覚醒剤を服用したごろつき《アシバー》がタクシーを襲った強盗殺人だったが、証言を集めて容疑が固まりかけたところでホシが凶弾の餌食《えじき》になるという事態に見舞われて、送検しても被疑者死亡により不起訴になるのはわかっていた。消化試合の感が否《いな》めない書類づくりに時間を割かれるのは、他にもいくつもの案件を抱えるグスクにはたまったものではなかった。

ただでさえ未処理の書類は山積みなのに。働いても働いてもさばききれない事件の件数に輪をかけて、島の二大暴力組織〝コザ派〟と〝那覇派〟の全面抗争《ウーソーロー》が勃発したのだからかなわない。グスクたちには拳銃の携行命令が出され、取調室にも留置場にも順番待ちの長い行列ができている。取り締まりの対策会議にも出なくてはならず、抗争《ソーロー》の資金調達のための密貿易もふたたび活発化していたので、海上警備にまで駆りだされる始末だった。

時計を見るといつのまにか正午前、この日は非番にもかかわらず、昨夜からぶっとおしで書類の処理に追われて、おかげで目はしょぼしょぼ、首筋もばきばき、こっそり帰ろうとしたところでまた通報が入って、現場に向かってくれと課長に命じられた。

「勘弁してください、おれは全然寝とらんのですよ。このごろ一日八時間しか寝とらん。おかげで疲れがとれなくて仕事がたまるばっかりですよ」

「それはなあ、寝過ぎだから仕事がたまってるのさ」

「だって徳尚さんなんて、取調室のズル寝も勘定したら十時間は寝てますよ」

あいかわらず署の廊下には、暴行や傷害、窃盗や恐喝や寸借詐欺でしょっぴかれた粗暴犯《ナムジャー》がひしめきあっている。疲弊によろめきながら刑事課を出たところで「アメリカーの犬《イングワ》どもが！」とすっかり聞き飽きた罵声が聞こえてきた。

「このあいだの、辺野古《へのこ》で女給を殺した米兵。あれもまた憲兵《MP》にかっさらわれたくせに。おまえらはなにをやってたのさ」

傷害でひっぱられた大柄なごろつき《アシバー》が、辺野古はうちの所轄じゃありません！　と馬鹿正直《フリマクトゥ》に応じる婦警にいちゃもん《ジーグイ》をつけている。婦警のハロー帽をはたき落としたので、手を出したらならんがあとグスクは割って入った。

「アメリカーのお下がりぶらさげていい気になって、拳銃《そいつ》を抜いてみろよ」

空前の抗争《ソーロー》がつづくなかでごろつき《アシバー》たちは、導火線が二センチの爆発物のように切れやすくなっている。酒気も帯びているようで、どろんと目の据わった男は勝手に署を出ていこうとする。襟首をつかんで振り向かせると、ことあろうに殴りかかってきた。

グスクは左に上体をそらすと、その腕をつかんで、肩に背負うように引きつける。腰を落とした背負い投げで、ごろつき《アシバー》に宙を舞わせた。

公務執行妨害の現行犯で、床に押さえつけてあらためて施錠した。

もともと拳銃の所持は有事にかぎられるので、グスクたちは逮捕術をみっちりと仕込まれている。だから見くびってもらっちゃ困るのさ、官給の拳銃なんかに頼らなくても、体ひとつで制圧するほうがこの島の警官の性にあっていた。


このころのグスクは、その人生でもとびきり多忙な毎日を送っていた。

ただの一日も、ふんふふふん〜と鼻唄まじりに過ごせなかった。

コザの事件。米民政府。それから幼なじみ——

あらゆるものとの格闘が、そのいずれも正念場を迎えていたからだった。

正午をまわっても帰宅できなかった。Aサインで暴れたごろつき《アシバー》を威力業務妨害および器物破損で留置場送りにすると、署に戻らずにキャンプ瑞慶覧へ向かった。衛兵にじろじろと睨まれながら、氏名も生年月日も英語で記された通行証（出入り業者とおなじくStandard-passと記載されていた）を呈示して、軍司令部《ライカム》のロビーで案内係を待ちかまえた。

アメリカーと秘密裏に通じるようになって三年、通行証をもらった〝友人〟たちには情報収集や身辺調査、継続監視といった任務が割りふられ、グスクはおもに米兵や軍属者がからんだ事件の特命捜査にたずさわった(ほかにも特命の任務にあたる島民はいるはずだったが、グスクはまだ会ったことがなかった)。たとえば一九五九年には名護《なご》で七歳の娘が変わり果てた姿で見つかった。被害者の周辺で黄ナンバーの乗用車が目撃されていたことからグスクが捜査に乗りだした。苦心のすえに犯行現場を割りだし、まもなく逮捕にいたったのは米兵ではなく島民で、取り調べでいたずら目当ての犯行だったと供述していた。

一九六一年に入ってからは、辺野古で女給の刺殺事件が起こった。キャンプ・シュワブに属する十九歳の海兵隊員ドナルド・〝ベビーフェイス〟・エイヤーズを検挙したのはグスクだ。売春の滞納金《ツケ》を請求されてカッとなって包丁で刺したと自供したエイヤーズの身柄は、すぐに軍司令部《ライカム》へと送致されて、キャンプ瑞慶覧の法廷で裁かれる予定になっていた。

強姦ともなると、さらにひきもきらない。数年をまたいでコザを騒がせてきた連続婦女暴行事件でグスクがお縄にしたダニエル・〝ブギーマン〟・ヘイウッドの事件では、本人の供述による被害女性の数と、実際の被害届の数が一致しなかった。足を棒にして確認したところ、ヘイウッドに襲われた三十五人のうち十三人もの被害者が警察に届けずに泣き寝入りしていた。これはヘイウッドの事件にかぎったことじゃない。表立つのはあくまでも氷山の一角で、多くの強姦魔たちは罪過を問われずに大手をふっているのが実状だった。

「おれのいちばんの頭痛の種はあんたさぁね、ボス」

アーヴィン・マーシャルとは週に一度は会っていた。軍司令部《ライカム》まで呼びだされ、継続中の捜査について報告し、あらたな事件があれば特命を受ける。打ち合わせのあとはアーヴィンの食い道楽につきあって島の食堂や屋台にくりだすのがお決まりになっていた。一緒にいるところを同僚に見られたらまずいとグスクは冷や冷やしていたが、アーヴィンはこの習慣を楽しみにしているらしい。何度か同僚に勘ぐられたこともあったが、米軍属者に情報網を築くための接待さとごまかしてきた（ほかにもアメリカの情報提供者と通じている刑事はいたので、無理筋の言い訳でもなかった）。

その日はアーヴィンのほうから、箸が進んでないな、と水を向けてきたのでグスクはつい本音を漏らした。ふたりのあいだに腰を下ろした小松が、あいかわらずよどみなくふたつの言語の橋渡し役をこなしていた。

「わたしたちは、良いチームだと思っていたんだけどな」

「あれはどうなったのさ。不良米兵のリストアップ、検討するって言っていたやあらんね」

「グスク、あっちの家族が食べているライスも注文してくれないかな。ここの麵料理《ヌードル》は珍しく味が濃くて美味いが、さっぱりしたものが欲しくなる」

「おやじ、炊きこみご飯《ジューシー》。それでリストは？」

「あれは軍人の人権保護にかんがみても、非現実的と言うしかない」

「おいおい、またそこに話が戻るのかよ」

「あまり無理を言ってはいけません」通訳をやめて小松がたしなめてくる。「アーヴィンも万能じゃない。諜報機関にもできないことはあります」

これじゃあ堂々めぐりもいいところだ。あくまでもアーヴィンは保全管理上の問題として、米兵犯罪の早期解決および情報統制に腐心するばかりで、幼女へのいたずらや婦女暴行の前科がある米兵のリストを作成して学区や特飲街に配布してはどうかというグスクの提案を聞き入れようとはしなかった。店員から飯の茶碗《ちゃわん》をもらうついでにすばを追加注文する健啖《ウフゲー》ぶりも、このところはあさましい食い意地としか映らなかった。

「今回のエイヤーズ事件の早期解決も、ほとんど君ひとりの功績だ。わたしが見込んだとおり、君はきわめて有能な捜査員になってくれた。だが監視や捜査における方針は司令部で決めることだ。そこは履きちがえないでもらいたい」

琉米をつなぐ〝友人〟同士のやりとりはそうやって物別れに終わるのがつねだっ

た。食事の勘定をすませてアーヴィンたちと別れたグスクはくさくさしながら街頭を歩いた。すぐにでも表の顔に戻らなくちゃならない。山積みの書類仕事が、捜査中の事件が待ちかまえている。それでもその足はコザではなく那覇へ向いていた。

ずっとこんなありさまでは、なんのためにアメリカ子飼いの捜査員になったかわからない。マーシャル機関では下りてくる指令をこなすのに精一杯だったし、アーヴィンは政府の内部事情にからんだ話題は慎重に避けていた。司令部をうろついたこともあったけど（あひゃあ、出口がわからなくなったと馬鹿《ウフソー》のふりをして）、衛兵に止められて資料室にはたどりつけなかった。グスクが見たかったのは、これまでに基地で起きた重大事件の米国側の記録だ。そんなものに閲覧の許可が下りるはずはないし、秘めた魂胆を知られたらアーヴィンは〝友人〟の縁を切るかもしれない。そうなったら米国の機密文書にふれる機会は万に一つもなくなる――そんな葛藤を重ねているうちに、三年の歳月がいたずらに過ぎていた。

だけどそろそろ、潮目を変えるときだ。

そうやさ、ヤマコ？

あたしがこの島の英雄になるよ。墜落事故のあとにそう宣言してから、巨鯨を追いかける漁師《イユトウヤー》のように勇ましく教職や運動に励んでいるヤマコを見ていると、こっちもいつまでもでくのぼう《フユークサラー》じゃいられないと焦燥をおぼえる。二足のわらじを履いているのはヤマコだっておなじ、グスクだってグスクの〝巨鯨〟にその銛を突きたてなくてはならなかった。

おれにはアーヴィンお墨つきの捜査勘があるさ、とグスクは鼻息を吹かした。特捜にたずさわる立場を活かして、歳月をかけて情報網もひろげてきている。実際にこの夜、選《え》りすぐりの事情通との密会の約束をとりつけたばかりだった。

夜の八時になってグスクは、泊《とまり》の崇元寺跡へと足を運んだ。

ここの寺院は戦火で焼かれて、三連の石門だけが修復された。アーチ型の門をくぐった跡地には公園と琉米文化会館があるが、この時間は人影も絶えている。グスクは右の石門の内壁に寄りかかって、約束の相手が現われるのを待った。

この日のために陰で動いてきた。マーシャル機関ではグスクのほかにも〝友人〟たちを島の各地に見いだしていたが、各人がひきあわされたり、合同で会議が開かれることはなく、あくまでも個別に任務が与えられていた。

数ヵ月前からグスクは、アーヴィンの周辺を嗅ぎまわり、尾行をくりかえして〝友人〟の何人かを特定していた。警察官のほかにも報道記者や軍雇用員がいて、だれもがアーヴィンのお眼鏡にかなうだけの知見や調査力をそなえている。今夜の密会をとりつけた相手は、終戦直後の諮問機関にも所属していた憲兵本部のベテラン雇用員で、基地の外に出てこない特殊な事情にも通じているはずだった。

　ここまでの道中も念入りに確認した。だれにも尾けられてはいない。落ちあう相手も警戒しているようで、しばらく遠巻きから様子をうかがっていたらしい。約束の時間をすこし回ったところで、石畳をかつかつと靴で鳴らし、夜陰をつたうように近づいてきた。

「こんばんは、グスク」

　現われたのは、約束した〝友人〟ではなかった。

　あひゃあ、どうしてあんたが？

　そこにいるのは、ついさっき別れたばかりの日本人《ヤマトンチュ》だった。……やられたのか？　アーヴィンの影法師《カーガー》のような小松が、グスクの動きを見透かしたうえで、落ちあうはずだった〝友人〟を懐柔し、みずから密会の場に現われたらしかった。

「アーヴィンの目を盗んで、ほかの諜報員に会うのは感心できませんね」

「あんた、いやらしいことするなあ。アーヴィンには筒抜けってわけかよ」

「おれは独断でここにいます。君はキャンプ・カデナの強奪未遂事件のこと、行方知れずの戦果アギヤーのことで軍司令部の記録を探りたいんでしょう」

　だしぬくつもりがだしぬかれた。諜報の専門家につきしたがうこの通訳者にも、抜きんでた目敏《めざと》さがそなわっているらしい。身上調査はすんでいますと小松はことなげに言った。九年前のあの事件には君も参加していた。以降、行方の知れない親友を捜したくて警察官になり、米民政府にも与《くみ》した。そういう理解でいいですね？

「忠告しておきます。グスク、君はとても危険なことをしている。軍や政府のことを嗅ぎまわれば、思想犯担当の諜報員にも目をつけられる。彼らを見くびらないほうがいい。危険分子と目されたらアーヴィンにもかばいきれません」

そもそも米軍の軍事機密に近づけるはずがありませんと小松は強調した。そんなことを単独でやりとげる島民がいたら危険人物でしかない。アーヴィンは〝友人〟のなかでも特に君を評価している。自分を買ってくれる政府高官の期待を裏切るのは賢明とは言えません。

「だったら、こそこそするのはやめにするさ」グスクは居直るしかなかった。「アーヴィンに直訴するかね、あのとき基地で起きたことを調べたいって。これまで飼い犬《イングワ》になって走りまわってきたやあらんね、褒美《ほうび》の骨ぐらいせがんでもいいさ」

「わかってませんね、グスク、取り引きなんてできません」

「あのよ、小松さん、こっちは所轄の仕事だけでもめいっぱいなのさ」

「それはそうでしょう。ヤクザたちの抗争も激しくなっているようだし」

「このままじゃおれの二十代、捜査漬けで終わっちまう。おれはそもそも朝風呂や二度寝のできる暮らしがしたいわけ。夕方前に店を開けたらいい屋台のおやじとかになりたいわけさ。休みの日にはあいびきだってしたいし。このまま二足のわらじで犯罪者ばかりを追いかけていたら、こっちが独りぼっちのさみしいおじい《チムシカラーサン・ルーチユイムン》になって、そこらの島娘を襲いかねん！」

願いが通らないならもう抜ける！　グスクは逆上して反旗をひるがえした。これがアーヴィンや小松との縁の切れ目になるとしてもそれはそれでしかたがない。私生活を奪われる毎日から解放されるならせいせいするさと腹をくくった。

「君という男はまったく、そんなふうにごねる〝友人〟は初めてですよ。これで有能な捜査員じゃなかったら、こっちから手を切るところですが……」

譲らずにまくしたてていると、米軍の内部資料に目を通すなんて絶対に無理だと説いていた小松が、ひとつの妥協案を出してきた。おなじ本土《ヤマトゥ》からの出向者に軍司令部《ライカム》の内勤についている同僚がいるので、グスクが望んでいるキャンプ・カデナの日報や報告書が保管されているかどうかを聞いてくれるという。もしもその記録に当たることができたら、話しても障りがないかぎりでグスクにも内容を教えてくれるというんだな。

「確約はできないし、おれもリスクを負うことになります。そのかわりに君はアーヴィンの任務に専念する、それでどうですか」

「おお、そういうことなら……あんたってもしかして好いやつ？　ずっとアメリカーの太鼓持ちだとか、とっつきづらい日本人《ヤマトンチュ》だとか思ってたさ」

「おれは通訳として良質の仕事をしたいと望んでいるだけです、それに……」

「これまで変な目で見ちゃってごめんな」

「おれたちは、おなじ列島の住民でしょう」


那覇にまで足を運んだかいはあった。崇元寺跡を離れてしばらく歩くと、道すがらの貸会議場に〝復帰協〟主催の勉強会の案内が出ているのを見つけた。

あいつも来てるかね？　ちょうどヤマコには会いにいくつもりだった。数ヵ月前から心臓の患《わずら》いで入院していたおばあが先日、八十七歳の天寿を全うしたばかりだった。ちょうどドナルド・エイヤーズ事件の捜査が佳境を迎えていたころで、グスクは告別式《ウクイ》にも顔を出せず、線香の一本も上げられていなかった。

「あー、グスクやあらんね、ちゃー元気《ガンジュー》な？」

建物の玄関を覗きこんでいたところで、知らない子どもに声をかけられた。

知り合いの子ですかと小松に訊かれて、グスクは頭をふった。

「おいらは知ってるよう、グスクさぁね」

「呼び捨てはよさんね、どこの子な？」

「おいら、ウタ」

首里にある施設で暮らしている孤児だという。聞けばヤマコに言葉を教わり、レイとも親しいというから驚いた。背中におんぶしているのはキヨというおなじ施設の女の子で、すやすやと眠りこけている。子どもが出歩く時間ではないが、ヤマコに用事があって勉強会が終わるのを待っているのだという。一足先に帰っているように言ってもキヨがぐずって聞かなかったらしい。

グスクのことは、捜査で走りまわっているのを見かけていたのと、ヤマコやレイの話題にも上がっていたので知っていた。異国の血が混ざったその風貌と向きあっているうちに、グスクのなかでも数年前の記憶がうずいていた。

「おまえ、ひょっとして嘉手納の塵捨て場で、女の遺体を見つけなかったか」

うん、それおいら。ウタはあっさりうなずいた。グスクにとって最初の事件、アーヴィンに見いだされるきっかけにもなったエドモンド・E・ウェストリー（島の警察には〝頭蓋骨蒐集家《フニ・ジョーグー》〟と呼ばれていた）の事件捜査で、捜しまわっても見つけられなかった遺体の第一発見者だった。

「怖いよね、死んだあとに骨を持ってっちゃうんだよ」

「おまえ、どこでそんな話を聞いたのさ」

「道ばたで。こいつにもあとで教えてやらなきゃ」

「その娘に？　変なこと教えるなよ」

「だって怖じけるかもしれん。おいらがいるから平気だって教えておかんと」

ひととおりの顛末は路上の噂で耳にしているらしい。極端におっかながって眉間を強ばらせ、荒い息づかいで頬をひきつらせながらも、キヨへの使命感のようなものを奮わせているのが印象に残った。グスクは奇縁を感じずにいられなかった。

「それでこんな遅くに、ヤマコになんの用があるのさ」

「レイが旅に出るからね、ヤマコに伝えろって言ったのさ」

「ほんとうかよ、あいつ、どこに行くって？」

「なんとか島」

伝書鳩《ホートゥ》になってヤマコにことづけを届けにきたんだな。腹をすかせているようなので、すぐそばの惣菜《そうざい》屋でコーンドッグと牛乳を買ってやった。ウタは眠っていたキヨを起こすと、ふたりでかりかりに揚がった衣にかじりついた。

ついでに説教も食わせた。おまえはいまからだったら甲子園に出場する高校球児にも、こっちの小松《アシバー》さんみたいに英語も日本語《ヤマトゥグチ》もぺらぺらの知恵者《ソーイラー》にもなれるのに、そんな齢からごろつきとつるんだらならんと噛んで含めた。

「大人になったらなんになるか、考えてみたことあるか」

「うんとね、Aサインで用心棒する学校の先生」

「それは両立できんなあ、警察官はどうね？」

「やっぱり、英雄」

「英雄？」

「島でいちばんの英雄に、おいらはなるんだよ」

ヤマコやレイの受け売りなのか、舌足らずの〝英雄〟という言葉にグスクは郷愁を誘われた。ウタは十歳ぐらいになるのか、年端もいかない子に会うなり生きかたを説いている自分に、これじゃあ刑務所の国吉さんだねと自嘲もおぼえた。あとから来る世代を諭さずにいられないなんて、おれも老けたのかね？

「グスクの話、ちゃっさんちゃっさんさぁね」

「そんなにあいつ、おれの話してるわけ。へっへっ……」

「鼻の下を伸ばしているところを見ると」小松がそこで横槍《よこやり》を入れてきた。「君があいびきをしたいのは、その女《ひと》なのかな」

「あんた、なにをニヤニヤしてるのさ。本土《ヤマトウ》の連中はみんな勘ぐり屋なのかよ」

「本土《ヤマトウ》だろうと沖縄《ウチナー》だろうと、どんな国でもどんな時代でもおんなじですよ」小松は口元をほころばせた。「それぱっかりはなくならない。どんな暴君にも、政治や戦争にも、男女が好きあう気持ちだけは淘汰できませんから」

小松さん、そんなことも言うんだなとグスクは意外に感じた。堅物の木石のような印象があったけど、情緒てんめんな言葉を吐いてすこしも羞じない。どんなときでも淘汰できないもの、君たちはそれをなにより大切にすることです——

ややあって建物から人が出てきたけれど、肝心の女だけはなかなか現われない。待ちきれなくなってグスクたちは会議場にお邪魔した。勉強会の余熱がくすぶる集会場では、裏方たちが後始末をしている。机にはビラが積み上げられ、黒板には〝本土復帰〟のスローガンが書きつらねられている。後片付けで残った男女とともにヤマコは集会がどうしたデモがこうしたと議論をつづけていた。

「ありゃあ、ニイニイ？　ウタとキヨちゃんも」

ちょうどヤマコには会いにくるつもりだった。顔と顔をあわせて、話しておきたいことがあった。だけど胸の奥に隠したはずのグスクの決意は、その意思とはうらはらに、知らず知らずのうちに表情や態度に出てしまっていたらしい。

首里をまわってコザへの帰路をたどるさなかも、ヤマコに用件を伝えたウタは、あとは小松とキヨとともに後方の離れたところをゆっくりとついてきた。どうして寄ってこないわけ？　といぶかしがるヤマコを横目に、グスクは会話のとっかかりを探した。

「手がかりでもつかんだのかなあ」ウタの伝言を受けとったヤマコが言った。「兄貴《ヤッチー》の行方を突き止めてくるなんて、レイ、忘れてなかったんだね」

「忘れるわけあらんが、あいつにかぎって。あいつだけはずっと憶えてるさ」

「このあいだ会ったんだけどさ、鞘のない刃物みたいで怖いぐらいだったよ」

「抗争《ソーロー》のまっただなかだからな、特にあいつはなにをしでかすかわからん」

「あたしらのなかでも、レイはいつも先頭に立って捜してきたもんね」

並んで夜道を歩いていたヤマコが、視線をもたげて物憂《ものう》げな表情をよぎらせた。グスクはその横顔を見つめた。

「おまえはこのところ、その話はしないなあ」

「あたし？　そうだったかね」

「おまえは、もう捜してないのか」

「あたしは……」

言葉を嚥《の》みこんだヤマコの面差しに、グスクの胸はうずいた。隣を歩いている幼なじみは、追憶にとらわれるのをやめて前途を見据えようとしている。復帰協や教職員会の活動に精を出しているのもその一環にちがいなかった。心の砕けるような葛藤や決断を重ねているのはわかっていたから、これまでずっとグスクは水を差すようなことを言えなかった。

夜空から雨の滴が落ちてきて、揺らめく緞帳《どんちょう》が路面や瓦屋根をしぶかせ、帰路につく人々の足を急がせる。濡れた足音や車の通過音があちこちに響いている。そのうちもっと空模様が崩れるかもしれないけど、このぐらいの降りならまだ小走りにならなくてもいい。すこしぐらい濡れてもいいから、いまは帰途を急ぎたくない——隣にいるヤマコもあわてて走りだそうとはしなかった。

「これまでおまえにはいろいろと言ってきたけどさぁ。おれたち三人はこれからどんな岐路に立って、どんな道を選んでも、たぶんあのウチナー面《ヂラ》を捜しちゃうんだよな。心のどこかで帰りを待ちわびちゃうんだろうな」

「どうしたのさ、ニイニイ、あらたまって」

「そういう運命なら、仕事や生活を進めながらでも、そっちもずっと忘れずにいたらいいのさ」

胸の鼓動《チム・ドンドン》がうるさくなった。これから伝える言葉は、自分の人生でいちばん大事な科白になるかもしれない。グスクは素潜りするように呼吸を深めた。

「それならおれとおまえで、捜しつづけよう。一緒に待っていよう」

「あたしにもニイニイにも、いまはやらなくちゃならんことがあるさ」

「もちろんそれはやるさ、やりながらでも、おなじところに腰を据えてさ」

「おなじところって、どっちもコザにおるじゃない」

「あのよ、ふたりで住んでみないか」

新しい家《ミーグヮヤー》を探して、おれとおまえで暮らさないか？　ずっと温めてきた思いをグスクは打ち明けた。おばあが他界したことでヤマコは住み慣れた借家をひきはらい、独り住まいに適したアパートを探しているところだった。グスクにとってその申し出は、これまで越えられなかった一線を越えていく告白だった。

ぎこちない沈黙のあとで、ヤマコは唇を開いた。

「……はあ、冗談《テーフワ》なら冴えんねえ」

「あのさ、籍を入れようとか、おれがおまえを養うとか、そういう話やあらんど」

「そうなの、だったらどういう話な？」

「おなじ男を捜すために、あらためて協力態勢を整えようって話さぁね。ふたりで暮らせば家賃も浮くし、おたがいに忙しくても疎遠にならずにすむし。なんだったら〝ヤマコ私立探偵社〟の看板を出したってかまわん」

ここまで思いきったのに、お調子者《テーファー》のたわ言でかたづけられたくない。なにごとも煮えきらない男の優柔不断な告白に聞こえたかもしれないけど、それでもこれがグスクなりに考えに考えたうえでの最良の決断だった。

「だったら、レイも？」視線をもたげてヤマコはつぶやいた。「あたしとレイとニイニイで、三人で暮らすんでもいいってことでしょう」

あひゃあ、そんな返事は予想していなかった。三人での共同生活。まちがいなく退屈はしなそうだけど、警察とヤクザものがひとつ屋根の下に暮らして、わが家でも捕り物《カチミンソーリー》になったら休まるものも休まらない。たしかにあいつに会えなくなった毎日はどこか物足りない。体のどこかが欠け落ちたような感覚もおぼえる。だけどこのときのグスクにとって大事だったのは、地歩を固めること、暮らしの基盤になるものに想像を届かせることだった。

「ねえ、三人でもいいでしょう」

「だからよう、いいけどなあ……」

「はっきりしないねえ、ニイニイ」

「ここはふたりってことで、手を打ってもらえんかね」

「だけど、優しいよ」

ニイニイはいつも優しい、ヤマコはそう言って笑ったのさ。その場ではうんと言わなかったけど、頭ごなしに拒んでいるふうでもなかった。

街路を振り返ってみると、こちらの声が聞こえるわけもないのに、ウタと小松がやたらと盛り上がっている。おれってそんなにわかりやすいのかねとグスクは思った。脈がないわけでもなさそうなヤマコの反応に、グスクの背中が果報の喜びに打ち震えて、いまにも雀躍《トウンジヤーモーヤー》りしそうな気配を放っているのかもしれなかった。

それからしばらくは、頬がゆるみっぱなしだった。

数日後の昼下がりにも、タクシーに乗りこむなり運転席の国吉さんに「こんな天気なのにご機嫌やあらんね」と言われた。

たてつづけに雷鳴が響きわたっている。車窓を濡らす雨だれは銀色の光の玉をつないで、視界に映る灰色の街を溶かしている。強風でどこかの英語の看板が飛ばされている。キリスト《ヤソ》教の信者だったら洪水になぞらえそうな悪天候にもかかわらず、グスクが着なれない背広を着こんで、折り目正しくネクタイを締めていることにも国吉さんは驚いていた。

「引っ越し《ヤーウーチー》は再来月やあらんね、正装であいさつまわりな？」

「耳が早いねえ。今日はまた別件なのさ」

「あの女《ひと》もずいぶん活《い》き活《い》きしてるなあ。彼女のあんな表情は見たことなかった、おまえたちもようやく前に進みはじめたってことやさ」

国吉さんもヤマコに誘われるかたちで、復帰協のデモや集会に参加するようになっていた。同居の話もすでに聞かされているようで、親しい人々に報告しているヤマコを想像するだけで、グスクの顔はますます締まりがなくなった。

「それで、どこまで行くかね」

「ああ、ハーバービュークラブまで頼めるかね」

「こんな台風《ウーカジ》の日に、潜入捜査でもあるのか」

「おれにもよくわからんけど、金門《きんもん》クラブに招かれてさあ」

「はぁーや、おまえ、あのエリート集団とつきあいがあるのか」

「あるわけないさ。月例会のゲストとやらに呼ばれたんだよ。島のいろんな業種の人間を招いて意見交換会とかいうのをやってるんだって」

天久《あめく》の丘の上の建物からは、那覇の中心部を見渡すことができた。荒天にもかかわらず車寄せにつぎつぎと高級車が停まり、開かれた扉から盛装の外国人が降りてくる。毎晩のように米民政府の高官や国賓が集まるハーバービュークラブは、この島の社交クラブの最高峰だった。

国吉さんに見送られて、グスクは正面玄関からクラブの本館に入った。広々としたロビーの絨毯《じゅうたん》は毛足が長くて、欧米の賭博場を思わせるスロットマシンが代用硬貨《トークン》を吐きだし、メインホールでは専属のバンドが生演奏をしている。華やかなダンスに興じるアメリカの紳士淑女たちは、吊るしの背広をまとったグスクをいぶかしげに値踏みしてきた。すれちがう沖縄人《ウチナー》の給仕《きゅうじ》たちまでどことなく蔑むようなまなざしで睨んできた。

だけどそこはグスクだからね、その種の視線に気後れするような繊細さの持ちあわせはないのさ。社交クラブなんてめったに来られるところじゃないんだから、どうせなら堪能してヤマコに自慢してやろうと浮かれていた。

「来たな、グスク、ずいぶんと上機嫌じゃないか」

私生活の果報を知らないアーヴィンにまで、浮かれた心地を見破られた。ホールからホールをつなぐ廊下を抜けながら、この招待のいきさつを同行の小松に尋ねてみた。

「今夜の招待は、アーヴィンからの申し入れじゃないそうです。金門クラブのだれかが君を指名したと聞きましたよ」

「安月給の警官の話なんて、だれが聞きたがるのさ」

建物の奥にある饗宴場《きょうえんじょう》には大小のテーブルがひしめいて、そのはざまを縫うように給仕たちが前菜や肉料理を運んでいる。すれちがいざまに肩と肩がぶつかって、盆を落としかけた給仕に殺気立ったまなざしを向けられた。

おっかないね、忙しすぎて気が立っているんだろうか。たしかにこんな天気なのに大盛況だった。酒食を楽しむ男女がつややかな笑い声を上げて、銀のフォークやナイフを使う音を響かせている。アメリカーの社交場に出入りを許された沖縄人《ウチナンチュ》たちの席にグスクは迎えられた。〝金門クラブ〟には琉球銀行の取締役や企業の重役、実業家、映画館の支配人といった島の有力者たちが一堂に会していた。米国への留学経験があり、米民政府とも懇意にしている親米派の会員制クラブで（名称はサンフランシスコの金門橋《ゴールデン・ゲート・ブリッジ》に由来するらしい）、このハーバービュークラブに夜な夜な集まり、有識者を招いた懇親会や意見交換会、駐日米大使や高等弁務官といったＶＩＰの講演会を主催していた。

こちらはミスター・ヒガ、こちらはミスター・ニシメ……、十人がけの円卓を四つも占めている金門クラブの会員をアーヴィンが紹介した。クラブからもあいさつがあった。あらたな沖縄《ウチナー》の価値観を共有し、島における経済と労働と産業、ひいては世界の本質について探求する理想家のサロンなんだそうで。それはすばらしいことだなぁ、ところで乾杯はまだかね？　あいさつを聞き流していたグスクは、斜め後ろの四人席に座った紳士の、広げた新聞紙のわきからあふれだす副流煙が気になった。壊れた蒸気船のようにもくもくと煙を噴いている。グスクは煙草を吸わないので食事の席で煙に巻かれるのは苦手だった。

煙のはざまに、四十がらみの男の顔が見えた。

西洋人ではない。扁平《へんぺい》な顔立ちにサングラスをかけている。

沖縄人《ウチナンチュ》か、それとも日本人《ヤマトンチュ》？

ハーバービュークラブに出入りできる列島の出身者ともなると、政府の要職者かもしれない。ところがそんな男が同伴しているのは、華やかなドレスで着飾っていても山出しとわかるふたりの島娘だった。女たちに食事をさせながら〝煙男《キブサー》〟は一言もしゃべらず、黙々と煙草を吸いながら英字新聞を読んでいる。さりげなくこちらのやりとりに聞き耳を立てているふしがなくもなかった。金門クラブが気になるのか、もしくはこの煙男《キブサー》も、グスクのように場ちがいな部外者が交ざっているのがおもしろくないのかもしれない。

乾杯が終わるとアーヴィンが、グスクの有能さについて語りはじめた。特命捜査員であることは隠しながらも、米民政府の協力者であることを言外にほのめかしている。クラブの会員たちがいろいろと質問をしてきたけど、そのどれもがあきらかに社交辞令で、この島の刑事捜査に実際に関心を寄せている様子はなかった。グスクにはますますわからなくなる。だったらだれがおれを呼んだのさ？

座の話題はややあって、当代の高等弁務官へと移っていった。

置いてきぼりを食わされたけれど、議論がしたくて来たわけでもない。おかまいなしにグスクは料理に箸をつけた。アーヴィンの健啖《ガチマヤー》ぶりもあいかわらずで、ちゃっかり自分の皿に料理をとりわけたうえで金門クラブとの座談に興じている。

われらが高等弁務官《ハイ・コミッショナー》どのは島の経営に介入して、さらに経済や金融にテコ入れをなさるつもりでしょう。沖縄《ウチナー》と日本《ヤマトウ》の分断政策とも批判されているが、なかなかどうしてあのかたは島のことをよく考えている。経営者《マネージャー》としてはきわめて優秀ですね、沖縄《ウチナー》がアメリカの施政下で発展してきたのは歴史の事実ですからな——だれもがキャラウエイの施政を高く評価して、ひとりも異議を唱えるものはいない。庶民感覚とはかけ離れていた。

「刑事さんは、キャラウェイの治世についてどうお考えかな」

「はあ、政治のことはあんまりなぁ」

旗幟《きし》を鮮明にすることが望まれたけど、グスクはぼんやりした。ただでさえややこしいこの故郷《シマ》をいまよりややこしくしてくれるなと思いこそすれ、政治に偏った思想を持ちあわせていないグスクに、経済が潤うのはよいことですと親米派たちは説いてきた。暮らしが安定すれば犯罪だって減る、このまま好景気がつづけばひとり頭の所得が本土《ヤマトウ》を上回るかもしれない。この島でアメリカ人が善政をなしてきた明白な事実は認められるべきなんです。

「世界史を見渡せば、こんなに良心的な統治はないとわかりますよ。地元の暮らしとは一線をひいて、あらゆる面での主権を認めている」

「ごくまれに米兵犯罪が取り沙汰されるから、アメリカの印象が悪くなるだけでね。しかしそれを言ったら島民たちも事件は起こすわけだし」

「アメリカの統治が、戦前戦中の貧しさから島を救った」

「基地経済は、文化の豊かさや多様さを呼びこみましたしね」

「そうそう、世界でもまれな多彩な風土がもたらされた」

ありがとう、アメリカ、ありがとう！　万歳三唱でもはじまりそうだった。うまくしつけた鸚鵡《おうむ》や九官鳥の鳴き声に満足しているようなアーヴィンの表情が鼻についたけど、グスクにもそれなりに納得できるところはあった。だけど座の話題があの戦争までさかのぼるにいたっては、さすがに晩餐の箸も止まってしまった。

「あの沖縄戦でも米軍が相手じゃなかったら、被害者は三倍か四倍になっていたとも言われてます。そもそも避難壕《ガマ》に日本軍が介入しなければ、もっと投降者が出ていた。降伏の手段を教えられなかったのが最大の不幸だったんです」

あの戦争の被害者は、日本《ヤマトゥ》によってその大半が落とさなくてもいい命を落としたと彼らは言うんだな。世界の戦場で日本兵《ヤマトゥ》が虐殺されてきた事実、それを日本兵《ヤマトゥ》や従軍経験者がふれまわったことで島民の集団心理に影響をもたらした。あの戦局ではアメリカ軍がむしろ救世主だったと言うんだな。そこで小松に耳打ちされたアーヴィンが「すこし話題がデリケートすぎるようだね、彼の両親はその戦争被害者だそうなので」と気づかいを見せた。金門クラブの会員たちはぶしつけを謝罪して、すぐに話題を当たりさわりのないものに切り替えた。

さすがに食欲は失《う》せていた。

たしかにあのとき、グスクの親に自決の欲望を植えつけたのは日本軍《ヤマトゥ》だった。あの戦争の焼け跡から、十五年足らずでアメリカはこの島をよみがえらせた。グスクにとって米兵たちは、戦果を奪うにあたっての仮想敵だったたし、マーシャル機関に属してからは縄をかけるべき相手だった。だけど金門クラブにとってはちがう。彼らにこの島の英雄はだれかと問えば、アーヴィン・マーシャルやポール・W・キャラウエイのようなアメリカの官僚や指導者の名前を挙げるにちがいなかった。

強権をふるうが、友好を望んでもいる。あくまで島民たちを対等とは見なさないが、先進的な知恵と実行力をもって島社会に変革をもたらしてきた。アメリカ人は日本人《ヤマトンチュ》よりもよほどこの地に寄り添い、飢えや貧困の桎梏《しっこく》を解いて、救世主と呼んでもよさそうな指導力で大きな発展を呼びさましてきた。もしかしたら金門クラブは正しいのかもしれないとグスクは思った。この島にとっての英雄は、善き隣人としてのアメリカーなのかもしれない。

「だけどおれたちはいやってほど見てきたからね」グスクは口を開いた。「基地がなかったら起こらなかった事件を。殺しや強姦の被害者たちを。アメリカーのほうが日本人《ヤマトゥ》よりも身近にいて、ちゃっさん良いこともしてくれたってのはわかるけど。だけど戦争につながるなにもかもを拒絶して、基地の返還を望んでやまない土地の声《シマ・ヌ・アビー》は無視できん」

そのあたりは一朝一夕で答えが出るものでもない、議論を重ねることが大事でしょうねと会員たちは言った。鼻持ちならないエリート連中とばかり思っていたけど、なかなかどうして金門クラブには懐の深い知恵者《ソーイラー》が多いようだった。

おれもいろいろと考えさせられちゃったなあ、ところで結局のところはだれが呼んだわけ？　気になっていたことを訊いてみたけど、ヒガさんじゃないんですか、ミスター・マーシャルと親しいのはニシメさんでしょう。わたしはてっきりナカンダカリさんとばかり、といった調子でだれにもおぼえがないという。やはりこれはアーヴィンが〝友人〟の手綱を握りなおすために手をまわしたんだろう。本人は認めないけど、そうとしか考えられなかった。

夜も深まって、ほどよく酒もまわり、雄弁で鳴らす会員たちの口跡もあやしくなってくると、それぞれが三々五々に席を立ちはじめて晩餐会はお開きになった。雷雨がつづいていたのでグスクも泊まっていくように勧められた。階上の客室を押さえてくれているという。そういうことならヤマコも同伴したかったね、だけどいまのあいつじゃ親米派の鼻面に咬みつきかねないか（金門クラブ対復帰協だなんてさぞかし面倒な論戦になりそうだ！）。おなじ建物の別室に泊まるというアーヴィンや小松とロビーで別れて、渡された部屋の鍵を使って三階の客室に入ったところで、思いがけない光景にグスクはぽかんとしてしまった。

そこには、先客がいた。

酒や料理を運ばせて、宴の二次会のようなものを開いている。角氷のつまった銀の容器に葡萄酒《ワイン》の壜が刺さり、皿盛りのオードブルや果物が並んでいる。ふたりの女を侍《はべ》らせて長椅子にもたれかかった紳士の顔には、灰色の煙が垂れこめていた。

「ありゃあ、おれの部屋って聞いたんだけどな」

「ここでまちがってない。わたしが君を待っていたんだよ」

「おたくはさっき、食堂で……」

そう言いかけたところで、背後からいきなり袋のようなものをかぶせられた。頭の裏を木づちで打たれたような衝撃が走って、たちまちグスクはどろりと闇に溶けていった。


遠くで雷鳴が聞こえた。覚めたときには椅子に座らされていた。かぶされた袋の裏に薬品でも染みこませてあったのか、洗面所か洋服入れに隠れていた別の男に失神させられたらしい。手足には鎖つきの手錠がはめられていて、椅子の肘掛けと脚部に固定され、グスクは痒《かゆ》いところをかくこともできなくなっていた。

食事の席にいた〝煙男《キブサー》〟が、真正面でグスクをのぞきこんでいた。

高価そうな背広にも、サングラスを外した面立ちにもしわひとつない。煙草の臭いを皮膚や繊維に染みこませて、狩りをする獣《イチムシ》のようにそのまなざしは無駄な動きを見せなかった。数人の男たちをしたがえた煙男《キブサー》は、窓の外の嵐《ウーカジ》を背負いながら語りかけてくる。

「――わたしは米民政府の信託を受けて思想犯を取り締まっているものだが、君に訊きたいことがある。あまり時間がないのでそちらの質問は受けつけない。現実に起こりうる困難への対処についてのみ話を進めていきたい。ここまではいいかな？」

この島の人間ではなさそうだった。すると日本人《ヤマトンチュ》？　煙男《キブサー》はみずからの言葉が望んだ効果を生んでいるか、グスクの困惑や恐怖をはかる精密な天秤《てんびん》のような目つきになっていた。思想犯の担当というとこのまま拷問まがいの取調べでもするつもりか、人ちがいじゃないのか、こっちも米民政府の協力者さぁねとグスクは訴えたが、煙男《キブサー》は小首を傾げただけだった。

「質問するのがだめなら、お願いだったらいいかね。おしゃべり《ユンタク》の前にその煙草を消してもらえんかね、煙たくてたまらん。それからそこの女たちはごちそう《クワッチー》で釣ってきた女給やさ、ばつが悪そうだから帰してやったら」

黙っているように命じられているのか、うつむいて口を閉ざした女たちを振り返ると煙男《キブサー》は「ばつが悪い？　そんなことはないだろう」とつまらなそうに吐き捨てた。おもむろに皿に載った果物をわしづかみにすると、ひとりの女給の顔に練りこむようになすりつけた。

突拍子もないふるまいにグスクは面食らった。ぐちゃぐちゃと果物をなすられる女は顔を屈辱にゆがめたが、口答えはしないでされるがままになっている。

「そんなことはないよな？　楽しめているだろう」

煙男《キブサー》はその目に喜色を浮かべると、怖じけづいているもうひとりの胸の谷間に、手づかみで角氷を突っこんだ。びっくりして飛び上がった女給の肩を押さえつけて、唇にくわえていた煙草の火種を氷まみれの胸元で揉《も》み消した。皮膚のじゅっと焼ける音がして、こらえきれずに女が悲鳴《ヤナアビー》を上げる。氷塊で冷やされていようが火傷はまぬがれなかった。

「あっはっは、君たち琉球人は宴会ではめを外すのが好きだからね」

「嫌がらせ《ガンマリ》さんけえ、変なことを言ったなら謝るから、おかしな真似はするな」

「おや、どうして君が謝るんだね。謝らなくちゃならないのはわれわれだろう。日本人を代表してここで謝罪したっていいぐらいだ。この島に基地を押しつけてすまなかった。女子供を米兵の犠牲にしてすまなかった、ほら、このとおり！」

煙男《キブサー》はその場でうずくまり、おでこを絨毯に押しつけてみせた。酔っているわけでもないのにいきなり土下座？　たがの外れたこのふるまいはなんなのか。上体を起こした煙男《キブサー》は、洗面所に連れていかれる女たちを見送りながら髪を手櫛《てぐし》で撫でつけ、あらたな煙草に火を点けた。

「そもそもこのハーバービュークラブに君を招待して、晩餐を楽しんでもらったのも、ささやかな謝意の表われなんだよ」

たしかにそう言った。この男が呼んだっていうのか。すると今夜の招待そのものがグスクをおびき寄せるための陥穽《わな》だったということか？

「だけどお楽しみはおしまいだ。君に訊きたいのは、金門クラブの席でも話題に上がったキャラウェイ高等弁務官のことなんだ。君はキャラウェイの暗殺計画について、大事なことを知っているんじゃないか」

あまりにも予想外の質問に、グスクは虚を衝かれた。

「キャラウェイの暗殺、そらぁいったいなんの話な？」

「正直に答えてもらわないと、この島に大変な混乱が生じることになる。それからもうひとつ言っておくと、君たち警察の取り調べのルールはここでは適用されない。わたしが守らなくてはならないのは、良心ではなく治安だからね」

濡れた夜空がまたたいていた。大粒の雨が窓を叩いていた。この煙男《キブサー》と向きあっていると腋の下に嫌な汗が流れ、心臓の硬い鼓動が耳の奥で大きくなる。反米・反基地運動を取り締まり、革新派の政治家を弾圧し、米民政府に歯向かうものを血祭りに上げる〝思想犯担当〟の諜報員が、どういうわけかグスクを重大な疑惑の当事者と決めつけてかかっている。君のことでわたしが知らないことは少ないと煙男《キブサー》はうそぶいた。戦果アギヤーの過去も、服役していたことも、親友を捜していることもよく知っているんだよ。

「すでに情報は集まっている。かつての戦果アギヤーの一派と、刑務所のなかで築かれたグループによって暗殺計画は共謀されている。那覇派のトップの又吉世喜。武闘派ナショナリストのタイラ。それから君の相棒のレイ。主要な三名のうちのひとりは拘束したが、ほかのふたりは身を隠したようだ。彼らがどこに潜伏しているのか、一味のために情報収集をしてきた君なら知っているはずだし、真の首謀者がだれかもわかっているはずだ。君たちがオンちゃんと呼んでいた男だよ、そうだろう？」

オンちゃん。

たしかに煙男《キブサー》はそう言った。

さっぱり話についていけない。どうしてここでその名前が出てくるのさ？

「あいつが、レイたちが暗殺をくわだててるって？　おれまでその一味だっていうのかよ」

「アーヴィン・マーシャルにひきたてられた君は、軍司令部《ライカム》の協力者をよそおいながら二重スパイのように機密を探っていた、そうだね」

「あいつにはずっと会っとらん。言いがかりもいいところやさ」

「だったらどうして、基地の記録を探ろうとしたんだね」

そんなことまで見抜かれているのか。グスクのほかにそれを知っているのはひとりだけだった。思想犯の担当に目をつけられたら危険だと忠告してきたが、小松がこの事態にからんでいるのだろうか。グスクは虎の尾を踏んでしまったのか。

「君たちは島内に潜伏するあの男の指示によって、高等弁務官の暗殺を謀《はか》り、体制の転覆を狙っている。戦果アギヤーとして武勇を誇ったあの男はいまも健在で、この島の地下潮流《アンダーグラウンド》でふくれ上がった反体制組織の旗頭になっている、ちがうかね」

「……あんた、オンちゃんのことをなにか知ってるのか」

「わかってもらえないな、君はもっと呑みこみが早いかと思ったが」

煙男《キブサー》はうとましげに鼻から煙を抜いた。

「質問するのはわたしだ。君じゃない」

すべてが混沌《こんとん》としていた。降りつづける雨と、建物を揺さぶる雷鳴。煙男《キブサー》は部下に命じて部屋の調度を壁ぎわに寄せて、グスクの前に空間をつくった。ぼちぼち十八番《おはこ》の尋問手段に移ろうというのか。首筋にべっとりと寒気が貼りつき、喉の奥から不吉な臭いが込みあげた。グスクのなかでなにかが腐りはじめたような臭いだった。

「くりかえしになるが、わたしはここで良心や人権を守る立場はとらない。必要な回答を得るためには手段を選ばない。では、楽にしてくれ」

　これから拷問をはじめるから楽にしろだなんて、悪趣味なお悔やみの言葉を聞かされたみたいだった。これからこの部屋ですごすあいだ、自我を保ったままでものを言ったり考えたりできるのか。指や歯とおさらばしないで帰れるのか、首までどつぼに浸《つ》かっていることを自覚して、グスクは泣き笑いの表情を浮かべた。

煙男《キブサー》との出会いは控え目にいっても、グスクの人生でもっとも悪夢じみた出来事だった。最初の剃刀《かみそり》が皮膚に刺しこまれたとき、これがなかば永久にくりかえされるのだと予感して、激痛と眩暈のなかで激しい後悔にさらされた。

煙男《キブサー》はみずから手を汚さず、部下たちにグスクを痛めつけさせた。ふたり一組の交代制でつめる日本人《ヤマトゥ》の部下たちは、さしあたってどのぐらいの加減をして、どのぐらいの間隔を空けたらいいか、どんなふうに優しい言葉をかけたら相手を支配できるか、それらを豊富な経験からわきまえているようだった。趣向に富んだ拷問はいずれも効果絶大で、この男たちにかかればだれでも家族や仲間の秘密をすすんで白状することになりそうだった。

「おたくも金門クラブの関係者なわけ」余裕があるうちには軽口も叩けた。「本土《ヤマトゥ》の肛門《こうもん》から捻《ひ》りだされた糞じゃなくって？」

「さすがは警察官だ、まだまだ元気があるね」あいにく煙男《キブサー》に挑発は通じなかった。「そうやってなにかを話しつづけるのはいいことだよ。その悪態が哀願に変わるときにも、舌が凝り固まらずにすむから」

グスクは皮膚を切られ、腎臓の上を殴られ、気管をふさがれた。体じゅうが潤滑油の切れた機械のように悲鳴《ヤナアビー》を上げた。自分の肉がむさぼり食われ、血を吸われている感覚があった。頭蓋のなかで脳が熱気球のように膨張し、体から切り離されて飛んでいきそうだった。耐えがたくなってきて叫んでも、煙男《キブサー》はそれを興味のない民謡のように聞いていた。

「君の思想は問題にならない」煙のような声音が漂ってくる。「わたしが問題にしているのはその行動だ。君がどのような地歩や人脈を築いてきたかだ。君の仲間はどこにいる?」

だから知らないんだって! 煙男《キブサー》が近寄ってくるたびに気まぐれな慈悲を期待したが、一方通行の問いかけがつづくだけだった。

「オンちゃんはどこにいる?」

あることないことでっちあげようかとも思ったけど、そのころには殴られすぎてあごをうまく動かせなかった。このまま夜通しやるつもりなのか、明日もそのまた明日もこの部屋から出られないのか。窓の外では雷雨が猛威をふるっていて、夜明けも晴れ間もどちらも二度と拝めないような気がしてくる。グスクが迷いこんだ世界では、時間はひとつの方向に流れずによどんで、風も雨もやまず、善意に満ちた人々はそろって深い眠りについていた。

「オンちゃんだよ、島のどこかに潜伏しているんだろう?」

ほんとうに知らないんだよ。知らないからこそ米軍の機密を探ろうとした。おたくらはどうしたらそれを信じてくれるのさ？

「こっちは長丁場には慣れている。なにもしゃべらずに帰れるということはない」

もしかしたらこいつらは諜報員《ヒンジムン》としてできそこないなんじゃないか。この島の活動家たちに恐れられる猟犬は、実のところは無能なんじゃないかとグスクは勘ぐりたくなった。おれがなにも知らないということをこいつらは知らない。それってようするに調査不足なんじゃないのか。こいつらはそもそも分別もつかずによだれを垂らす狂犬《フリムン》で、嫌疑をかけた人間をかたっぱしからさらってきては、節度のない牙を突きつけるだけなんだ。

建物のどこかにアーヴィンもいるはずだった。だったら小松は？　ひょっとすると隣室で聞き耳をたてているのかもしれない。基地の記録を見たがっているとあの男に知られたとたん、おぞましい思想犯担当がやってきた。あの日本人《ヤマトゥ》にはなんらかの思惑があって、親身になるふりをしてグスクを条理の通じない獣《イチムシ》の巣に放りこんだのかもしれない。

「肩ならしもそろそろ終わりになるが、君から言っておくことは？　共謀者たちの居場所、襲撃の手段、決行の日取り、どんなことでもかまわないんだよ」

答えられずにいると、予告どおりの壮絶な責めがはじまった。屋内にいるのに流星群《フシヌヤーウチー》が降ってきて、身の毛のよだつ咆哮《アビー》が響きわたった。グスク自身の叫び声だった。百や千もの魔物《マジムン》にはらわたを食い破られて、山のてっぺんをひきはがすような絶望の突風が吹きつける。グスクの意識はしばしば彼方に飛んで、この世のどこにもない暗黒大陸を旅していた。

十　英雄の弟《ウットゥ》、ボゼ、ここより昏《くら》い場所があるなら

海の上では、レイが狂濤《きょうとう》にもてあそばれていた。

奄美に寄港したときに、嵐《ウーカジ》の通過を待つ判断をすべきだった。船乗りの潮を見る目を信じたけど、あらゆる観天望気を寄せつけずに天候は急変していた。

渡航者たちは大時化《おおしけ》でなぶりものにされる。激しい上下動にさらされて波をかぶり、船板が裂けて浸水も始まっていた。横殴りの雨がこめかみや首筋に咬みついてきて、五メートルはありそうな高波に船の底を持ちあげられた。

「海の怒りを鎮めなきゃならん、くじ引きでだれかを放り投げよう！」

あんたは黙っとれ、と乗組員に怒鳴られる。暴風と荒波のなかでレイは帆柱にしが

みつきながら、裸になって舳先で叫びたいような異様な高揚感も味わっていた。

「近くの島に避難できないか」又吉が声を荒らげた。「これじゃあ船が保《も》たん」

「島影が見当たらん」と船長が答える。「航路を外れて流されてるな」

「だったら、あんたらの舵取《かじと》りに頼るしかないな」

「嵐《ウーカジ》のなかでは微速前進が基本だが、錨《アンカー》を落とすか？　この波と風ではますます船が傾いてしまうかもしれんが」

「進もう、機関室が生きているうちに」

風が風をひきちぎり、ひとつひとつの波が尖峰《せんぽう》のようにそそりたって、滝壺《たきつぼ》の底にいるように海水をかぶらされる。海景はさながら摂氏百度で沸騰しているのに、降りかかるしぶきは零下の温度に凍《い》てついていた。甲板からはドラム缶や漁網《ぎょもう》が振り落とされ、船員たちは沈没をまぬがれるために積み荷を捨てなくちゃならなかった。

「おまえを当てにしてるのさ」と又吉が言った。「戦果アギヤー《カフー》だったころ、危険なヤマを踏んでも生還できたのは、おまえが幸運の持ち主だったからだって。たしかにおまえが居《う》らんかったら、おれはコザの袋叩きからも逃《ひ》んぎれなかった。だからこの船も沈まん」

波のうねりの頂点に押し上げられて、視界のはるか下に海面が見えた。ほとんど墜落するように着水すると舳先が海にめりこんだ。機関室はポンプで排水できたが、甲板よりも低いところにある船室が危ない。腰まで海水に浸かりながらばしゃばしゃとバケツで汲《く》みだしていると、船室の扉がいきなり音をたてて閉まって、それきり梃子《てこ》でも動かなくなった。

横波で転がったドラム缶が、段差にはまりこんで船室の扉をふさいでいた。ここから出してくれ、出してくれ！　船員たちがわめきだし、死にもの狂いで壁を叩きはじめる。天井の高さは二メートルあるかないか、すでに胸の位置までたまっている海水にはだれかが戻した反吐も浮いている。塩っ辛いゲロの風呂で溺死するのはレイもごめんだった。

手斧をふるって又吉が扉を破壊して、どうっと海水が流れだした。裂け目に体を押しこんで扉をふさぐドラム缶を飛び越えたレイは、その足で甲板を踏めなかった。ちょうど傾いた船がさらに高波を食らって、鯨がひと跳《ブリーチ》びしたような衝撃で洋上に放りだされた。

つかのまの浮遊感があって、次の瞬間、海中にひと息に押しこまれた。

荒波に穴という穴を、鼻や口を強姦されて、あがくほど水を飲まされる。

ああくそ、どこに幸運《カフー》があるのさ。海へのいけにえはおれかよ――

暴れれば暴れるほど波間にはまりこんだ。わずかな時間でレイの肺は海水に満たされる。荒れる大洋がけたたましい咆哮《アビー》を上げていた。

このとき洋上のレイたちを襲ったのは、のちにナンシー（第二室戸台風）と命名される超大型の台風だった。暴風域の最大瞬間風速は七十五メートル、熱帯低気圧として発生し、北上するとともにとびっきりの〝おてんば娘〟に成長した。米軍基地もまちがっても航空機を飛ばさないスーパータイフーンは各地に甚大《じんだい》な被害をもたらした。本島の沿岸ではおびただしい民家が流され、車が飛ばされて畑で横倒しになり、三十隻を超える船が座礁・転覆・水没した。陸でも海でも好き放題《ジャーフエー》をやらかしたナンシーは、そのふしだらな軌跡にひっくり返った船や車を、水浸しの瓦礫を、少なくない死傷者や行方不明者を残していった。

暗黒の海が騒いでいる。大量の水を飲まされたレイは、溺れながら意識をとりこぼし、荒れ狂う海に沈みかけたところで、船の甲板から投げ出された漁網に片足をからめとられた。網の目にひっかかっていたおかげで、船員たちはすぐさまレイを引き揚げることができた（おひさしぶりのカフー、イン・ザ・ナンシー！）。

「ははっ、噂は本物だったな」

海中に呑まれかけたレイの生還は、船員たちを発奮させた。船長はしぶとく舵輪《だりん》にしがみついて焼き玉エンジンを冷まさないように前進をつづけている。排水量十トン足らずの船がこの時化のなかで操船を保っているだけでも、そもそも幸運《カフー》の連続だった。

わずかに視界が晴れてきたところで、前方に島影が認められた。

海にそそりたつ奇岩のような島。急峻《きゅうしゅん》な岸壁で白い波がしぶいている。

たくさんの海鳥が、嵐《ウーカジ》で打ち揚げられた魚の腸《はらわた》を狙って、岩壁の高みを飛んでいる。

満潮のせいで岩礁が見えず、寄せようとしたところで船の前部が乗り上げた。あわてて船員たちが海中に飛びこんで、船底の裂け目にトタン板を打ちつけ、からっぽのドラム缶をくくりつけて船体を浮かせた。そのまま島の外周をまわって、船を寄せられそうな絶壁の切れ目を探したが、突貫で直した船底が悲鳴《ヤナアビー》を上げた。それでも速度を落とさず、竜骨にひびを入れながらも、どうにかこうにか陸地に面した岩場に漕ぎつけた。

「ここが悪石島やさ」と船長が言った。

海図からすればこの島でまちがいない。

お尋ねものが漂着するにはうってつけの島だった。標高五百メートルほどの暗灰色の山岳がそびえ、リュウキュウチクが岸壁のそばまで茂っていて、アダンやヤシ科のビロウが濃緑と紫の精細な模様を浮かび上がらせる。数十戸の集落があると聞いていたが、波止場や桟橋は見当たらず、海岸からは建物も望めない。貿易の寄港地らしさはどこにもなく、そういう時代があったとしても名残をとどめていない、海の片隅で忘れられたような孤島だった。

船の修理にとりかかった船員たちを残して、レイと又吉は海岸を離れた。断崖のはざまを上がると、リュウキュウチクの茂った林道で海亀をさばいているおじいと出くわした。路上に出した調理台の上に、アリやハエにたかられて黒ずんだ亀の臓物を載せている。すりきれた毛布のような襤褸《ぼろ》をまとって丸椅子に座っていた。

「ハイサイ、集落はどこかね」

又吉が声をかけると、おじいは顔をもたげて、襤褸から出した指先でぽりぽりと頬を掻《か》いた。くぐもった声で返事をしたけれど、なにを言っているのかわからない。トカラの方言なのか、意味のない音の羅列を吐いたようでもあった。

「この島で、貿易の荷積みをしていたさ。船はもう寄っとらんのか」

おじいはふやけた微笑を浮かべた。眼窩に嵌《は》まったおはじきのような眼球はレイたちを見ておらず、その奥には巨大な虚《うつ》ろがひろがっている。だめだこのおじい、痴《たぶ》れてらぁとレイは吐き捨てて林道をさっさと歩きだした。

竹林を抜けると傾斜がゆるやかになった。野積みになった木箱や五ガロン缶、荷運びの道具類が苔《こけ》を生やしている。嵐《ウーカジ》でぐちゃぐちゃになった泥のぬかるみには人の足跡が残っていた。傾斜を上がりきると、眼下にはまばらな茅葺《かやぶ》き屋根を見渡すことができた。

坊主頭《ぼうず》のふたりの青年が、強風ではがれた家の壁を修繕している。年寄りや女たちが塵や木切れを拾い集めて、集落をあげて台風の後始末をしている。林道から下りてきたレイたちと出くわすとだれもが驚愕《きょうがく》で目を白黒させた。

一九五二年にアメリカが返還したトカラ列島は、もともと九州南部の文化圏にあって、言語においても生物相においても、沖縄本島《ウチナー》とは分布境界線を挟んだ土地柄にあった。又吉やレイがなじんだものとは異なる風土で、ささやかな離島の暮らしが営まれていた。

「あんな暴風のなかを渡ってきなさるとは、魚でも泳ぎきれん大風やったさ。島の案内ならいくらでもしますで、ゆっくりしていってくんなせえ」

悪石島で生まれ育ったというタキ兄弟は、焼き畑農業やウシの放牧で六人もの姉妹を食わせていた。両親や祖父母が亡くなるまでは九州まで出稼ぎに行っていたそうで、レイたちにもわかるなめらかな日本語《ヤマトウグチ》をしゃべることができた。

たしかに一昔前までこの悪石島は、沖縄諸島《ウチナー》と本土《ヤマトウ》をつなぐ貿易の寄港地となっていた。だけどそれも夕キ兄弟の親の世代まで、五〇年代の前半ぐらいまでのこと。もともと人口が僅少だったうえに当時のことを語れるものは鬼籍に入るか、本土《ヤマトウ》にまとめて移住してしまったので、与那国の密貿易団が出入りしていたかまではわからないという。

「この島は、昔っから貧しくて、おいたちが子どものころは本土や沖縄に年季奉公に出される習慣も残っていたぐらいで」

「雇い子《ヤトイングワ》だな、那覇や糸満《いとまん》にも来ていたさ」

又吉が言葉を挟んだ。タキ兄弟はそろってうなずいて、

「観光客もめったに来よりません。大きな貿易団の拠点になるなんてことも」

「わからんです。おいたちにはなんとも答えきれんです」

「ええもちろん、年寄りたちに聞いてもらってもかまわんですけど」

黒い腋毛《わきげ》をふさふさ生やした姉妹が、兄の言いつけでレイたちの世話をした。寝泊まりできる空き家を貸してもらい、船員たちとその日は休息を取って、あくる日から年配者を順々に訪ねてまわった。どちらを向いても年寄りばかりで、深いしわに埋没した目がレイたちをじいっと凝視してくる。その口から語られるのはタキ兄弟に聞かされたものと大差なかった。密貿易団〝クブラ〟とこの島との関係はあくまでも風聞《ふうぶん》が独り歩きしたものだと老人たちは言うんだな。

「この島のやつら、なにか隠してるな」

離島特有の閉じた紐帯《ちゅうたい》のようなものを感じさせた。島のなかを散策していても、鉄

さびの味がする温泉に浸かっていても、六人の姉妹のだれかはついてきてレイたちの会話に耳を澄ましている。監視役となった姉妹が去った深夜、寝床から這いだしてレイは又吉と話しこんだ。実際にクブラが拠点にしていたのなら、島のどこかになんらかの痕跡は残っているはずで、島民たちが話したがらなくてもそれを探したらいいと又吉は言った。

「こっちは死にもの狂いで渡ってきたのに、ああもしらばっくれられたら頭に来るさ。ただでさえ船旅でめっきり女日照り《ホー・ヒャーイ》なのに」

「こんなさびれた島でも盛《さか》ってるのか」

「今夜あたり、腋毛の娘たちに夜這いをかけるかまえよ」

「呆れたやつだな、寝技で事実を聞きだすつもりか」

「あっちはあっちで色目を使ってるしなあ。こっちだって猫《マヤー》に咬まれても平気なぐらい、股間《タニ》がかちんこちんさぁね」

「そんなことより、はるかに楽しめる計画があるんだけどな」

湖面に釣り糸を垂らすように又吉は語りだした。船出のときにもふれていた、タイラたちと進めている〝大きな計画〟について――陰影の濃いふるまいのなかにたえず破格の思惑を隠しているようなこの男が、こんなふうにレイとさしむかって、秘めた真意をみずから明かすのはこのときが初めてかもしれなかった。

「おれたちの米兵狩りだけどな、そろそろ〝大物食い〟の機が熟してきた。これまで軍司令官級の要人のなかで標的を絞りこんできたんだが、高等弁務官の暗殺をもって掉尾《ちょうび》を飾るということで話はまとまった」

「あひゃあ、キャラウェイな？　大きく出たねえ」

「大風呂敷《ウフムヌイー》と笑うか、レイ」

「笑うねえ、とびきり笑えて元気の出る話やあらんね。おれがコザの人間だからってそんなにおもしろそうな計画からのけもの《グーハジラー》にしてたのか」

惜しみなく私財を費やして、又吉はこの計画を慎重に進めてきた。有数の精鋭だけを引き入れて（筋金入りの愛郷者、信念をまげない活動家、首領のためなら命を投げだす忠臣たちをタイラと又吉で銓衡《せんこう》したんだって）、外出するキャラウェイを監視させ、軍司令部《ライカム》に出入りする作業員やハーバービュークラブの給仕長にもドルを握らせて（裏切られないように弱みをつかみ、家族の危険をほのめかして担保を取ってあるんだって、えげつないね！）、キャラウェイの公務日程や行動範囲をあらかた把握するにいたっていた。いまは確度の高い実行計画と、それにともなう決行の日取りを探っているところだという。これこそ復帰協のように本土《ヤマトゥ》に寄りかからない、異民族支配への純粋なレジスタンスさぁねと又吉はうそぶいた。

「そんなときにコザの横槍が入った。だがこの抗争《ソーロー》が目くらましにもなるさ。できるかぎり決行を前倒しにするかまえよ。共食いで躍起になってる土地《ヤマ》の犬《イン》どもが、よもや自分たちに牙を向けているとは米民政府も思いもよらんさ」

「あんたらのライフワークの総決算ってわけか。タイラさんにしてみれば島をきれいにして、晴れて故郷を捨てられるもんな」

「計画の中心はタイラさんよ。根っからの闘士のあの人が、おまえの参加を強く望んでいる。それから……おまえの兄貴《ヤッチー》のことだけどな」

「ああ、兄貴《ヤッチー》？　どうしてそこで兄貴《ヤッチー》が出てくるのさ」

「同胞のあいだで、この計画の黒幕はおまえの兄貴《ヤッチー》だって噂が流れてるのさ。出どころはまだ確認しとらんけど、そのぐらいの大勝負だと全員が認識しているわけさ。そんなヤマにおまえが加わらない理由があるかよ」

　アメリカーと戦争《こと》をかまえようという正念場には、おまえの兄貴《ヤッチー》の威光はそれこそ賦《ふ》活剤《かつざい》にも魔《ムン》よけの護符《ヌキムン》にもなるからな。又吉はそう言って匕首《あいくち》を呑んだような強《こわ》い笑みをたたえた。

「あの人の行方がこの島でつかめるかもしれないと聞いたとき、おれは運命の導きだと思った。最高の戦果アギヤーがこの計画をどう評価するのか、ずっと訊いてみたかった。あの人なら共鳴してくれると信じてやってきたからな」

「あんたらの狙う〝戦果〟は、アメリカーの親玉の命《ヌチ》かよ」

「そういうことさ。いまはタイラさんと交信したいんだが、嵐《ウーカジ》のせいで本島との連絡が通じない。船があれでは使いも出せん。だけどこれも天の配剤さぁね、こうなったらとことんおまえにつきあって、おまえの兄貴《ヤッチー》の足跡を追いかけるさ」

帰航の船に乗員を増やすこともあきらめていないと又吉はうそぶいた。沖縄《ウチナー》の魂のような男を連れて帰ることができたなら、自分たちの計画にも最高の土産になる、この悪石島がはずれだと決まったわけやあらんが――又吉もまた兄《ヤッチー》の生存を信じている。暗闇のなかを並んで歩く同胞の足音を聞いた思いだった。

ああ、そうだよな、命がけで渡航してきて手ぶらじゃ戻れない。おれもなんだってするさとレイは誓った。兄《ヤッチー》を連れて帰れるのなら――

この島では日の入りとともに、水平線の向こうから黒い影が立ち上がり、暗幕をかぶせるように四方の風景が暗くなる。黄昏がつづく時間はまちまちでも、たいていの日は断崖のふちに薄明の色を残して、木々のはざまに濃密な夜が漂いだす。

地面にうつぶせに寝そべったレイは、頬を土にあずけて目をつぶり、陸と海に息づく音を血流のうなりに同期させる。兄《ヤッチー》にも染みこんだかもしれない島の鼓動に、純粋な野性を呼びさまされる。

ここそするのは性にあわなかったけど、無用な軋轢《あつれき》は避けたほうがいいと又吉に説得された。昼間は釣りをしたり、温泉で保養するふりをして、集落が寝静まったころに起きだし、明るいうちに当たりをつけておいた地点の散策を重ねた。島の北西にそびえる山岳部にも登った。懐中電灯の光を頼りに断崖の際を歩いて、リュウキュウチクの群落をかきわける。稜線《りょうせん》のところどころに灌木《かんぼく》や下草が茂っていて、藪漕《やぶこ》ぎに体力を削られた。でこぼこの地面はときどき蛮刀で断ち割ったような亀裂を残している。裂け目からはごうごうと水の音が響いている。命綱はない。島の自生の陥穽《わな》にはまらないように神経と体力をすり減らされた。

標高が上がるにつれて霧が垂れこめて、気温も急激に下がった。レイは濃紺のジャンパーのチャックを上まで引き上げる。山頂のそばまで上がってきたところで、アダンやビロウの群生がひらけた斜面に、炭焼き小屋らしきものを見つけた。

ここでは風が流れていない。朽ちた廃屋のまわりは空気がよどんでいる。わら屑《くず》が風雨にさらされて、放置された薪に苔が生えている。もぬけの殻の小屋には、だれの目にもしばらくふれることのなかった濃密な闇が満ちていた。

沈黙がレイたちを圧した。集落が出したごみなのか、壊れた漁具や古道具が放りこまれている。ランプの火屋《ほや》の残骸、破れた蓑《みの》や茣蓙《ござ》、空き瓶、褪《あ》せた女物の草履や幼児のふいご靴。ためつすがめつしていると小屋の外から呼ばれた。

「ここには便所があったみたいやさ」

湿気でふやけた木板が穴の底に残っていて、周辺の雑草が伸び放題になっている。ベニヤ板で設《しつら》えた壁や床板をとりはらった形跡もあった。この山小屋で暮らしていたかもしれないだれかの気分を味わうために、そそくさとレイはズボンを下ろした。膀胱《シーバイブクル》にたまっていたものがじょろじょろと放物線を描いて、黒い染みを穴の底に滲ませていった。

「こんなところに棲むとしたら」又吉が口を開いた。「人目から遠ざけられた手合いかもしれんな、雇い子《ヤトイングワ》にも出せない私生児とか、業病人《ごうびょうにん》とか……」

「はぁーや、山の上の座敷牢《ざしきろう》ってわけかよ」

「離島の閉じた環境では、珍しくもないさ」

「だったらその住人はどこに行ったのかね？」

この島の暗部にふれているような生々しさがあった。一羽の鳥がシダの茂みで啼《な》いていた。立ち小便をすませたレイが滴を切って、腰までズボンを上げようとした矢先だった。

激しい羽音とともに、野鳥がけたたましく上空に飛びたった。

背後から、奇声が聞こえた。

振り返るのよりも、後頭部に強い衝撃が走るほうが早かった。

舞い上がった土煙と、尿の臭いを嗅ぎながら、レイの意識は飛んだ。気がついたときには手足を縛られて、山岳を下りる獣道をひきずられていた。

地面のでこぼこに擦られて、背中が火事になっていた。

頭から流れる血が、下草のはざまに赤い破線を残していった。

ひきずられる音がもうひとつ。又吉もおなじように急襲されたらしい。どこのだれに？　地面すれすれの低い目線からでは自分たちをひっぱっている連中の全貌を見てとることはできない。正体不明の襲撃者たちがふぞろいな輪郭をうごめかせている。

近道らしき径路を数十分ほどひきずられ、岸壁の上にたどりつき、断崖を下りるときには荷物のように担《かつ》ぎ上げられた。襲撃者たちは生け捕りにした獲物を西の浜まで連れてきていた。

「ついに出やがったな、おまえら、クブラやさ」レイは声を荒らげた。「そのなりはなによ、故郷の民族衣装なあ？」

隠れていた密貿易団の残党が、レイにとっての宿敵が、ここにきてついに姿を現わした。島の過去を暴こうとする者に先手を打ってきたのだ。波打ち際《ぎわ》にはおびただしい夜光虫が湧いている。ぼうっと淡く青白い光が、夜陰にまぎれた襲撃者の全貌を浮かび上がらせる。その奇怪さにレイは目をみはった。顔面の大きさが身の丈の半分を超えている。亜熱帯の幻想が実体を結んだような異貌が並んでいた。

赤い眼球、赤い唇、黒と茶色の縦縞《たてじま》を走らせた巨大な面《めん》をかぶっている。

頭部には、大ぶりのしゃもじのようなものが、束になってそりかえっている。うっすらと目や口が燐光《りんこう》を放って、動くたびに尾を引いていた。

これはどういう扮装《ふんそう》なのか。ビロウの蓑をまとい、手や足首にシュロの皮を巻いている。原始の悪夢が立ち現われたような造形の狂った怪物が、一《ティーチ》、二《ターチ》、三《ミーチ》、あわせて三体。そのまわりでは黒い泥を盛ったような無気味な仮面をつけた有象無象が動きまわっていた。

「聞いたことがある。三体いるのはトカラの仮面神、ボゼやさ」

又吉の声がした。頭蓋を砕かれずにすんだらしかった。

「ボゼ？」

こいつらが神さま、悪霊《マジムン》のまちがいじゃなくて？

うごめくボゼからは、腐った植物と畜舎のチャンプルーのような異臭が漂ってくる。それはレイが嗅いだことのない、嗅いではならない死霊《グソー》の世界の臭いなのかもしれなかった。

波打ち際にちいさな木製の渡し舟が浮かんでいる。このまま島流しにするつもりなのか、ボゼの小間使いのような泥面たちが離岸の支度をしている。ボゼたちは仮面の裏にうなり声をくぐもらせながらレイを見下ろしていた。

本物の神さまのわけがないさ、こいつらはクブラだ。レイは又吉と視線を交わして、こいつらを殺そうと提案し、又吉はそれを暗黙のうちに了承した。手も足も出せないありさまでもどうにかなるさと又吉の目は語っていた。

流刑《るけい》の舟に乗せようと担がれたところで、手足を縛られたままで又吉が全身を揺すぶった。泥面たちの肩の上から落ちると、そばにいたひとりの首筋に歯を立てた。ひきずられてきたことでレイの足枷《あしかせ》にも透き間ができていた。両足をばたつかせて締めつけをゆるめると、跳びあがってボゼの手首に鋭く咬みついた。

闘犬場の犬《イングワ》のように、あごと歯だけで形勢をひっくり返してやれ！　琉球空手の達人はひょいひょいと体をそらすだけでふりまわされる鍬や鋤《すき》をかわしている。この連中は目算を誤った。儀式のいけにえに選んだ相手が悪かった。

「ここまで歓迎されたら、お返しせんとなぁ！」

高ぶるままにレイも暴れたが、両手を縛られていては普段どおりの喧嘩《オーエー》はできない。又吉のようにはいかず鼻っ面を殴られる。足元がよろけて多勢に組みふせられそうになる。敵勢をかき乱しながら岩場に駆けこんだところで、第三者と出くわして間の抜けた声を上げてしまった。

「おひゃっ、あんたなにしてるわけ」

海亀をさばいていたおじいだった。歯のない口腔《こうこう》を覗かせて、痴《たぶ》れたまなざしを揺らしている。どういうつもりか、錆《さ》びた鎌の刃面でレイの手首の縄を切ってくれた。

岩場を飛びだすときには、ついでにその鎌を貸してくれた。

そこから乱闘に戻ったレイが、又吉の縛《いまし》めを解くまでに数十秒、解き放たれた正拳や貫き手がボゼの仮面を割るまでにものの数分もかからなかった。

悪石島の海岸に、青みがかった暁光が染みてきていた。

海亀のおじいは、集落の厄介者《ニーワチャレー》だったのかもしれんと又吉が推察していた。集落のなかでは一度もこのおじいと行き逢わなかった。ねぐらは集落の外にあるらしい。おじいはよそものに加勢することで、島民たちへの報復を果たそうとしたのかもしれなかった。

神のなかには、その地に由来する土着の神と、海原を渡ってやってくる来訪神とがいる。この島では盆行事の祭りで来訪神のボゼを奉じていた。巨大な仮面をはぎとられたボゼの正体は、クブラではなかった。おどろおどろしい祭具まで持ちだしてよそものを水葬に処そうとしたのは、クブラではなかった。

「許してくだせえ、このとおり貧乏で、だれも来ない島ですで……」

「この島を守るために、脅しをかけてきたってわけか」

「親たちがやったことですで、密貿易団の手伝いは……ほじくり返されてまたぞろ手入れがあったらたまらん、今度こそ生きていかれん」

集落の住民たちが、タキ兄弟がうなだれていた。たしかにこの島では住民の大半が荷積みに従事し、密貿易団の世話にあたっていた過去があった。集落の人々にとって〝クブラ〟は海の向こうからやってきた恵みをもたらす来訪神《ボゼ》だった。大陸からは食料や衣料品、日本《ヤマトウ》からは日用品や実用雑貨、沖縄《ウチナー》からは鉄金属や燃料が来る日も来る日も運びこまれて、それらは島の生活を豊かなものにした。だけどそれも五〇年代なかばに一斉摘発が入るまでのこと。これまでクブラについては、暗躍説と消滅説がいずれもまことしやかに語られてきたけれど、この島の港もろとも全滅した、というのが知られざる真相であるらしかった。

あるとき米民政府に遣わされた監査機関が、米軍の一個小隊を率いてやってきて、ものものしい船団で島を取り囲み、上陸用舟艇で乗りこんで島の港を封鎖しようとした。あいつらまた来やがった！　クブラにとって一斉摘発は二度目だった。一度目は故郷を逐《お》われた。ここでもまた煮え湯を呑まされてはたまらない。地下潮流《ナマジラー》でしぶとく生きのびて、密貿易でも銃器をあつかってきたクブラはどこまでも命知らずになっていた。アメリカーを追いかえせと気炎を吐いて、漁業組合と駆逐艦隊ほどの実力差がある相手と交戦しはじめたっていうのさ。

「銃弾は飛びかうわ、手榴弾で船は破壊されるわ、ロケット弾まで撃ちこまれるわで……太陽が昇るまで保《も》たんかったそうです。密貿易団の連中はあらかた命を落として、残ったものもしょっぴかれて……」

「悪名を馳せたクブラも一巻の終わりか」

「へえ、おいたちの島もおとがめなしとはいきませんで」

「この島からも逮捕者が出たのか」

集落の男たちは大半がひっぱられ、そのほとんどが戻ってこなかった。タキ兄弟の父親は本土《ヤマトウ》の牢《ろう》に入れられて、重労働を強いられて獄中死したという。島の波止場や桟橋は鎖《とざ》されて、家族という家族が離散の憂《う》き目に遭った。この島を消滅させるのもやぶさかではないと米民政府の使者は脅していったという。自分たちにはこの島を本土《ヤマトウ》の帰属から外す権限もあるのだと。そんなことになったらここは日本領でもアメリカ領でもない、辺境で滅んでいくだけの漂流者の島になりはててしまう。

「そのとき交渉の場に出てきたのは日本人だったそうで、おっつけ沙汰をくだすと言い残していったそうです。島民たちは裁きがいつくだるのかとびくびくしながら、密貿易とは縁を切って生活を立てなおしてきたんです。なのにいまさら、親が残した負債を取りたてられるようで、だからお引き取りを願うしかねえと」

「密貿易との関わりを問いただすつもりはない。おれたちはクブラが連れ去ったかもしれん同郷の男を捜しているのさ、こいつの兄貴《ヤッチー》を」

「やっさあ、こっちが訊きたいのはそれだけよ。この島に居《う》らんかったか、無理やり連れてこられた沖縄人《ウチナンチュ》が」

ざっと兄《ヤッチー》の風貌を伝えてみても、タキ兄弟はそろって頭をふるばかりだった。往時のこの島にいたわけではないので細かい事情は知りようがない。集落に残っている年寄りも密貿易の時代から年寄りだったので、荷積みの現場には出ていなかったという。肝心なのはそこなのに！　もどかしさに歯嚙《はが》みしながらタキ兄弟につかみかかろうとしたそのとき、海鳴りにまざって癇《かん》高い奇声が響きわたった。

海亀のおじいが、もやのかかった波打ち際で、暁の光が染みわたる水平線へと叫んでいた。昨日と変わらない朝を運んでくる世界に異議申し立てでもするように、よろめいて濡れた砂にくずおれながら、身をひねって土地の言葉でまくしたてた。

おじいの充血した眼が、レイを見つめていた。視線がぶつかったそのとき、ある感覚、ある予感にレイはつらぬかれた。胸の奥で火が揺らぎ、耳の奥で鼓動がうるさくなった。「……あのおじい、なんて言ってるのさ」

「あの人のことはそっとしておいてくだせえ」タキの兄が言った。

「かわいそうに、お頭《つむ》が湧いちまってるんで」タキの弟が言った。

「そんなことは訊いとらん」レイは兄弟の胸ぐらをつかんだ。「この島の言葉でしゃべっとるんだろ、なんて言ってるわけ」

「はあ、〝娘を返せ〟と言いよります。摘発のあった夜に銃撃戦の巻き添えになったそうで。それからずっとあんなありさまで」

「だったらあのおじいは、生き証人やあらんね」

「そりゃまあ、島にはおったけど。だけど証言なんてままならん」

波打ち際のおじいのもとに兄弟をひっぱっていった。駆け寄ってきたレイにわめきつづけているおじいの言葉を、できるかぎり精確に通訳させた。

「あんたはこの島におったろうとおじいは言いよります、娘を返せ、娘を返せと」

「おれが、島にいた？」

おじいのその一言がレイの心臓を打っていた。動悸《どうき》が速まるのがわかった。又吉も駆け寄ってきて驚きの表情を浮かべながら「兄弟《チョーデー》だからか」とレイの心情を代弁した。「このおじいはおまえにあの人の面影《ウムカジ》を見てるのか」

声がうわずり、息づかいが乱れた。とぎれなく質問してもおじいは要領を得なかった。まくしたてたかと思えばふいに黙りこみ、打てば響くような問答は望めない。ときおり返ってくる言葉も、糸が切れた凧《たこ》のように過去と現在のはざまをさまよい、ふとしたはずみに墜落してしまう。レイはそのたびに発破をかけた。ほとんど懇願すらした。時間をかけて向きあっているうちに、おじいの記憶がにわかに過去へ焦点を結んでいく。

「ほんとうかね。山の上の小屋であんたの娘さんが」

「あの小屋がどうしたって」

「たしかにおったようです。寄港のときにしばしば鎖でつながれた人間が」タキ兄弟も初耳らしかった。おじいは枯れ葉を擦るような声でうめきながらしきりにレイを指差している。「それでまた島を出るまで、障害のあるおじいの娘があの小屋で世話をしていたと。あんたもそのなかにおったとおじいは言いよります」

「連れてこられたやつは、どうしていたのさ」

「それが……売られていい、いい、いい、いいたそうで、香港やら台湾やらに」

「なるほどな、密貿易の商品には人間も含まれていたわけか」又吉が眉を吊《つ》り上げた。

おじいは言った。レイと面影《ウムカジ》の重なる男は、たしかにあの日まで島にいたのだと。その男がいたからこそおじいの娘は帰らぬ人になったのだと。

「こういうことのようです。その男は、なにがしかの理由で売られなかった」タキの兄が言った。

「売られずに、島にとどまって密貿易団の手伝いをしていた」タキの弟が言った。

「クブラの手先になったって、おれの兄貴《ヤッチー》がぁ？」侮辱されたようでレイは気色ばんだ。

「落ち着け、やむにやまれぬ事情があったのさ」又吉が言葉を挟んだ。「おまえの兄貴《ヤッチー》は、生き残るための選択をしたのさ」

「それで、それでどうしたよ、話をつづけんね」

「数年ほどあの小屋で暮らして、摘発の日を迎えたそうで」タキの弟が言った。

「米軍と貿易団が戦《や》りあうさなかに、その男は貿易団の舟艇《ふね》を乗っとって」タキの兄が言った。

「おじいの娘の手引きもあって、この島を脱出しようとしたと」タキの弟が言った。

たしかにそこには兄《ヤッチー》の息吹《いぶき》を感じた。兄《ヤッチー》の疾走を、兄《ヤッチー》の勇躍を感じた。レイは確信を強めていた。たったいま耳にしているのは、たしかに生き別れになった兄《ヤッチー》の物語だ――銃撃戦のどさくさに舟艇《ふね》を奪うなんてだれにでもできることじゃない。だけど高揚感をおぼえる一方で、得体の知れない焦燥の苦みもふくらんでいた。

「おじいは娘を返せって言ったな、なにがあったのさ」

「そのとき、おじいの娘も奪った舟艇に乗りこんでいたそうです」

「この島を一緒に出ようとしたのか、よくはわからんけど……」

「だけど直前で見つかって〝沈んだ〟と言いよります」

「アメリカがその舟艇を攻撃したそうで」

「戦車もひっくり返すようなロケット弾が撃ちこまれて、奪った舟艇は撃沈したそうです。おじいの娘もそこで海の藻屑《もくず》になったと。その男も……」

海亀のおじいが、オオオオォォォォ……と身を切るような絶叫を上げた。立ちすくんだレイはおじいの号哭《アビー》を突っぱねるように頭をふった。近寄ってきたおじいが襤褸布のなかに手を挿しこんで身じろぎを大きくする。タキ兄弟が言葉を継いだ。「おじいは漁師だったので、舟艇の残骸が散らばる海底にも潜ったと言いよります」

「棺桶《かんおけ》に入れられるものは残ってなかったと……ああ、なんだって？」

「落ち着いてしゃべれ、なんだって？　ゆっくりともういっぺん言ってくれ」

「どうも興奮しすぎて、おいたちにもなにを言っているのやら」

波打ち際で息を荒らげながら、おじいはその痩身をレイに押しつけてくる。骨ばった左手を、その掌に握りしめたものを、夢中で突きだしてくる。

細いひものようなものが、掌のすきまからこぼれていた。

「拾えたのは、これだけだそうで」

おじいの震える掌が、五指を開いて。

レイの呼吸が、止まった。

それをつまみあげたとたんに、自分の鼓動の音が遠ざかり、胸のなかで心臓が石のように固まった。これは？　と又吉が訊いてきたけど、返事はできなかった。すくみあがった空白の意識に亀裂が入って、かろうじて保っていた理性まで砂の城のように崩れ落ちていった。

レイにとってそれは、そこにあってはならないものだった。接《つ》がれてきた証言の最後に、こんなかたちで目の前に現われてはならないものだった。

歳月をまたいでおじいが身につけていたものは、そう、たしかに——

一度はレイの肉に食いこんだ、魚《イユ》の歯の首飾りだった。


海鳴りのなかで死者がうめき、ホオッと息を吐く。

レイは、曙光《アビーグイー》の染みわたる空をふり仰いだ。

喉の奥で叫び声が固まっていた。瞳の裏側で感情が干上がっていた。

ここにたどりつくまでに、九年もかかった。

たったひとつの、もっとも受け入れがたい事実を知るために、ここまで長い旅をつづけてきたような気がした。故郷を離れた島で見つけたのは、ふたつとない兄《ヤッチー》の遺物。たがいの血と肉に響きあう兄弟《チョーデー》の絆。レイの直感が告げていた、これが真実だと——

老いた証人の、蜃気楼をふちどるような追憶はおぼつかないものだった。それでも真偽を確かめようとは思わなかった。舟艇が沈められたというその海中をさらう気力も残っていなかった。よりどころとしていた希望から、ある種の信仰になっていた宿願《ウガン》の岸からひきちぎられた海藻のようにレイは流される。これがここにあるということは、つまりそういうことだ。九年も経ってこれしか出てこないということは、つまりそういうことだ。

そこから先のことはよく憶えていない。又吉がしきりに語りかけてきたけど、そのすべては意味をもった言葉として響いてこなかった。ふらふらとレイは歩きだした。強い眩暈をおぼえたけれど、どうにか倒れまいとする。それから数時間後には又吉の制止も聞かずに、タキ兄弟に手配させた小ぶりな漁船に乗りこんでいた。

たどりついた事実に翻弄されて、どうしようもない心持ちで甲板から水平線を眺める。この島にはもう用がない、抗争《ソーロー》から身を隠すというもうひとつの目的も見失って、兄《ヤッチー》がたどるはずだった故郷への帰途についていた。

出立の港に残した伝言、それだけがレイを動かしていた。

あいつに伝えなくちゃならん。

探りあてた真相を、どんなふうに渡したらいいかはわからない。

それでもそのときすがれるものは、故郷に向いた思慕《ウムイ》だけだった。

航路の先にレイは、約束された顔を思い浮かべて——

宜野湾の桟橋についたその足で、会わなきゃならない女を捜した。

すれちがう他人の視線がとげとげしかった。故郷の風景がどこか見慣れないものに映った。

おまえだけひとりで帰ってきたのか？　島じゅうの非難を浴びているようだった。コザの知己を訪ねてまわって、那覇の質屋にも立ち寄った。あいかわらず歓迎はされなかったが、テラスが語った経緯はレイを驚かせた。

「こっちは千客万来さぁね。ゆうべタイラさんが現われて、それまで米民政府のところにお泊まりしてたっていうのさ。思想狩りのやつらに手厚くもてなされたらしい。タイラさんは〝計画が漏れた〟って口走っていた」

タイラは身柄を拘束されていた。さすがはあの男というべきか、閉じこめられた廃屋から自力で脱出したらしいが、又吉との計画が漏れたとなると一大事だ。タイラは決行をあきらめていないようで、離島に一時避難した又吉と連絡を取りたがっているという。キャラウェイ暗殺計画も差しせまった局面を迎えていた。だけどこのときのレイの焦眉《しょうび》の急は、島内に身をひそめているタイラと会うことではなかった。

重たげな太陽はすでに地平に沈んで、空の月が大きな光の環《わ》のなかに鎮座していた。那覇の貸会議場を借りきって復帰協の集会が開かれていて、三千人はくだらない混雑のなかでヤマコを見つけられなかった。あの瀬長亀次郎も演壇に立つことになっているらしい。拾ったビラには〝郷土の英雄、来たる！〟と煽《あお》り文句が躍っていた。おのずと獄内闘争が思い起こされる。あのころのレイは、兄《ヤッチー》の無事を信じて疑っていなかった。

いまさらドン亀でもあらんがぁ、ちーんとビラで洟をかむと、案内係をしていた復帰協の職員をつかまえてヤマコを呼び出してもらった。

　ロビーで待っていると、おなじ職員が戻ってきて、楽屋でも控室でもなく建物の裏に連れていかれた。塵のバケツや排水管がむきだしの路地《スージグワー》。こんなところで待たせるのか？　有力者の集まる行事でごろつき《アシバー》にうろつかれたくないってわけかよ。

　通用門から出てきたヤマコは、戸惑いを隠しきれず、上機嫌とはとてもいえない様子だった。ますますレイはささくれだつ。おれは招かれざる客かよ、こんな集会よりずっと大事な報せを運んできたのに――

「驚いたよう、レイ、急に来るんだもの」

　裏方として忙しくしていたようで、結わいた髪の後れ毛が肌に貼りついている。半袖のブラウスのきつそうな胸元でボタンのまわりに放射状のしわが寄って、薄い生地がブラジャーの花柄を透かしている。地味な服装でも隠しようがない。そこにいるのは島でいちばんの美女《チュラー》だ。議論のたびにその美《ちゅ》ら瞳《み》と向きあわされたら、おなじ組合の男たちは気もそぞろだろうね。

「おまえに伝言を預けたんだけどな、ちゃんと聞いてるか」

「うん、ウタが来たよ。どこかの島に渡るって、帰ってきてたの」

「ついさっきな」

「立てこんでるんだけど……レイ、なにかあったの」

ヤマコの睫毛《まつげ》が震えた。こころなしか唇が色味を失っている。レイはポケットのなかの魚《イユ》の歯を握りしめる。不安そうなヤマコを自分の胸で抱きすくめたかった。抱きしめた感触をレイは想像した。その肢体をおりなす海岸線を、夕陽を呑みこんだような体温を、温かく濡れた谷間をくまなく想像した。ヤマコは温かいだろう、ヤマコは湿っているだろう。ヤマコは大きくて、ヤマコはちいさいだろう。きっとそのすべてだ。ヤマコはレイが生きていける唯一の場所、唯一の故郷《シマ》だった。胸の奥でひそやかに泣きながら、レイは勃起していた。海綿体が涙で充血したみたいだった。

「オンちゃんのこと、なにかわかったのね」

そこにある命《ヌチ》にすがりつくように、痛いほどに陰茎《ポーチラー》が固くなった。まどろっこしく言葉を費やさなくても、持ち帰ったものを見せるだけでヤマコなら察してくれるはずだ。深々と息を吸いながらポケットの手を抜きかけたところで、

「ヤマコさん、あいつが来てるって?」

通用口から飛びだしてきた男がいた。その顔にレイも面食らった。

「あがぁ、どうしてあんたがいるのさ」

「ひさしぶりやさ、レイ」

瀬長亀次郎はいるわ、この先生《ウシショー》はいるわ、今夜の集会はあのころの刑務所の同窓会か？　数年ぶりに顔を拝まされたのはレイに知恵を授けた恩人であり、獄内闘争を尻切れとんぼに終わらせた密告者でもあった。すすんで再会を喜びあいたい相手ではなかったし、ましてやこの瞬間ばかりは、引っこんでいてもらいたい邪魔者《ワーバムン》でしかなかった。

「国吉さんもすこし前から、一緒に活動してるのさ」ヤマコも親しげにしている。

「復帰協で？　それじゃあ、あいつもいるのかよ」

「ああ、ニイニイも寄るって言ってたんだけど」

「グスク、来とらんなあ」

「琉警の仕事がすごく忙しいみたい」

「おまえのほうは、コザの一味に加わってるらしいな」国吉さんがレイに言った。

「抗争《ソーロー》が激しくなっとろうが、おまえはだいじょうぶなのか」

「見てのとおり五体満足よ。それよりいまは取りこみちゅうだから」

「おまえさん、何歳になったね。これからもヤクザ稼業をつづけるつもりな？　おまえとはいっぺん会ってちゃんと話をしたかった。この島の英雄を目指すと豪語したそうだが、ごろつき《アシバー》は危険に酔うふしがあるから……」

「あんたは変わらんな。おれはもう青二才《オージャーニーシエー》やあらんど」

「国吉さんは、ずっとレイのことを気にかけてたんだよ」

おなじ釜の飯を食っていたころと変わらない老婆心《ウヤグクル》も、便乗してたしなめてくるヤマコの言葉も、このときのレイにはうとましかった。あの刑務所の暴動がなかったらおまえの歩む道も変わっていただろうと国吉さんは言うのさ。わたしも堅気の仕事につけと口を酸《す》っぱくするだけでたしかな力添えができなかった。だがあのとき亀さんも言っていたとおり、力を誇示するだけでは大事なものは守れない。真の英雄と呼ぶことはできない。

「領土や帰属をめぐっていがみあい、おなじ島のもので争っていても未来はない。われわれは共存の道を探らなくてはならん。この女《ひと》だって過去をふっきって、あらたな人生を二人三脚で歩もうとしているところやさ。だからおまえも本物の闘争というものを……」

「……おい、なにがやあ、二人三脚ってだれとするのさ」

「国吉さん、いまその話はいいから」

「その話ってどの話な？　おれの知らん話があるのかよ」

「とにかくいまは戻らないとならんから、集会が終わってから話そう、ねえ？」

「居《う》らんのに、兄貴《ヤッチー》も居《う》らんのに、だれと二人三脚なぁ」

「だからわめかんでよ、もう、レイってば！」

「おまえは、待ってなかったのかよ」

たまりかねてレイが叫んだのと、ほとんど同時だった。

細い路地《スージグワー》にいきなり、なにかを蹴り飛ばしたような音が響きわたった。

殺気立った物音がうなじに突き刺さった。レイはとっさに振り返った。

腰だめに刃物をかまえたごろつき《アシバー》が、つむじ風のように奔《はし》ってきていた。

毛むくじゃら《キーマー》の髭面で、見開かれた目は据わりきっている。

街灯のまばらな裏通りで、鈍い光を刃物がひらめかせる。

こいつ、鉄砲玉か——

襲ってきたのはコザ派の刺客だった。レイは知るよしもなかったけど、那覇派の所領にあった宜野湾の荷役が買収されて、港の出入りが見張られていた。回状に載っていたレイにはただちに尾行がつけられた。聴衆でにぎわう会場に入っていったときには追っ手も舌打ちしたけれど、おりよく人気のない路地に回ったので、絶好の機会を逃すまじと襲撃に転じていた。たちまち間合いをつめられて、刃渡り十五センチはありそうな軍用ナイフの切先を向けられる。反射神経だけでかわしたレイは鉄砲玉の腕をつかんで、

「あんた、そいつを連れて、逃《ひ》んぎらんね！」

国吉さんに指示を飛ばした。ヤマコも叫んでいる。このまま手首をへし折ってや

れ、だけどヤマコを避難させなきゃならん！　わずかな迷いがたたって両手を振りほどかれ、鉄砲玉がまたナイフを暴れさせる。二振り、三振りと空を切らせたが、突進をかわしたことで、国吉さんとヤマコとレイのちょうどまんなかに刺客が飛びこむかたちになった。折り畳みナイフを抜いてすばやく相手の二の腕を刺したが、浅い。鉄砲玉はさらに逆上して得物を振りまわした。狙いもさだめず、やみくもに刃先を向けたさきには、ヤマコがいた。

「あっがぁ、痛ぁ……」

路地裏をつんざく悲鳴。重なる人と人の体。凶刃《きょうじん》のひらめき。

刺されたとレイは思った。視界が眩暈でかすんだ。ヤマコが刺された。

だけどちがう。餌食になったのはヤマコじゃなかった。覆いかぶさるように彼女をかばった国吉さんの腰にナイフが埋まっていた。

逆上したレイは、鉄砲玉の肩にナイフを突きたてた。おなじところをめった刺しにして、地面にずり落ちた男を蹴りのけて、膝から崩れた国吉さんを抱き起こした。かたわらでヤマコが叫んでいた。早く救急車、救急車！

「おいっ、先生《ウシショー》、先生《ウシショー》」

騒ぎを聞きつけて通用口から人が出てきた。顔を上げたところで、野次馬にまぎれて向かってくる強面の男たちが見えた。鉄砲玉はひとりじゃない、数人で確実に仕留めにかかるのは襲撃の定石だ。発条《ばね》じかけのように立ち上がったレイは、血眼になって四方に退路を探った。

「どこに行くわけ、国吉さんを置いてえ！」

すかさずヤマコに手首をつかまれた。生温かい血でその手は濡れていた。鉄砲玉たちがヤマコに危害を加えるかもしれない、人質のようにしてレイに降伏を強いるかもしれない。救急車を呼ぶように野次馬に叫んだレイは、無理やりヤマコの手を引いて建物の隙間に飛びこんだ。

細い径路を走っても、追ってくる声と足音がとぎれない。毛むくじゃら《キーマー》の鉄砲玉はたしか辺土名の子飼い《イーチケームンサー》だった。けしかけたのが辺土名なら、刺客はとことんやる。巻き添えもいとわない。握りしめたヤマコの手は、熱い血でぬるぬると滑った。熱帯夜の街を走りながらレイの胸の鼓動《チム・ドンドン》が早鳴った。

「放してよ、レイ、もういいから！」

われに返ったときには、どことも知れない昏《くら》い路地を走っていた。

追っ手の気配はとだえていたが、地元のコザに逃げこむわけにもいかない。

あてどなく走っていたところで、ヤマコに手を振りほどかれた。

握ったままだったナイフを、落としたはずみにヤマコが拾い上げた。ヤマコも汗だくで瞳を潤ませて、頬や唇を震わせている。親しい人間が目の前で刺されて冷静でいられるはずもない。無人の路地で飛び退《の》くと、握りしめたナイフの刃先をレイに向けてきた。

「あんたが来たから、国吉さんが……ごろつき《アシバー》の喧嘩のとばっちりを食うなんて」

「そんなもの、向けたらならんがぁ」

「国吉さんの言うとおりさ。刃物ふりまわして、縄張り争いして」

「こっちに寄越せ、いい子だから」

「近寄らんでよ、レイ」

「学校の教師が、そんなもの振りまわしたらならんがぁ」

「戻るから、あたしは戻るから、国吉さんのところに」

「こっちの話も聞かんね、おれは約束どおり大事なことを伝えに……」

「お願いだから、近寄らんでよ」

頭の中身がどくどくと脈打っていた。体じゅうを這いずりまわる蛇が心臓をくわえて頭蓋の奥に昇ってきたみたいだった。ヤマコは侮蔑に瞳をゆがめて、あらわな非難でわれを忘れている。伸ばした手にナイフを振られて、指先に痛みが走った。人差し指と中指の腹をナイフの刃がえぐって、血がレイの手首をつたった。レイの世界がゆがみだしていた。

昏すぎる路地だった。低温火傷しそうな血の温度。そのにおい。襲撃による高ぶり。蔑みにゆがんだ美ら顔《チュラカーギー》と、その唇からあふれだす拒絶の言葉。それらがよってたかってレイを踏みこんだことのない領域に追いこもうとしていた。

「おまえはまだ、おれの話をなにも聞いとらんがぁ」

「逃《ひ》んぎってたら、なんにも話せんじゃない」

「だったら、どうしろっていうのさ」

「ここから遠くないよ、コザ署に行こう」

「ああ、警察な？　出頭しろっていうのかよ」

「警察だったら、逃《ひ》んぎらんでも話せるじゃない」

「……あいつかよ、あいつを頼るのか」

「さっきの男たちが、またいつ来るかもわからんじゃない」

「あいつなんだな。さっき二人三脚で生きるって」

「だからそれは、あたしとニイニイは」

「籍でも入れたかよ、ほかに居《う》らんもんねえ！」

おのずと威嚇するような大声になった。ヤマコはびくっと震えて、荒い呼気をこぼしながら頭をふった。ああこれで、これでとりつく故郷《シマ》がなくなったとレイは思った。

「おれはもう厄介者《ワーバムン》かよ、そんなにおれが好かんかよ。だったらそいつで刺せよ、そ

コ

いつでおれをたっくるしてくれ、おまえにならできるさ」

虚勢だったし、本音でもあった。この女になら心臓をつらぬかれてもよかった。

ここやさ、と自分の胸を指先で突つきながらレイは、おぼつかない足どりでヤマコに歩み寄った。

刃先まであと数センチ、というところでヤマコの手首をつかんで、仕損じないように胸の高さにナイフを持ちあげた。

まなざしだけでならヤマコは、レイをあの世《グソー》に送ってくれた。憤りや悲しみを、憎しみを、過去への追慕をないまぜにした強い視線がレイを射すくめていた。だけど刃物は突きだせない。張りつめていたものをふっと弛緩《しかん》させると、震える両手からナイフを落として、睫毛のへりにひっかかっていた涙の粒を頰につたわせた。

「たっくるせんなら、おれを愛してくれ」

落ちたナイフも拾わずに、レイは言葉ですがった。

「たっくるせんなら、おれを好きになるんだな」

そんなふうに面と向かって、思慕《ウムイ》を伝えるのは初めてだった。ひとおもいに抱きすくめたヤマコはなにもかも想像どおりだった。すごく熱かったし、湿っていたし、すごくちいさかった。おれはずっとこの女のために兄貴《ヤッチー》を捜していたんだとレイは思った。

ほんとうは、兄貴《ヤッチー》が生きていることを確かめるためじゃない。
おれは、兄貴が戻ってこないことを確かめようとしていたんじゃないか。
英雄だけが娶《めと》ることを許される恋人《ウムヤー》を、ずっとこの手で抱きしめたかったから——
熱帯夜に燻《いぶ》された路地の暗がりで、レイはヤマコを押し倒した。長い手足を突っぱらかせ、舌をもつれさせ、眉間や首筋に青い静脈をのたくらせながら、ヤマコはしゃにむに抵抗した。たっくるせないなら愛してくれ、もうそれしかないんだから——拒まれるぶんだけレイは、押さえつける手に満身の力をこめた。

ここよりもっと昏い場所があるなら、レイはそこを探しだして冬眠動物のようにもぐりこみ、永遠のねぐらにするだろう。腕のなかの熱い命《ヌチ》にすがりつくように、夢中でレイは溶ける蜜のようなヤマコに身を埋めた。

すべてが終わると、服の乱れを直したヤマコは、無言で去っていった。

完全に去ってしまった。どこを探しても、また会えるというしるしは見つからなかった。

路地で寝そべったまましばらく茫然としていたレイは、ややあってむくりと起き上がると、那覇のテラスの店へと戻った。残されていた電話番号にかけて、身を隠しているタイラに取り次いでもらった。

「ちゃー元気《ガンジュー》な、タイラさん？　おれだけこっちに戻ってきたのさ。あんたたちの例の計画は中止にしたらならんど、実行部隊の席は空いてるかよ」

十一　見ず知らずの故郷《シマ》、暗殺者たちのララバイ、深い泉の底から

グスクのまわりを、煙のような声音が漂っている。

ゆらゆら、ゆらゆらと、崩れたらせんや渦巻きを描きながら。

聞いているだけで癌《がん》になりそうな、疫病のように不吉な響きをはらんだ声だった。

わたしは罪滅ぼしをしたいんだよ、と声は言う。この島の繁栄に身を捧《ささ》げてきたのはそのためだ。だから教えてほしい、君の共謀者はどこにいるのか、高等弁務官をどうやって狙うのか、それはいつなのか、戦果アギヤーの王はどこにいるのか。

だれでもおなじだよ、恥じることなんてない。遅かれ早かれなにもかも話すことになる。だから特別あつかいをされているうちに、君はみずからの役割を果たしたほうがいい。

想像してごらん。君の大事な人はどうだろうか。

君のこんなありさまを望むだろうか。

たかだか洗面器に一ぱいの水で、海の底に連れていかれるとは思わなかった。飲むまいとしても水を飲んでしまって、グスクは溺れながら痙攣《けいれん》する一個の筋肉のかたまりとなった。

尋問の時間を引き延ばすことにこだわる男たちは、そのぶん蘇生術や応急処置にも手抜かりがなかった。気がつくとグスクは、客室の床にあおむけになって手足を投げだし、水を吐いていた。股間を濡らすのが自分を溺れさせた水なのか、漏らした小便《シーバイ》かもわからないのはみじめだった。うらぶれた心地に浸りながら、グスクは腹も立てていた。溺れるさなかに聞こえた声が、頭のどこかで残響の尾を漂わせていた。

君の大事な人、そう言ったよな。

おまえたちは、それがだれかを知ってるのかよ。

ずっとその人のことは考えまいとしてきた。意識のうわずみに上げただけでも、あいつにまで累がおよびそうでおっかなかったから。だけどももしこの連中が、捜査中の案件に関わる人々を見境なしにさらってくる狂人《フリムン》の集団だとしたら。捕えたものを痛めつけ、屈服させ、尊厳や人間らしさを踏みにじる煙男《キブサー》たちの手帳に、あいつの名前も記されているとしたら。

グスクは腹を立てていた。とてつもなく腹を立てていた。外国産の煙草の臭いにまみれた怒りの外側には、すくいとって離したくない言葉も漂っている。グスクをとりまく世界が、そのときどきで手向けてくれた言葉たち。擦り減った心身を癒やす慈雨のような言葉に、グスクはすすんで耳を澄ませた。

あんな表情は見たことがなかった、おまえたちも前に進みはじめたってことやさ。

どんなときでも淘汰できないもの、それをなにより大切にすることです。

グスクの話、ちゃっさんちゃっさんさぁね。

それからあの言葉、あいつが返してくれたあの言葉——

これからよろしくね、ニイニイ。

たしかにあいつは、そう言ってくれたんだよ。

胸の奥で張りつめていたものが、全身に染みわたるように弛緩していた。

雑念が濾《こ》されるように五感が澄みわたり、降ってわいた静けさがグスクを満たしていた。

最後にはたったひとつの、単純な決断があるだけだとグスクは思った。絶望の臭いがこびりついたこの部屋から自分を救いだせるのは、自分しかいない。

だからグスクは賭けを打った。男たちにさいなまれる時間のなかで、グスクは寝た、、、のさ。もちろんやすやすと安眠はさせてもらえなかったけど、抵抗や反発に費やすエネルギーを充《あ》てて、五分でも一分でも寝入るように努めた（それはそれで荒業《ホーカー》にはちがいないさ。二度寝も三度寝もお手のもの、いつどんな場所でも瞬時に眠れる才能を活かしたんだな）。

わめいたり暴れたりしなくなり、反応が鈍くなってきたグスクに、男たちもこころなしか飽きはじめているようだった。ちょっと休憩するか、とバーラウンジに一杯やりにいくことも増えてきて、そんなときはここぞとばかりに体力温存をはかった。

危険な綱渡りではあった。熱源の火を弱くすれば、ふとしたはずみに永久に消えてしまうかもしれないんだから。だけどそこはグスクだ、男たちに気づかれないようにとぎれとぎれに眠るコツをすぐにつかんで、体にささやかな回復を感じたところで、何度目になるかわからない水責めですすんで水を飲んだ。膀胱《シーバイプクル》はいっぱいだからまた失禁するかもしれない。戻ってくるなりやるべきことを思い出せるかもあやしかったけど、それでもこの部屋で手と足の拘束を解かれるのは、蘇生処置をほどこされるそのときだけなのだ。

男たちはきっちりと仕事をしてくれた。息を吹きかえしたグスクはその瞬間に、すぐそばの男の眼球に人差し指を突きたてた。そのまま鼻をつかんで横にへし折って、手のひらで軟骨がひしゃげる感触を味わった。ふざけやがってこの野郎！　男たちが口々に叫ぶ。腹の底のかまどに自分でも驚くほどの底力が湧きかえっているのがわかった。

　あいにく煙男《キブサー》はいなかった。部屋にはその部下の日本人《ヤマトンチュ》が三人。そのひとりを投げ飛ばして部屋の壁にぶちあてた。わずかに腰が引けたもうひとりを肩で突き飛ばすと、扉の施錠をひきちぎって廊下に飛びだした。

　部屋を出るなりよろけてしまった。廊下の壁にくりかえし手を突いた。体のなかに血が足りない。身につけているのは濡れたブリーフパンツが一枚きり（やっぱり失禁はしていたし、ゴムは伸びきっていて押さえてないとずり落ちてきた）。薄れる意識（と、パンツのゴム）をどうにか支えてグスクは建物の脱出を試みた。気持ちばかりが急いて、裸足の裏でしきりに床面が上滑りする。うまく頭が働かず、何度となく転んで顔を強打した。すぐに避難経路がわからず、男たちに追われながらさんざん廊下を右往左往《ティオーサオー》して、ようやく非常階段を見つけた。体ごとぶつかるように扉を開けると、そこには澄んだ青空がひろがっていた。

　嵐《ウーカジ》はいつのまに過ぎ去ったのか。強い日差しに眼球をあぶられ、視界に虹色の光が散った。転げ落ちるように非常階段を下りて、半裸のままでハーバービュークラブを離れた。これじゃおれが露出狂《フリムン》やあらんね！　うめきながら足がもつれてまた転んだ。残りわずかな燃料も汗になって体の外に漏れだしていく。これはまずい、故郷《シマ》の暑さがいまいましい。追っ手の気配が遠ざかっても、あきらかにグスクの意識は危険水域に近づいていた。

どのぐらい監禁されていたのか、体感だけなら、何ヵ月も故郷《シマ》を離れてどこか別の世界に遭難していたような心地だった。

あたりを見渡しても島の風景がちがって見える。暗殺計画のこと、親友《イイドウシ》のこと、その弟《ウットウ》のこと――気がかりなことばかりだったけれど、最寄りの病院にも駆けこまず、警察署も素通りして幼なじみのもとへと足を急きたてた。

通りすぎかけた売店に戻って、軒先に並んだ新聞で日にちを確認する。ハーバービュークラブを訪れてから四日もすぎていた。すると今日は三日連続でもよおされる復帰協の集会の中日だ（空き時間に立ち寄るようにグスクも熱心に誘われていた）。近道を抜けて会場にたどりつくなり、グスクはその場で卒倒しそうになった。

建物の前にすずなりに警察車両が停まっている。現場保存のテープが張りわたされ、つめかけた警官たちが野次馬の整理や事情聴取にあたっている。どこか異空間のような独特の空気だけでも重大事件だとわかる。いったいなにがあったのさ。事件現場にふらふらと入っていったグスクは、すぐさまブリーフ一丁の不審者として那覇署の警官たちに取り押さえられた。

「たまたま着てないだけ、普段は着てるってば！　おれもあんたらの同僚やさ」

顔見知りの警官がいたおかげで、身元を証明できなくても連行されずにすんだ。ランニングシャツとズボンも借りて、救急箱にあるだけの軟膏《なんこう》や痛み止めで治療され、会場の売店で売っていたパンと牛乳にもありつけた。

事件のあらましも聞くことができた。昨夜の九時ごろ、この建物の裏手でごろつき《アシバー》同士の刃傷沙汰があり、居合わせた島民が刺され、危篤におちいって病院に担ぎこまれたという。巻き添えになったのはグスクもよく知っている人物だった。

「国吉さんが？　どうしてあの人が」餡《あん》パンを落としかけた。血の気が引くような思いでつまびらかな事情を訊いた。「あいつは、どこにいるのさ」

現場から逃走したごろつき《アシバー》が、復帰協の職員をなかば強引に連れ去ったという目撃証言があった。追われていた男とその女性職員は知己の関係のようでもあったという。ごろつきの場末の騒動《アシバー・ヌ・オーエー》、国吉さんが刺されて、ひとりの女が連れていかれた。そうなると――

もしかして、レイか？

地元に戻って、再来月にひきはらわれる予定のヤマコの家に足を運んだ。

玄関の木戸には鍵が下りている。すべての窓は室内のすだれで隠されている。

あるころまでは大量の戦果が届けられていた家。人の気配はなかった。すこしだけ待ってきびすを返しかけたところで、屋内から水道を使う音が聞こえた。

「いるのか、ヤマコ」

おれやさと戸を叩いた。ところがどういうわけか返事がない。

たしかに物音はしたのに、呼びかけてもいっこうに反応がない。

「押し売りやあらんど、なにしてるのさ。ここを開けんね」

真夏の陽光がグスクの首の裏を焦がしていた。居留守を使っているのか、あいつがこのおれに？　そんなことはこれまでに一度もなかった。

「なにかあったのかよ、返事ぐらいしろってば！」

頰っぺたを木戸につけて耳をそばだてても、身じろぎの音もしない。幽霊しか棲んでいない廃屋の戸にへばりついているみたいだった。おれは那覇の会場からこっちに来たのよ、国吉さんが重傷ってどういうわけさ！　どんなに呼びかけても返事がなかった。暗い部屋でうずくまって、息を凝らし、頰かむりして戸口の声が去るのを待っているヤマコの姿を想像する。これまでに往き来させてきた言葉が、ふたりで交わした約束や選択が、宛先不明の郵便物も同然にまとめて突き返されているような焦燥感があった。

「開けてくれ、ヤマコ」

グスクの声だけがむなしく響いた。

「ヤマコ!」

彼女になにがあったのか、この島になにがあったのか、煙男《キブサー》に連れていかれた暗黒大陸から戻ってきてみれば、故郷《シマ》がまったく見ず知らずの世界に変わってしまったかのようだった。国吉さんが刺され、ヤマコは連れ去られた。その場には十中八九、レイがいたはずだ。本島に戻ってヤマコを訪ねたところで敵対するごろつき《アシバー》に襲われたというところか。それから一夜が明けて、自宅に戻っていたヤマコは引きこもっている。国吉さんの危篤に胸を痛めているのなら病院につめているはずで、するとこの籠城《ヤーグマヤー》の原因はレイにある。島を離れたあいつがとんぼ返りでヤマコに会いにきたということは——

「オンちゃんのことか」

おのずと声がうわずった。喉元にひきつるような震えがよぎった。

島の外からもたらされた事実が、考えられるかぎりの最悪の悲報だったから。

ずっとどこかで予感していたことが、とうとう現実のものとなったから。

だからこんなにヤマコはふさいでいるんじゃないか。だからこの故郷《シマ》にすべてをなしくずしに悪くするような気配が垂れこめているんじゃないか。グスクたちの歳月に底流してきたものが、引き返せない地点を越えてしまったような予感があった。

かすかに衣擦《きぬず》れの音が聞こえた。玄関のそばまで出てきたのか、それでも戸を開けられないのか、ヤマコはどんな表情でそこにいるのか——

「ごめん、今日は帰って」

おばあの幽霊がしゃべったのかと思った。聞こえてきた声はしわがれ、ひび割れて、抑揚や潤いのいっさいを欠いていた。

それきりなにも言わなくなった。言葉を探している間じゃない。瘡蓋《かさぶた》もできていない生傷をえぐられたような、呼吸もままならない痛みに耐えているような沈黙だった。あのヤマコが、あらゆる苦難にめげずに教員をつづけることを選び、復帰協でも教職員会でも怠けもの《ラジャクナムン》の一生ぶんのような毎日を重ねているヤマコがこんなにも、こんなにも打ちひしがれるなんて。過去をふっきってグスクにすら向きあおうとしてくれたヤマコが——

なあ、ここを開けてくれ、顔だけでも見せてくれ。だけどどんなに声を嗄らしても、返事はもうなかった。言葉が接がれる気配はたえていた。

「だったらそのままでいいから、おれの用事を聞いてくれ。おれはここしばらく、アメリカーの諜報のやつらに監禁されて、尋問されていたわけさ」

吐息を呑むような音が聞こえたけど、返事はなかった。だいじょうぶなのニイニイ、と漏らした小声が、小声すぎて木戸を越えられなかったのかもしれない。

「ここにもおなじやつらが来るかもしれん。だからこのまま閉じこもって、だれが来ても開けたらならん。今夜にでもおれはまた戻るから」

語りかけながら身も心もよじれそうになった。ここで戸口を離れるのはしのびなかった。それでもどんなにもどかしくてもグスクは、ヤマコが知らされた事実を咀嚼《そしゃく》し、嚥下《えんげ》し、消化できるまで時間をかけて待っていなくてはならないようだった。

最低限の用件だけを伝えると、グスクはよろよろとヤマコの家を離れた。公衆電話を見つけたのでコザ署に連絡を入れた。無断欠勤のあげくに傷だらけで那覇の現場に現われたって？　と電話ごしにどやしつけてきた徳尚さんに頼みこみ、ほとんど泣き落として、ヤマコの家を警護してくれる人員を回してもらった。

病院の前までたどりついたところで、とうとうグスクは倒れてしまった。

さいわいすぐに運びこまれて、傷の手当てをされ、点滴を打ってもらった。

国吉さんは面会謝絶がつづいているという。倒れているグスクをたまたま見つけて病院の人間を呼んでくれたのは、ふたりの子どもだった。

「グスクー、生きてるかあ」

ウタとキヨと病院ではちあわせたのはまったくの偶然でもなかった。移動式の点滴台を押しながらふたりに別の病室へと連れていかれる。おなじ病院にもうひとり、ウタたちと親しくしている島民が入院していた。

「憶えてるよ、嘉手納アギヤーのあとで訪ねてきたニイニイやさ」

病室で身を起こしたチバナは、おしゃべり《ユンタク》するのもつらいようだった。瞼や唇がぞっとするほど腫れあがり、アダン模様の寝間着から覗く右腕はギプスで固められている。美里でAサインを切り盛りするチバナのもとに三日前、数人の日本人《ヤマトンチュ》が現われて、レイはどこにいると問いつめてきたという。知らないと答えると店を破壊され、泡盛やウィスキーの瓶を割られ、手加減なしで殴られた。あいつらだ、煙男《キブサー》だ——チバナに降りかかった災難《ワジャウエー》はその日のうちに美里に知れわたり、どこからかそれを聞きつけたレイ本人が、一足ちがいでこの病室に現われたばかりだった。グスクはこのとき初めて、チバナのもとにレイがずっと居候していたことを聞かされた。

「あのろくでなし《ハゴームン》がしおらしくって。あたしの様子を見て〝悪かった〟って。〝おまえのおかげで居場所《ヤーグワー》ができた、もう二度と迷惑はかけん〟なんて柄にもないこと言っちゃってさ、ちょっと話しただけですぐにいなくなっちゃったんだよ」

「そりゃたしかに、あいつらしくないなあ」

「あたしはピンときた。女となにかあったんだなって」

「あんたと暮らしてたんだろ、恋仲《イイナーカ》だったのやあらんに」

「ほかにいたんでしょう、胸に秘めた相手が。そのぐらいわかるさ」

強気な言葉とはうらはらに、チバナは腫れた瞼の下の瞳を潤ませていた。

「好色のくず男《ナーイルー》と切れなかった自分が悪いのさ。あいつとは似たもの同士で、居心地もよかったから……だけどいつかこうなるのはわかってた。抗争《ソーロー》で身を隠すって聞いたときに、ああこれまでかなと思ってたんだけどね」

返す言葉が見つからず、グスクは黙って話を聞いていた。

チバナは顔をそらすと、目頭を指で揉みしだいた。

「あれはその女《ひと》とひと悶着《もんちゃく》あったんだね、たぶん兄さん《ヤッチー》のことで」

「あいつ、兄貴《ヤッチー》のこともなにか言ってたか」

「あんたは聞いとらんの、トカラのどこかの離島で……」

「教えてくれ、なにか突き止めたって？」

「うん、あのね……兄さん《ヤッチー》の形見を見つけたって。魚《イユ》の歯がどうとかって」

「それは、あいつの兄貴《ヤッチー》が肌身離さずつけていた首飾りやさ」

「数年前に、亡くなってたみたいなのさ」

グスクは息を吸いこんで、ぎゅっと瞼を閉じた。

オンちゃん――

ついにこの瞬間が、この瞬間が来てしまった。

病室でレイが話していったのは、密貿易団〝クブラ〟の中継拠点の顛末だった。

連れていかれた親友《イイドウシ》が、無謀な脱走を試みて海の藻屑になったという事実だった。あまりにも歳月が経過しすぎているせいか、すぐには実感が湧かず、悲しみや喪失感に呑みほされることもなかった。身につけていたものが見つかったというだけで、あのレイが兄《ヤッチー》の死を認めるはずもない。たぶんその結論に達するまでに、無視できない根拠の積み重ねがあったんだろう。

思い出されるのは、謝花ジョーが言い残した〝予定にない戦果〟のことだ。煙男《キブサー》に聞かされた〝島内潜伏説〟も気がかりでならない。だけどその反面で、あのレイが確認したのならまちがいないとも思えた。実の兄弟《チョーデー》の血と骨に裏を取られた真相なら、黙殺することも否定することもできない。ついに一度も再会を果たせずにグスクたちは、この沖縄《ウチナー》にふたりといない男を永遠に亡くしてしまっていた。

「ねえ、なんの話してるのさ」

廊下をうろついていたウタとキヨが病室に入ってきた。ウタもレイとは会いそびれたらしい。どこまで事情を察しているのか、打ちひしがれたグスクにおどけ顔を向けてくる。チバナまで気をつかって話題を変えてきた。

「あのさ、ニイニイなら知ってるでしょう。あいつの心にいるのがだれなのか。嘉手納アギヤーのことを一緒に訊きにきた、のっぽ《タチヤーイー》のネエネエやあらんね」

「ああ、そうかもな」

「教えて、どんな人な？」

「どんなって、そりゃ面倒な女さ。働きもの《アガチャー》で強情っぱり《ジーグフワー》で、鯨とひとりで闘えるような女さ。あいつの前じゃごろつき《アシバー》も警官もかたなしよ」

「はぁーや、すごいねえ。この島で女だてらに」

「あんたも闘ってるだろ、特飲街でアメリカーを相手に」

「あたしは、自分のことでめいっぱいだから」

「横暴な日本人《ヤマトゥ》たちにも一歩も退かなかった」

グスクが素直に讃えると、チバナは嬉しくもなさそうにため息を漏らして、

「ねえ、ひょっとしてレイは、タイラたちとなにかやらかすつもりやあらんね。あたしはもう関係ないけど、いまのあいつは越えたらならん一線を越えちゃうような気がするのさ。あんた警官ならあいつの暴走《ジャーフエー》を止めてよ。捕まえたらあとは煮るなり焼くなりしていいから、無駄に命《ヌチ》を捨てるような真似はさせないで」

病室を出たところで、キヨがしくしくと泣きだした。右の鼻の穴からふくらんだ洟の風船が割れるなり、左の穴からぷくっと風船をふくらませる。チバナの悲運にふれて繊細な童心が震えてしまったか、子どもたちは子どもたちなりに動揺している。島の空気の急変を感じとっている。慰めようと頭を撫でてやっていたウタまでつられて泣きだしてしまい、ふたりの子をあやしきれずにグスクは病院の廊下でおろおろする

しかなかった。

「グスクが、グスクがいるから、だいじょうぶ」ウタはキヨに言い聞かせるようにつぶやいた。「ほら言ってやんな、グスクも、心配《シワ》さんけえって」

「あいつがいまどこで、なにをしてるか知らんか」

「グスクは警官だし、レイの友達《ドウシ》だから。レイを助けるもんねえ」

こいつはレイが好きらしい。チバナの言葉にあてられて、幼心にもレイの身を案じているらしい。

子どもってのは、ほんとうに大粒の涙をぽろぽろ《ツーツー》とこぼして泣くんだなとグスクは思った。

おれたちも、そうだったのかね――

廊下にウタとキヨの嗚咽《ナチグイー》が響いて、グスクの胸で反響の尾をひきずった。

おまえたちのようにまっさらな心《マグクル》があれば、親友《イイドウシ》の悲報をちゃんと悲しめていたのかな。

おれはもう、涙も出ない。

署に戻ってきたグスクを、小松が迎えにきた。アーヴィンのもとに連れていくという。ハーバービュークラブの宴席のあとで急に連絡がつかなくなったので心配していたっていうんだな。ほんとうかね？　この日本人《ヤマトンチュ》にうかつなことはしゃべれない。

「あんたひとりかよ、庁舎についたら大勢のお仲間《ヤマトゥ》に迎えられるのやあらんね。おたくらのもてなしはもう腹いっぱい《チュフワーラ》やさ」

綿布や包帯まみれのグスクを目の当たりにして「……その傷は？」と小松が訊いてきた。たいした役者だね、追いかけるのが米兵犯罪だろうと思想犯だろうとおなじ組織の諜報員に変わりはないさとグスクがあげつらうと、小松の顔色が変わった。

「もしかして君は、拘束されていたんですか」

軍司令部《ライカム》に向かう車のなかで小松に探りを入れた。煙男《キブサー》のこと、日本人《ヤマトンチュ》と称していたこと、煙草の吸いすぎでこっちが喘息になりそうだったこと、グスクが知るなかでも陰険さのチャンピオンになれそうな男だったこと——

「おそらくそれは、ダニー岸《きし》という男です」

煙男《キブサー》のことを小松は知っていた。日系アメリカ人風の名前だけど純血の日本人《ヤマトンチュ》らしい。戦前から本土《ヤマトゥ》の特高警察に属していて、治安維持法が制定されてからは国家を危うくする行為の除去という名目で、弾圧や思想統制に明け暮れていた。終戦によって特高が解体されたのちにGHQの庇護下に入ったとみられ、日米の条約が発効となった一九五二年には、すでにこの島でアメリカーの猟犬として立ちまわっていた。思想家や活動家の取り締まりに執念を燃やし、極右や危険分子をことごとく血祭りに上げて、米民政府の利益のためなら行きすぎた捜査や尋問もいとわない。陰ながら日・米・沖の均衡を保っている自分は琉球主席より要職についているとうそぶき、高等弁務官の影に君臨するもうひとりの為政者を気取っている（われら語り部《ユンター》もこの男の忌《い》まわしさには言葉を失いそうになる。かつての日本《ヤマトウ》の挙国一致体制がお乳をやり、進駐軍によって背骨をつくられ、基地の島での活動によって血も涙もない人品骨柄を完成させた。列島のごちゃまぜの歴史が生んだ私生児ってわけさ）、それがダニー岸という男ですと小松は言った。

「本土からの出向者のなかでも異色の存在です。筋金入りの米国第一主義者で、アメリカにとっての大きな損益がからんでいるときしか表に出てこない。読谷《よみたん》のトリイ・ステーションは知っていますよね」

もちろん知らないわけがない。コザの北西にある楚辺《そべ》通信所、〝象の檻〟と呼ばれる巨大な檻《ケージ》型のアンテナで集積された電波情報の処理および解析、暗号解読がおこなわれているというアメリカの秘密通信基地だ。この島の軍事施設のなかでも屈指の警戒が敷かれていて（受信をさまたげないためか、周辺の耕作地では背の低い農作物の栽培しか許されていなかった）、この島で諜報の世界に片足を突っこんでいるグスクにとっては、自分たちが集めた情報をなにもかも見透かしているような、うそ寒い威圧感をもたらす施設だった。

「ダニー岸は、楚辺に出入りできる唯一の日本人とも言われています。そこでこの土地の諜報戦をリードする高度な情報をあつかっているそうで。あの男が動いているとなると、おれたちはかなりまずいことになっているのかもしれない」

「おれたち？　あんたも含まれてるのかよ」

「おれは約束したとおり、伝手《つて》をたどって軍司令部《ライカム》の記録を探りました。キャンプ・カデナから司令部に提出される日報にあたることができたんですが、一九五二年のあの日、強奪事件があった日の記録だけはごっそり欠落していたんです」

グスクは息を呑んだ。政府や軍の公文書ともなれば管理は徹底され、おいそれと紛失するようなことはないはずだ。だれかが破棄したとすれば、アメリカに不都合な過去が記されていたのではと勘ぐりたくもなる。グスクが嗅ぎまわっていた〝隠された真実〟が実在するのかもしれないと小松も疑念を抱きはじめていた。そこにきて時機をはかったように、特高警察の残党のような男がグスクを拘束したのだ。

こうなるとだれも信用できなかった。小松への疑念も晴れたわけじゃない。ダニー岸はあの〝象の檻〟で暗殺計画をつかんだのか、軍司令部《ライカム》の記録の消失が意味するものは？　とにかく知っておけることは知っておきたい。軍道を走る車のなかでグスクは言葉を選びながら、自分の身に起こったこと、ダニー岸が語ったことを小出しにしていった。

「あいつはオンちゃんの名前を出したのさ。島のどこかに隠れてるはずだって。ただの当てずっぽうで言っているわけでもなさそうだった」

海の向こうで親友《イイドウシ》は不帰の客となっていた。持ち帰られた報せが事実なら、グスクが疑っていた軍や政府の関与は立ち消えるはずだ。それなのにダニー岸はどうして〝島内潜伏説〟なんて持ちだしてきたのか、高度な情報処理をやってのけるというその立場で、確度の高い傍証をつかんでいるということなのか？

「高等弁務官の暗殺計画、その黒幕と目されるのが行方不明の戦果アギヤー……やれやれ、もうおれの頭では処理しきれない。にわかには信じがたいけど、すくなくとも暗殺計画のほうは報告しないわけにはいきませんよ」

小松すらも信用できないなかで、米民政府の本拠地に乗りこみたくはない。それでも事実を見極めるために、さしあたってアーヴィンの出方はうかがっておきたかった。

嵐《ウーカジ》も去ったばかりなのに、ひと雨《カタブイ》が恋しくなるような暑さだった。キャンプ瑞慶覧の一帯には緑の芝生が敷きつめられた米国人住宅と、島民たちのつましい民家とが共存している。軍司令部《ライカム》では庁舎につらなる石粉《イシプー》敷きの遊歩道がまぶしい日差しを反射させ、軍作業員たちが汗みずくになりながら花壇の手入れをしていた。

敷地の中庭で向きあったアーヴィンも、額に汗を浮かべていた。

事の経緯を聞かされて、見せかけではなく動揺しているのがわかった。

「わたしの頭を飛び越えて、君を拘束するなんて」その言葉には憤りもよどんでいた。「ひどい目に遭わせてしまったな。おなじ諜報部でも各位の情報が共有されているわけじゃないんだ。あの日本人のふるまいを問題視する声は司令部でも上がっている。とにかく君が知っていることをすべて聞かせてくれ」

ここでもグスクは葛藤させられた。どこまで話したものか？　アーヴィンの秘密の〝友人〟といえども星条旗に忠誠を誓ったわけじゃない。もしも友達《ドゥシ》のことがなかったら、地元の刑事の手に負えない暗殺計画なんて頬かむりでやりすごしたいところだった。

ひととおり話を聞くとアーヴィンは、控えていた部下を呼び寄せて、長めの耳打ちをしてから庁舎に走らせた。事実関係の確認を待っていたところで、庁舎の正面玄関が騒がしくなった。アーヴィンとともに玄関に回ると、数台のジープや公用車が車寄せに停まっていて、庁舎の職員たちがわざわざ迎えに出てきていた。黒光りする扉を開けさせて車から降りてきたのは、米民政府でもっとも顔と名前を知られたアメリカーだった。

「おお、キャラウェイ。高等弁務官どののお帰りやさ」

ポール・W・キャラウェイ。沖縄《ウチナー》の統治者、軍司令部《ライカム》の最高責任者。アーヴィンにとっての、琉米政府のすべての官僚や職員にとってのビッグ・ボス。ごきげんよう、ミスター・キャラウェイ。実物を目にするのはグスクも初めてだ。キャラウェイは三十人強の憲兵《MP》をしたがえている。肩からライフルを下げた護衛に自身を守らせ、車上の要員もあたりに監視の目をふりまいている。それだけで抑止力になりそうな警戒態勢だったが、常日頃からこれだけの人員をしたがえているわけではないという。

「あの日本人に特命を与えてきたのは、歴代の高等弁務官なんだよ。トップが知らないわけはない。報告は上がっているようだ」

高等弁務官の特命。暗殺計画のことはキャラウェイの耳にも入っていた。おかげで庁舎に戻ってきてもふくよかな頰を強ばらせ、神経質そうな目つきを配っている。アメリカーにしては小柄だけれど、この島のすべての他者を仰ぎ見なくてよいと知っているふるまいが、実際よりもその体を大きく見せていた。

だれもがキャラウェイに花道を開けていた。と、そこで庭仕事の手を止めていたひとりの島娘がゆらりと上体を揺らして、膝から地面にくずおれた。

花壇の手入れをしていた軍雇用員だった。植木鉢を運ぶさなかに直立していたところで、酷暑の日差しがこたえたらしい。倒れこんだはずみに鉢の底が割れて、バケツが転がり、すぐそばを通過しかけたキャラウェイに泥水が飛び散った。

あっ、とグスクは思った。だれもがキャラウェイの顔がひきつるのを見逃さなかった。すっかり動転した娘は、島の言葉で謝りながらキャラウェイの足元に這い寄ってズボンの裾やブーツを汚した泥水を拭こうとする。憲兵《MP》たちが英語でまくしたてながら娘を囲み、不始末を叱られていると思いこんだ彼女は、すがりついて拭き清めようとする。ただでさえ神経過敏になっているキャラウェイは気分を害したようで、足元にうずくまる娘の背中を傲然と見下ろしている。そのまま彼女を足蹴にしてもおかしくなかった。

見かねたグスクはなにか声をかけようとして、アーヴィンに止められた。

肩をすくめたキャラウェイが、強ばっていた表情をやわらげた。

屈みこんだ背中にふれると、起き上がらせてねぎらうように言葉をかけながら、あべこべに彼女の前掛けの泥をはらってやった。ぺこぺこと頭を下げる娘に笑顔を返すと、キャラウェイは鳩胸《はとむね》をそりかえらせて庁舎に入っていった。

「あの娘が、刃物や拳銃を隠してないでよかったね」グスクは口走っていた。「もしも暗殺犯なら無傷じゃすまなかったさ」

「グスク、なにが言いたい」とアーヴィン。「憲兵《MP》たちを信用できないとでも？」

「ここはおれたちの島やさ、高等弁務官を狙うのもみんな島民さぁね」

ポール・キャラウェイのふるまいは、グスクにはアメリカ人そのものに映った。驕りたかぶって見下ろしてきたかと思えば、気まぐれな寛容をのぞかせる。この島を支配し、この島に恩恵をもたらす異邦人たち。金門クラブのように救世主と評することはできそうにないけど、それでも初めてお目にかかるキャラウェイには、恨みつらみと表裏一体になった頼もしさや心安さもおぼえた。アーヴィンの〝友人〟になって羞《は》じないところにしてもそうだよな、おれはほかの島民ほどにアメリカーを憎んでいないのかもしれないとグスクは思った。

「アーヴィン、あんた戦果アギヤーは知ってるよな」

「ああ、軍から物資を盗んでいた賊の呼称だろう。かつては君もそうだった」

「おれだけやあらん、この島の人間はみんなが戦果アギヤーだった。軍人に喧嘩《オーエー》をふっかけるような手合いは、そのなかでもとびきり肝っ玉《ツー》の据わったやつらさ。いったんやると決めたらなにがあってもやる。アメリカーの親分の命《ヌチ》を〝戦果〟に狙ってくるさ」

睨んでくるアーヴィンに思いのたけをぶつけながら、グスクは自分のするべきことがなんなのかを見極めようとしていた。

「おれの親友《イイドウシ》は、島でいちばんの戦果アギヤーだった。そんな男がもうこの世には居《う》らんって噂が聞こえてきてさ」

思いがけないことに、アーヴィンと話していてようやく実感が湧いてきた。親友《イイドウシ》のたどった運命が、その末路が、静かな痛みとなって胸の底で波打っていた。歳月をまたいだ悲報を受け止めきれず、ヤマコはふさぎ、レイは暴発しかけている。

動きだしたら止められないもの――故郷《シマ》を大きく翻弄するわざわいの連鎖を、あの男ならきっと断とうとするだろうと思った。

「暗殺者のひとりは、それで破れかぶれ《アッパンガラー》になってるのかもしれん。腹巻きにダイナマイトでも仕込んで、玉砕覚悟で突っこんでくるかもしれん」

「意見としては聞いておくが、わからないな。君はなにを望んでいるんだ」

「事が起こるまえに、暗殺犯を捕えなくちゃならん。だけどそれが憲兵《MP》にできるのかね」

「君にならできると？　おいおい、それは特命捜査の領分じゃないぞ」

「おれだけじゃ無理でも、琉警にだったらできる。この島で起ころうとしている犯罪で、おれたちの領分じゃないことなんてないさ」

せきを切ったようにあふれる言葉が、グスクの意思の輪郭をふちどっていった。この沖縄《シマ》の警察官は拳銃も車もアメリカのお下がりを与えられ、まっとうな警察権を奪われて、地元民から犬《イングワ》となじられながらも、沖縄人《ウチナンチュ》とアメリカ人の両方が起こす事件と向きあってきた。そのぶん本土《ヤマトゥ》の警察をしのぐ地力の強さがある。すくなくともこの島で、この島の人間による犯罪を取り締まるのに適任なのは、琉球警察をおいてほかにない。

「もうよせ、独りよがりがすぎるぞ」アーヴィンの声が険しくなった。「もしも現実に高等弁務官の命が狙われているのなら、それこそ土地の警察の出る幕じゃない。君たちが出張ってきたところで現場が混乱するだけだ」

「だったら今回ばっかりはそっちが引っこんだらどうかね。憲兵隊にうかがいを立てずに動ける捜査権をくれ。どうした小松さん、早く訳してくれよ」

「ちょっといいですか、グスク」通訳をやめた小松は、立場をわきまえないグスクの暴言をいなしてきた。「議論の余地はありません、琉米関係を揺るがす問題にもなりかねない重大な疑惑です。司令部と憲兵隊にまかせておけばいい」

アーヴィンが厳しい視線を向けてきた。島民たちに命令をくだすことはあっても、島民のほうから選択を迫られたことはないんだろうな。どうしてこの男はこんなに自信満々なのか、と不思議がっているようでもあった。

「ほんとうに君には驚かされるな。日和見のようでいて命知らずで、飄々《ひょうひょう》としながらもいざとなると主張を譲らない。わたしには予測不能で……それこそ沖縄人そのもののような男だ。そこまで言うからには勝算があるんだろうな」

そんなものはない。だれかが始末をつけなくちゃならないと思っているだけだ、親友《イイドウシ》のかわりにこの島のだれかが——

すくなくとも島民の検挙に関しては琉警に一日の長がある。沖縄人の命《ウチナー・ヌ・ヌチ》に関わる事件の捜査をアメリカに丸投げはできないし、そっちも高等弁務官を守りたいなら土地の人間を見くびらないことやさと息巻いた。

「なんと言われようと、この件の捜査を島の警察にゆだねることはできない」

「そりゃないさ、アーヴィン。あんたの権限があれば……」

反論しかけたグスクを、アーヴィンは通訳も介さずに遮って、

「ただしわたしは、君の普段の仕事まで管理下に置いているわけではない。君たちがこの島の行政の主体でどう動こうと、それはわたしが制御《コントロール》する筋ではない。被疑者と目されるのが米兵ではない以上、君たちに情報開示の義務はない。そのぶん非常事態が出来しようとわたしたちの関知するところではないがね」

好きにしろ、と言っているんだな。許可は出さないが別動隊のように動くのを止めはしないと言っている。あくまで島民を対等と見なさない姿勢はまげなくても、それでもグスクの〝友人〟はただのけちな役人《ジビタ・クワンニン》ではなかった。

望むところさ。地元警察としての嗅覚や技能のありったけを総動員して、暗殺者たちが犯行におよぶ前に網にかけてやる。そのためにはキャラウェイの動向をつかんで

おくことが肝要だ。暗殺者たちもおなじ作業を進めているにちがいない。どちらがより高等弁務官のことを知りつくせるか、それが雌雄を決する眼目になりそうだった。

夕食にはまだ早いけど、美味いラフテーと泡盛でもどうかねとグスクが誘いをかけると、空腹を満たしたぐらいで高等弁務官に関する機密を漏らすと思ったら大まちがいだ、君こそわたしを見くびるなとアーヴィンに切って捨てられた。

「うーむ、せめて公務日程ぐらい教えてもらえんと……」

「自力で調べることだ。君たちの領分なんだろう」

風らしい風もない、鳥や虫や植物もへばりそうな猛暑の午後だった。冷たい酒をあおったところで、灼熱の砂漠にちいさな柄杓《ニーブ》で水をまくほどのものかもしれないが、それでもこのときばかりは一杯やりたかった。グスクにとってそれは、気つけの酒であり、故郷が亡くした英雄の魂に捧げるひそやかな献杯だった。

喉の渇きを癒やしたあとは、徳尚さんたちと話さなくてはならない。

島の番人たちを、動かさなくては始まらない。

そしてわれらが沖縄《シマ》に、彼岸の季節が近づいてくる。

暗殺者はどこから来るのか、決行の日はいつなのか、できるだけ正確にそれらを見極めなくちゃならない。

グスクたちの意思にかかわらず、時間はそれそのものの原理にしたがって動いている。引き返すことのできないところまで事態は進行している。守るほうにとっても、狙うほうにとっても——

一九六一年の九月のその日にいたるまで、数えきれない沖縄人《ウチナンチュ》のまなざしがポール・W・キャラウェイに注がれた。肉眼で、双眼鏡で、車のミラーごしに。配された捜査員だけではない、給仕や使用人、軍雇用員、反米反基地の運動家、それぞれがキャラウェイを監視する目となり、その動向を報告しあう声となった。

時期をおなじくしてコザでは、ある島民との別れの儀式《ウクイガタ》が開かれた。

海の彼方からもたらされた悲報が、口から口へと伝えられて。

基地の街のすみずみまで、知れわたるにいたって。

だれからともなくヤラジ浜に集まってきて、コザでいちばんの戦果アギヤーを忘れていなかった年輩の島民たちが弔いの宴会《スージ》をもよおした。遺影も位牌《イーフェー》もない、風にまく遺灰もなかったけど、めいめいが花をたむけて、紙銭《ウチカビ》を燃やし、持ち寄った酒や餅や重箱料理《ウサンミ》をひろげて、名手たちが三線をつまびいた。はじめはささやかな規模だったものが、遠方から噂を聞いた人々も訪ねてきて、参列者は入れかわり立ちかわり現われてはとぎれず、送り火はたやされず、数日をまたいでも終わらない〝島葬〟の様相を呈していた。

青々と空は澄みわたり、潮騒《しおさい》の響きが鼓動の音と同化する。ヤラジ浜にやってきた島民はそれぞれに思い出を語りあい、戻ってこないものの重さを咀嚼しながら、長い歳月をまたいでようやく思い残しにけりをつけようとしていた。

「ありがとう、ありがとう」

宗賢のおじいが喪主のようにふるまっていた。

「こんなにも大勢の人が、あれのことを憶えていてくださったなんて」

あれからもうすぐ十年、節目にこうして別れの儀式《ウクイガタ》をできたことがありがたいとおじいは深々と頭を下げた。だれもがすぐには帰らずに、おたがいに惜別の言葉をかわしながら実感を深めているようだった。当時の空気がよみがえってくる。その男の生涯は輝きに満ちていた。コザの誇りであり、恩人であり、雄々しい沖縄《ウチナー》の魂そのものだった男。英雄の物語はここで終わった——これから自分たちはどう生きるべきなのか、われらが故郷《シマ》はどうなっていくのか、つかのまの追悼の時間がそれぞれに葛藤や逡巡《しゅんじゅん》をもたらしていた。

グスクもたびたび浜を訪れた。親友《イイドウシ》を弔うためだけでない、捜査中の事件の主犯格が現われるかもしれないと思ったから。

だけどいくら視線をめぐらせても、捜している男の姿は見つからなかった。地元をあげての儀式にいつまでも現われないのは、レイだけじゃなかった。

「出てこないんだよ、便秘みたいに。レイもいないし……」

たいていはウタと出くわした。ウタだけは足しげく通ってきていた。

ちいさなその顔は、驚きと戸惑いでたえまなく上気していた。

「グスク、ちゃんと仕事してるか?」

「任せちょけ、警官たちが総出で見張ってるさ」

安心させようと肩を叩こうとしたけど、ウタにひらりとかわされた。

「おれは戻らなくちゃならんから、あいつらが現われたらすぐに報せんね」

「だけどすごいね、こんなにちゃっさんの人。惜しい男を亡くしたものだ」

「おまえは知らんくせに。オンちゃんがどんな男だったかは……」

これだけ大勢の島民に偲ばれている人物を、自分だけが知らない。そのことでウタはどこか所在のない、なにかに間に合わなかったような心地を味わっているようだった。グスクは並んで砂浜に腰を下ろして、膝を突きあわせて親友《イイドウシ》がどんな人間だったかを語り聞かせてやりたくなった。その人となりは一言ではとても伝えきれなかったし、たった一言ですべてが事足りるともいえた。ああそうさ、オンちゃんがどんな男だったかは——

「ほら、この儀式《ウクイ》を見ればわかるさ」

潮騒と三線の響きに満たされた〝島葬〟は、彼岸の入り《ウンケー》から始まって、明け《ウークイ》までつづいた。

最後のその日にも、ポール・W・キャラウェイの時間刻みの監視は継続されていた。

早朝に小雨《グマブイ》が降ったものの、八時前に上がって、雲ひとつない青空がひろがった。

午前九時五十分、ポール・W・キャラウェイは公邸を出ると、黒塗りの公用車に乗って軍司令部《ライカム》に登庁する。道すがらの軍道で騒ぎが起こった。急ブレーキで車が停まる。往来を見れば養豚業者の残飯を積んだリヤカーが大破して道をふさいでいる。業者はもたもたしてリヤカーをすぐにどかそうとしない。軍道には殺気立った喧騒が垂れこめたが、公用車の前後を守っていたジープから憲兵《MP》が降りてきて、障害となったリヤカーを強引に排除してしまった。

午前十時十五分、ポール・W・キャラウェイが庁舎に到着する。仕事の鬼とされるキャラウェイはたっぷり二時間にわたって執務室にこもった。その後、庁舎の外に群がる人影をテラスから見下ろして表情を強ばらせた。プラカードに〝Caraway Go Home〟と書きつけた二十人ほどのデモ隊がつめかけていた。要望書を渡そうとした面々は、たちまち憲兵《MP》によって拘束されて、凶器になるものはプラカードからなにから押収された。普段であればこの種のデモにとりあうキャラウェイではなかったけれど、この日は庁舎を出るときにも不機嫌さをあらわにして、部下という部下に怒鳴りちらした。

午後十二時三十分、昼食。午後一時三十分、軍司令部《ライカム》を出発。憲兵《MP》の車で移動して琉球銀行の株主総会に出席する。冷や汗をかく島の銀行家たちの前でけたたましく机を叩きながら、それぞれの不正や怠慢、営利会社への無担保貸付けを非難して、給仕がびっくりして盆を落とすほどに怒鳴り、銀行家たちが人の体《てい》をなさなくなるまで責めなじった。

午後三時四十分、株主総会を終えて車寄せの公用車に向かった、まさにその瞬間だった。交差点を挟んだ高いビルディングの屋上で放射状の光が反射した。銀行の配車係は、騒然とする憲兵《MP》を目の当たりにしていた。

あれはまさか、狙撃手か。

屋上から高等弁務官まで、障害物は見当たらない。

距離にして八十メートル。風も吹いていない。

訓練された狙撃手なら、急所をつらぬける好条件がそろっている。

ついに来たか、暗殺者が――

海辺では、送り火がごうごうと燃えている。

昼夜を分かたずつづいた〝島葬〟も、今日が最後と告げられて。

盛大に薪がくべられ、三線の響きはやまず、だれもが感情の高潮を迎えていた。

足を運んだグスクは、ウタとともに高揚のるつぼに呑まれていた。

さよなら、オンちゃん、さようなら。

追悼の言葉がつらなり、冥福を祈って琉歌が詠《よ》まれる。

郷愁や悲嘆に暮れるものがいる。滂沱《ぼうだ》と泣きむせぶものがいる。

うずくまって祈るものがいる。忘我の渦のなかで踊りだすものがいる。

英雄が去った水平線の彼方に、それぞれの想いを届かせようとして――

濃密な霊気がどくどくと島を脈打たせ、耳のなかでは血潮がうなっていた。

これでほんとうにさよならだ。舞い上がった火の粉が、燃えつきた黄金の灰となって砂の上や海面にふりまかれる。たしかにその日、グスクが立ちあった故郷《シマ》の海景には、ひとつの時代に幕を下ろすような永訣《えいけつ》の気配が寄せてきていた。

「おれはやめておくよ、もうずっと踊っとらんもん」

顔なじみの地元民につかまったグスクは、追悼のカチャーシーをせがまれた。

コザきっての名人が、親友《イイドウシ》の弔いに踊らんなんてありえないと熱心に口説かれた。

はぐらかしたけど、うるさ型《ゴーグチャー》にも説得されて断りきれなくなる。

「グスクの踊りは絶品だって。おいらの手舞いに勝てるのかねえ」

ウタは連れのキヨとともに、我流のカチャーシーをひょいひょいと踊っていた。能天気なちびすけ《インチョー》め。おれが踊らないのは、誓いを立てたからだっていうのに。命びろいの宴会《ヌチ・ヌ・スージ》は開けなかった。だけどこれが、最後の別れなら——

「わかったよ、それじゃあ……」

輪の中心に立たされて、掌《て》をかざしかけたところで、グスクを呼ぶ声があった。かがり火の向こうに、走ってくる同僚の姿が見えた。

キャラウェイが！　と叫んでいた。

白昼の狙撃事件で、明暗を分けたものはなんだったのか。

太陽光線のいたずらか、護衛たちの練度か、それとも運命の気まぐれか。

現場に駆けつけたときには、陽がとっぷりと暮れていた。起こってしまった事件はすでに収束していた。狙撃手のみならず、街路に散らばった見張り役ものきなみ逮捕され、憲兵隊によって現場の保存がおこなわれていた。

「決行されたのか、キャラウェイは？」

彼岸の明け《ウークイ》に、起きてはならないことが起こっていた。かならず姿を見せると当てこんでいた重要な容疑者のひとりは、最後まで海辺の儀式に現われず、暗殺者たちは引き返すことのできない一線を越えてしまっていた。

憲兵《MP》たちに遮られて、島の警官たちは現場の中心部に入ることもできない。野次馬と変わらない位置から事件を検証するしかない。網の目に監視を張りめぐらせていたので、それぞれの証言をつなぎあわせて経緯をたどることはできた。狙撃手はぎりぎりのところで居場所を見破られ、護衛に囲まれたキャラウェイは屋内に退避させられた。憲兵《MP》たちの体で標的が遮られたことで、屋上からの銃声は響かずじまいとなっていた。

　暗殺は未然に防がれていた。ただちに配備された憲兵《MP》たちがビルディングの非常階段を駆け上がり、撤退しかけていた一味と差し向かった。銃口で圧して、武装を放棄させ、銃撃戦にならずに全員を制圧したという。からくも難を逃れたキャラウェイは実行犯の検挙に喜びいさんで、公務日程をいずれも中止せずに視察や監査をつづけているという。張りついた同僚の無線連絡によると、キャラウェイはどこに現われても頬をふくらませ、たったいまはホワイトビーチの将校クラブで星条旗新聞《スターズ・アンド・ストライプス》の取材を受けていて、赤色テロとの死闘を手記として発表しようか、臨時の記者会見でも開いて勝利宣言をぶちあげようか、ハハハ！　と哄笑しながらアメリカー同士で祝杯を挙げているということだった。

「……あのよ、いくらなんでもあっけなさすぎやしないかね」

違和感をおぼえたのはグスクだけじゃなかった。大それた計画を地道に進めてきた連中が、確度の高くない狙撃の一瞬にいっさいがっさいを託して、撃つに撃てなかったというお粗末な幕切れで退きさがるか？

これでなにもかも落着したとは思えなかった。キャラウェイはそもそも沖縄人《ウチナンチュ》を見くびっているようだし、歴代の大統領が何人か暗殺されたアメリカ人はそのぶん先入観に縛られている、おなじ日に二度も襲撃はないと――だけど今回にかぎっては二の矢、三の矢があるんじゃないかと予測が飛びかった。この狙撃で成功すればよし、だめでも布石にして再襲撃を狙うということはありえる。だとしたら次の襲撃は、騒ぎが収束したばかりで警戒の薄くなった同日に決行されるんじゃないかとグスクは息を荒らげた。

「……わかった、次の襲撃がどこかわかった！」

すでに夜のとばりが下りて、午後八時を回っている。ただちに無線で連絡を回して、コザや那覇に散らばった捜査員に応援を要請、自分たちも移動の車に飛び乗った。キャラウェイの動きを確認してみると、一日の仕事を終えても公邸に戻らず、将校クラブでアメリカ本国の資本家や起業家たちと酒席を持って、そろそろ河岸《かし》を変えようというところだという。ここにきてキャラウェイは酒も回って、紅潮した顔を弛緩させながら、離日政策や金融改革についてほとんど独壇場で熱弁をふるっているということだった。

現場に急行するグスクの瞼の裏には、弔いの火が残像を焼きつけている。

追悼の歌が、三線の音色が、鼓膜にまだ反響をひきずっている。

車窓の外に流れる街並みには、静けさがあった。

満月を一日過ぎた月が、鏡のように夜空に浮かんでいる。

天久の丘に建っているハーバービュークラブの周辺は、産業開発によって雑木林を拓かれていて、夜の虫たちの鳴き声も聞こえない。建物の北と西と南の出入口を封鎖して、グスクはみずから先頭に立って建物に飛びこんだ。

ダンスホールにも饗宴場にもキャラウェイの姿はなかったが、見知った金門クラブの会員を見つけた。すかさず寄っていって「へいっ、キャラウェイが来てるはずやさ」と問いただす。打診したゲストスピーチの打ち合わせをしていたという会員は、島の警官たちの乱入に面食らいながら、フロアの外の廊下を指差した。

数人ずつに分かれて、警戒態勢でくまなく建物を巡回する。ティーラウンジや撞球《どうきゅう》室《しつ》が並んだ廊下の角を曲がったところで、グスクは固唾を呑んだ。

軍服のアメリカーが三人、四人、五人と倒れている。

最小人数に絞られた警護の憲兵《MP》たちが、蜂の巣になっていた。

ちょうど紳士用トイレから出てきたキャラウェイが、廊下の外にひろがった光景に射すくめられて棒立ちになっていた。重傷を負った憲兵《MP》のまわりには、ハーバービュークラブの給仕服や厨房着《ちゅうぼう》をまとった十人強の男たちが殺到していた。覗き穴つきの飼料袋で人相を隠している。それぞれの手には、発砲音が響かないように布を何重にも巻きつけた拳銃が握られている。ほかの警官たちとともにグスクは、手前と奥から倍の人数で囲みこんで実行犯の動きを封じた。

それはグスクだからこそ察知できた計画だった。高等弁務官も出入りするハーバービュークラブの従業員になりすまし、暗殺者たちはこの瞬間を待っていた（なりすましというのは正確じゃないかもしれない。数人はバーテンダーや給仕や料理人として実際に働いていたんだから！）。ハーバービュークラブに招待されたことがあり、数人の目つきの悪い給仕と出くわして、すれちがうものに咬みつくようなごろつき特有《アシバー》の気配にふれていたのが役に立った。憲兵《MP》たちを撃ちたおし、いままさにキャラウェイに襲いかかろうというところで間に合ったグスクは、銃口ごしに覆面の男たちと睨みあった。

実行犯を率いているのは、たくましい体格《チューサン・グテー》に厨房着をまとった大男。

それから、給仕服をまとった小柄な男。

おまえだな、ひさしぶりやさ――

このふたりもハーバービュークラブで働いていたのか、それとも動きやすいように変装しているのか。人相を隠しているということは、玉砕するつもりはないということだ。妄執や狂信に憑かれた自殺志願者《ジャーフェームン》ではないということだ。無言で視線をかわしたふたりは、退路をふさがれても降伏の気配はおくびにも出さなかった。

廊下に充満する息づかいは、火が点きそうなほどに熱くなっている。まばたきひとつで血みどろの撃ちあいになってもおかしくない、そんな一触即発の修羅場なのに——グスクはどういうわけか、無音無声の映画《カーガーウウルイ》でも見ているような心地におちいっていた。

あまりにも静かだった。虫のさえずりも聞こえない。どうしてこんなに静かなのか、静かすぎて混乱してくる。どういうわけかこの夜にかぎっては、あらゆるものが過剰なほどに生々しく感じられ、世界がどこか奇妙な夢のような質感をもって張りつめている。色はありえないほど明るく、わずかな音でも耳につき、舌にふれる空気は重たい銅《クワチロー》の味がした。暗殺者のひとりがなにかを口走ったがその唇の動きも早送りの活動写真のようにあまりに速く、音を立てなかったので、ただの一語も聞きとることができなかった。

恐ろしいほどだった。この静けさは異常すぎる。

夜の陰では、悪霊《マジムン》たちが踊っている。

耳の裏には、洞窟《ガマ》の呼び声が聞こえてくる。

時間の止まるような静寂のなかで、死者たちがすすり泣いている。

いる。頭蓋骨蒐集家《フニ・ジョーグー》たちに殺された島娘が、墜落事故で焼け死んだ子どもたちが、泣いている。

風のなかの塵を震わせ、ひそやかにこだまする号哭《アビーグイー》が大きくなる。

抑えようもなく悲しみがあふれだすこの故郷《シマ》で、これからの人生は大きく変わってしまうんだとグスクはあらためて痛感した。この瞬間がどんな結果に転ぼうとも、どうあっても英雄のいない世界を生きていかなくちゃならないんだから——

「だれも動いたらならんど！」グスクはありったけの声で叫んでいた。「警察がちゃっさん建物を囲んでる。だれひとり無傷では出られん。どいつもこいつも銃を下ろさんね！」

おなじころ、ヤマコは基地の金網に指をかけていた。

軍道一号線を挟んでヤラジ浜に面した、キャンプ・カデナの南西の境界線。

戦果アギヤーたちが、物資を奪うために径路を開いた場所。

最後の日ぐらいはせめて、別れの儀式《ウクイガタ》に足を運ぼうと思ったのに。砂浜にはぽつりぽつりと人が残っているのに。気がつけばこっちに立っていた。網の目の向こうでは、夜半《よわ》の基地の風景が揺れている。過ぎ去った日々の熱気が、戦果アギヤーたちの躍動と情念が、亡霊のようにその影をうごめかせている。

あたりには、蠟《ろう》で固めたような静けさがあった。熱帯夜のほこりっぽい静寂。金網の上に停まった一羽の鳥が、鳴き声ひとつ上げずに、繊細な夜の陰影のなかでよそよそしい島の静けさを体現している。基地の奥からも物音ひとつ響いてこない。それは故郷《シマ》の遠い過去から引き継がれてきた、常夜《とこよ》の沈黙だった。

どのぐらいそこに立っているのか、ヤマコにもよくわからなかった。まばたきや呼吸の音が、心臓の鼓動がきわだって聞こえた。

胸の奥深くから湧き上がってくるものがあった。ヤマコは長い手を伸ばして、指先を金網にひっかけた。逆の手をもっと高いところにかけて、かわるがわる手足を持ち上げて、がしゃがしゃと基地の金網をよじのぼりはじめた。こんなところに上がってどうするつもりなのか、自分でもわからない。震える唇からは、声にならない声があふれて、あふれて、止まらなくなっていた。

アアアアアア、フアアアア、フアアァァァァアアアアア……、、、、、、

故郷と基地。沖縄《ウチナー》とアメリカ。現在と過去。こちら側とあちら側。

それらを隔てているはずの境界線が、このときのヤマコには疑わしかった。

そもそもこの金網は、それらをちゃんと区切っているんだろうか？　この網の目からは農作物を荒らすイナゴの大群のように悪いもの《ヤナムン》が湧きだしてきて、島の暮らしのひだにまではびこり、平穏をおびやかして、島民たちの魂すらも蝕んでしまう。

被害をこうむるのは、いつだって島の女や子どもたちだった。受けもちの児童たちも、孤児たちも、ヤマコ自身も犠牲を強いられてきた。

わななき震えながら、ヤマコは金網を上がった。もどかしさや悲憤を、後悔や無力感を、あふれかえる思いを網の目にかける指先にこめて、網のてっぺんに腕が届きかけたところで、片脚を引っぱられ、腰や尻をいくつもの手につかまれて、基地の外の地面へと引き戻された。

「無茶な真似してえ、見張りのアメリカーもいるんだから!」

ヤマコを止めたのは、数人のおばあたちだった。

他界した祖母のお友達《ドウシ》。基地の街のユタたち。

照喜名のおばあの顔もあった。

これまで苦境に立たされるたびに、たしかな助言や吉兆診断《ハンジ》で寄り添ってくれたその顔を見たとたん、視界に熱く濡れた膜がかかって、うわずるように胸が波打った。

「あなたがひとりで、黒くてどろりとした沼に沈みかけているのが視えたから」

すぐそばの海辺の儀式に参列していたわけじゃないという。自宅にいなかったヤマコを捜していたのだという。この人がそなえる本物の霊力が引き止めてくれたのか。はばかることなくヤマコは洟をすすり、過呼吸にでもおちいったように思いを吐露していた。

「あたしは、あたしは、あのときからずっと、ここから離れられん」

「そうねえ、うん、だれにでもそういうことはあるさ」

「あたしは、入ったこともないのに。この基地のなかに……」

「落ち着いて、ほら、ゆっくりと息を吸いなさい」

「魂を落としてきた」

「だいじょうぶ、あなたなら、だいじょうぶ」

あらいざらい事情を話さなくても、おばあたちはヤマコの身に起きたことを察しているようだった。魂を落としたならなんべんでも魂込め《マブイグミ》をしたらいいのさと、拍子抜けするほどあっけらかんと嚙《か》んで含めてきた（生気を失くした人、魂が抜けたような人に再起の知恵を授けて、祈禱をおこなうのもユタの大事な役割のひとつだった）。

「あなたがこの島で闘ってるのも魂込め《マブイグミ》のようなものやさ。あたしらの寄り合い《ユイマール》でも評判になっているよ。カマさんやミチエさんの孫はねえ、あなたにビラをもらって興味を持って、勉強会やデモに参加するようになったんですって」

ほかのおばあたちも口々に言った。あなたはとっても親切で、故郷《シマ》のために頑張《チバ》っているのがまぶしかったって。本土《ヤマトゥ》に復帰するのが良いことかはわからんけど、それでもあんたは立派。おばあも草葉の陰で喜んでいるはずさ。

「あなたは島の女や子どものために闘ってるんでしょう」照喜名のおばあが微笑ん

だ。「それはみんながちゃんとわかってるのよ。だからヤマコちゃん、暗い感情に呑みこまれたらならん。恨みや憎しみで目を曇らせたらならんよ」

おばあのひとりが、水筒のさんぴん茶を飲ませてくれた。遠足にでも出かけてきたようにおばあたちは地面に腰を下ろし、ヤマコが落ち着くまでおしゃべり《ユンタク》の相手をしてくれた。痛みをやわらげてくれるおばあたちの叡智《えいち》もまた、歳月をまたいでこの故郷《シマ》に受け継がれてきたものだ。こんな夜にはそのにぎやかさや鷹揚《おうよう》さが、連帯《ユイマール》の深さがありがたかった（まぎれもなくそれは沖縄《シマ》のとびきり価値あるものに数えられる。たびかさなる弾圧や戦争を生きのびた年寄りが口にする〝なんくるないさ〟に勝るほどの助言はそうそうあるもんじゃないさ）。失った過去を抱えながらしなやかに生きる女たちの包容力が、ヤマコの身中を荒らす嵐《ウーカジ》をすこしずつ、すこしずつ鎮めてくれた。

「あなたのおばあはとっても優秀なユタだったのさ」「そうだったね、いつでも庶民の味方でねえ」と偲ぶ声もあった。

「あなたにも資質はあるかもねえ」照喜名のおばあが言った。「ここだけの話、基地に呼ばれているような気がするのじゃないかね。あなたにも話したことがあったでしょう、このあたりは強い霊力の源泉、紫《ゆかり》さんの霊が眠る土地だから」

コザの女たちの系譜。ユタの信仰や紐帯になっているもの。ほんとうはノロの信奉者でも祈禱者でもない一般人には、どういう事情があっても話してはならないんだけどねと照喜名のおばあは言うのさ。だけどあなたはこの島にとって、すごく大事な女《ひと》になりそうだから。この機会に明かしておこうかね。

「この基地のなかには、たしかにウタキがあったのよ」

「ほんとうに？　あの話は、ほんとうだったの」

「そう、紫さんのウタキ」

「だけどそんなの、米軍のブルドーザーでつぶされちゃうでしょう」

「ウタキの在り処《あか》は、アメリカーにはわからん。土地のものにしかわからん。神殿を建てたり偶像を拝んだりするわけではないからね」

だから基地のなかでも存続できるっていうのさ。なんだかおかしな話の流れになってきた。ヤマコはあらためてグスクの話を思い出す。あの夜、基地のなかで変な場所に迷いこんだと言っていた。グスクの沖縄《シマ》の血はそのとき、そのものずばり事実を嗅ぎとっていたということなのか。

もともとキャンプ・カデナは、戦時に陸軍航空隊の飛行場として開設され、終戦とともに米軍が整備拡張をおこなった土地だった。日本《ヤマトウ》とアメリカによる二度の軍事接収よりも遥《はる》かに前から存在していた嘉手納のウタキは、紫さんの女系先祖の遺骨が安置された墓所であり、飛びぬけて格の高い拝所《ウガンジュ》であり、軍用地として拓かれてからも土地の女たちによって、ひそかに聖域として保たれてきたっていうのさ。

星条旗のもとでアジア最大の軍事基地となってからも、軍雇用員のひとりの女性が、基地のなかの条件がよい緑地にこっそりと遺骨やイビ石（ウタキの標識のようにしばしば積まれる石、遺骨も含めてこれがご神体というわけじゃない）を移して、在りし日の風景がそのまま立ち現われるように手入れをしてきた。五〇年代の末ごろにはその女《ひと》も鬼籍に入ってしまって、基地のなかのウタキが残存しているかどうかを確認する手立てはなくなってしまったけど、それでも照喜名のおばあたちは、聖域の存在を知るわずかな女たちは、紫さんのウタキが霊験《れいげん》を保ちながらそこに在りつづけていることを信じて疑っていなかった。

「あたしたちにはよりどころなのさ。よその国に占領されても残ってきたウタキ。歳月にも朽ちずに土地に息づくウタキ。それはすばらしく頼もしい、この島の祈りを一手に引き受けてくれるような存在だとは思わんかね」

おばあたちになにかを言おうとして、だけど言葉が見つからなかった。ヤマコは身じろぎもしないで目の前の微笑みを見返していた。おばあたちはひそやかに受け渡されてきた島の秘密を、ひとつの〝魂込め《マブイグミ》〟として聞かせてくれたのかもしれない。もしかしたらこの話を聞くために、たびたびこの場所を訪れていたのかもしれなかった。

キャンプ・カデナの暗がりに視線を向けてみる。体温が上がり、胸の鼓動《チム・ドンドン》が速くなった。そこにはなにかが息づいている。無窮の闇からこんこんと湧き出ずるものがある。ここには沈黙しかない、悪いもの《ヤナムン》しか湧いてこないと思っていたけど、大きなまちがいだった。むしろ静寂のなかでこそ聞こえてくる音があるんだ。

脳裏につかのまの幻覚がよぎった。ヤマコはそこでグスクやレイとともに、湧き出ずるものを汲んで帰ろうとしている。だけどヤマコたちの持ってきた器はすぐにいっぱいになってしまって必要なぶんだけを汲みきれない。グスクはおろおろと狼狽《ろうばい》している。レイも汗だくで血相を変えている。ふたりともそこに長居はできないと知っているから。島の子たちにとっても不可侵なその領域には、はかり知れないほど深遠な、人知を超えたなにかが満ちていて、それは島に叡智をもたらし、滋養を与えてもくれるけど、あつかいを誤れば元の世界に戻ることはできなくなる。最悪の場合、命を落とすこともある——

あの人は、もう戻ってこない恋人《ウムヤー》は、そういう場所から彼の器にも汲みきれないほどのものを〝戦果〟として持ち帰ろうとしたのかもしれなかった。

有為転変の歳月のただなかで、ヤマコはひとつの真実と邂逅していた。たしかにそこには秘められたものが脈動している。土地から立ち昇ってくるものがある。

海鳴りのように風が泣く、抜けるような青い空のもとで、群れを外れた米兵は欲望をさまよわせ、思想犯を狩りたてる秘密警察が牙を研ぎ、ならずもの《ヒンジャー》は共食いをつづけている。丘の上のクラブでは盛装の紳士淑女たちが杯をかわし、施設の空きを待つ孤児たちは物乞い《ムヌクーヤー》をつづけ、自治を訴えるビラが街路にひるがえる。弾圧や離日政策を進める米民政府は一九六四年に本国からあらたな高等弁務官を迎えて、数えきれない変化があり、島民をとりまく環境も変わっていったけれど、深い泉の底から噴き上がってくるようなその声は、かたときもとぎれることなく基地の島に響きつづけていた。

あまりにも過剰な抑制は、だれにも制御できないものを解き放つ。

その場所からは、静かな、静かな声があふれだしている。

悲しくてやりきれなくて、それでもなにかを叫ばずにいられない声が――

そのようにして過去《サチユヌー》の出来事は、すぐそこにある現実《ユーヌサチ》として立ち現われ、島民たちの生は明転と暗転をくりかえす。あの日からずっと響いているその声に、だれもが知らず知らずのうちにその身をさらしている。空はどこまでも青く、死者たちが帰ってくる。

この作品は二〇一八年六月に小社より単行本として刊行されました。

|著者|真藤順丈　1977年東京都生まれ。2008年『地図男』で、第3回ダ・ヴィンチ文学賞大賞を受賞しデビュー。同年『庵堂三兄弟の聖職』で第15回日本ホラー小説大賞、『東京ヴァンパイア・ファイナンス』で第15回電撃小説大賞銀賞、『RANK』で第3回ポプラ社小説大賞特別賞をそれぞれ受賞。2018年に刊行した『宝島』(本作)で第9回山田風太郎賞、第160回直木三十五賞、第5回沖縄書店大賞を受賞。著書に『畦と銃』『墓頭《ボズ》』『しるしなきもの』『黄昏旅団』『夜の淵をひと廻り』『われらの世紀』などがある。

宝島《たからじま》(上)

真藤順丈《しんどうじゅんじょう》

講談社文庫

定価はカバーに
表示してあります

2021年7月15日第1刷発行
2024年6月14日第3刷発行

KODANSHA

発行者――森田浩章
発行所――株式会社　講談社
東京都文京区音羽2-12-21　〒112-8001
電話　出版　(03) 5395-3510
　　　販売　(03) 5395-5817
　　　業務　(03) 5395-3615

Printed in Japan

デザイン―菊地信義
本文データ制作―講談社デジタル製作
印刷―――株式会社KPSプロダクツ
製本―――株式会社国宝社

落丁本・乱丁本は購入書店名を明記のうえ、小社業務あてにお送りください。送料は小社負担にてお取替えします。なお、この本の内容についてのお問い合わせは講談社文庫あてにお願いいたします。

ISBN978-4-06-524373-2

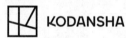

講談社文庫刊行の辞

二十一世紀の到来を目睫に望みながら、われわれはいま、人類史上かつて例を見ない巨大な転換期をむかえようとしている。

世界も、日本も、激動の予兆に対する期待とおののきを内に蔵して、未知の時代に歩み入ろうとしている。このときにあたり、創業の人野間清治の「ナショナル・エデュケイター」への志を現代に甦らせようと意図して、われわれはここに古今の文芸作品はいうまでもなく、ひろく人文・社会・自然の諸科学から東西の名著を網羅する、新しい綜合文庫の発刊を決意した。

激動の転換期はまた断絶の時代である。われわれは戦後二十五年間の出版文化のありかたへの深い反省をこめて、この断絶の時代にあえて人間的な持続を求めようとする。いたずらに浮薄な商業主義のあだ花を追い求めることなく、長期にわたって良書に生命をあたえようとつとめるところにしか、今後の出版文化の真の繁栄はあり得ないと信じるからである。

同時にわれわれはこの綜合文庫の刊行を通じて、人文・社会・自然の諸科学が、結局人間の学にほかならないことを立証しようと願っている。かつて知識とは、「汝自身を知る」ことにつきていた。現代社会の瑣末な情報の氾濫のなかから、力強い知識の源泉を掘り起し、技術文明のただなかに、生きた人間の姿を復活させること。それこそわれわれの切なる希求である。

われわれは権威に盲従せず、俗流に媚びることなく、渾然一体となって日本の「草の根」をかたちづくる若く新しい世代の人々に、心をこめてこの新しい綜合文庫をおくり届けたい。それは知識の泉であるとともに感受性のふるさとであり、もっとも有機的に組織され、社会に開かれた万人のための大学をめざしている。大方の支援と協力を衷心より切望してやまない。

一九七一年七月

野間省一

瀬戸内寂聴 白 道
瀬戸内寂聴 寂聴相談室人生道しるべ
瀬戸内寂聴 愛する能力
瀬戸内寂聴 藤 壺
瀬戸内寂聴 生きることは愛すること
瀬戸内寂聴 寂聴と読む源氏物語
瀬戸内寂聴 月の輪草子
瀬戸内寂聴 新装版 寂庵説法
瀬戸内寂聴 死に支度
瀬戸内寂聴 新装版 蜜と毒
瀬戸内寂聴 新装版 花《か》怨《えん》
瀬戸内寂聴 新装版 祇《ぎ》園女御《おんにょうご》(上)(下)
瀬戸内寂聴 新装版 かの子撩乱
瀬戸内寂聴 新装版 京まんだら(上)(下)
瀬戸内寂聴 い の ち
瀬戸内寂聴 花のいのち
瀬戸内寂聴 ブルーダイヤモンド〈新装版〉
瀬戸内寂聴 97歳の悩み相談

瀬戸内寂聴 その日まで
瀬戸内寂聴 すらすら読める源氏物語(上)(中)(下)
瀬戸内寂聴・訳 源氏物語 巻一《まきいち》
瀬戸内寂聴・訳 源氏物語 巻二《まきに》
瀬戸内寂聴・訳 源氏物語 巻三《まきさん》
瀬戸内寂聴・訳 源氏物語 巻四《まきし》
瀬戸内寂聴・訳 源氏物語 巻五《まきご》
瀬戸内寂聴・訳 源氏物語 巻六《まきろく》
瀬戸内寂聴・訳 源氏物語 巻七《まきしち》
瀬戸内寂聴・訳 源氏物語 巻八《まきはち》
瀬戸内寂聴・訳 源氏物語 巻九《まきく》
瀬戸内寂聴・訳 源氏物語 巻十《まきじゅう》
瀬尾まなほ 寂聴さんに教わったこと
先崎 学 先崎学の実況! 盤外戦
妹尾河童 少年H(上)(下)
瀬尾まいこ 幸福な食卓
関原健夫 がん六回 人生全快
瀬川晶司 泣き虫しょったんの奇跡 完全版〈サラリーマンから将棋のプロへ〉
仙川 環《たまき》 幸福の劇薬〈医者探偵・宇賀神晃〉

仙川 環 偽装診療〈医者探偵・宇賀神晃〉
瀬木比呂志 黒い巨塔〈最高裁判所〉
瀬那和章 今日も君は、約束の旅に出る
瀬那和章 パンダより恋が苦手な私たち
瀬那和章 パンダより恋が苦手な私たち2
蘇部健一 六枚のとんかつ
蘇部健一 六 と ん 2
蘇部健一 届かぬ想い
曽根圭介 沈 底 魚
曽根圭介 藁《わら》にもすがる獣たち
田辺聖子 ひねくれ一茶
田辺聖子 愛の幻滅(上)(下)
田辺聖子 う た か た
田辺聖子 春情蛸の足
田辺聖子 蝶花嬉遊図
田辺聖子 言い寄る
田辺聖子 私的生活
田辺聖子 苺をつぶしながら
田辺聖子 不機嫌な恋人

田辺聖子 女の日時計
谷川俊太郎訳 和田誠絵 マザー・グース 全四冊
立花隆 中核VS革マル (上)(下)
立花隆 日本共産党の研究 全三冊
立花隆 青春漂流
高杉良 労働貴族
高杉良 広報室沈黙す (上)(下)
高杉良 炎の経営者 (上)(下)
高杉良 小説 日本興業銀行 全五冊
高杉良 社長の器
高杉良 その人事に異議あり 〈女性広報主任のジレンマ〉
高杉良 人事権!
高杉良 小説消費者金融 〈クレジット社会の罠〉
高杉良 小説 新巨大証券 (上)(下)
高杉良 局長罷免―小説通産省
高杉良 首魁《しゅかい》の宴《うたげ》 〈政官財腐敗の構図〉
高杉良 指名解雇
高杉良 燃ゆるとき
高杉良 銀行大合併 〈短編小説全集(上)〉

高杉良 エリートの反乱 〈短編小説全集(中)〉
高杉良 金融腐蝕列島 (上)(下)
高杉良 勇気凜々
高杉良 混沌《こんとん》 新・金融腐蝕列島 (上)(下)
高杉良 乱気流 (上)(下)
高杉良 小説 会社再建
高杉良 新装版 懲戒解雇
高杉良 新装版 大逆転! 〈小説 三菱・第一銀行合併事件〉
高杉良 新装版 バンダルの塔
高杉良 第四権力 〈巨大メディアの罪〉
高杉良 巨大外資銀行
高杉良 最強の経営者 〈アサヒビールを再生させた男〉
高杉良 リベンジ 〈巨大外資銀行〉
高杉良 新装版 会社蘇生
竹本健治 新装版 匣《はこ》の中の失楽
竹本健治 囲碁殺人事件
竹本健治 将棋殺人事件
竹本健治 トランプ殺人事件
竹本健治 狂い壁 狂い窓

竹本健治 涙《るい》香《こう》迷《めい》宮《きゅう》
竹本健治 新装版 ウロボロスの偽書 (上)(下)
竹本健治 ウロボロスの基礎論 (上)(下)
竹本健治 ウロボロスの純正音律 (上)(下)
高橋源一郎 日本文学盛衰史
高橋源一郎 5と3/4時間目の授業
高橋克彦 写楽殺人事件
高橋克彦 総門谷
高橋克彦 炎立《ほむら》つ 壱 北の埋み火
高橋克彦 炎立つ 弐 燃える北天
高橋克彦 炎立つ 参 空への炎
高橋克彦 炎立つ 四 冥き稲妻
高橋克彦 炎立つ 伍 光彩楽土 〈全五巻〉
高橋克彦 火怨 〈北の燿星アテルイ〉(上)(下)
高橋克彦 水壁 〈アテルイを継ぐ男〉
高橋克彦 天を衝く (1)〜(3)
高橋克彦 風の陣 一 立志篇
高橋克彦 風の陣 二 大望篇
高橋克彦 風の陣 三 天命篇

講談社文庫　目録

高田崇史　QED〈竹取伝説〉
高田崇史　QED〈龍馬暗殺〉
高田崇史　QED　～ventus～〈鎌倉の闇〉
高田崇史　QED〈鬼の城伝説〉
高田崇史　QED　～ventus～〈熊野の残照〉
高田崇史　QED〈神器封殺〉
高田崇史　QED　～ventus～〈御霊将門〉
高田崇史　QED　～flumen～〈九段坂の春〉
高田崇史　QED〈諏訪の神霊〉
高田崇史　QED〈出雲神伝説〉
高田崇史　QED〈伊勢の曙光《あけぼの》〉
高田崇史　QED　～flumen～〈ホームズの真実〉
高田崇史　毒草師〈QED Another Story〉
高田崇史　QED〈～flumen～月夜見〉
高田崇史　QED〈～ortus～白山の頻闇〉
高田崇史　QED〈憂曇華《うどんげ》の時〉
高田崇史　QED〈源氏の神霊〉
高田崇史　試験に出るパズル〈千葉千波の事件日記〉
高田崇史　試験に敗けない密室〈千葉千波の事件日記〉

高田崇史　試験に出ないパズル〈千葉千波の事件日記〉
高田崇史　パズル自由自在〈千葉千波の事件日記〉
高田崇史　麿の酩酊事件簿〈花に舞〉
高田崇史　麿の酩酊事件簿〈月に酔〉
高田崇史　クリスマス緊急指令〈～きよしこの夜、事件は起こる！～〉
高田崇史　カンナ　飛鳥の光臨
高田崇史　カンナ　天草の神兵
高田崇史　カンナ　吉野の暗闘
高田崇史　カンナ　奥州の覇者
高田崇史　カンナ　戸隠の殺皆
高田崇史　カンナ　鎌倉の血陣
高田崇史　カンナ　天満の葬列
高田崇史　カンナ　出雲の顕在
高田崇史　カンナ　京都の霊前
高田崇史　軍　神　の　血　脈〈楠木正成秘伝〉
高田崇史　神の時空《とき》　鎌倉の地龍
高田崇史　神の時空　倭《やまと》の水霊
高田崇史　神の時空　貴船の沢鬼
高田崇史　神の時空　三輪《みわ》の山祇《やまつみ》

高田崇史　神の時空　嚴島《いつくしま》の烈風
高田崇史　神の時空　伏見稲荷の轟雷
高田崇史　神の時空　五色不動の猛火
高田崇史　神の時空　京の天命
高田崇史　神　の　時　空　前　紀〈女神の功罪〉
高田崇史　鬼　棲　む　国、出　雲〈古事記異聞〉
高田崇史　オロチの郷、奥出雲〈古事記異聞〉
高田崇史　京の怨霊、元出雲〈古事記異聞〉
高田崇史　鬼統べる国、大和出雲〈古事記異聞〉
高田崇史　源　平　の　怨　霊〈小余綾《こゆるぎ》俊輔の最終講義〉
高田崇史　試験に出ないQED異聞〈高田崇史短編集〉
高田崇史ほか　読んで旅する鎌倉時代
団　鬼六　悦　楽　王〈鬼プロ繁盛記〉
高野和明　13　階　段
高野和明　グレイヴディッガー
高野和明　6時間後に君は死ぬ
大道珠貴　ショッキングピンク
高木　徹　ドキュメント　戦争広告代理店〈情報操作とボスニア紛争〉
田中啓文　件《くだん》〈もの言う牛〉

講談社文庫　目録

2024年3月15日現在